gestern – danach – mittendrin

Alle handelnden Personen sind frei erfunden.
Ähnlichkeiten mit lebenden Personen sind Zufall
und keine Absicht.

Bibliografische Information
der Deutschen Nationalbibliothek:
Die Deutsche Nationalbibliothek verzeichnet diese
Publikation in der Deutschen Nationalbibliografie;
detaillierte bibliografische Daten sind im Internet über
http://dnb.dnb.de abrufbar.

Herstellung und Verlag:
BoD – Books on Demand, Norderstedt

ISBN: 9783752645743

Hachinger Autoren

gestern

danach

mittendrin

**Literarisches Treibgut
aus dem Hachinger Bach**

Inhaltsverzeichnis

Vorneweg...11

Michael Fromholzer..**15**

Buffalo Bill in Unterhaching............................16
Fluffig..19
Die Erstbesteigung des Perlacher Mugl...........23
Die Tiefgarage..30

Kristin Windisch...**35**

Auf und davon...36
Nixensage..41
Corona-Spaziergang...45
Ein normaler Schultag..47

Reinhold Glasl..**49**

Gigantopolis...50
Letzter Versuch..55
Erlösung unerwünscht..60
Näxts Moi – Unddahaching................................64

Viktoria Sonblum...**71**

Schokolade macht glücklich...............................72
Rittertreffen..78
Sonntagsausflug..84

Daniel Brodski..**91**

Verstehen Sie Spaß?...92
Die Versicherung..101
Thermobecher und Bollywood.........................104
Ein verrückter Tag oder Kleider machen Leute...............107

Claudia Semmler..**109**

Ding Dong, 3 Minuten vor dem Badezimmerspiegel........110
Es ist still geworden in meinem Herzen...........113

Stefan Franck..**119**

Der Unsichtbare..120
Liyahs Weg...137

Gertraud Schubert...**143**

Flavia..144
Der fünfte Ludwig..152
Frau Bach...158
Die Müllerstochter von Haching..................................192
Erlkönig 2020..196
Eisenhut und Stechapfel..203
Das Feenschloss im Rodelberg....................................230

Kilian Winter..**251**

Elevator-City..252
Fundstück – Jedem Topf seinen Deckel..........................288
Laterne, Laterne..311
Wahrheit oder Pflicht...313
Der Elefant in der Wasserrutsche.................................320
Manchmal gibt's ein Happy End....................................325

Vorneweg

Bestimmt sind Sie schon einmal am Hachinger Bach gestanden und haben sich gewundert, was so alles vorbei schwimmt. Die Hachinger Autoren – ein bunter Haufen von Schreibwütigen zwischen 16 und 70 Jahren – haben ihre Netze ausgelegt und das Treibgut aufgefischt. Die Sammlung ihrer Schätze, 36 Geschichten, kurze, lange und ganz lange, breiten sie hier vor Ihnen aus: Nachdenkliches, Märchenhaftes, Skurriles, Lustiges, Romantisches – sogar Corona taucht auf. Schon stecken Sie mittendrin in einer Zeitreise, die Sie aus der Zukunft in die Vergangenheit schleudert und wieder zurück in die Gegenwart.

Ob Perlacher Mugl, das Erdbeerfeld oder das Schwimmbad – Sie werden danach das Hachinger Tal mit anderen Augen sehen als gestern.

Alle Autorinnen und Autoren leben im Hachinger Tal oder haben zumindest einige Zeit hier verbracht. Trotz Umzug nach Berlin oder Schwaben ist die Verbindung nicht abgerissen.

Auch neue Mitschreiber sind herzlich willkommen.

Wenn Sie uns kennenlernen wollen, schauen Sie auf unseren Blog oder unsere Facebook-Seite.

https://hachingerautoren.wordpress.com/ oder https://www.facebook.com/HachingerAutoren/

Dort finden Sie die Termine und den Ort unserer Treffen (einmal im Monat) sowie die monatliche Schreibaufgabe.

Wir bedanken uns beim Agenda-Treffpunkt, der uns den Raum für unsere Treffen seit vielen Jahren zur Verfügung stellt.

Danke an Sabine fürs Korrekturlesen, an Klaus-Peter für das Layout und an Kristin für das Umschlagbild.

Mein ganz persönlicher Dank geht an meine Mitschreiber. Ihr habt Euch von Eurer besten Seite gezeigt. Es ist einfach toll, mit euch nach unserem ersten gemeinsamen Buch "Bananen bremsen nicht" jetzt auch noch "gestern-danach-mittendrin" auf die Beine gestellt zu haben.

Unterhaching, November 2020

Gertraud Schubert
Herausgeberin

Michael Fromholzer

Buffalo Bill in Unterhaching

Traudl Tischlinger sitzt da mit ihrer Tasse Kaffee im Herrgottswinkel, zeigt stolz auf ein Foto, lacht und sagt: »Er war hier, natürlich war er hier.«

Es gibt keinerlei Beweise, dass er tatsächlich hier gewesen ist. Nur eben dieses Foto, dieses schlechte Foto. Das zeigt Buffalo Bill vor der St. Korbinianskirche. Oder eben angeblich den Buffalo Bill.

»Vergleichen Sie bitte dieses alte Foto! – Übrigens«, sagt sie jetzt, »ist dieses Familienbesitz.« Ihr Großvater habe es damals fotografiert, so die Überlieferung. Und dass sie dieser Buffalo Bill und überhaupt der Wilde Westen im Allgemeinen nie losgelassen habe.

»Vergleichen Sie nur das Foto mit dieser sehr guten Photographie von Buffalo Bill!« Sie zeigt dabei auf ein anderes Foto in einem amerikanischen Buch. »Da sehen Sie doch dieselben Gesichtszüge. Ebenso ist die Statur doch nicht zu übersehen.«

Wir fragen nach, wie denn Buffalo Bill überhaupt hierher gekommen sein soll?

»Vielleicht«, sagt sie, »haben Sie schon einmal von seiner Wildwest Show gehört? Mit dieser war er auf Europatournee und sie führte ihn vom 19. April bis zum 5. Mai 1890 eben nach München auf die Theresienwiese. Dort hielt er seine Wildwest Show ab.« Ihr Großvater Korbinian habe die Show besucht und dann dieses Foto vor der Korbinianskirche gemacht. Darum sei das Foto so wichtig.

»Mein Großvater«, fügt Frau Tischlinger jetzt hinzu, »hat uns Enkelkindern oft die Wildwest Show ausgemalt.« Und dass er wirklich verdammt gut erzählen hat können, der Korbinian. Einige Wortlaute habe sie noch heute in Erinnerung. Sie zitiert ihn:

»Der Indianerüberfoil, grad so weggschossn hamses, die Rothäute und der ander is mitm Tomahawk kemma, wollt an Buffalo Bill – mia ham eahm oilweil Ochsen-Willi ghoaßn – wollt an Willi daschlogn, na hat er eahm mit da Pistoln as Hirn ausse gschossn.« Und dass ihre Mutter den Großvater immer ermahnt habe, nicht so brutal zu erzählen.

»San doch koane Butzerln mehr«, hat er dann immer gesagt. Traudl Tischlinger ist nicht mehr zu bremsen, sie erzählt weiter als wäre sie selbst dabei gewesen:

»Wias d'Rindviecher mitm Lasso eigfanga ham, na hats a paar Buam vom Pferdl obighaut. Mitzogn hamses de Viecher durch den Baaz, weils grengt hot, und plötzlich sans aufgstandn, de Buam, und ham wieda a Kroft ghobt und hams doch no gfangt, die Rindviecha. Und de Indianer ham tanzt, aber a Schuhplattler war eam liaba, dem Korbinian.«

Am Kachelofen haben sie und ihr Bruder diese Geschichten besonders gern gehört. Und sie habe schon immer von einem eigenen Pferd geträumt. Wildwest am Kachelofen und Großvater erzählt – ein Kindheitstraum also.

Aber wie ist der Ochsen-Willy denn nun nach Unterhaching gekommen? Traudl Tischlinger überlegt nicht lange. An den Vormittagen vor der Show habe der Ochsen Willy lange Ausritte gemacht, so wurde erzählt. Da sei er an der Isar entlang geritten, ja die Isar muss für ihn so was wie der Rio Grande gewesen sein. Mit dem Pferd durch die Isar, eben an einer seichten Stelle. Vielleicht beim Fort Grünwald vorbei. – Sie sagt tatsächlich Fort Grünwald. – Oder schon an der Marienklause hinauf und weiter durch den Perlacher Forst. Und wie sie das so erzählt im Herrgottswinkel von den Ausritten, da sieht man ihr an, dass sie selbst gerne ein Pferd gehabt hätte.

Über die Wiesen und Auen muss er weiter geritten sein, da wo heute das Ortszentrum, der Ortspark ist, direkt auf den Turm von St. Korbinian zu.

»Und so is er daher kemma auf seim Roß, da Ochsen-Willy«, diese Worte ihres Großvaters hat die Traudl immer noch im Ohr. Nach einem kurzen Gespräch habe er ihn fotografiert und sie habe eben dieses Foto noch heute.

Woher denn seit jeher diese Faszination von Wildwest und Buffalo Bill rührt?

»Ach das«, winkt die Traudl ab, »mein Bruder Josef und unsere Freunde haben als Kinder im Wald, im Perlacher Forst, immer schon Überfälle aller Art gespielt – Verfolgungsjagden,

Indianerüberfälle, Banküberfälle, Räuber und Gendarm. Über den Gartenzaun – und wir waren im Wald und spielten los. Auch auf den nahen Feldern liefen wir rum.«

Und dass sie es liebten nicht nur bei Sonne draußen zu sein.

»Kaum hatten wir im Geschichtsunterricht über den amerikanischen Bürgerkrieg gesprochen, so spielten wir auch diesen nach.«

»Wir waren in der Natur«, betont sie jetzt. »Die Wiesen im Forst waren die Prärie, und über die Felder haben wir die Alpen gesehen, so waren das die Rocky Mountains.« Und ihre Augen leuchten, eine Art Heimatliebe und glückselige Erinnerung in ihrem Blick und ihrer Stimme.

Heimlich habe sie nachts unter der Bettdecke die Western Comics ihres Bruders gelesen, später Karl May und Bücher über die amerikanische Siedlergeschichte.

»Ich wollte nicht nur in die Geschichten meines Großvaters eintauchen.« Diese Wild-West-Welt, sagt sie, wäre ein Teil von ihr geworden.

Westerngeschichten am Kachelofen und Kriegsspiele im Perlacher Forst, eine behütete Kindheit in Unterhaching also. Und natürlich sei Buffalo Bill durch das Foto von ihrem Großvater Korbinian auch ein Stück Familiengeschichte. Auch wenn es ein schlechtes Foto sei, das, wir fragen vorsichtig nach, aufgrund seiner Qualität naturgemäß keinen Beweis darstellen könne.

Traudl Tischlinger sitzt in ihrem Herrgottswinkel mit ihrer inzwischen kalt gewordenen Tasse Kaffee. Sie zeigt auf die dreckige Photographie und lächelt:

»Er war hier! Natürlich war er hier. Ich weiß es.«

Fluffig

(inspiriert durch »Der Fänger im Roggen«)

Sie hat immer von dem Erdbeerkuchen ihrer Mutter geschwärmt, aber ich sollte wohl von Anfang an erzählen, falls Sie das überhaupt interessiert.

Ich kannte sie vom Sehen, als sie neu in unsere Klasse im Lise-Meitner-Gymnasium kam. Sie wohnte erst seit Anfang der Sommerferien am anderen Ende der Robert-Koch-Straße, in der ich aufgewachsen war. Sie kam von Hamburg oder Bremen oder Stuttgart mit ihren Eltern hierher. Ihr Vater wurde versetzt, sie hat mir sonst nie viel über ihn erzählt.

Es gab einen Supermarkt in der Nähe, in dem ich oft einkaufte, und da habe ich sie wohl ein paar Mal gesehen. Vielleicht haben wir uns gegrüßt, aber das weiß ich, verdammt nochmal, jetzt nicht mehr. Sie stand also etwas schüchtern rum, als die Lehrerin sie vorstellte. Das Schüchtern-Sein war eigentlich überhaupt nicht ihre Art, aber da hörte ich zum ersten Mal ihren Namen. Daniela. Ihr wurde ein Platz direkt vor mir zugewiesen.

Ich starrte also ständig auf ihren Hinterkopf und ihr verflucht schönes Haar. Das haute mich jedes Mal um. Und wenn sie dann beim Lehrerwechsel oder auch mitten in der Stunde die Haare schnell zu einem Zopf flocht, wurde der Blick auf ihre Schulter frei. Ich meine, sie saß da jeden Tag vor mir und ich konnte das halt gut beobachten. Echt jetzt, schöne Haare werfen mich immer um.

Wir haben dann schnell festgestellt, dass wir den gleichen Heimweg über den Pittinger Platz haben und so haben wir dann angefangen uns zu verstehen.

Wir konnten gut miteinander quatschen. Ich meine, das ist schon komisch, dass ich mit einem Mädchen so gut quatschen kann. Die meisten fangen dann mit irgendeinem Mist an, der mich überhaupt nicht interessiert. Oder sie stellen sich als verlogen heraus.

Nicht, dass ich Mädchen nicht mag. Nein wirklich, im Gegenteil. Ich kenne auch echt blöde Lügner- und Angeberjungs. Der Frank zu Beispiel, redet immer zu mir, ich sei sein bester Freund und so weiter, aber zu seinem Geburtstag hat er mich nie eingeladen. Da war immer nur der saublöde Björn zum Feiern gekommen. Ich weiß gar nicht, ob ich überhaupt hingegangen wäre zum Frank. Ich dachte, wenn mich Daniela zu ihrer Geburtstagsfeier einladen würde, ich würde echt sofort hingehen.

Auf alle Fälle, mit Daniela konnte ich gut quatschen und Quatsch machen. Und irgendwann nahm ich einfach Mal ihre Hand beim Heimgehen. Nur ihre verdammte Hand, weiter nichts. Sie erzählte mir schwärmend von dem guten Erdbeerkuchen ihrer Mutter.

»Immer frisch und immer fluffig«, sagte sie. Sie verwendete echt das verdammte Wort fluffig, das hat mich umgehauen. Und ich hätte gut Lust gehabt, jetzt einen zu essen. Sie sagte danach zum Abschied, ich solle doch einmal zum Lernen vorbeikommen, in Deutsch haben wir ja nächste Woche Schulaufgabe. Nicht, dass wir beide schlecht in Deutsch gewesen wären, wir mochten es sogar. Und genau darum war das eine super Idee.

»Morgen?«, fragte Daniela mich.

Ich antwortete: »Morgen passt.« Ich hatte sie heimbegleitet und ging ans andere Ende der Straße zurück. Irgendwie konnte ich mich kaum konzentrieren. Ich freute mich wirklich verdammt, mit ihr zu lernen.

Am nächsten Tag gingen wir nach der Schule wie immer zusammen heim und wir trafen uns tatsächlich am Nachmittag zum Lernen. Ihre Mutter war wirklich nett, sie fragte immer, ob wir was trinken wollten und stellte uns Limonade und Kekse hin, falls das jemanden interessiert. Ich mochte ihre Mutter, ihren Vater habe ich nie gesehen.

Ich meine, wir lernten wirklich verflixt gut miteinander und es war ein herrlicher Nachmittag. Vor allem, weil wir danach noch im Ortspark in der Abendsonne saßen. Wir schauten den Enten mit ihren frisch geschlüpften Jungen zu und ich hielt ihre verdammte Hand.

Es war einfach zu drollig mit den Enten. Die schwammen als richtige Familie über den See. Na ja, See ist übertrieben, aber die Enten waren verflixt nochmal eine echte Familie.

Wir saßen einfach da und schauten und ich hielt immer noch ihre Hand. Wir schwiegen und lachten.

»Darf ich?«, fragte sie und legte den Kopf auf meine Schulter, ohne meine Antwort abzuwarten. Das haute mich echt um, dass sie das einfach gemacht UND gefragt hat.

Wie wir so da saßen, fragte ich sie nach ihrem Vater. Sie antwortete nicht. Und rührte sich nicht. Ich fragte, ob er heute vielleicht geschäftlich unterwegs sei. Ich meine, wir gingen fast jeden verfluchten Tag zusammen heim und heute war ich beim Lernen bei ihr und jetzt saßen wir hier und ich darf doch echt nach ihrem Vater fragen. Hab ihr doch auch viel über meine Familie gesagt.

»Warum zum Teufel«, dachte ich, »antwortet sie nicht.« Und da sah ich es: Sie weinte.

Ich nahm sie in den Arm und küsste im Gesicht ihre Tränen weg, überall küsste ich sie weg, auf der Wange, am Hals, auf der Nase, weil sie, verdammt nochmal, nicht aufhören konnte zu weinen. Mit meiner Hand strich ich durch ihr Haar und übers Gesicht. Vielleicht beruhigt es sie, wenn ich sie küsse und ich wollte es gerade tun, da drehte sie sich weg. Einfach weg. Beinah hätte ich sie verdammt nochmal geküsst, aber ich ließ sie einfach so in meinen Armen liegen und hielt sie fest.

Irgendwann stand sie auf und wir gingen heim, schauten nochmals zu den Enten, aber sie waren nicht mehr da. Auf dem Weg redeten wir kaum etwas, ich brachte Daniela nach Hause. Und da stand sie vor ihrem Haus und sagte einfach: »Danke.«

Da hätte ich beinah angefangen zu flennen, falls das jemanden interessiert. Ich meine, das war wirklich herzzerreißend, dieser ganze gottverdammte Nachmittag mit ihr. Und jetzt stand sie da und sagte danke, das muss man echt erlebt haben.

Irgendwann hörte ich, ihr Vater sei plötzlich schwer erkrankt. Ob er damals noch lebte, ich weiß es verdammt nochmal nicht.

Am nächsten Tag war irgendetwas mit ihr anders, sie war zwar irgendwie schon wie immer, etwas war, zum Teufel nochmal, anders mit ihr. Wir gingen zusammen heim, das schon, aber es gab eine leichte Distanz zwischen uns. Sie ließ mich sogar ihre Hand nehmen, ich fand, sie fühlte sich schwerer an. Zu fragen traute ich mich nicht, ich wollte sie doch nicht wieder weinen sehen.

Warum ich gerade jetzt an den Erdbeerkuchen ihrer Mutter denken musste – den ich nie gekostet habe – kann ich nicht sagen. Mir fiel aber das Wort ein, das Daniela dafür verwendete: fluffig. Daniela war nicht mehr so fluffig. So schlug ich einfach vor, sie solle heute zu mir kommen. Und das bejahte sie. Ich glaube, das baute sie etwas auf, ein Anflug eines Lächelns war auf ihrem Gesicht und mich baute es gleichfalls auf.

Daniela kam mit dem Rad zu mir, ein bisschen lernten wir, aber es war anders. Ich meine, als ich bei ihr war, lief es leichter. Nicht, dass wir uns schwer getan hätten mit den Hausaufgaben, dem Lernen und dem ganzen verflixten Schulzeug. Beide schienen wir etwas unaufmerksamer als sonst. Wir machten Fehler, genau jene, die wir oft bei dem anderen verbessert hatten.

»Wir könnten noch etwas im Perlacher Forst radeln«, sagte ich zu ihr.

»Die Luft und die Bewegung«, so dachte ich, »könnten uns etwas ablenken.« Und genau das taten wir.

Wir fuhren eine Weile parallel und plötzlich fing Daniela an wie vom Teufel geritten zu radeln. Sie strampelte, als ginge es ums nackte Überleben. Ich meine, so kannte ich sie nicht, dass sie plötzlich ganz wild wurde und so. Natürlich wollte ich sie einholen und fing ebenfalls an verflucht schnell zu radeln.

Wir machten echt ein Wettrennen durch den Perlacher Forst. Die Bäume und Wiesen strahlten im Abendrot, ein leichter Wind ließ ihr wundervolles Haar wieder flattern durch die Lüfte. Wir waren zwei wildgewordene Radler im abendlichen Forst. Es war wunderbar, eine Befreiung. Die ganzen Tränen, die ganze Distanz strampelten wir schlichtweg ins Nichts.

Auf einer Waldwiese legten wir uns außer Atem hin. Wir lagen, verdammt nochmal, einfach da. Einfach nebeneinander. Der Wind rauschte, wir keuchten und die wehenden Gräser streiften uns im Gesicht. Ihre Hand hielt ich nicht, dennoch war es, als täte ich es. Wir spürten einander im wehenden Gras.

Die Erstbesteigung des Perlacher Mugl

Wohl kaum eine andere Erstbesteigung dürfte historisch soweit zurückgehen wie diese: Es war weder die erste Erstbesteigung in der Geschichte des Alpinismus, noch eine sehr frühe. Der Perlacher Mugl ist heute nach der Erschließung seiner Erstbesteigung ein beliebtes Ausflugsziel für Wanderer und Mountainbiker. Vom Pavillon am Gipfel genießt man einen herrlichen Blick auf die Alpen.

Die Umstände, die dazu führten, gehen nämlich auf Ereignisse lange vor der Entstehung des Mugls zurück. Zunächst war auf dem heutige Gelände der sogenannten Ami-Siedlung die Wagen- und Maschinenfabrik Gebrüder Beißbarth OG. Keiner der Leser wird sich wohl heute daran noch erinnern können.

Später dann, 1934, wurde das Gelände von der NSDAP genutzt. Nach Kriegsende 1945 wurde das Gelände durch die US Army besetzt, wie so vieles in Deutschland, gerade im bayrischen Raum. Die Amerikaner erinnerten sich ihres tapferen Soldaten Francis Xavier McGraw, der am 19. November des Jahres 1944 bei Schevenhütte während der Schlacht am Hürtgenwald gefallen war. Und sie nannten die Kaserne nun McGraw-Kaserne und bauten diese erheblich aus.

Da diese ein städtebauliches Hindernis darstellte, beschloss man 1970 die Kaserne mittels des McGraw-Grabens zu untertunneln, genauer gesagt zu unterführen, damit die Münchner schneller in die Berge und von dort zurück kommen können.

Und jetzt erst beginnt so richtig die Geschichte des Perlacher Mugls und seiner Erstbesteigung. Mit dem Aushub des Grabens und dem Bau einer U-Bahn Haltestelle in Obergiesing wurde nämlich der Perlacher Mugl im Perlacher Forst aufgeschüttet. Man entschloss sich, zwei Bunker aus dem 2. Weltkrieg, die im Perlacher Forst standen, mit genau diesem Aushub zu überschütten.

Noch viel länger davor war es eine Jagdwiese für die Wittelsbacher, die dort in der Nähe im 18. Jahrhundert ein Jagdschloss besaßen. Sie sehen also, ohne das Jagdschloss, den

2. Weltkrieg und die US Army hätte es weder den Perlacher Mugl noch dessen Erstbesteigung gegeben.

Jemand der diese Geschichte äußerst interessiert verfolgte, war der in Indien geborene und später nach Unterhaching gezogene Peter W. Ramid. Als er 1970 in Mumbai nämlich erfuhr, dass ein neuer Berg im Perlacher Forst gebaut wurde, war er sofort Feuer und Flamme. Peter W. Ramid hatte extreme wie hochalpine Erfahrungen mit neuen Routen und spektakulären Besteigungen, nicht nur im Himalaya. Er hatte die Welt des Alpinismus in den 1960er Jahren in Aufruhr versetzt.

Ausbeutung des Gebirges und Sensationslust, mediensüchtig – dies alles waren Vorwürfe, denen sich Peter W. ausgesetzt sah. Die gesamten Alpinisten der Welt, auch Reinhardt Mosner, Heinz Kummerländer, Gertraud Kaltenberger und weitere Stars der Szene, hatte er gegen sich. Der Bürgermeister von Mumbai erklärte ihn zur Persona non grata und so kam ihm das beschauliche Unterhaching gerade recht. Er packte seine Sachen und seine gesamte alpine Ausrüstung ein, nahm einen Direktflug Mumbai – Mugl mit der Mugl Airline ohne Umsteigen in München zum Flugplatz Neubiberg. Dieser grenzt an das Gemeindegebiet von Unterhaching an.

Dort auf dem Fliegerhorst schlug er sein Lager mit Genehmigung des Militärs auf. Mit Hilfe des Militärs, das ihm genaue Karten zur Verfügung stellte, plante er seine Route. Er erkundigte sich über lokale Besonderheiten und ließ sich von einem General mitsamt seiner Ausrüstung direkt an den Fuß des Mugls fahren. Hier schlug er erneut sein Lager auf. Und da sah er es erst: um auf den Hauptgipfel zu gelangen war ein Aufstieg über einen niedrigeren Vorhügel auf der Nordseite nötig. Zum Hauptgipfel musste er also zuerst wieder absteigen, um diesen dann direkt erreichen zu können. Er beschwerte sich beim General über das ungenaue – wohlgemerkt militärisch schlechte – Kartenmaterial. Dieser jedoch urteilte, das sei heute militärisch uninteressantes Gebiet.

Daraufhin umrundete Peter W. Ramid im Alleingang das Massiv des Mugls um einen exakten Überblick über die alpine Lage zu haben. Der direkte Anstieg des auf der Südseite gelegenen Hauptgipfels schien ihm zu steil und unwegsam. Er kehrte nach der Umrundung niedergeschlagen in sein Lager zurück. Auch das Wetter spielte nicht mit, es regnete tagelang. Er wartete und wartete am Fuße des Mugls. Tagelang.

Natürlich führte Peter Tagebuch und zeichnete dort auch klimatische Bedingungen auf. Er beobachte die Wolken und die Bäume im Wald. Die Flora und Fauna erlebte er aus nächster Nähe und er führte seismographische Untersuchungen durch. Er befürchtete vom nahen McGraw-Graben Erschütterungen. So glaubte er sich ähnlichen Bedingungen ausgesetzt wie beim San-Andreas-Graben in San Francisco. Es entstanden exakte, topographische Berichte über Geologie, Tierwelt und Klima im Hachinger Raum. Diese wären heute sicher sehr wertvoll, doch der anhaltende Regen machte sie unlesbar.

Schlagartig änderte sich das Wetter, es wurde richtig schön. Er beobachte den Himmel einige Tage und da er ein gutes Gedächtnis hatte, was seine Aufzeichnungen betraf, glaubte er starten zu können. Weiterhin blieb es schön. Peter W. Ramid stieg bei wunderbarem Wetter an der Nordflanke hoch. Der Aufstieg war dennoch beschwerlich, da der Weg auf der schattigen Nordseite unwegsam und vom Regen her – trotz anhaltender Sonne – noch aufgeweicht und sumpfig war. Er seilte sich an. Aber seine alpine Erfahrung kam ihm hier natürlich zugute. Den Vorgipfel auf der Nordseite erreichte er ohne Zwischenfälle. Ob er den Abstieg um an den Hauptgipfel zu gelangen, noch wagen sollte, überlegte er jetzt. Da er aber sich doch nicht so mit den örtlichen Bedingungen vertraut fühlte wie angenommen und wie es aus seinen Aufzeichnungen wohl zu schließen gewesen wäre, verschob er sein Vorhaben auf den nächsten Tag.

Am nächsten Tag blieb es schön. Ein fachmännischer Blick auf die Wolken und er urteilte sein am Vorabend abgebrochenes Vorhaben heute starten zu können. Natürlich hatte er auch was Wolken betraf hochalpine wie meteorologische Erfahrungen, schließlich dürfen wir trotz der Strapazen hier am Perlacher Mugl nicht vergessen, dass Peter W. Ramid sämtliche Achttausender im Himalaya-Gebiet bereits bestiegen hatte. Nun, der Abstieg gefiel ihm außerordentlich. Den Hauptgipfel immer im

Blick, doch er wusste genau, jene alpinen Ziele, die so nah erscheinen, würden lang und beschwerlich werden.

Zunächst gestaltete es sich einfacher als gedacht, und er konnte jetzt die Landschaft und Natur genießen. Die Flora und Fauna, die seltenen und vorher nie gesehen Pflanzen nahm er erst jetzt richtig wahr. In seinen Aufzeichnungen war dies eher wissenschaftlicher Natur gewesen. Er spürte jetzt – trotz des nahen und möglicherweise beschwerlichen Aufstiegs – eine Leichtigkeit, und er war von Rotkehlchen, Eichhörnchen und Maulwürfen fasziniert. Letztere hatten wohl den Perlacher Mugl schon bestiegen. Im Himalaya hatte er diese Tiere noch nie gesehen. Unbeschwert und fröhlich erreichte er die Senke vor dem Hauptgipfel.

Da er den Abstieg langsam gegangen war, was sicher auch den zermürbenden und dem beschwerlichen, nordseitigen Aufstieg geschuldet war, entschied er, den finalen Anstieg am nächsten Tag zu bewältigen. Außerdem fand er, er könne beim Anstieg in Zeitverzug geraten und er wollte nicht, dass es finster wurde und er sich womöglich noch verirrte. Oder gar die Bergwacht rufen. So schlug er sein Lager in der Senke zwischen den beiden Gipfeln auf. Das Wetter blieb bärig – ein Begriff, der ihm ebenso wenig bekannt war, wie das kommende – ein leichter Wind stellte sich gegen Abend ein. Womit Peter W. Ramid allerdings genauso wenig vertraut war wie mit Eichhörnchen, waren die Fallwinde.

Und so kam es, dass der am Nachmittag noch leichte Wind sich im Laufe des Abends zu einem hier allseits bekannten Phänomen entwickelte: dem Föhnsturm. Peter bekam es nun wirklich mit der Angst zu tun. Der Föhnsturm rüttelte an seinem Zelt, wie er es selbst aus seinen extremen Erfahrungen aus dem Himalaya nicht für möglich gehalten hätte. Und so harrte er abermals unter radikalen und für ihn unbekannten, lokalen Umständen, in seinem Zelt, wenige Meter vor dem Hauptgipfel des Mugls aus. Da er aus seinem Erfahrungsschatz schöpfen konnte, gelang es ihm rechtzeitig das Zelt entsprechend zu sichern.

Der Föhnsturm dauerte die ganze Nacht und in der Senke war er diesem logischerweise auf frappante Art ausgesetzt. Nie hätte er sich träumen lassen, jemals wieder unter derartigen Umständen kurz vor einem Gipfel zu biwakieren. Wieder war er ermattet, niedergeschlagen und es trieb ihn nicht nur die Sorge um, jemand anders könnte ihm diese Erstbesteigung streitig machen, sondern auch jene um das nackte Überleben.

Sein entsprechender Scharfsinn aber veranlasste ihn hier, nicht um der Erstbesteigung willen zu handeln, sondern diese äußerst angespannte Situation, so gut er es gewohnt war, hinzunehmen. Vor wie vielen Achttausendern war er zunächst gescheitert, weil ihn derartige Umstände daran gehindert hatten. So erinnerte er sich beispielsweise an eine vergleichbare Situation am K2, wo er schon glaubte, er müsse mit seinem Leben bezahlen. Der Sturm am K2 erschien ihm ähnlich unüberwindbar wie jetzt hier am Perlacher Mugl. Es tobte und heulte.

Und es kam noch schlimmer: jene Föhnwolken, die er am Nachmittag naturgemäß nicht zu deuten wusste, da er nicht vertraut mit dieser Wolkenformation war, weiteten sich zu einem Hagelsturm aus. Sein Zelt wurde durchlöchert, es war zwar schneesicher, aber diese riesigen Körner hielt es nicht aus. Derartige tennisballgroße Körner hatte er selbst im Himalaya noch nie erlebt. Er wusste natürlich, dass auch diese im Himalaya-Gebiet durchaus auftauchen konnten, doch kannte er dort besser die Wolken und sonstigen meteorologischen Bedingungen als hier im Voralpenraum. Seine Kleidung wurde durchnässt. Er bekam Platzwunden durch die überdimensionierten Hagelkörner.

Es war grauenvoll, so kurz vor dem Gipfel möglicherweise zu scheitern. Peter W. Ramid konnte nichts anderes zu tun als warten und ausharren. Natürlich versuchte er mit seinem Funkgerät SOS-Signale zu senden und die Bergwacht zu erreichen, doch das Unwetter machte jegliche Frequenz unmöglich. Er zitterte und bangte um seine nackte Existenz. Später sollte er einmal sagen, dies sei eine der schlimmsten Situationen in seiner gesamten alpinen Erfahrung.

So wie jeder Sturm sich legte, legte sich aus dieser. Doch an einen Anstieg war nicht zu denken, der Weg war von den riesigen Hagelkörnern unpassierbar geworden. Und so wurde er abermals genötigt, sein Vorhaben aufzuschieben. In seiner nassen Kleidung fror er, doch da der Sturm sich gelegt hatte und die Aussichten auf den Aufstieg sich gebessert hatten, entschied er sich dagegen umzukehren oder erneut Hilfe zu rufen. Er zündete ein Lagerfeuer an und gottlob hatte er genügend Vorräte dabei. So wurde ihm empfohlen, sei er in einer Notlage, so könne er die Weißwürste aus der Konservendose am Lagerfeuer kochen und diese dann verzehren. Das, so wurde ihm gesagt, kann Wunder bewirken. Sehen wir es ihm nach, dass er sich nicht an die Tradition hielt, diese vor dem Zwölfuhrläuten zu verspeisen.

Und so geschah es: Nach zwei Tagen war er wieder trocken, ihm gelang es auch während sonniger Abschnitte seine Wäsche im Wind zu trocknen. Da fühlte er sich an die Gebetsfahnen im Himalaya erinnert. Diese alte Tradition bestärkte ihn, sein Vorhaben durchzusetzen. Bayrische und tibetische Traditionen haben also diese Erstbesteigung möglich gemacht.

Von diesen Bräuchen beseelt, startete Peter W. Ramid motiviert die letzten finalen Meter zum Hauptgipfel des Perlacher Mugls. Das Wetter blieb günstig. Da der Weg steil war, benötigte er ein Steigeisen, an den eher schattigen Stellen war der Weg noch etwas schlammig. Er seilte sich an. Er kam mäßig voran. Der Aufstieg zog sich hin, die steile Flanke war aber dennoch nicht unmöglich.

Schritt für Schritt erlangte er plötzlich und unerwartet den Gipfel. Er strahlte und war überwältigt ob der Aussicht und seines Erfolges. Das Wetter hatte aufgeklart und so genoss er einen spektakulären Ausblick auf die Alpen. Vor ihm erstreckte sich die gewaltige Ausdehnung des Perlacher Forstes in alle Himmelsrichtungen und dahinter thronten fast uneinnehmbar die Alpen. Er schmeckte eine Träne, und als er die Alpen in der Ferne sah, war sein Jagdinstinkt wieder geweckt. Er sollte noch viele Gipfel der Alpen unter weniger dramatischen Umständen besteigen.

Der einzige Beweis für die Erstbesteigung des Mugls ist dieser Bericht von einem Freund, der Peter W. Ramid sehr gut kannte. Heute steht ein Pavillon auf dem beliebten Aussichtsberg, dort wird über die regionale Wald- und Forstgeschichte bis zurück zur Eiszeit erzählt. Es erinnert nichts mehr an Peter W. Ramids große Leistung, nichts mehr an seine Strapazen und Todesängste.

Nicht einmal ein Eintrag im Gemeinde Archiv.

Die Tiefgarage

Manchmal bläst der Wind den Sound des Hachinger Stadions durch den Ort, man hört das Raunen nach einer verpassten Chance oder das Trommeln der Fans. Oder den Klang des Bürgerfestes, verwehte Versatzstücke der Blasmusik durch Unterhaching. Doch dieses Jahr schwieg Unterhaching. Denn da herrschte der Lockdown: Kein Trommeln der Fans, keine Blasmusik, kein traditionelles Feuerwerk am letzten Tag des Bürgerfestes – Unterhaching war still.

Doch wie nach jeder Stille, wie nach jeder Ruhe, so kommt der Sturm zurück. Vielerorts in Deutschland gab es Demonstrationen gegen die Corona-Maßnahmen. Da wollte Unterhaching in nichts nachstehen. Zumal dort der Landschaftspark ideale Bedingungen bot für eine Massen-Demonstration. Die Sicherheitsabstände könnten dort gut eingehalten werden, so hieß es. Die Anti-Corona-Demonstration am 13. Juni 2020 wurde genehmigt. Ebenfalls genehmigt wurde, dass die Demonstrierenden zum Rathausplatz ziehen durften. Die Teilnehmerzahlen explodierten. Manche sollen sogar bis aus der Hauptstadt hergekommen sein.

Natürlich gab es Ansprachen von Professoren, die alles für Humbug hielten, die alles ins Lächerliche zogen. Die unsinnigen Maßnahmen! Die Wahrheit sei einzig und allein, den Lockdown habe es nur gegeben, um Kinder zu entführen, um aus deren Blut einen Verjüngungstrank zu brauen.

»Während Sie zu Hause eingesperrt waren, wurden ihre Kinder entführt, um ihr Blut zu rauben …« Gerade diese Aussagen wurden bejubelt. Viele Transparente und Banner ragten in die Luft. Der Zug der Demonstranten marschierte nun in Richtung Rathausplatz, natürlich unter entsprechendem Polizeiaufgebot. Hundertschaften von Polizisten waren zur Stelle.

Natürlich hielten sich die Demonstranten nicht an die Maskenpflicht, die Polizei ließ sie dennoch gewähren. Es war ja alles friedlich. Die Durchsagen und Warnungen der Polizei, die Maskenpflicht einzuhalten, wurden nicht befolgt. Der Zug ging gesittet, aber laut auf den gesperrten Straßen, weiterhin ohne Maske. Schließlich gelangte er zum Rathaus. Vorgesehen war das gesamte Arsenal zwischen Bahnhof, Rathaus und Ortspark zu nutzen. Das versprach den gebührenden Abstand und Sicherheit. Es wurde voll und eng.

Denn im Ortspark formierte sich eine eher unerwartete Gegendemonstration, die ständig »AHA« – AHA bedeutete: Abstand, Hygiene, Atemschutzmaske – brüllte und ebenfalls Schilder hoch hielten. Die Situation eskalierte. Vielleicht brachten sich auch die Demonstranten gegenseitig so richtig auf die Palme.

Auf alle Fälle nahmen sich radikale Demonstranten vom Landschaftspark jetzt die Telefonzelle auf dem Unterhachinger Rathausplatz vor. Sie stemmten sich dagegen und wuchteten sie zu Boden. Diese zerbarst. Es gab aber keine Verletzten, was der Umsicht der Umwuchtenden zu verdanken war. Die Polizei versuchte mit voller Einsatzbereitschaft ein paar von ihnen festzunehmen, was durchaus gelang.

Nun sprang einer der Demonstranten auf die umgestürzte Telefonzelle, zog eine Pistole raus und schoss in die Luft. Für Sekundenbruchteile herrschte absolute Stille. Die Polizei rief per Megaphon: »Lassen Sie die Waffe fallen!« Mehrere Waffen richteten sich auf den Telefonzellenmann.

Dieser schrie ebenfalls durch ein Megaphon: »Wir befreien eure Kinder! Sie werden in Geheimgängen in der Tiefgarage unter dem Rathausplatz gefangen gehalten!«

Die Polizei forderte weiter auf, die Waffe fallen zu lassen, die immer noch in die Luft gehalten wurde. Einigen Teilnehmern gelang es, tatsächlich mehrere Gitter, die als Belüftung für die Tiefgarage dienen, herauszubrechen. Sie drangen in die Garage ein.

Die Gegendemonstranten agierten aufgebracht und durchbrachen die Sicherheitsabsperrungen. Es gab Handgreiflichkeiten und kurz darauf ein Hauen und Stechen, es fielen Schüsse. Wer wohl zuerst geschossen hatte? Tumulte, Prügeleien, weitere Schüsse. Mehrere Demonstranten waren tatsächlich bewaffnet: Pistolen, Messer. Die Polizei forderte militärische und medizinische Verstärkung an.

Einstweilen ging es weiterhin drunter und drüber, die Demonstranten schossen auf die Polizisten, diese zurück. Die

Prügeleien gingen ebenfalls weiter, es wurde brutal zugeschlagen mit Bannern und Messern. Nicht nur die Wasser des Brunnens am Unterhachinger Rathausplatz färbten sich rot. Blut rann über das Ortswappen am Brunnen. Sirenen heulten und Blaulicht flackerte.

Die anderen suchten mit Fackeln die Tiefgarage nach versteckten Geheimgängen ab …

Man spürte ein leichtes Beben als die Panzer anrollten. Die Demonstranten sprangen zur Seite und die Panzer standen auf dem Rathausplatz. Manche prügelten sich noch, die Schüsse aber verstummten. Das Geräusch eines Hubschraubers hätte man in der Ferne hören können, wäre es ganz still gewesen.

Messerattacken gab es weitere, die Polizei nahm etliche Demonstranten fest. Einzelne versuchten sich mit Schüssen zu wehren. Die anderen verirrten sich im Untergrund der Tiefgarage. Der Hubschrauber landete direkt neben dem Brunnen und viele flohen jetzt über die Felder nach Taufkirchen oder in Richtung Perlacher Forst. Einige Radikale hielten dennoch ihre Stellung. Sämtliche vorstellbare Einsatzfahrzeuge hatten mittlerweile den Rathausplatz unter Kontrolle, der Platz war vollgestellt. Auch im Ortspark fuhr etliches militärische Gerät auf.

Und dann geschah es: Der gesamte Rathausplatz brach ein, krachte in die darunter liegende Tiefgarage. Die Bücherei, das Rathaus, der Hubschrauber, die Panzer sanken wie in Zeitlupe nach unten. Die Scheiben der Fenster zersprangen, die Wände barsten. Bücher, Akten, Messer, Scherben, Pistolen, Verletzte fielen durcheinander und wurden unter den Trümmern begraben zwischen Panzern und Hubschraubern. Einzig und allein der Brunnen blieb auf einer tragenden Säule stehen.

Etliche Tage wurde nach weiteren Verletzten gesucht. Die Vorgänge, Rücktrittsgesuche sowie statische Maßnahmen zur Stärkung des Ortszentrums wurden aufgrund des verwüsteten Rathauses in der Bayernwerk Sportarena diskutiert.

Nach Tagen lag endlich wieder Stille über dem Rathausplatz, das Schnattern der Enten und Gänse vom nahe liegenden See war zu hören, die Stundenschläge der Kirchenglocken und der Wind trug auch das Rauschen der Autobahn zu dem zerstörten Platz.

Über diese Vorgänge wurde niemals berichtet, auf unserer Internetseite finden Sie weitere detaillierte Berichte und Fotos: Wir fanden diese Aktion war ein voller Erfolg.

Besuchen sie uns: www.radikalimhachingertal.de

Kristin Windisch

Auf und davon

Mürrisch kickte Kyra einen Stein aus dem Weg. Sie hatte die Schnauze voll von Einhörnern. Seit dieser seltsame Professor verdächtige Spuren gefunden hatte, die laut seiner Aussage definitiv nur von einem dieser gehörnten Pferde stammen könnten, spielte das ganze Hachinger Tal verrückt. Zig Menschen waren täglich im Perlacher Forst unterwegs, dem Ort, wo Hufabdrücke, Haare und Kratzspuren, die wohl von dem Horn stammten, gefunden wurden. Wer nicht mit suchte, trug zumindest eins der Einhorn-T-Shirts, die extra für die Suche auf Befehl vom Professor angefertigt wurden. Sogar Kyras beste Freundin Luna war von dem Trend erfasst worden. Jeder außer Kyra war begeistert. Es waren Menschen aus ganz Deutschland und sogar fremden Ländern angereist, nur um die Attraktion des Hachinger Tals zu entdecken. Als das Forschungsinstitut auch noch ein Preisgeld für den Finder ausgelegt hatte, hatte sich die Zahl der suchenden Irren verzehnfacht.

Kyra verstand gar nicht, was so toll daran war. Es gab schließlich auch andere gehörnte Tiere, wie zum Beispiel Nashörner, die zwar auch gejagt wurden, aber nicht so extrem. Jedenfalls war Kyra vermutlich die einzige, die nicht verrückt nach Einhörnern war.

Rums!

»Aua!«, schrie Kyra empört.

»Selber aua«, kam es zurück.

Verwundert hob das Mädchen den Kopf. Eigentlich war sie davon ausgegangen, dass sie gegen einen Baum gerannt war. Das passierte ihr manchmal, wenn ihre Gedanken auf Wanderschaft gingen. Aber für gewöhnlich antworteten ihr die Bäume nicht. Als sie so da stand und sich ihr schmerzendes Knie rieb, sah sie ein weißes Pferd mit einer silbernen Mähne und Schweif und mit einem Horn direkt vor sich.

»Das ist dann wohl das Einhorn«, dachte Kyra. Gleichzeitig wunderte sie sich, warum sie der Fakt, dass sie vor einem Einhorn stand, nicht im Geringsten überraschte.

»Bist du ein echtes Einhorn?«, fragte sie, als sie ihre Fassung wiedergewonnen hatte.

»Natürlich«, kam es prompt zurück, »aber bist du denn ein richtiger Mensch?«

Kyra nickte nur stumm und starrte auf das Maul des Einhorns.

»Wie schafft es das nur? So zu reden, ohne die Lippen zu bewegen«, fragte sich Kyra stumm.

»Gedankenübertragung«, erscholl eine Stimme in ihrem Kopf, »sehr praktisch, über weite Entfernung möglich und – das ist das Beste – völlig lautlos.«

»Aha«, dachte Kyra. Dann schwiegen sie eine Weile und starrten sich an.

»Wow, ich habe noch nie einen echten Menschen gesehen«, platzte das Einhorn heraus.

»Habt ihr wirklich Geräte mit denen ihr fliegen könnt? Könnt ihr das nicht auch so? Esst ihr wirklich andere Tiere? Ich finde das ja extrem grausam. Wie geht das denn? Leben ist doch etwas Schönes und Einmaliges. Wie kann man das einfach so zerstören?

Oh, ich plappere mal wieder viel zu viel. Das mache ich immer, wenn ich aufgeregt bin. Dabei habe ich mich doch noch gar nicht vorgestellt. Ich bin Flunx. Also eigentlich habe ich noch einen viel längeren Namen, aber den kann sich niemand außer meinen Eltern merken. Ich übrigens auch nicht. Deswegen sage ich immer einfach nur Flunx«, plapperte das Einhorn drauf los.

Kyra versuchte krampfhaft dem Gespräch zu folgen und trotzdem die Fragen nicht zu vergessen. Als Flunx sie plötzlich erwartungsvoll ansah, begriff Kyra erst allmählich, dass sie jetzt an der Reihe war, sich vorzustellen:

»Ähm, also, ich heiße Kyra, ja, wir haben Flugzeuge, nein, wir können nicht ohne fliegen und ja, viele Menschen essen Fleisch. Kannst du denn fliegen?«

»Natürlich«, antwortete Flunx, lief los, sprang nach einigen Schritten ab und galoppierte in der Luft weiter. Das Einhorn flog einen Kreis, bremste scharf, um direkt vor Kyra wieder auf dem Boden aufzusetzen.

Kyra blieb der Mund einige Sekunden offen stehen und sie sagte dann: »Also, irgendwie sieht das ein bisschen aus, als würdest du in der Luft schwimmen.«

»Ja, so ähnlich geht das auch.«

Kyra runzelte die Stirn, dann fragte sie: »Was machst du eigentlich hier? Leben die Einhörner nicht in einem geheimen anderen Land?«

»Ja, hinter den Regenbögen. Ich wurde rausgeschmissen.«

Bei diesen Worten senkte Flunx beschämt den Kopf und fing recht unwillig an zu erzählen: »Ich habe einen großen Fehler gemacht. Als ich dem großen Einhornrat eine sehr wichtige Schriftrolle überbringen sollte, habe ich versagt und die Rolle ist in den großen Weiten des Menschenlands verschwunden. Der Einhornrat hat sofort Späher ausgesandt, die die Schriftrolle auch schnell wiedergefunden haben, aber ich wurde als Strafe zurückgelassen. Ich soll das Vertrauen eines Menschen gewinnen. Erst wenn ich diese Aufgabe erfüllt habe, werden sich die Tore öffnen und ich kann nach Hause zurückkehren.«

»Aber woher weißt du denn, ob ein Mensch dir vertraut?«

Flunx zögerte. »Es…ähm…also…das weiß ich selber nicht genau, aber«, er straffte seine Schultern, »das werde ich schon noch rausfinden.«

»Selbst wenn du das rauskriegst und es auch irgendwie hinbekommst, woher weißt du, dass du auch wirklich zurück kannst?«

»Rengbong«, nuschelte Flunx verlegen.

»Wie bitte?«, hakte Kyra nach.

»Ein Regenbogen«, platzte das Einhorn schließlich heraus. »Wenn die Tore sich öffnen, erscheint in der Menschenwelt ein Regenbogen als Übergang zwischen den Welten. Aber versprich mir, dass du das niemandem verrätst. Das ist das größte Geheimnis der Einhörner.«

Kyra nickte nur, überrumpelt von dem Fakt, dass die Welt der Fabelwesen ihr ganzes Leben lang vor ihrer Nase hing.

Ein Knacken ließ die zwei herumfahren. Hinter ihnen traten drei Jäger aus dem Dickicht der Bäume. Grinsend standen sie da mit erhobenen Gewehren, die direkt auf Flunx zielten.

»Na sieh mal einer an, ein kleines Mädchen findet das große Einhorn«, spottete einer der Männer. Ohne groß nachzudenken stellte sich Kyra schützend vor das Einhorn, die Arme ausgebreitet, um den Jägern so wenig Angriffsfläche wie möglich zu bieten.

»Hau ab, Mädel, du stehst im Weg. Geh weg von dem Viech.«

Doch selbst wenn Kyra gewollt hätte, hätte sie dem Befehl der Männer nicht Folge leisten können. Es war fast so, als wäre das Blut nicht nur in ihren Adern gefroren, sondern hätte auch den Rest ihres Körpers zu Eis erstarren lassen.

»Du musst lügen, Kyra. Sag einfach, du hast mich verkleidet, weil du so ein Fan bist oder so«, schickte Flunx ihr einen Gedanken.

»Ähm, das … das ist gar kein Einhorn. Ich habe es so verkleidet«, sagte Kyra wenig überzeugend.

Die Jäger brachen in schallendes Gelächter aus.

»Ja nee, ist klar, und ich bin der Weihnachtsmann. Wo willst du denn die Verkleidung überhaupt her haben?«, fragte einer der Jäger hämisch.

Kyra sagte das Erste, was ihr einfiel: »Die Hörner gibt's doch jetzt überall zu kaufen und die silbernen Haare sind äh … Lametta.«

Jetzt kriegten die Jäger sich nicht mehr ein vor Lachen und die Verzweiflung des Mädchens wuchs. Wenn Flunx in die Fänge der Männer gelangte, würde er da nicht wieder lebend rauskommen.

»Schnell, steig auf. Wir laufen einfach weg«, offenbarte das Einhorn seinen neuesten Plan. Ihre Zweifel verdrängend hievte sich Kyra auf Flunx Rücken, krallte sich in seiner Mähne fest und sie galoppierten los. Die wütenden Schreie der Jäger ignorierend preschten die zwei Freunde durch den Perlacher Forst, auf und davon.

Epilog:

Natürlich mussten sich die zwei Freunde bald voneinander verabschieden, denn Kyras Wille, Flunx zu retten, hatte das Tor zurück in die Einhornwelt geöffnet. Als Abschiedsgeschenk schenkte Flunx Kyra ein Armband aus seinen Schweifhaaren.

Nur wenige Tage später stand in den Zeitungen, dass es kein Einhorn gäbe, das sei lediglich ein Experiment über Verhaltensweisen der Menschen gewesen.

Nixensage

Kichernd schlüpfe ich aus meinem Versteck hinter einem Stein und mache mich auf den Heimweg. Ich hatte mal wieder Menschen geärgert und ich hatte Glück, die zwei Mädchen, die ungefähr in meinem Alter, also dreizehn, gewesen sein mussten, waren sehr schreckhaft. Beim großen Poseidon, die haben so laut gequiekt, dass die Fische in einem Kilometer Entfernung aufgeschreckt wurden. Dabei hatte ich doch nur mit meinen magischen Kräften gespielt und das Wasser des Hachinger Bachs, meines Heimatgewässers, ordentlich spritzen lassen.

Wir, die Nixen, Nixen – nicht Meerjungfrauen, von mir aus noch Flussgeister, aber Meerjungfrauen sind viel zickiger und eingebildeter als wir. – Na ja auf jeden Fall, leben wir Nixen in kleinen Völkern zusammen in Flüssen und Bächen und beschützen unsere Heimat so wie die Menschen es mit dem Land tun, oder jedenfalls tun sollten. Wir haben eine Hierarchie und mein Vater ist der Anführer meines Volks. Ich werde also irgendwann in seine Fußstapfen treten, aber bis dahin ist noch genug Zeit. Mein Vater macht seinen Job super, achtet aber sehr darauf, dass alle die Regeln einhalten und sich nur von abgestorbenen Pflanzen ernähren. Auch unsere Kleidung, die aus einem T-Shirt und einer Hose besteht, wird aus diesem Material gemacht.

Ein Flussbarsch schwimmt an mir vorbei und nickt mir freundlich zu. Ich erwidere diese Geste. Innerhalb unseres Reviers herrscht Frieden mit den Fischen, die normalerweise unsere natürlichen Feinde sind. Unser Dorf kommt in Sicht, viele Steinhöhlen perfekt für unsere Durchschnittsgröße von fünfzehn bis siebzehn Zentimetern.

Als ich gerade in unsere zentral gelegene Höhle schwimmen will, erhasche ich einen kurzen Blick auf die braunen Haare meines Vaters. Während ich näher heran schwimme, sehe ich, dass er sich mit einem der Mitglieder des Rates der Entscheidungen wild gestikulierend unterhält. Ich versuche das Wasser so leise wie möglich durch meine Kiemen strömen zu lassen und mit zwei weiteren starken Schlägen mit meinen durch

Schwimmhäute verstärkten Händen und Füßen näher zu kommen. Endlich kann ich hören, was sie besprechen.

»Wir müssen vorsichtig sein. Ich will nicht, dass jemand aus dem Dorf von der Aktion heute Nacht etwas mitbekommt«, sagt mein Vater gerade. Sein Gesprächspartner nickt und die beiden Nixenmänner verabschieden sich. So leise wie möglich husche ich durch den Höhleneingang nach Hause. Kurz nach mir kommt mein Vater an mit tiefen Runzeln auf der besorgten grünen Stirn.

Abends liege ich in meinem Bett und denke nach, obwohl ich eigentlich schlafen sollte. Ich grübele darüber nach, was mein Vater vorhat, bis mich plötzlich ein Geräusch aus den Gedanken reißt. Ich schleiche mich aus meinem Bett und spähe gerade rechtzeitig durch den Türspalt, um meinen Vater durch die Höhle Richtung Ausgang schwimmen zu sehen. Schnell schlüpfe ich aus meinem Zimmer und beeile mich ihm nachzukommen. Ich komme mir wie ein Spion oder Geheimagent aus einer Menschengeschichte vor, wie ich da vorsichtig, um nicht entdeckt zu werden, meinem Vater bis an eine Menschenbrücke folge.

Dort angekommen wartet mein Vater und ich suche mir schnell ein sicheres Versteck. Gerade rechtzeitig habe ich meine langen braunen Haare, die widerspenstig wie immer überall im Wasser durch die Gegend wuseln, sortiert und aus dem Sichtfeld meines Vaters gefischt, als drei Nixen angeschwommen kommen.

Erst auf den zweiten Blick erkenne ich drei alte Schulfreunde von meinem Vater, die schon oft bei uns zum Abendessen gewesen waren. Einer von ihnen ist eindeutig der Typ von heute Mittag. Er wurde mir zwar mal vorgestellt, aber Namen entfallen mir so oft, wie die Menschen ihren Beschützerjob vergessen. Ich glaube es war irgendwas mit T oder P? Na ja, ist ja auch egal.

Inzwischen angekommen, unterhalten sich die vier Nixen flüsternd, so als wüssten sie, dass ich sie beobachte. Trotz der extrem guten Schallübertragung unter Wasser verstehe ich deswegen auch nur vereinzelte Wörter: » … lange … bald … aufhalten … Chemieverbrecher …«

Bei dem letzten Wort zucke ich zusammen. In den letzten Jahren hat die Zahl der Menschen, die ihren Chemie-Abfall illegal in Gewässern entsorgen, deutlich zugenommen.

Die vier Nixenmänner verteilen sich. Ich weiß kaum wie mir geschieht, da geht der Kampf auch schon los, denn anscheinend sind die Menschen inzwischen auch da und haben bereits mit ihrer Entsorgung begonnen. Verzweifelt versuchen die Nixen die Chemiebrühe vor dem Eintauchen ins Wasser zu stoppen. Unter Aufbringung all ihrer magischen Kräfte zwingen sie die giftige Flüssigkeit zurück in ihre Gefäße. Dafür müssen sie jedoch über Wasser und die Luft anhalten, was sie höchstens für zehn Minuten aushalten würden. Für mehrere Minuten, die sich wie Stunden anfühlen, kämpfen die Nixen gegen die Schwerkraft an.

Nach und nach geben vier der fünf Verbrecher auf und alle drei Freunde meines Vaters sinken erschöpft auf den Boden des Bachs. Nur der letzte Mensch will partout nicht aufgeben und meinem Vater geht langsam aber sicher die letzte Atemluft aus. Ich will erleichtert aufstöhnen, als auch der letzte Chemieverbrecher sein Fass voll Gift zurückzieht und auch mein Vater endlich unter Wasser sinken kann.

Doch statt erleichtert zu sein erstarre ich zu Stein, als ich sehe, wie sich ein Tropfen Chemiebrühe wie in Zeitlupe vom Rand des Behälters löst und direkt auf die rechte Schulter meines Vaters tropft. Ich weiß, dass der Kontakt mit dem Zeug auch nur in der geringsten Menge tödlich für uns Nixen endet. Ich will schreien, aber es hat sich ein dicker Kloß in meinem Hals gebildet, der mich daran hindert. Eine unbeschreibliche Welle von Wut auf die Menschen kommt über mich, die mich dazu bringt, an die Oberfläche zu schwimmen.

Gerade rechtzeitig tauche ich auf und sehe, wie einer der Verbrecher erneut ansetzt, das Gift in unseren Bach zu kippen. Beinahe schon kochend vor Wut tauche ich wieder ab, aber nur um die ganze Wasseroberfläche mit meinen magischen Kräften zu verhexen. Sobald die Chemie unseren Bach berühren würde, sollte die Magie den Abfall zurück schleudern.

Ich höre noch, wie die Verbrecher verwundert aufschreien und »Schnell weg hier!« rufen, da bin ich auch schon am Boden des Bachs bei meinem Vater, um den sich bereits alle seiner drei Freunde versammeln. Schlaff wie ein Toter liegt er da, mit geschlossenen Augen. Ich will schon ansetzen meine Kräfte erneut zu benutzen, um ihn zu heilen, als er die Augen öffnet und langsam den Kopf schüttelt.

»Nein, auch der beste Arzt könnte mir nicht mehr helfen.« Seine Stimme klingt so brüchig und schwach, dass mich die Verzweiflung regelrecht überflutet.

»Aber du kannst noch nicht sterben, du bist erst 44, viel zu jung, um schon den Geist aufzugeben«, sage ich. Ich weiß wie kindisch und naiv das ist, aber ich habe keine Ahnung, was ich hätte sagen sollen. Mein Vater hustet und beginnt dann wieder zu sprechen.

»Hör zu, ich habe das für dich gemacht, damit du ein gutes Leben haben kannst, ohne Giftmüll. Führe meinen Kampf weiter. Es gibt noch so viel mehr Verbrecher, die du in deinem Leben aufhalten musst. Wenn du so bleibst, wie du bist, kannst du alles schaffen. Du musst nur an dich glauben. Schütze, was du liebst und gib niemals auf.«

Seine Stimme war immer dünner geworden, bis sie kaum noch zu hören ist. Auch seine Atemzüge sind inzwischen extrem abgehackt. Meine klaren grünen Augen haben sich im Blick seiner braunen verfangen und dann von einem Moment auf den anderen sind seine Augen glasig, und ich weiß., dass es vorbei ist.

Corona-Spaziergang

»Langweilig! Wir sind jetzt seit einer Woche jeden Tag denselben Weg lang spaziert. Jeden Tag dieselben Büsche, Bäume und Steine!«

»Wenn du mal weniger trampeln würdest wie ein Elefant im Porzellanladen und mehr auf deine Umgebung achten würdest, könntest du auch interessante Tiere und Pflanzen sehen.«

»Oh wow, eine Ameise, wie niedlich.«

»Jetzt lass dieses Augenverdrehen mal bleiben und hör auf so ironisch zu reden.«

»Okay, aber mal ehrlich. Seit diesem Ausbruch des Corona-Virus mache ich jeden Tag dasselbe: Aufstehen, frühstücken, Arbeitsaufträge für die Schule, mittagessen, noch mehr Schulzeug, Langeweile haben, spazieren gehen, abendessen, den Fernseher anschalten und anschauen, was gerade so kommt, schlafen. Und dann geht's wieder von vorne los. Ich hätte nie gedacht, dass ich das jemals sagen würde, aber ich freue mich schon auf die Schule und darauf, mir sieben Stunden pro Wochentag Lehrer anzuhören.«

»Ja ja, ich weiß, was du meinst. Mir geht's doch auch nicht anders. Aber das Lernen zu Hause hat doch auch Vorteile.«

»Ach ja? Und welche, wenn ich fragen darf? Alles ist total unverständlich und manche Lehrer sind so übermotiviert, dass sie den Stoff in zehnfacher Geschwindigkeit durchhauen. In Englisch zum Beispiel haben wir innerhalb der letzten fünf Wochen so viele Lektionen gemacht, wie im bisherigen halben Jahr.«

»Ähm nee, so meinte ich das nicht. Aber, äh, es ist doch super, dass ähm … man sich die Aufgaben und seine Zeit selber einteilen kann und äh …«

»… und man muss trotzdem lauter Abgabefristen beachten. Ja, schönen Dank auch. Darauf kann ich getrost verzichten.«

»Aber schau doch mal, sonst kommen wir nie so oft raus und genießen die frische Luft.«

»Oh doch, das tun wir und zwar in den Schulpausen. Aber was bleibt uns denn anderes übrig? Alle Sportanlagen sind geschlossen und irgendwo müssen wir ja hin mit unserer überschüssigen Energie. Außerdem wollen wir ja nicht an Vitamin-D-Mangel sterben.«

»Geht das überhaupt? – Und außerdem ist das doch nicht der einzige Grund fürs Spazierengehen. Das Wetter ist super und zwar seit Wochen. Das muss doch ausgenutzt werden.«

»Oh ja, juhu, Waldbrandgefahr und das schon im April. Dieses Jahr ist wundervoll!«

»Jetzt hör auf zu meckern und sieh die Sache mal positiv!«

»Sieh die Sache mal positiv. Pah, nichts werde ich tun. – Aber ich sollte definitiv aufhören Selbstgespräche zu führen. Mein Gesprächspartner ist mir zu optimistisch, und sind Leute, die mit sich selbst reden, nicht verrückt? – Da sieht man es schon wieder, so weit hat uns Corona also gebracht.«

Ein normaler Schultag

Gähnend öffnete ich die Augen. Die knarzenden Schritte meiner Mitbewohnerin Maria auf der Treppe hatten mich, wie fast jeden Morgen, geweckt. Ich reckte und streckte mich so lange bis das dumpfe Müdigkeitsgefühl der vergangenen Nacht aus meinen Gliedern verschwunden war und trottete dann gut gelaunt nach unten in die Küche, in der Maria mir mein Frühstück schon gemacht hatte.

Sie selber aß nichts in der Früh. Stattdessen wuselte sie immer aufgeregt durchs ganze Haus – Katzenwäsche und so'n Zeug, sagt sie dazu – bis sie mir noch einmal über den Kopf strich, um gestresst zur Arbeit zu fahren.

Ich ließ mir dafür immer besonders viel Zeit morgens. Wirklich Sorgen zu spät zur Schule zu kommen machte ich mir nicht. Wir wohnten nur einen Katzensprung – haha, schon wieder ein Wort mit Katze, wie äh passend – von dem Gymnasium entfernt und zudem kam und ging ich eh, wann ich wollte.

Genau wie jeden Morgen lief ich nun also gemächlich in Richtung Schule, nicht ohne noch durch einige Gärten zu streifen und dem hübschen Kater von nebenan einen schönen Tag zu wünschen. An der Schule angekommen benutzte ich den Hintereingang, denn auf den Trubel, der sonst immer entstand, wenn ich vorne zum Haupteingang reinging, hatte ich gerade keine große Lust. Ich war trotz meiner morgendlichen Streifzüge früh dran und beschloss mir gut zu überlegen, in welchen Unterricht ich heute gehen würde, anstatt mich wie sonst immer vom Zufall leiten zu lassen.

Es war Montag, da hatte die 6b, bei der ich sehr gerne im Unterricht saß, Kunst. Nee, mit dem Fach hatte ich schon schlechte Erfahrungen gemacht. Einmal wurde ich von Farbe getroffen und sah aus wie die dicke gepunktete Katze aus der Gegend. Als Maria dann abends nach Hause kam, hat sie mich gebadet, ein Albtraum!

Hm, die 8e vielleicht? Obwohl, die hatten gleich Mathe bei dieser Lehrerin, die die Kreide so auf der Tafel quietschen ließ, dass sich einem die Schnurrhaare aufrollten. Nach einigem weiteren Überlegen entschied ich mich schließlich für die 10c. Die hatten gleich Geschichte, das war relativ interessant.

Gut gelaunt machte ich mich auf den Weg. Die wenigen Schüler, die ich auf den Gängen traf, sprachen mich alle mit einem meiner Spitznamen an. Cookie, Nala, Mäuschen und Mieze waren nur einige wenige Beispiele. In der Schule kannte mich jeder, aber meinen richtigen Namen wussten nur die wenigsten. Als ich endlich am richtigen Klassenzimmer ankam, streckte eine Schülerin den Finger aus und zeigte auf mich:

»Schaut mal, die Schulkatze«, rief sie. Sie hatte Recht, ich war die Schulkatze des LMGU.

Reinhold Glasl

Gigantopolis

Versuchsballon zur Coronakrise
(23.05./29./05.06./28.07./11.08./14./17.09. 2020)

Der alte Mann im Rollstuhl umklammerte das Telefon noch fester, als könne er damit die schlechte Übertragung verbessern. Es war beinahe ein Aufheulen, als er nun mit seinem Sohn weiter sprach. Einem Sohn, dem Zweitjüngsten von vieren und einer Tochter, welche aber zu weit weg – in den USA – wohnte.

»Ich bin doch nicht giftig, ich will euch doch nichts tun!«, rief er geradezu in das Mikrofon des alten Apparates. »Ich würde euch nur so gerne einmal wiedersehen – ich zahle es auch!«

Das Leben des Rentners war ein Einerlei aus Essenszeiten – dem ‚Abfüttern‘, wie er es nannte – und den Stunden dazwischen, wo nichts geschah, was nennenswerte Abwechslung für ihn war. Ein alter Fernseher war schon längst defekt geworden und das Radio seines Sohnes hatte zu kleine Schalter für seine gichtigen Finger.

»Vater, darum geht es nicht! Wir wollen Dich nicht gefährden!«, erklang es aus dem Telefonhörer. Nun schon zum dritten Mal, denn der Alte hatte die Viruspandemie noch nicht als radikale Änderung der Gegebenheiten erkannt.

Eine Tür öffnete sich und in das kleine Zimmerchen des Heiminsassen schob sich die Pflegerin, welche ihn schreien gehört hatte. Ein Problem hätte ihr gerade noch gefehlt, sie war allein hier und hoffte wie jedes mal, dass nichts passierte – aber sie musste nachsehen.

Der Mensch vor ihr war am Ende seiner Kräfte und streckte ihr zitternd das Telefon entgegen. Ohne zu Überlegen nahm sie es ihm ab und legte es in die Halteschale zurück. »Alles in Ordnung?«, fragte sie geschäftsmäßig.

Der alte Mann beugte sich weit zu seinem Gegenüber und zog gleichzeitig den durch seine hektische Sprechweise lockeren Speichel zurück.

Das Virus nutzte die Gelegenheit und sprang über. Für das kleine Ding ein weiter Weg, für den Betroffenen das Ende der Reise.

Die beiden Familien einigten sich auf einen schattigen Platz in der Ecke des Biergartens und stellten ihre schweren Taschen dort ab. Sie hatten sich seit Monaten nicht gesehen und waren sich eigentlich auch sonst nicht so grün, jedoch war ein Mitglied der ersten Gruppe ein Cousin einer Frau aus der zweiten Gruppe – und man wollte den schönen Tag nutzen. Auch sollten die Kinder wieder die Gelegenheit haben, sich näher kennen zu lernen.

Die Hitze leistete dem Genuss des herrlichen Bieres Vorschub und bald waren die Köpfe nicht mehr rot vom Schleppen, sondern vom Alkohol und der durch ihn lockereren Stimme. Wenn letztere auch vor allem bei den Herren bei Einbruch der Dunkelheit oft schwerfällig war. Die Gruppe des Cousins kam aus dem Vorort einer Großstadt und lebte auch das rasche Leben dieser Gegend. Man legte Wert auf nächtliche Restaurant- und Kneipenbesuche, aber gleichzeitig auch körperliche Fitness.

Die Cousine hatte ihre beste Freundin und deren Kinder mitgebracht, welche in einem völlig anderen Umfeld lebten als die erste Gruppe und somit ging der Gesprächsstoff nie aus. Als man sich trennte, war jeder in guter Stimmung und es kam durchaus zu freundschaftlich engen Verabschiedungen.

Das hätte es gar nicht mehr gebraucht. Das Virus war da schon mehrfach gesprungen.

Gottvertrauen war die Stärke einer kleinen Arbeitsgruppe für die Verschönerung der lokalen Kirche. Man war sich sicher, dass der Herr seine Hand über alle gehalten hatte und dies weiter tun würde.

Zweige wurden gebracht, Äste hereingetragen und Blumen verteilt. Geschickte Frauenhände verteilten letztere und wanden manchen Kranz, welcher für das Frühlingsfest zur Verschönerung des Gotteshauses beitrug. War es eine christliche, buddhistische oder andere Gemeinde?

Alle arbeiteten intensiv und überzeugt, dies alles habe jetzt zu geschehen. Geschichten wurden erzählt, Anweisungen gegeben und befolgt und Vorschläge bei den Initiatoren der Feier eingereicht. War es erst noch kühl gewesen in dem großen Gotteshaus, so wurde den Arbeitenden bald warm. Die Tücher und Masken vor den Mündern und Nasen jedoch wurden feucht bis fast nass. Mancher legte die hinderlichen und unappetitlichen Dinger ab – in der festen Überzeugung, alle seien ja gesund und schließlich das Ganze ein eigentlich doch geheiligtes Tun.

Die Halbfertigprodukte gingen von Hand zu Hand, wurden hochgezogen, manche zusammen hoch gehievt, an Säulen befestigt und um Leuchter drapiert. Die riesige Halle wurde verschönert und die kleinen Menschen von oben gesehen trippelten emsig hin und her. Man half sich, stand Schulter an Schulter und eroberte Seitenaltar um Kreuzgang oder Großfenster. Mosaike wurden gesäubert, Staub verbracht und am Schluss noch alles desinfiziert.

Da hatte das kleine Virus in der großen Welt seine Chance aber schon lange genutzt.

Die jungen Leute betraten zögernd den eigentlich vertrauten Saal ihrer Diskothek.

Wie üblich kamen sie schnell an Alkoholika und ihre Gespräche kreisten um die angeblich drohende Krankheit, vor allem die Ansteckung.

Kaum jemand von ihnen hatte genauere Vorstellungen, was der Erreger war und wie er agierte – nämlich unglaublich schnell und effektiv – doch um hip, cool, geil oder zumindest locker zu wirken, schaukelten sie verniedlichende Behauptungen zum Virus auf und glaubten schließlich selbst daran.

Das Ding war doch so klein und sie so groß – dass das die Ärzte nicht einsahen bei ihren übertriebenen Warnungen. Man sollte sich eigentlich um das ‚Ding aus dem Miniversum', wie ein Junge mit Brille meinte, gar nicht kümmern.

Andere, wie zwei supercoole Girls, sagten, sie würden das Virus niedertanzen – jawohl. Sie waren nicht bereit, sich ungeschlagen dem Keim zu übergeben und ohne Gegenwehr nachzugeben. Sie nicht – vielleicht die dummen Erwachsenen, aber sie doch nicht.

Das, was sie als Bazillus bezeichneten, hatte es sich schon längst bei ihnen gemütlich gemacht und nutzte sie als Fähren zum Vater, welcher von seiner ihn schwächenden Herzkrankheit noch nichts wusste, bzw. bei anderen zur kleinen Schwester, deren Asthma ihr bei der Infektion fast zum Verhängnis wurde, sie dann aber doch mit lebenslangen Behinderungen durchkommen ließ.

Locker die Stoffmasken schwingend – scheinbar in der Luft ausschleudernd – schlenderten die Beiden dahin. Sie waren schon älter und befanden, dass sie die unerhörten Einschränkungen nicht mehr hinnehmen wollten. Das war genau so etwas wie diese Umwelthysterie. Angeblich hatte das Virus ja gerade dadurch den Weg zum Menschen gefunden. So ein Unsinn.

Und überhaupt – etwas Vergleichbares hatte es noch nie gegeben. Noch nie – noch nie, seit sie hier waren auf jeden Fall. Und das war schon eine ganze Weile! Also konnte es gar nicht so schlimm sein und überhaupt – vielleicht war es nur so eine Mode. Ja genau – das war es.

Im Übrigen näher an die Bekannten am Tresen heran in dem lauten Trubel hier.

Als sie sich aus der Diskussion an der Schänke lösten, war es schon längst bei ihnen. Die Ansteckung der beiden jedoch büßte der Erreger mit der Nichtweiterverbreitung. Die Beiden waren zu schwach oder schlicht auch zu ruhig für sein flinkes und aggressives Auftreten. Die wenigen Tage bis zum Ausbruch der Beschwerden wurden von den Leuten allein und in Ruhe verbracht. Enkel kamen gerade keine und sonstige Begegnungen trugen alle den Mundschutz. Und später begegneten die Mediziner ihnen nur mehr mit hochgradigen Schutzanzügen – bis zum bitteren Ende.

Die ablehnende Diskussion über den Virus und seine Bezüge zur Lebensart der Menschen hatte sich erübrigt.

Der bullige Typ in der engen Boxer-Shorts hatte offensichtlich auf den Rothaarigen gewartet.

Während die wohl zwanzigste Lautsprecherdurchsage an die Maskenpflicht erinnerte, ließ er ruhig und konzentriert seine 60-kg-Hantel zu Boden gleiten. Dann rutschte er seinen Mundschutz wieder über die Nase und richtete sich auf, um mit dem Gegenüber den ‚Ellenbogen-Check' zu machen.

Ein leichter Stoß der Ellbogen beendete die akustische Begrüßung.

Der Rothaarige war nicht so kräftig wie sein Freund, aber länger und quirliger. Zwar trug auch er eine Maske, beim Training jedoch war es erlaubt, diese abzulegen am Ort der Klimmzüge oder Gewichthebevorgänge. Auf einem Fernsehschirm kamen mit den aktuellen Nachrichten auch die Zahlen der Neuinfekte in Deutschland.

Nicht lange dauerte es und der Neuankömmling begann, von seinem Tagwerk zu berichten. Um sich gegenseitig unterstützen zu können, arbeiteten beide Bodybuilder am selben Gerät zusammen. Dabei bekam der Bullige fast das ‚Ohr abgekaut' bei den Schwänken, welche sein Spezl ihm von hinten über die Schulter laberte. Zuerst noch durch die Maske hindurch, welche schon etwas störte.

Versetzt legte einer dem anderen die schweren Scheiben auf und sorgte danach dafür, dass die Übung gerade und korrekt durchgeführt wurde.

Im Eifer des Gefechts vergaßen sie aber bald, beim Wechsel die Masken wieder aufzuziehen.

Die beiden Recken hatten Glück, das Virus sprang trotz aller Sorglosigkeit mehrfach zu kurz.

Als der erste Athlet jedoch abends von seiner am Geschehen unbeteiligten Frau um den Hals genommen und geküsst wurde, sprang das Virus doch noch einmal – und hatte Erfolg!

Letzter Versuch

Sie waren gelandet – und es hatte genau den Aufruhr gegeben, welchen man sich immer vorgestellt hatte. Gefürchtet oder herbeigesehnt – verabscheut oder für nötig befunden.

Ein riesiges Objekt hatte sich plötzlich zwischen Mars- und Jupiterbahn befunden, war nähergekommen und bald als künstlich identifiziert worden. Kontaktversuche über Funk, Radar oder Lichtzeichen hatten zu nichts geführt.

Eine Art Beiboot landete im Süden der Großstadt München auf einem alten Militärflugplatz bei der Gemeinde Unterhaching. Es war immer noch gute 60 Meter lang, fast 20 Meter hoch, annähernd diskusförmig und sandte kleine Sonden aus.

Und dann – ja, und dann … – da waren Wesen gesichtet worden. Auf vier oder fünf staksenden Beinen, unterschiedlich groß, auch fliegend, und – wie sich später herausstellte – auch wieder künstlich.

Sie hatten sich nicht als sehr kommunikativ erwiesen, genauer nahmen sie keine Notiz von den Menschen, bis diese einen der kleinen Hubschrauber festhielten und dabei wohl zerstörten.

Danach traten schon bei geringer Annäherung an die Maschinen kleine Laserfinger in Aktion. Welche empfindliche Verbrennungen hinterließen – oder irdische Drohnen manchmal auch zerstörten.

Mit dem Erscheinen des Beibootes hatten die Politiker begonnen, sich ernsthaft mit dem Besuch zu beschäftigen.

Und jede Menge Sekten entstanden, welche zum Teil gar einen ‚Auserwählten' an Bord vermuteten, der nun gekommen war, seine Jünger in ein Paradies zu holen. Gott sei Dank kam keine der Sekten auf die Idee, den Auserwählten, Messias oder Propheten bei den Leuten im Raumschiff eingesperrt zu vermuten. Wie sich später herausstellte, hätten Befreiungsaktionen schwerwiegende Folgen gehabt.

Ohne, dass man wusste wie, war plötzlich eine Art Kontakt hergestellt. Wobei er sehr einseitig war – die Menschen versuchten mit zahlreichen Delegationen, Empfangskomitees und Begrüßungsveranstaltungen die Aufmerksamkeit zu erregen – und manchmal wurde auch geantwortet. Irgendwie und für die

Erdenmenschen reichlich unspezifisch. Es wurden angebotene Geschenke – oder eher Werbeprodukte – scheinbar über Nacht und nicht nachvollziehbar von den abgelegten Orten entfernt oder tauchten – reichlich demoliert meist – einen Tag später woanders wieder auf.

Große Leinwände wurden aufgestellt und sowohl die Geschichte der Erde wie auch der Menschen dargestellt. Danach spielte man auf ihnen diverse Filme ab oder führte mit Lautsprechern Musikdarbietungen (auch mit Bild) durch.

Die Politiker überboten sich, die Bedeutung des Augenblicks – welcher zum Schluss Wochen betrug – zu betonen, andere wiederum warnten und befürchteten das Schlimmste.

Man setzte entweder auf mögliche Wirtschaftsbeziehungen – außer Acht lassend, dass nur die Fremden Transportmittel besaßen – oder erwog die Stationierung von Atomraketen rund um den Landeplatz des Schiffes. Letzteres vernachlässigte vor allem die große Nähe zu menschlichen Ansiedlungen – und das Beiboot war nicht gerade auf der Heide oder gar in der Wüste gelandet.

Somit wurden die Bürgermeister Unterhachings und der Nachbargemeinden vom Landratsamt aufgefordert, alle Vorkehrungen für eine Evakuierung zu treffen.

Nach zehn Tagen etwa hatte sich die Fraktion der Wirtschaftsliberalisten durchgesetzt und man karrte mit riesigen Lastern alle Arten von Produkten an das Raumschiff heran. Man hatte inzwischen eine Art Regelwerk der maschinellen Scouts des Schiffes herausgefunden und baute demgemäß – wie auf Messen – die jeweiligen Produkte auf. Große Maschinen, kleine Geräte, Fertigprodukte – auch Nahrungsmittel – sowie Möbel, aber auch Ersatzteile wie elektronische Teilprodukte und Ähnliches.

Wissenschaftler (oder Forscher) wurden wie üblich nicht gehört – man wusste ja nicht, was diese sagen würden.

Dann, durch den Misserfolg zu weiterem Handeln sich aufgerufen fühlend, änderte man die Taktik und setzte auf eng zusammengehörende Waren, gleich die zweite Welle an Handelsgütern waren Waffen verschiedenster Art, was jedoch meist mit scheinbar hohen Fehlerraten beim Abladen oder gleich Funktionsstörungen beim Versuch des Antransports noch auf den Tiefladern einherging. Man mutmaßte, es gäbe eine maschinenfeindliche Kraft, oder Feld oder Strahlung.

Dann schleppte man Kleidung, Tücher und Rohstoffe heran, welche jedoch überhaupt keine Beachtung fanden. Zumindest wurde nichts sichtbar ins Schiff gebracht oder gar vor Ort von den maschinellen Scouts untersucht.

Die Politiker und die Bosse der Großkonzerne glaubten, anhand von Hinweisen herausgefunden zu haben, dass die Fremden auf alle Fälle Handel treiben wollten – nur wie und wodurch, dies blieb unklar. Zudem hatte sich kein Fremdling bislang selber blicken lassen. Dies schürte den Glauben, es handle sich wohl nur um ein Spähboot und man sei mit der Darstellung der industriellen Leistungsfähigkeit des Wirtschaftsraumes München-Süd zu unvorsichtig gewesen. Macht sei zu demonstrieren und das Boot gegebenenfalls festzusetzen und die Insassen – auch gegen deren Willen – herauszuholen.

Religionsführer, Sektenprediger und angeblich von Ethik geleitete Menschen erhielten Wind von dem Vorhaben und protestierten – oder forderten noch härteres Vorgehen. Dies führte in wenigen Tagen zu politischen Zerwürfnissen und zu in Volksaufständen ausartenden Demonstrationen.

Noch immer aber ruhte das kleine Schiff ohne wesentliche Aktivitäten in der Vorstadtwiese und keine der Voraussagen trat ein.

Mit der Zeit verloren die Menschen das Interesse und wandten sich anderen Themen, respektive Meldungen aus den Medien, zu. Um diese Entwicklung zu durchbrechen, prophezeiten interessierte Politiker und Wirtschaftler die Zukunft der Menschen im Weltraum im Rahmen einer gigantischen Föderation vieler galaktischer Völker. Zum dritten Mal wurden Güter und auch Rohprodukte unterschiedlichster Art herangeschleppt und aufgebaut.

Nichts aber vermochte das tiefere Interesse der Beibootsbesatzung zu erwecken.

Gerade die einfachen Leute in den Ansiedlungen um den Landeplatz aber fühlten sich aufgefordert, etwas beizutragen zum zukünftigen Wohle der Menschheit und waren unglücklich über das bisherige Scheitern. Man träumte vom Handel zwischen den Sternen und Wohlstand, wollte nicht verzichten und als die Rede auf das zukünftige Wohl der Kinder kam, formierte sich ein Gedanke. Man wollte die Kinder auf eine Art Bittgang schicken. Hin zum Raumschiff, um sich dort zu präsentieren und wortlos, aber per Anwesenheit, die Fremden um Aufnahme in den vermuteten galaktischen Bund anzuflehen. ‚Für die Zukunft unserer Kinder' hieß das Vorhaben, welches von Kirchen, Verbänden und Vereinen wie der lokalen Agenda 21 gesteuert wurde und sich vor allem die Mütter zu eigen machten.

Als Vorbereitung wiesen sie ihren Nachwuchs an, ihre kleinen Bastelsachen einzusammeln, und die größeren der Kinder, gemalte Bilder, Kunstwerke und handwerkliche Produkte herbeizuschaffen. Und die ganz Kleinen sammelten Blumen.

Alte und Behinderte wurden nicht ausgeschlossen und trugen das Ihre dazu bei, einen großen Querschnitt durch menschliches Leben darzustellen. Einfache Musikstücke kamen plötzlich auf, wurden geprobt und der Umgebung bezüglich der Instrumente angepasst. Webstühle, Ateliers und Manufakturen halfen, Chorproben wurden an den Landeplatz verlegt und Fingermalfarben verteilt oder Theaterstücke, Pantomimen und eben Gesangsdarstellungen für das Ganze angesetzt.

Und schließlich strebte eine ganze Reihe von Menschen, die Kleinsten voran, die Älteren unterstützt von den Veranstaltern hinterher, zum Ort der Landung.

Der Kapitän des Landers – ein Mensch hätte gesagt: ‚beäugte' diese Parade nicht ohne Misstrauen, dann aber befahl er die Ausschleusung menschenähnlicher Roboter.

Endlich, so befand er, waren die Bewohner des blauen Planeten bereit, ihre heimatlichen Produkte zum Tausch anzubieten. Was hätten die Raumfahrer denn mit Porsches, Panzern oder Polstergarnituren oder elektronischen ASICS anfangen sollen? Das gab es in der Galaxis zuhauf.

Aber nicht Bilder kleiner Erdenkinder, Skulpturen von Menschengruppen, Blumengestecke oder handwerklich hergestellte Holzschnitzereien und dergleichen mehr.

Beinahe hätte der Kapitän schon den Befehl zum Rückzug gegeben – die Bedrohung durch das vorgeführte Waffenarsenal gleich zu Beginn war ihm sehr suspekt gewesen. Nun aber sah er Potential – und zwar großes!

Erlösung unerwünscht.

Wie angekündigt, kam er zurück.

Er strich durch die Wälder, die er so lange nicht mehr gefühlt hatte, lief über das Gras, welches er die lange Zeit entbehren musste.

Sah den Fischen im Wasser zu, wie sie ihre Spiele machten, die wieder zu sehen er sich so gewünscht hatte.

Seine Füße stießen Kiesel zur Seite. Die bloße Berührung des blanken Gesteins rief Erinnerungen wach, die, wie er genau wusste, leider der fernen Vergangenheit angehörten.

Tief holte er Atem und sog alle Gerüche, deren er habhaft werden konnte, in sich ein. Bis seine Lungen zu bersten drohten.

Schon wollte er diese vergrößern, nur damit er noch mehr Luft aufnehmen konnte, da fielen ihm beim Anblick eines Geröllfeldes vor ihm seine Wanderungen ein und er rannte los – ohne Ziel und ohne echten Zweck. Obwohl er natürlich wusste, dass es unsinnig war, sich Gefühlen gerade dieser Art hinzugeben, die er aus einer anderen Epoche bezog, blickte er neugierig wie ein Kind, oder ein ehemals Blinder, von Bergspitzen in die Täler hinab. Er verfolgte die silbrigen Bänder der Flüsse, bis sie am Horizont dem Auge entschwanden. Und er betrachtete die grauen Bänder, welche scheinbar kreuz und quer durch die Landschaft verlegt waren und brachte lange Zeit damit zu, den Fahrzeugen darauf zuzusehen wie sie – schnell oder langsam, rasant oder behäbig, zögernd oder auch nur abschätzend – ihren Weg machten. Seine Gedanken griffen weit aus, und er sah sich selbst am Steuer eines Rennwagens oder im Sattel eines ‚Feuerstuhls‘. Der vermittelte Rausch der Geschwindigkeit war neu für ihn, das (!) hatte es damals noch nicht gegeben – außer die zweirädrigen Spezialanfertigungen der Römer für ihre Rennen.

Es hatte sich wirklich vieles verändert, jedoch waren die Bewohner des Planeten dieselben geblieben von Gemüt und Seele und hatten nur genutzt, was ihnen im Laufe der Zeit an Wissen zugewachsen war.

Und er bemühte sich, die Impulse des jungen Körpers, in dem er nun wohnte, zu beruhigen. Es gelang und so schweiften seine Sinne weiter über das Land, die Bewohner nun genauer studierend und auch etwas sortierend.

Es gab sie also noch, die Stolzen und die Geizigen, die Armen und die Habsüchtigen, die Treuen und die Machthungrigen, vertraute Schicksale, geprägt durch den Stil der Zeit. Modifiziert durch andere Umstände, Freundschaft, Hass, Neid, Ärger und Leid – ja, viel Leid.

Erst jetzt fiel ihm auf, jetzt, als er sich daranmachte, die Empfindungen genauer zu bestimmen, dass Leid herrschte auf diesem Planten, unendlich viel Leid.

Und es brach wie ein mächtiger Strom mit aller Gewalt aus ihm hervor:

»Ich bin da, nun wird alles gut! Höret, ich sage Euch: Die Zeit der Knechtschaft und der Pein ist zu Ende!«

Der Drang, den Bewohnern dieser Welt seine Ankunft mitzuteilen wurde übermächtig in ihm und er begann, die alten Prophezeiungen zu erfüllen.

Noch einmal ließ er den Blick aus großer Höhe über die Länder – sein Reich – schweifen, verlagerte dabei auch den Ort und querte wie nebenbei ein großes Binnenmeer und hielt nach Norden. Er durchstieß die Wolkendecke, übersprang ein mittleres Gebirge und hielt auf eine malerische Gegend nördlich eines langgeformten Sees zu. Moore und Wälder, Felder und Wiesen waren erkennbar, mittendrin – abgesehen von einer großen Stadt an einem kleinen Fluss – immer die Dörfer oder kleinen Städte.

Schnell sank er auf die Schotterebene hinab und wählte als Ziel ein flaches Tal mit einem Bach, welcher sich durch mehrere Ortschaften schlängelte und wohl zwischenzeitlich auch einmal versickerte.

Fast zu schnell bewegte er sich Richtung Erdoberfläche in dem Bestreben, mit seinem Erscheinen anzuzeigen, dass die Zeit der Befreiung gekommen war.

Er bewegte sich mit Hilfe seines inneren Impetus über Dächer, Wälder, Strommasten und Häuser, bereit, niederzugehen und sein Werk zu vollenden.

Jedoch war er wohl trotzdem zu langsam gewesen, denn plötzlich näherten sich ihm Fluggeräte unterschiedlichen Aussehens. Mit künstlichem Antrieb und ohne, mit feststehenden Flügeln und rotierenden. Die Piloten vermochten ihren Augen nicht zu trauen. »Unfassbar« las der Zurückkehrende in ihren Gedanken.

Was zuerst für ein Willkommensgruß zu halten war, entpuppte sich jedoch schnell als harter Hinweis, das vogelgleiche Schweben im Äther zu beenden: Ein Hubschrauber und mehrere Drohnen sanken von oben auf ihn herab und er musste, wollte er keine Kollision herbeiführen, in Richtung Erde ausweichen.

In einer Niederung zwischen zwei Häuseransammlungen hielt er an und sein aus Aerosolen bestehendes Gefährt löste sich auf. Nur ein feines Leuchten umgab ihn noch, Zeichen seiner Herkunft und seines Standes.

Bald hatte ihn ein Ring von Uniformierten umstellt, so dass gemeines Volk nicht an ihn herantreten konnte. Er bedauerte dies, hatte aber mit Ähnlichem gerechnet.

Als hohe Beamte auf ihn zuschritten, uniformiert und mit Gepränge an Schultern, Brust und Armen, lächelte er: Aha, sie halten immer noch viel von Etikette!

»Wie heißen Sie?«, wurde er gefragt.

»Emmanuel«, entgegnete er wahrheitsgemäß.

»Wo ist Ihr Ufo geblieben?«, war die nächste Frage.

»Es ist verschwunden«, antwortete Emmanuel völlig korrekt, nachdem er in den Gedanken seines Gegenübers die Bedeutung eines Ufos ergründet hatte.

Der Fragen gab es noch einige, jedoch waren die Männer um ihn nicht zufrieden.

Und als er verlautbarte, dass er sein Reich wieder aufbauen werde, da schlugen die Gefühle seines Gegenübers in Zorn um.

»Wir herrschen hier auf der Erde. Wo Sie herkommen, das werden wir schon herausbekommen. Befehle nehmen wir

Menschen von niemandem entgegen, schon gar nicht von Ihnen!«

»Und wir brauchen auch niemanden, der uns erlöst, wie sie sagen, wir haben keine Zeit für so einen Firlefanz«, fuhr ein weiterer hoher Herr fort. Und dann setzte er hämisch hinzu: »Oder kommen Sie nächstes Jahr wieder – vielleicht zur Osterzeit?«

Und wie vor zwei Jahrtausenden wurde er den Schergen überantwortet und diese angewiesen, ihn zu binden und unter Folter das herauszubringen, was die Mächtigen sich erhofften.

Näxts Moi – Unddahaching

Eine Hommage an Unterhaching

Auf meinen Reisen zur Erholung von Geist und Körper – kurz: Urlaub – war ich trotz guter Vorbereitungen schon in Hotels gewesen, wo der Boden bei der Ankunft Zentimeter unter Wasser stand – leider auch in meinem Zimmer.

In Tunesien wechselte ich im selben Urlaub – Dauer: sieben Tage – drei Mal das Zimmer, unter anderem weil ich einmal direkt über, dann im Schallkanal der Diskothek gewohnt hätte.

In Südtirol war ich anfangs von einer Riesentouristenburg entsetzt und buchte die Jahre drauf sukzessive alle kleineren Dependancen – bis ich wieder zu ihr zurückkehrte. Sie hatte einfach alles – inklusive urige Zimmer mit Türen im 18. Jahrhundert-Look ...

Bei einem längeren Aufenthalt in den Vereinigten Staaten im letzten Jahrhundert besuchte ich – damals fast noch Student – viele der mir dort bekannten Personen und wohnte meist auch bei Ihnen. Zwar wuschen mir all die Mamis meiner Freunde die verbrauchten Hemden, jedoch hatten fast alle Väter eine unverheiratete Tochter, welche doch zu mir passen sollte, oder hatten meine Gastgeber generell Nichten, welche dringend unter die Haube sollten.

Wie sich dann höflich zurückziehen, wenn der amerikanische Übervater oder der unendlich freundliche arabische oder englische Hausherr extra die Party so gestaltet hatte, dass ich jemanden finden musste (!).

Jahre später hatte ich mich in einem tschechischen Hotel mit Reha-Abteil eingebucht und hätte nach drei Tagen beinahe kein Essen mehr bekommen. Man hatte mich genau wie die Kranken katalogisiert und überwacht, denn kein Antritt zur Massage bedeutete für das Hotel den Abzug der Lagepauschale durch die Krankenkasse. Ich zahlte die Pauschale selber und hatte trotzdem einen schönen und preiswerten Aufenthalt im Land – bis heute gehört es zu meinen Lieblingszielen.

In Oregon bekam ich 1992 kein Einzelzimmer, dafür die Ankündigung eines ‚Mitschläfers‘: Der erschien nachts um

23:30, kümmerte sich nicht um mich und hackte drei Stunden in seinen Laptop hinein. Um sechs Uhr morgens verließ er drei Minuten nach seinem geräuschvollen Aufstehen das Zimmer und entpuppte sich bei Konferenzbeginn um acht Uhr als hochkompetenter ‚Invited Speaker' des von mir besuchten Kongresses über Softwaregestaltung. Um zehn Uhr fuhr die Konferenzleitung persönlich den Mann zum Flughafen und wir anderen befassten uns verblüfft mit den Resultaten seiner Ansprache.

Dies erklärt vielleicht auch, weshalb ich trotz mancher schlechter Erlebnisse – vor allem im Ausland – immer wieder wegfuhr. Wo – wie beim Fall Oregon 1992 – lernt man sonst einen Berliner Spezialisten für Softwaremessung kennen? Im Verein mit einem Professor aus Magdeburg, welcher der dritte von uns Deutschen dort war, mich deshalb ansprach und noch Jahre später mit Unterlagen zum Thema versorgte.

Es war meist Neugier und auch Wissensdurst – wie damals, als ich in Trondheim (Norwegen) 2003 an einer Konferenz über Großdatenbanken teilnahm. Wie üblich hielt sich die Firma finanziell stark zurück, aber abends entdeckte ich im Hinterhof eine fantastische Hausbrauerei, welche ich seither immer wieder besuchte.

Die Unterkünfte steigerten sich preislich in 4 Jahrzehnten dabei von einer Bank im Greyhound-Bus der USA über eben Betten oder Zimmern bei Bekannten sowie Jugendherbergen und Motels hin zu normalen Hotels – was mir jedoch den Unmut meiner Verwandten einbrachte.

Aber auch die reine Urlaubsgestaltung war oft mehr Wunsch als Wollen, so sah ich mit großer Verblüffung in sogenannten Freizeitparks, wie sich die Besucher die zu höchsten Preisen ausgestellten Souvenirs kilogrammweise in bereitgehaltene supersize Taschen stopften. Und dabei lagen die Preise der Mitbringsel weit über vergleichbarem – selbst wie zum Beispiel auf dem Oktoberfest.

Aufgewachsen in einfachen Verhältnissen und erzogen mit Abscheu vor allem Prunk und Glitzer brachte ich von solchen Reisen höchstens bunt geknöpfte Lederschühchen für meine Patenkinder mit und sandte Postkarten an die Daheimgebliebenen, was mir den Vorwurf der Arroganz und Prahlerei (mit meinen Reiseziele) eintrug.

Im Laufe der Zeit fuhr ich in immer bessere Unterkünfte – vor allem, wenn meine Partnerin mich begleitete – jedoch störten immer wieder randalierende Fußballmannschaften – seltsamerweise auch, wenn sie gewonnen hatten. Oder es sammelten sich schreiwütige Rheinländer mit ambulanten Weindepots direkt unter meinem Fenster und kommunikationsgestörte Verehrer umwohnender Fräuleins vollführten morgens um drei Uhr Kavalierstarts.

Später im Rentenalter hatte ich die Angebote vom Monetären her wieder mehr zu vergleichen und musste feststellen, dass die am freundlichsten auftretenden Hotels oft die Teuersten waren – trotz angeflanschter, selbstlos dargestellter Öko- und Natureigenheiten.

Schließlich nahmen wir die Enkel meiner Lebensgefährtin mit, was jedoch nicht vor seltsamen Abenteuern schützte. So waren wir frühzeitig auf die Veranstalter eines der oben schon angesprochenen Parks wegen einer Glutenallergie zugegangen (u.a. Totalunverträglichkeit gegen Weizen, Roggen oder andere Getreidemehlprodukte).

»Machen Sie sich keine Sorgen, hingehen und bestellen, die wissen Bescheid!«, war kurzgefasst die Auskunft.

Im ersten Restaurant vermittelte man uns den Eindruck, noch nie davon gehört zu haben, auch das zweite Lokal nutzte Ausflüchte, bis ich im dritten den Manager kommen ließ. 15 Minuten später hatten wir die tatsächlich vorgehaltenen Nudeln in drei Tellern auf dem Tisch.

Wir nutzten von da ab nur mehr das vierte Lokal.

Das Veräppeln schlug mir allerdings auf den Magen, denn Zusagen vor allem in dieser Preisklasse und zu diesem Thema sind meines Dafürhaltens vor Ort nicht diskutierbar.

Auch die Überwachung von Schutzmaßnahmen der ab Ende 2019 um sich greifenden Covid-Pandemie war zwar bei diesen Zielen angekündigt, stellte sich jedoch schnell als nicht leistbar heraus. (Vermutlich wäre dies als gefühlte Gängelung dem Geschäft abträglich gewesen.)

Mir graute jedes Mal vor den sich immer bildenden Ballungen dutzender Leute einige Meter vor Einlass-Schranken, Essensausgaben, Eintrittstoren oder nur der Verteilung simpler Flugblätter.

Die Besucher vergaßen plötzlich alle Abstandsgebote und drängten sich um die Ausgebenden, manchmal die Masken herunterreißend, um lauter schreien zu können.

Im August 2020 hatten wir ein Zweizimmerappartment auf einer nordfriesischen Insel gebucht unter der Prämisse, dass in Deutschland zu jener Zeit wegen Corona eh kaum jemand sich aus dem Haus trauen wollte, der Wind am Meer uns aber hilfreich sein könnte.

Dort angekommen hatte ich allerdings nun nicht nur den Eindruck, in der Hochsaison auf Ibiza oder in Riccione (Adria) zu sein – man konnte vor Menschenmassen keine fünf Meter weit geradeaus sehen – sondern auch sonst war Einiges bemerkenswert.

So sah man viele miteinander befasste Paare unterschiedlichster Gestaltung, bei welchen sich die Jüngeren meist liebevoll um den älteren Partner oder die Partnerin kümmerten. Auffällig für mich waren nicht nur die Freundinnenpärchen, sondern auch Männerpaare, wo anscheinend der Sohn seinem müden Vater den Weg – nun eben (siehe unten) – freiboxte. Später ließ ich mich darauf hinweisen, dass die umsorgten Partner nicht unbedingt verwandt gewesen sein mussten, aber da war meine Hochachtung schon eingerichtet.

Vor allem irritierte mich aber die gnadenlose Rücksichtslosigkeit, mit welcher jedermann, aber auch -frau sein/ihr vermeintliches Recht auf den Straßen durchsetzte. Es wurden ständig Rempeleien gerade noch unterbunden, Zusammenstöße der Radler mit Hilfe der Schutzengel von beiden Seiten eben noch vermieden und das geforderte Anstehen in der Schlange durch wahrhafte ‚Pressorattacken‘ zum Kampf nicht Gut gegen Böse, sondern schwach oder behindert gegen unverschämt und kräftig.

Obwohl Sylt viele extra angelegte Radwege hat, wichen wir zum Radfahren schließlich auf die zum Glück wenig befahrenen Straßen der Insel aus. Die gefühlt zwei Meter breiten und sogar meist noch durch einen weißen Strich geteilten Rennbahnen wurden bei der Begegnung von Radfahrern mit Fußgängern als scheinbar nur dann existierende Möglichkeit zum Überholen genutzt: Was die E-Bikefahrer hinter den normalen Radfahrern nicht davon abhielt, noch schnell diese zu überholen und sich zwischen entgegen kommenden Fußgängern ihrerseits überholenden Überholern und den Ausweichenden noch hindurch zu drängeln.

Die Sommerfrische früher, also Ende des 19. und Anfang des 20. Jahrhunderts, sollte Erholung bringen und war auch erholsam und ruhig … aber der Urlaub des 21. Jahrhunderts wird immer schlimmer. Nicht zuletzt wegen der vielen Leute, welche ihren Dritt- oder Vierturlaub ähnlich aufwendig und laut verbringen mussten wie ihre manchmal übervollen bis gesundheitlich fast ruinösen Reisen davor gewesen waren.

Unsere Unterkunft lag gegenüber einer ganzen Reihe von Restaurants, welche es mit ihrer Adresse wohl nicht mehr in die Hauptstraße geschafft hatten. Vermutlich deshalb gaben sie zwar an, nur bis 21:30 oder 22 Uhr die Küche geöffnet zu haben, jedoch konnte man überdeutlich noch morgens um drei Uhr den Padrone lautstark seine Anweisungen für neu Ankommende geben hören.

In der Appartementanlage selber sperrte kaum jemand die Außentüren ab oder legte den Abfall nach Gebinde und Material sortiert ab, während gleichzeitig im Hochsommer noch volle Pulle geheizt wurde. Selbstredend, dass Handwerker oder Reinigungskräfte der Verwaltung vom Namen her nicht bekannt waren und korrekt zugeordnet werden konnten. Unter ständigem Druck stehend, sprachen erstere natürlich am Ort der Organisation nicht vor und blieben daher im Unbekannten.

Als morgens die Handwerker im Raum unter unseren kamen, versuchten wir, in leisere Gefilde umzubuchen. Jedoch spielte die Verwaltung mit uns Ping-Pong, zu dem auch das ‚Vergessen‘ unseres Namens auch nach dem vierten Anruf noch gehörte.

Verschwiegen soll nicht werden, dass wir als Ausweichquartier eine preiswerte, saubere und vor allem ruhige Anlage kennen lernten. Hier verbrachten wir die heiße Sommerwoche und sind noch immer voll des Lobes über ein Gemisch von Ausländern und Ausländerinnen, welche mit polnischem Tonfall, italienischer Eloquenz und rumänischer Besonnenheit oder französischer Leichtigkeit auch gravierendere Unregelmäßigkeiten wegbrachten, als wäre dies geübt. Ohne germanische Capos im Kücheneck oder deutschen Hexen in der Verwaltung …

Allmählich begann ich für mich, alles zu vergleichen und meine Nöte und Vorgaben zu einer gelingenden Erholung zu sammeln:

Beim Benutzen eines Appartements bedeutete dies, einen passenden Metzger, einen guten Bäcker und eine anständige Gemüsefrau zu finden. Das Wetter musste passen, da nie alles an Anziehzeug mitgenommen werden konnte. Schon gar nicht Sandalen, Stiefel, Bergschuhe, Sandaletten für Partys und Lackschuhe bei noblen Einladungen. Wo ging man hin, wenn ein Abend ‚übrig‘ blieb? Zu Hause wusste man es, hatte alles ausprobiert und darüber hinaus da seine (echten) Freunde vor Ort.

Ein Hotel musste von vornherein hochpreisig sein, was jedoch selten wirklich das ganze an Organisieren, Vereinbarungen treffen – und schließlich auch Geld – wert war. Nicht zu vergessen die An- und Abfahrten zu den Flugzeugen, welche gerne stundenlange Verspätungen hatten oder auch mal ganz ausfielen (schon vor Corona).

Ausruhen in gewohnter Umgebung war eigentlich das, was man gemeinhin wirklich unter Ruhen, Urlaub machen oder Ferien haben bezeichnen kann. Den Metzger meines Vertrauens im Unterhachinger Nordteil kenne ich seit langem, ebenfalls den Bäckerladen (sogar eine ‚Pfisterei‘) mit den verschiedensten Arten von Mischbroten. Im Ortskern hatten wir sowohl Restaurants und einen Fachladen für Naturbedarf aber auch den Agenda Laden mit weiteren Ökoprodukten. Eine Bücherei mit guten Öffnungszeiten und aktuellen Journalen und Zeitungen war ebenfalls vorhanden und ein – zumindest manchmal – passender Nahverkehr fürs Einkaufen. Und der Spätheimkommende nach Kneipe oder Konzert wusste Bescheid – zu Hause hat man alles und wusste meist genau, wo es sich befand.

Im Ausland vor zugesperrten Kirchen zu warten, Beute von geldgierigen Taxifahrern zu werden oder im Inland in irgendeinem Kaff wegen dessen angeblich berühmtem Museum viel Geld auszugeben für die Erforschung der Infrastruktur (Essen, Infos etc.) – hoffentlich keinem Arzt –, das erschien mir immer weniger begehrenswert.

Deshalb ziehe ich für mich schlussendlich das Fazit für den nächsten Urlaub und ich lege es jedem anheim, für sich darüber gut und intensiv nachzudenken:

»Näxts Moi: UNTERHACHING!«

Viktoria Sonblum

Schokolade macht glücklich

Tom und Tina gehen im Sommer oft nach der Abendmahlzeit eine kleine Runde spazieren und genießen den Sonnenuntergang. So auch diesem Abend. Nach ein paar Schritten begegneten sie Christine mit ihrer Schwester Tanja. Auch diese beiden Frauen unternahmen nach einem guten Essen einen Verdauungsspaziergang. Es ergab sich ein kurzer Plausch über dies und das. Christine erzählte von einem Flyer im Briefkasten und fragte in die Runde:

»Habt ihr auch schon von dem neuen Schokoladengeschäft im Hachinger Tal gehört? Auf dem Flyer war ein Gutschein für eine Tasse Kaffee mit einer Zartbitterschokoladen-Praline mit Pistazien-Streuseln oben drauf abgedruckt.«

Tom meinte spöttisch zu Tina: »Dir entgeht doch nie, wo es etwas umsonst gibt. Dort bist du dann immer die Erste, die vor der Türe steht.«

»Nun übertreib doch nicht schon wieder so«, entgegnete Tina. »Ich trinke lieber eine Tasse heiße Schokolade als eine Tasse Kaffee. Außerdem war in unserem Briefkasten kein Flyer von diesem Schokoladengeschäft.«

Tom meinte Kaffee mit Likör oder ein Glühwein wäre ihm lieber, da es heute Nacht schon ziemlich kalt sei.

Die beiden Geschwister verabschiedeten sich und schlenderten gemütlich wieder nach Hause. Tina sagte zu Tom: »Du denkst doch wirklich ständig nur an Alkohol.«

»Kann ja nicht jeder nur Softdrinks und Wasser trinken wie du, mein Liebling«, entgegnete Tom.

Tina sagte: »Nun lass uns auch nach Hause gehen, bevor die Nacht einbricht.«

»Gute Idee«, meinte Tom, »dann genehmige ich mir zu Hause noch ein gut gekühltes Weißbier und du kannst noch eine schwarze Johannisbeerschorle trinken.«

Am nächsten Tag nach Arbeitsende fuhr Tina nicht gleich mit ihrem Fahrrad nach Hause. Der Flyer vom Schokoladengeschäft ging ihr nicht mehr aus dem Kopf. Ihre Firma befand sich eh in der Nähe vom Landschaftspark Unterhaching und so erreichte sie nach kurzer Wegstrecke das Ortsschild. Sie fuhr einige Wege im Ort ab und suchte nach einem kleinen Hinweisschild auf ein neues Geschäft.

Bei einem Obststand am Straßenrand hielt sie kurz an und kaufte sich eine Banane.

»Entschuldigung«, fragte sie die etwas moppelige Standlfrau, »wissen sie von einem neuen Schokoladengeschäft im Ort?«

»Nein, tut mit leid. Ich bin nicht von hier. Ich arbeite nur hier als Urlaubsaushilfe für meine Kollegin.«

»Na ja, kann man nichts machen. Muss ich halt leider noch weitersuchen«, murmelte Tina vor sich hin und fuhr Richtung Taufkirchen weiter.

Auch hier fuhr sie hin und her und drehte die eine oder andere Runde. Irgendwann kam sie an eine Holzbrücke, die über den Hachinger Bach führte. Auf der Brücke blieb sie kurz mit dem Fahrrad stehen und beobachte das Plätschern des Baches und entdeckte den ein oder anderen Fisch, der im Bach vorbei schwamm. Für heute hatte sie genug vom Suchen nach dem neuen Schokoladengeschäft, und deshalb machte sie sich auf den Heimweg.

Tom wartete schon auf sie und fragte: »Wo kommst du denn so spät her? Hattest du wieder so viel Arbeit, dass du Überstunden eingelegt hast? Oder konntest du dich nicht von deinem charmanten Chef trennen?«

»Keines von Allem. Ich war auf der Suche nach dem neuen Schokoladengeschäft im Hachinger Tal und habe somit gleich eine Radtour bei diesem schönen Wetter unternommen.«

»Und, warst du fündig? Hast du mir ein paar Pralinen mit Alkoholfüllung mitgebracht?«

»Nein, leider nicht«, sagte Tina etwas enttäuscht.

»Du wirst den neuen Laden schon noch finden. Wenn du dir etwas in den Kopf gesetzt hast, ziehst du das auch durch. Viel Spaß beim Weitersuchen.«

»Du kannst mir ja am Wochenende suchen helfen«, meinte Tina und sah ihn erwartungsvoll an.

»Das kannst du vergessen. Ich habe bestimmt etwas Besseres zu tun als so ein doofes Schokoladengeschäft zu suchen«, entgegnete Tom.

Einige Tage vergingen und an einem Mittwochnachmittag versuchte Tina nochmal ihr Glück das Schokoladengeschäft zu finden. Sie schwang sich auf ihr Fahrrad und fuhr Richtung Oberhaching. Am Ortsschild angekommen blieb sie kurz stehen und studierte die Route die sie abfahren wollte. Zuerst fuhr sie am Naturbad Furth vorbei. Von weitem hörte sie schon Kindergeschrei und einige Bauchplatscher vom Sprungbrett ins Wasser. Heute war viel los im Freibad, weil ein heißer Sommertag war. Tina brauchte nun auch eine Erfrischung. Da kam ihr die Eisdiele im Ort gerade recht. Sie holte sich eine Kugel Bananeneis, setzte sich auf eine Bank und genoss ihr Eis.

Kurz darauf sprach sie eine Frau mittleren Alters an und fragte: »Entschuldigen Sie, ist hier noch ein Platz frei?«

»Ja«, entgegnete Tina kurz, die schon wieder in Gedanken beim Schokoladenladen war.

»Ich brauche jetzt unbedingt jemanden zum Reden und Zuhören«, und schon begann die Frau zu erzählen:

»Sie glauben nicht, was mir gerade passiert ist. Rudi, mein Freund, war am Anfang so fürsorglich und hat mir jeden Wunsch von den Augen abgelesen und erfüllt und jetzt das. Seitdem in seiner Firma drei neue Arbeitskolleginnen in seiner Abteilung eingestellt worden sind, hat er sich zum Hallodri entwickelt. Ich finde bei jeder 30 Grad Wäsche seiner Hemden kleine Zettel mit Frauennamen mit deren Telefonnummern oder Notizen wie ‚Mein Süßer wann sehen wir uns wieder?‘ Der läuft nur noch jedem Weiberrock hinterher. Ich habe nun die Schnauze voll. Heute Abend noch trenne ich mich von diesem Mann!

So jetzt geht es mit etwas besser. Vielen Dank fürs Zuhören.«

Tina wollte sie mehrfach unterbrechen und die fremde Frau bitten sich selbst um ihre Liebesprobleme zu kümmern, aber sie kam nicht dazu, weil diese Frau ohne Pause fröhlich redete und redete.

»Dann kann ich sie jetzt auch mal kurz etwas fragen«, sagte Tina zu ihr. »Wissen Sie in der Nähe hier ein neues Schokoladengeschäft?«

Die Frau schüttelte ihren Kopf und sagte kurz angebunden: »Nein, für so ein Kinkerlitzchen interessiere ich mich nicht.«

Wütend entgegnete Tina: »Na ja, Sie haben ja schon genug damit zu tun, sich um ihr Liebesleben zu kümmern. Da haben Sie keine Zeit, mal in Ruhe eine schöne Tasse Schokolade zu trinken.«

Tina stand auf und schwang sich auf ihr Fahrrad um noch ein paar Straßen abzufahren. Leider hatte sie auch heute kein Glück bei ihrer Suche nach dem Schokoladengeschäft. Auf dem Heimweg kam sie noch an einigen Tafeln vorbei, wo Erläuterungen zur Renaturierung des Hachinger Bachs beschrieben waren. Sie blieb kurz stehen und las die Informationen mit großem Interesse.

Die Zeit verging und Tina hatte in den vergangenen Wochen so viel zu erledigen, dass sie gar nicht mehr an das Schokoladengeschäft dachte. Aber nach einiger Zeit dachte Tina: »Aller guten Dinge sind drei. Die zwei Versuche, das Schokoladengeschäft zu finden, scheiterten leider, aber vielleicht habe ich beim dritten Versuch mehr Glück.« Heute fuhr Tina nicht mit dem Fahrrad los, sondern stieg in ihr Auto und startete ihren dritten Versuch.

Sie hatte heute ein gutes Bauchgefühl fündig zu werden und sah sich schon vor dem Geschäft sitzen und eine Tasse Schokolade mit einer guten Praline zu genießen.

Mit dem Auto war der Suchradius auch größer als mit dem Fahrrad. Sie fuhr die Ortschaften Unterhaching, Taufkirchen, Oberhaching, Furth und Deisenhofen ab. Die Fahrtroute ging über große Hauptstraßen, kleine Straßen, Marktplätze und Einkaufsgebiete. Aber weit und breit war kein Schokoladengeschäft.

Dafür entdeckte sie im Oberhachinger Ortsteil Deisenhofen ein besonders schönes Baudenkmal. Sie parkte ihr Auto am Straßenrand und stieg aus. Hier stand ein Wasserturm, der außen farbig gestaltet war. Das mit einem Gesims abgeschlossene Erdgeschoss war rot gestrichen. Die Obergeschosse hatten eine glatte Fassade und waren grün gestrichen. Die auf dem Turm aufsitzende rote Turmkanzel hatte ein Kegeldach mit Laterne. Echt schön anzusehen.

Tina wollte noch eine kleine Runde spazieren gehen bevor sie nach Hause fuhr. Sie schlenderte am Bahnhof und am Postamt vorbei. Plötzlich blieb sie wie erstarrt stehen. Sie glaubte ihren Augen kaum. Sie stand plötzlich vor einem Schokoladengeschäft.

»Das muss es sein!«, schoss es ihr durch den Kopf. Sie ging hinein und fragte: »Wie lange gibt es ihr Geschäft denn schon?«

Die junge Frau im Verkaufsraum sagte: »Erst seit kurzem, wir haben das Geschäft erst neu eröffnet.«

»Endlich geschafft!«, sagte Tina. »Ich bekomme bitte eine Tasse Schokolade und eine dunkle Praline.«

Sie setzte sich auf die Terrasse und genoss beides. Mit zwei kleinen Tüten, die mit verschiedenen Sorten von Pralinen gefüllt waren, kam sie glücklich zu Hause an.

Als sie das Wohnzimmer betrat, sah sie Tom völlig unglücklich und fast schon am Boden zerstört auf dem Sofa sitzen. Er murmelte immer wieder den gleichen Satz vor sich hin: »Das darf doch alles nicht wahr sein, das darf doch alles nicht wahr sein.«

»Was ist denn mit dir los?«, fragte sie ihn.

»Zuerst die schlechte Nachricht: In der Arbeit habe ich die Abteilungsleiterstelle nicht bekommen. Die Geschäftsführung hat einer externen Kollegin von unserer Zweigstelle in Stuttgart den Posten überlassen. Außerdem ist diese Kollegin zehn Jahre jünger als ich. Nun muss ich mich von diesem Jungspund auch noch herumkommandieren lassen.

Dann auch noch die Autopanne. Ich wollte nach Arbeitsende mit dem Auto nach Hause fahren und dann machte der Motor keinen Muckser mehr. Nach einer Stunde Warten kam endlich der ADAC-Pannendienst und schleppte mein Auto in die Werkstatt. Der Anlasser war kaputt. Ich fuhr dann mit dem Taxi nach Hause. Der Abend ist für mich nun gelaufen.«

Tina setzte sich zu ihm. Sie hatte eine Praline in der rechten Hand und steckte sie sich genüsslich in den Mund. Mit der anderen Hand hielt sie Tom die offene Pralinentüte hin. Tom zögerte, griff aber dann doch zu.

Vorsichtig biss er ein kleines Stück ab und sagte: »Oh, schmeckt die gut. – Nun bin ich aber heilfroh, dass die Suche nach dem Schokoladengeschäft ein glückliches Ende gefunden hat.«

»Und? Macht doch glücklich die Schokolade, oder?«, murmelte Tina mit vollem Mund.

»Zumindest tröstet sie bei Kummer und Sorgen«, sagte Tom und lächelte seiner Tina schon wieder kurz zu.

Rittertreffen

Jedes Jahr findet ein Rittertreffen auf verschiedenen Burgen und Schlössern in Bayern statt. Wir schreiben das Jahr 1518. Diesmal auf der Burg Grünwald, die in der Gemeinde Grünwald südlich von München oberhalb der modernen Straßenbrücke liegt. Es handelt sich um eine spätmittelalterliche Höhenburg über dem Isartal. Der Schlossherr Ferdinand von Stein, ein naher Verwandter der Habsburger Linie, saß mit seiner Frau Sophie von Stein beim Nachmittagstee im Ostflügel der Burganlage.

Ferdinand war etwas verärgert und brummelte vor sich hin: »Warum steht mein Früchtetee noch nicht auf dem Tisch? Immer wieder Ärger mit dem Personal. Wo bleibt denn nur der Butler James mit dem fünf Uhr Tee?«, fragte er seine Frau.

Sophie klingelte mit der kleinen Glocke drei Mal laut. Endlich öffnete sich die Tür zum Nachbarzimmer.

»Sie haben gerufen, gnädige Frau?«, sagte James etwas verschlafen. Er gähnte und war noch nicht so richtig wach.

Sophie schaute zu ihrem Butler und meinte scherzhaft: »Sind Sie schon wieder beim Mittagsschläfchen auf dem harten Holzstuhl eingeschlafen? – Wo bleibt denn unser fünf Uhr Tee, James?«, fragte Sophie ihn noch ganz freundlich.

»Oh je, den habe ich ganz vergessen. Aber die Zofe Agnes hat doch schon den Tisch gedeckt und die Orangenkekse bereitgestellt.«

Mit lauter Stimme und auch schon verärgert entgegnete Sophie: »Schon wieder hat die Zofe Agnes die Kartoffeln für Sie aus dem Feuer geholt, ihre Arbeit erledigt und Sie in Schutz genommen! Das wird noch ein Nachspiel für Sie haben, James. Schwingen Sie ihren Hintern schnell in die Küche und holen Sie unseren Nachmittagstee!«

»Lass uns endlich die Einladungsliste für das Rittertreffen erstellen, damit sie noch rechtzeitig mit der Postkutsche verteilt werden kann! Die Post ist auch nicht mehr die schnellste«, forderte Sophie ihren Mann auf.

»Ritter Kunibert mit Frau Kunigunde, Ritter Rost mit Frau Rosi, Ritter Schloss mit Frau Key, Graf von Bernstein mit Gemahlin Saphir, Graf von Fluss mit Gemahlin Strom, Herzog Freude mit Gattin Zorn und Herzog Wilhelm mit Fragezeichen.«

»Wieso Fragezeichen?«, fragte Ferdinand seine Frau Sophie. »Wer ist denn Fragezeichen? – Was für ein komischer Vorname.«

Sophie sagte mit einem Schmunzeln: »Ich weiß doch nicht, wie seine derzeitige Freundin heißt. Die letzte hieß Edeltraud und die davor Freifrau von Kleinau. Weiß ich doch nicht, ob er wieder in Adelskreisen oder im Fußvolk eine Frau gefunden hat.«

Ferdinand entgegnete: »Nun, vielleicht kommt er diesmal alleine. Keine Frau der Welt hält es doch bei Herzog Wilhelm aus.«

»Und das obwohl er doch in so einem gut erhaltenen Schloss in Baden-Württemberg mit sehr nettem und vor allem zuverlässigem Hauspersonal regiert«, fügte seine Frau hinzu.

Sophie bestand darauf, morgen in der Früh, wenn die Postkutsche vorbeifuhr, selbst die Einladungen für das Rittertreffen dem Kutscher zu übergeben. Auf Butler James sei ja wohl kein Verlass.

»Wir sollten uns eh überlegen, ob wir Ihn nicht mit einem anderen zuverlässigeren Butler ersetzen sollten«, sagte sie zu ihrem Mann.

Ferdinand meinte nur: »Wo finden wir denn nur einen Ersatz für ihn? Du weißt doch, wie schwer es ist, im Hachinger Tal und Umgebung gutes Personal zu finden.«

Die Postkutsche kam aus München und fuhr durch den Perlacher Forst auf holprigen Wald- und Kieswegen und dann weiter über Unterhaching, Furth, Oberhaching am Hachinger Bach entlang nach Grünwald hinauf zur Burg.

Sophie erwartete den Kutscher Franz schon und übergab ihm alle Einladungen und einen Reiseproviant für die lange Kutschenfahrt, die noch vor ihm lag.

Franz erzählte Sophie, dass er am Hachinger Bach in der Nähe von Oberhaching am Bachrand hin und wieder ein weißes Hemd oder eine weiße Bluse liegen sah.

»Hat da jemand von deinen Mägden ihre Wäsche gewaschen und dort liegen lassen?«, wollte Franz von Sophie wissen.

»Mir ist nichts bekannt«, entgegnete Sophie. »Soweit ich weiß, waschen unsere zwei Mägde ihre Wäsche im Nebenraum der Speisekammer in der Burg.«

»Komisch«, meinte Franz, »vielleicht sind es fahrende Zigeuner gewesen, die hier übernachtet haben und das eine oder andere Wäschestück gedankenlos liegen gelassen haben.«

Beide verabschiedeten sich und Sophie rief ihm noch »Eine gute Fahrt und bis zum nächsten Mal!« hinterher.

Endlich war es soweit. Die Burg Grünwald war von beiden Mägden, Zofe Agnes und dem Butler James von oben bis unten gründlich geputzt worden.

Alles für ein zünftiges Ritteressen war besorgt worden: Fleisch beim besten Metzger von Unterhaching und Brot und Semmeln vom Lieblingsbäcker, den Sophie schon viele Jahre kannte.

Alle geladenen Gäste kamen gut gelaunt in Grünwald an. Nur einer fehlte noch. Wie sollte es anders sein: Herzog Wilhelm mit Fragezeichen. Wilhelm war bereits bekannt für seine Unpünktlichkeit und deshalb begrüßten Sophie und ihr Mann Ferdinand die geladenen Gäste und geleiteten sie in den großen Speisesaal.

Herzog Wilhelm reiste von Baden-Württemberg zuerst nach Landshut. Dort besuchte er Ludwig X. von Bayern. Er hatte Seinesgleichen versprochen hier einen kurzen Zwischenstopp einzulegen. Ludwig hatte nach einem Streit mit seinem älteren Bruder Herzog Wilhelm IV. eine weitere Teilung des Herzogtums beschlossen. Dadurch konnte er ab Oktober 1514 selbständig als Herzog von Bayern regieren. Dies galt zwar nur für die Bezirke Landshut und Straubing, aber das reichte ihm vollständig.

Während einer kleinen Vesper sagte Ludwig zu Wilhelm: »Lass uns anstoßen auf meinen neuen Adelstitel! Herzog von

Bayern klingt doch super! Bin ich froh, dass ich nur für zwei Bezirke zuständig bin. So habe ich weniger Verpflichtungen und viel Freizeit für meine Hobbys und andere schöne Dinge im Leben.«

Als sie sich beide verabschiedeten, sagte Ludwig zu Wilhelm: »Gute Reise nach Grünwald und bleib immer am richtigen Weg ohne Umwege.« Dieser gute Wunsch erfüllte sich aber leider nicht.

Tatsächlich irrte Herzog Wilhelm gerade im Perlacher Forst auf irgendeinem Waldweg mit seinem weißen Pferd umher. Er hatte sich verirrt.

»War ich nun an der großen Kreuzung im Wald in die dritte oder in die vierte Abzweigung geritten?«, fragte er sich und betrachtete die Karte vom Perlacher Forst.

»Keine Ahnung wo ich jetzt bin«, brummelte er vor sich hin.

In der heutigen Zeit, liebe Leser, wäre das kein Problem. Einfach das Smartphone aus der Tasche holen und telefonieren, Hilfe holen oder per GPS übers Navi die Route eingeben und sich von einer netten Ansagestimme zum gewünschten Ziel leiten lassen.

Aber die Geschichte spielt im Mittelalter um 1518.

Herzog Wilhelm ritt also einfach weiter den Weg entlang. Er hörte auf einmal ein junges Mädchen singen. Mal laut und dann wieder etwas leiser. Er ritt in die Richtung, woher die Singstimme ertönte und wollte sie nach dem Weg zur Burg Grünwald fragen.

Er hörte dann auch noch ein Gewässer vor sich hin plätschern, erblickte es kurz darauf schon und ritt noch ein Stück am Bach entlang. Dann sah er dort ein junges Mädchen am Bach sitzen. Sie hatte eine weiße Bluse mit einem kleinen Rüschenkragen und einen hellbraunen weiten Rock an. Ihre schönen hellblonden langen lockigen Haare fielen Wilhelm sofort auf und gefielen ihm sehr gut. Außerdem war sie schlank und hatte eine gute Figur.

Sie war mit der Wäsche von weißen Hemden und Blusen beschäftigt und sang vor sich hin. Wilhelm stieg von seinem Pferd ab und ging auf sie zu. Sie sprang ruckartig auf und lief ein Stück in den Wald hinein, weil sie vor dem Pferd Angst hatte.

»Ach komm doch zurück! Ich und mein Pferd tun dir nichts. Wo willst du denn hin? Die Wäsche liegt doch noch am Bach«, rief er ihr hinterher.

Als sich Wilma etwas beruhigt hatte und ihr Herz nicht mehr so schnell vor lauter Aufregung klopfte, ging sie den Weg zum Bach langsam zurück.

»Heute ist Waschtag wie jeden Dienstag und ich habe die leidige Aufgabe zugewiesen bekommen. Ist ein harter Job«, sagte sie zu Wilhelm.

Dieser nahm ihre beiden kleinen Hände in seine und betrachtete ihre zierlichen, aber sehr rissigen Hände. Sie hatten auch schon einige kleine Risse, die etwas bluteten.

Wilhelm blickte in Wilmas Gesicht und war von ihren blauen Augen total fasziniert. Sie trug am Hals eine Kette mit kleinen runden blauen Kugeln.

»So kannst du doch nicht die Wäsche waschen. Das Blut kommt doch auch auf die frisch gewaschene Wäsche«, meinte er dann.

»Deswegen brauche ich ja den ganzen Tag, um aus der frisch gewaschenen Wäsche das Blut wieder auszuwaschen«, meinte das Mädchen.

Wilhelm packte die Wäsche zusammen und nahm Wilma mit. Er hob sie auf sein Pferd, obwohl sie lautstark protestierte und sagte zu ihr: »Du musst keine Angst haben, mein Pferd ist ganz zahm. Halt dich nur an meinem Rücken fest!«

Wilma kannte den Weg zur Burg Grünwald und so kamen beide dort nach einem halbstündigen Ritt an.

Als Sophie gerade aus dem Fenster schaute, sah sie beide kommen. Sie öffnete das Fenster und sagte ganz laut: »Na endlich! Da kommt nun auch Herzog Wilhelm mit seinem Fragezeichen. Wer das wohl ist?«

Sophie ging hinaus und begrüßte beide. Die Wäsche von Wilma ließ sie von Butler James zu ihren zwei Zofen tragen. Diese sollten die Wäsche säubern, trocknen und schon gefaltet auf die kleine Anrichte im Gang legen.

Sophie betrachtete Wilma genau von oben bis unten und meinte: »Wollen Sie sich noch etwas frisch machen, so folgen Sie mir bitte! Ich glaube ich habe noch ein Kleid in meinem Schrank, das Ihnen passen könnte. Wenn Sie wollen können sie sich noch schnell umziehen.«

»Ja das Angebot nehme ich gerne an«, sagte Wilma und verschwand mit Sophie. Wilhelm wartete kurz vor der Burg.

Als Sophie und Wilma wieder zurück kamen, traute Wilhelm seinen Augen nicht mehr. So ein wunderschönes Wesen in einem dunkelblauen figurbetonten langen Kleid hatte er schon lange nicht mehr gesehen.

Ihre beiden Gäste begleitete Sophie nun in den großen Speisesaal zu den anderen.

Während des Ritteressens sah der ein oder andere zu Herzog Wilhelms Begleitung hinüber und fragte sich, wer die wohl sei. Aber fast alle tuschelten hinter vorgehaltener Hand: »Wohl eher eine Bürgerliche.« Nur Ritter Kunibert und seine Frau Kunigunde meinten, sie sei eine verwunschene Prinzessin.

Graf von Bernstein sagte zu seiner Gemahlin Saphir: »Schau mal ihr wunderschönes hellblondes langes lockiges Haar und ihre schlanke Erscheinung, das kann doch nur eine standesgemäße Prinzessin aus Bayern sein.«

Sonntagsausflug

»Endlich wieder Wochenende«, sagte Rudi am Freitagabend zu seiner Freundin Susanne. Beide saßen mit einem Glas Rotwein auf der Terrasse und genossen den lauen Sommerabend. Ihre Tochter Evelyn war Gott sei Dank schon im Bett.

»Heute war deine Tochter wieder sehr anstrengend und wusste alles besser«, sagte Susanne mit einem Seufzer zu Rudi.

»Ich bat sie, ihr Zimmer aufzuräumen und das Geschirr nach dem Mittagessen in die Spülmaschine einzuräumen. Darauf hin erwiderte sie: ‚Das hat noch Zeit, ich habe Wichtigeres zu tun.‘

‚Nein‘, sagte ich zu ihr, ‚du machst das jetzt gleich und dann kannst du nachher im Garten spielen.‘

Evelyn stand vor mir, beide Hände in der Hüfte gestützt, und erklärte mir:

‚Ich finde etwas Unordnung gar nicht so schlimm. Ich warte einfach auf die Heinzelmännchen vom Fernsehen, die können für mich dann aufräumen. Ich gehe jetzt zum Spielen in den Garten.‘

Ich sagte zu ihr: ‚Evelyn, in deinem Alter schon solche Marotten zu haben, wie soll das denn erst in der Pubertät werden?‘

‚Ich habe keine Marotten, das sind nur Special-Effects!‘ «

»Themawechsel«, wünschte Rudi. »Lasst uns morgen doch eine kleine Radtour zum Perlacher Forst unternehmen.«

»Ja, das ist eine gute Idee«, meinte Susanne. »Ich hätte richtig Lust auf ein kleines Picknick am Perlacher Mugl. Ich packe uns morgen den rot-weiß gestreiften Picknickkorb mit einer guten Brotzeit und freue mich schon auf unseren Ausflug.«

»Vielleicht treffen wir dort auch auf die Heinzelmännchen vom Fernsehen«, scherzte Rudi und nahm Susanne fest in seine Arme.

Nach dem Frühstück holte Rudi alle drei Fahrräder aus der Garage und kontrollierte überall den Reifendruck.

»Jetzt muss ich noch einige Reifen aufpumpen, weil zu wenig Luft drin ist. Da kann ich im Fitnessstudio morgen den Kraftsport ausfallen lassen. Habe heute schon genug Fitness für meine Oberarme trainiert.«

Zuerst fuhren sie auf beschilderten Radwegen durch die Ortschaft, dann an der Autobahn vorbei und schon bogen sie in den Perlacher Forst ein.

»Die Waldluft tut meinen Bronchien immer wieder gut«, meinte Mutter Susanne gerade, als ihre Tochter rief:

»Bleibt mal alle kurz stehen!«

»Warum? Was ist denn?«, fragte Rudi. Alle stiegen vom Fahrrad ab und Tochter Evelyn zeigte mit ihrem kleinen Mittelfinger in den Wald hinein und sagte:

»Da hinten brennt ein Feuer.«

»Nein, das kann nicht sein«, meinte Papa Rudi. »Hier im Perlacher Forst ist ein offenes Feuer verboten.«

»Aber ich höre auch eine Stimme da hinten«, meinte Evelyn.

»Ja, du hast Recht. Ich höre da hinten auch jemanden singen. Lass uns mal schauen, wer das ist.«

Alle drei gingen ein paar Schritte auf dem kleinen Waldweg und blieben dann auf einmal fast erstarrt stehen. Sie trauten ihren Augen nicht. Ein kleines Männchen tanzte um eine kleine Feuerstelle und sang:

»Heute back ich, morgen brau ich, übermorgen hole ich der Königin ihr Kind. Ach wie gut, dass niemand weiß, dass ich Rumpelstilzchen heiß!«

»Das ist Rumpelstilzchen aus Grimms Märchen«, sagte Susanne.

»Ja, du hast Recht, Mama«, sagte Evelyn. »Das habe ich mir immer schon gewünscht, dass ich das kleine Männchen mal in echt sehe«, fuhr sie fort.

Rumpelstilzchen hörte plötzlich die Menschenstimmen.

»Keiner darf mir zusehen, wenn ich ums Feuer tanze und singe!«, schimpfte er. Dann sammelte er ein paar Tannenzapfen vom Waldboden auf und warf sie in Richtung von Susanne, Rudi und Evelyn.

Rudi sagte nur kurz: »So etwas! – und das bei uns im Perlacher Forst. Dann lass uns nun weiter zum Perlacher Mugl fahren.«

»Wir haben eine rasante Steigung von 26 Metern zu überwinden. Vielleicht treffen wir auf dem Berg die zwei Huberbuam vom Extremklettersport«, scherzte Rudi.

»Ach, du meinst Thomas Huber und seinen Bruder Alexander. Die haben bestimmt leichtere Bergtouren geplant als den steilen Perlacher Mugl«, meinte Susanne.

Als sie über den Wipfeln des ausgedehnten Waldgebietes ankamen, genossen sie zuerst einmal den Panoramablick auf die Berge, der heute wegen des klaren Wetters besonders schön war.

»Lass uns dort unter dem Pavillon mit den überdachten Bänken unser Picknick genießen«, sagte Susanne.

»Oh ja gerne«, meinte Rudi. »Ich habe schon einen großen Appetit.«

Susanne breitete die rot-weiß karierte Decke aus und stellte den dazu farblich gleichen rot-weißen Picknickkorb darauf.

Die Brotzeit mit frischem Radi und Radieschen, resch gebackenen Brezn, Käse, Wurst, gekochten Eiern und als Nachtisch einen Apfel oder einer Banane schmeckte allen.

Zum Trinken gab es Kaffee oder Tee aus zwei Thermoskannen und Wasser für Susanne und Tochter Evelyn. Aber Papa Rudi bekam natürlich wieder seine Extrawurst:

»Was wäre eine richtige Brotzeit ohne mein Weißbier«, sagte er zu Susanne, als er die Weißbierflasche öffnete und den ersten Schluck aus der Flasche nahm.

»Du bist aber kein Vorbild für unsere Tochter«, bemerkte Susanne zu ihm.

Er nur kurz: »Warum?«

»Aus der Flasche trinkt man aber doch nicht, hast du kein Weißbierglas dabei?«

»Nein, du hast doch den Picknickkorb gepackt, ich habe nur die Weißbierflasche oben drauf gelegt.«

»Typisch Mann«, entgegnete Susanne. »Wo ist eigentlich unsere Tochter abgeblieben?«, fragte sie ihn.

»Die steht dort drüben bei der Frau mit dem Kind an der Panoramakarte mit der kleinen Gipfelkunde und überlegt, welcher der Berge ihr nächstes Ziel sein könnte«, sagte Rudi.

Evelyn kam zurück und erzählte ihrer Mutter: »Die Frau dort drüben kannte keinen einzigen Berg auf der Karte. Ich habe ihr einige erklärt, weil du, Mama, mir schon so oft die Bergkette aufgezählt hast. – Aber jetzt hab ich Hunger.« Sie setzte sich zu ihren Eltern auf die Decke.

Auf einmal raschelte es immer wieder. Das Geräusch kam aus der Rosenhecke gegenüber. Rudi vermutete eine Amsel auf Futtersuche. »Die hat genauso Hunger wie wir.«

Aber das Geräusch wurde immer intensiver und lauter. Susanne kreischte ganz laut und sagte: »Da ist einer, da ist einer! Wer hat sich dort nur versteckt?« – Und tatsächlich kämpfte dort einer mit dem Dorngestrüpp.

»Das ist doch ein Prinz, der ist ganz nobel gekleidet«, sagte Evelyn. »Das muss ein Prinz sein.«

Als sich der junge Mann aus dem Dorngestrüpp gekämpft hatte, stand er vor ihnen und sagte: »Habe Dornröschen wieder nicht gefunden. Wo ist den nur das Schloss? Oder ist der Perlacher Mugl gar kein überwachsenes Schloss?«

Er war ganz verkratzt im Gesicht und an den Händen blutete er. Susanne rief ihn zu ihrer Familie und leistete Erste Hilfe. In ihrer Fahrradtasche hatte sie immer ein kleines Notfallset dabei. Pflaster sowie Wund- und Heilsalbe kamen zum Einsatz. Nachdem sie ihn verarztet hatte, lud sie ihn noch auf eine Brotzeit ein.

»So üppig, wie in Ihren Kreisen die Mahlzeiten, ist unser Picknick zwar nicht, aber lassen Sie sich es trotzdem schmecken«, sagte sie zu dem Prinzen.

Er leistete ihnen gerne Gesellschaft: »Ich bin Prinz Heinrich der Dritte. Vielen Dank für die Einladung, die nehme ich gerne an.«

Nachdem sich der Prinz gestärkt hatte, stand er auf und meinte: »Jetzt muss ich aber los und weiter Dornröschen suchen und sie retten.«

»Viel Glück bei der Suche wünschen wir Ihnen«, sagte Rudi zu Prinz Heinrich dem Dritten.

»Das glaubt mir keiner in der Schule«, rief Evelyn. »Der echte Prinz, der Dornröschen im Perlacher Forst sucht und mit uns drei ein Picknick auf einer Decke unter freiem Himmel genießt. Was für eine Story!«

»Nun lasst uns alles wieder zusammenpacken und nach Hause radeln«, meldete sich Rudi nun zu Wort.

Nach in paar Metern Radfahren fiel Susanne ein neuer, kleiner Weg in den Wald auf. »Komisch, den kleinen Weg hier habe ich beim Hinweg gar nicht bemerkt. Schau mal den Wegweiser dort an. Hier steht: Zum Knusperhäuschen.«

»Mama, was ist ein Knusperhäuschen?«, fragte Evelyn.

»Das weiß ich auch nicht so genau«, entgegnete Mama Susanne.

»Lass uns einfach mal hinfahren und nachsehen«, wünschte Evelyn.

»Ach, muss das sein?«, stöhnte Rudi. »Ich möchte nun endlich nach Hause fahren.«

»Bitte, bitte, nur kurz«, bettelte Evelyn.

»Na gut, du gibst vorher eh keine Ruhe«, sagte Rudi.

Bereits nach kurzer Wegstrecke rief Rudi mit energischer Stimme und ganz laut: »Stopp, Stopp. Dort stehen Hänsel und Gretel vor dem Knusperhäuschen.«

Die böse alte Hexe schaute gerade aus einem geöffneten Fenster aus ihrem Häuschen heraus.

Schon hörten alle drei die Hexe sagen: »Knusper, knusper knäuschen, wer knuspert an meinem Häuschen?«

»Schnell lass uns umkehren und nach Hause fahren, bevor uns die Hexe noch entdeckt«, flüsterte Susanne ganz leise.

Plötzlich öffnete die Hexe die Türe und schlug den Gehstock mehrmals ganz heftig und laut auf den Holzboden des Knusperhäuschens. Dann humpelte sie auf die Familie zu und schrie: »Hab ich euch endlich erwischt, ihr Lebkuchendiebe! Diesmal kommt ihr mir nicht davon!«

Die Hexe blieb kurz stehen und sprach lauter wirre Zaubersprüche vor sich hin. Susanne verstand nur »gut Bein« und »laufen, laufen«, sowie Krähfix und Krähfax.

Plötzlich verdunkelte sich der Himmel und zwei große Krähen kreisten lautstark krächzend über ihnen. Die Hexe humpelte auf einmal nicht mehr, sondern packte ihren Besen, der am Knusperhäuschen lehnte, und rannte auf sie zu.

»Nur weg hier, schnell weg hier, los, schnell weg hier!«, schrie Susanne voller Panik.

Sie kehrten sofort um. Alle drei traten so fest in die Pedale wie sie nur konnten. Aus der gemütlichen Fahrradtour wurde eine rasante Fahrradrallye.

Der Himmel war voller dunkler Wolken, ein Gewitter kündigte sich an. Es donnerte bereits und es begann leicht zu regnen.

Kaum zu Hause angekommen wurden das Gewitter und der Regen noch stärker.

Tochter Evelyn sagte: »Die böse Hexe hat das schlechte Wetter herbei gezaubert. Vorher war noch strahlender Sonnenschein und ein weiß-blauer Himmel zu sehen.«

Als alle Fahrräder wieder in der Garage verstaut waren, meinte Susanne: »Das war heute eine Märchenfahrradtour in den Perlacher Forst. Die wird keiner von uns so schnell vergessen.«

Daniel Brodski

Verstehen Sie Spaß?

Stefan fuhr selten Auto in der Stadt und noch seltener benutzte er die Autobahn. Er stieg aus dem Pkw. Der Benzingestank der Tankstelle und das Rauschen der Fahrzeuge auf der Autobahn hinter ihm überwältigten ihn. Jedes Mal, wenn er fuhr, musste er sich neu an den Benzingeruch und den Lärm der Schnellstraße gewöhnen.

Nachdem er sein Auto betankt hatte, bewegte er sich zum Geschäft. Dort begrüßten ihn zahlreiche handgemachte Puppen, ihre lieblich gestalteten Häuschen und der Hausrat dazu.

»Wer verkauft denn Puppen in einem Tankstellengeschäft? Und vor allem, wer kauft sie auf der Durchreise?«, fragte sich Stefan. Aha, auf dem Schild daneben stand, dass das die stolzen Erzeugnisse der regionalen Handwerkskunst waren.

Auf dem Weg zur Kasse blieb Stefans Blick an einem kleinen Spiegel neben dem Sonnenbrillenständer hängen. Müde sah er aus. Ja, das war er – müde, schon etwas füllig, halb ergraut, bebrillt und so angezogen als wäre er schon 70 und nicht erst Mitte 50. Wahrlich, er konnte mit nichts vor seinen alten Schulfreunden angeben, zu denen er in eine andere Stadt fuhr. Und sie, sie würden ihm stolz ihre erst vor kurzem geborene Enkeltochter präsentieren.

Als Stefan sich seinem Fahrzeug näherte, schien ihn etwas zu verunsichern. Etwas stimmte nicht. Der Mann beschleunigte seine Schritte. Als er näher kam, sah er eine ältere Dame auf dem Beifahrersitz in seinem Wagen. Überrascht blieb er einen kurzen Augenblick wie angewurzelt stehen, fasste sich aber schnell wieder und setzte sich mit einem Ruck in sein Gefährt.

»Verzeihung, was machen Sie in meinen Auto?«, fragte er die ältere Dame.

»Wieso fragst du das? Wir fahren zusammen nach Hause. Wo sollte ich denn sonst sein, außer in deinem Auto?«, fragte unsicher und ungläubig die Seniorin zurück.

»Sie irren sich. Ich kenne Sie nicht und ich fahre allein zu meinen Freunden.«

»Mein Sohn, du machst mir Angst! Wieso erkennst du denn deine Mutter nicht? Soll das ein Scherz sein? Du bist doch nicht mehr fünf wieso benimmst du dich so kindisch?«

Auf einmal verstand Stefan – die Frau war wohl dement und lebte in einer Fantasiewelt, in der sie ihn für ihren Sohn hielt. In Stefans Magen drehte sich alles um. Er erstarrte vor Schreck, kalter Schweiß bedeckte augenblicklich fast seinen gesamten Körper. Sein Kopfkino versetzte ihn ein paar Jahre zurück.

Damals wurde seine Mutter innerhalb einer kurzen Zeit schwer dement. Zuerst versagte immer mehr ihr Kurzzeitgedächtnis, dann erkannte sie ihn auf einmal nicht mehr. Obwohl Stefan schon einiges erlebt hatte, war das der schlimmste Moment in seinem Leben. Sogar noch schlimmer als der frühzeitige Tod seines Vaters. Eines Tages, als Stefan nach Hause kam, erschrak seine Mutter vor ihm. Zuerst rannte sie vor ihm weg, dann schlug sie auf ihn ein, denn sie dachte er sei ein Einbrecher. Sie sagte, dass ihr Sohn gleich nach Hause kommen und den Eindringling verjagen werde.

»Mama, ich bin dein Sohn«, wiederholte Stefan immer wieder, doch seine Mutter glaubte ihm nicht. Sie schrie und schlug so lange auf ihn ein, bis sie erschöpft auf das nahestehende Sofa fiel.

Die Frau im Auto hatte denselben verängstigten und verständnislosen Blick wie einst seine Mutter. Und Stefan fühlte sich auf einmal genauso hilflos wie damals. Dieser Horror musste aufhören. Sofort!

Stefan sprang aus seinem Wagen und rief: »Keine Sorge, ich werde gleich die Polizei anrufen. Keine Sorge, wir werden gleich ihre Familie finden. Nur keine Panik!« Dabei holte er sein Handy raus und tippte hastig den Polizeinotruf rein. Am anderen Ende der Leitung war besetzt.

Während Stefan darauf wartete, dass jemand auf der Polizeiwache den Hörer abnehmen würde, baute sich ein junger Mann, vielleicht Anfang 30, vor ihm auf. Er hatte ein schelmisches Lächeln und trug eine Lederjacke.

»Sie brauchen die Polizei nicht anzurufen«, richtete er sich an Stefan.

»Ist das ihre Mutter?«

»Nein, das ist meine Kollegin Ulrike. Wir sind von 'Verstehen Sie Spaß?'.«

»Ich verstehe sie nicht.«

»Wir sind vom Fernsehen. Sie wurden gerade von uns im Rahmen des Programms 'Verstehen Sie Spaß?' reingelegt. Schauen Sie mal, da hinten ist die Kamera. Wenn Sie ...« Weiter kam der Moderator namens Erik nicht, Stefan unterbrach ihn wütend.

»Wie können Sie nur? Wie können Sie nur? Haben Sie denn gar kein Gewissen? Schämen Sie sich denn gar nicht, den Leuten so was anzutun?«

»Ach kommen Sie schon. Das ist doch nur ein Scherz. Lasst uns zusammen darüber lachen«, versuchte Erik zu beschwichtigen, doch Stefan steigerte sich immer mehr in die Rage.

»Das soll Spaß sein? Wie kann man so gewissenlos sein? Ich werde Ihnen noch zeigen was Spaß bedeutet! Ich werde Sie zwingen zu verstehen, was sie den Anderen antun! Sie werden noch büßen für ihre abscheuliche Gräueltat!« Da sein Wagen inzwischen schon frei von Beifahrern war, setzte sich Stefan hinein, knallte die Tür zu und fuhr weg.

Erik blieb etwas fassungslos zurück. Er musste sogar losprusten – während seiner Arbeit bei der Sendung hatte er schon jede Menge Reaktionen auf die Scherze erlebt. Auch jede Menge verärgerte, doch während seiner gesamten Karriere hatte er noch nie jemanden so wütend erlebt, wie den gerade rein gelegten Mann.

Einige Monate später waren Erik und sein Team in München, um einen neuen Scherz zu drehen. Die Idee bestand darin, die Menschen nach dem Weg zu berühmten Sehenswürdigkeiten zu fragen. Während des Gesprächs sollte Ulrike, in Rolle der alteingesessenen Einheimischen, dazu kommen und einen anderen Weg vorschlagen und so die Befragten verwirren. Überraschenderweise scheiterte ihr Plan daran, dass sie während des

Drehs fast nur auf Gäste der bayrischen Hauptstadt trafen, die sich natürlich in der Gegend gar nicht auskannten.

Nach einer kurzen Beratung kam Eriks Team zum dem Schluss, dass es sinnvoller sei, in einen der Vororte Münchens zu fahren. Die dortigen Sehenswürdigkeiten würden zwar dem Fernsehpublikum unbekannt sein, dafür hätte man aber keine ahnungslosen Touristen. Und die Einheimischen könnte man auch besonders mit Ulrikes Falschinformationen aufziehen.

Das Team entschied sich für die Gemeinde Unterhaching. Zwar gab es hier keine berauschenden Sehenswürdigkeiten, dafür befand sich in der Nähe der Landschaftspark Hachinger Tal, ein ehemaliger Flugplatz, der von der Gemeinde immer mehr in ein Paradies umgewandelt wurde. Besonders freute sich der Kameramann Heiko auf das Tal. Er stellte sich genüsslich vor wie er ihre Reportage mit Naturaufnahmen und der Sicht auf den Hachinger Bach abwechseln würde. Er stellte sich vor wie er, endlich mal, kreativer als sonst arbeiten könnte. Ihr Beitrag würde diesmal nicht nur etwas für gute die Laune, sondern auch fürs Auge liefern.

Erik und sein Team platzierten sich auf dem Unterhachinger Rathausplatz. Die erste Sehenswürdigkeit, das Rathaus, befand sich gleich hinter ihren Rücken. Es würde besonders lustig sein, die Menschen nach dem Weg dorthin zu fragen, wo das Rathaus nur einige Schritte entfernt war. Ihre Recherche ergab den Wasserturm und das Hachinger Tal als weitere sehenswerte Objekte.

Erik hatte heute nicht so viel zu tun wie sonst, die meiste Arbeit auf dem Rathausplatz erledigte ihre junge Praktikantin Alexandra. Außerdem hatten sie nicht so viel Erfolg: die Einheimischen ließen sich nicht so leicht hinters Licht führen wie erwartet. Bayern waren ziemlich starrköpfig und nicht so leicht aus dem Konzept zu bringen. Dazu kam noch, dass in dem Ort wegen der Lesung der Hachinger Autoren viele Gäste waren, die selber das Fernsehteam nach den Weg fragten und sich wegen des Zeitdrucks in keine Diskussionen verwickeln ließen.

Erschöpft von lauter Misserfolgen gönnte sich Eriks Mannschaft einen Kaffee. Plötzlich umgab sie grelles Licht und sie begannen ein kleines Stück über dem Boden zu schweben. Verwirrt schauten die Fernsehmitarbeiter zuerst einander an und dann ihre Kaffeebecher, aus denen das Getränk nach oben stieg. Dann sahen sie noch einmal sich gegenseitig an und wurden plötzlich mit einer unglaublichen Wucht und Geschwindigkeit nach oben gerissen.

Doch ehe sie die Zeit und Möglichkeit hatten, deswegen zu schreien, fanden sie sich in einem Raum wieder. Er war nicht größer als durchschnittliche Gästezimmer und hatte eine sechseckige Form. Sowohl der Boden, als auch die Decke und Wände waren weiß und leuchteten grell. Einen Eingang gab es nicht, das Team war von allen Seiten von grellen weißen Wänden umgeben.

Sie hielten noch immer ihre inzwischen leeren Kaffeebecher in den Händen. Verdattert schauten sie ihre Umgebung an.

»Wo sind wir?«, »Was ist los?«, »Hier sind überall Wände!«, »Was ist das?«, redeten sie alle durcheinander. Einige klopften auf der Suche nach einem Ausgang erfolglos die Wände ab. Die anderen schrien, man möge sie rauslassen. Doch alles nützte nichts. Nichts veränderte sich. Schon in Kürze stellten die Teammitglieder fest, dass ihre Handys nicht funktionierten. Selbst Heikos mechanische Uhr wollte nicht arbeiten.

Nachdem sie sich etwas beruhigt hatten, fingen sie an, ihre Lage zu besprechen. Sie hatten alle möglichen Ideen, was es sein könnte: vielleicht war es ein Regierungsexperiment oder sie wurden von Aliens entführt oder sie waren in eine Raum-Zeit-Anomalie hinein geraten. Doch das schien alles so absurd zu sein, das gab es nur in den Science-Fiction-Filmen.

Dann erinnerte sich Alexandra an einen Indie-Film, den sie neulich geschaut hatte. Dort befanden sich unterschiedliche Leute in einem ebenfalls weißen Raum und konnten ebenfalls nicht verstehen, wie sie dorthin gelangt waren. Nach längerer Zeit verstanden sie, dass sie tot waren und der einzige Ausweg aus ihrer Lage, die Anerkennung ihrer Sünden und die Bereitschaft zur Besserung sei.

Aus einem unerklärlichen Grund beschloss das Team, dass sie ebenfalls tot waren und genau wie im Film eine Beichte ablegen müssten. Doch bevor sie richtig in sich gehen und ihre Sünden analysieren konnten, geschah etwas: Eine der Wände verschwand plötzlich. Durch die entstandene Öffnung kam ein Wesen herein. Es sah ähnlich aus wie die typischen Alien-Darstellungen, war aber grau, über zwei Meter groß, hatte einen muskulösen Torso und vier Arme.

Ehe die Eingesperrten auf die neue Situation regieren konnten, schnappte sich das Wesen Alexandra und verschwand. Die Wand war wieder an ihrem alten Platz.

Die übrig gebliebenen Teammitglieder waren so verblüfft von dem Geschehenen, dass sie einige Augenblicke fassungslos auf dem Boden sitzen blieben, ehe sie vor Angst schreien konnten. Es gab also doch Aliens! Sie wurden von Außerirdischen entführt. Doch wieso, wozu? Was hatten sie mit ihnen vor? Was machten sie gerade mit der Praktikantin? Die erschrockenen Menschen hatten keine Antworten darauf. Und da sie nichts machen konnten, blieb ihnen nichts anderes übrig, als abzuwarten, was mit ihnen geschieht.

Die Zeit verging. Keiner wusste wie viel, denn sie hatten nichts, um die Zeit zu messen, und der Raum, in dem sie eingesperrt waren, blieb immer unverändert. Die Mitglieder des Fernsehteams versuchten miteinander zu reden und sich gegenseitig aufzubauen, doch es gelang ihnen nicht recht. Und so saßen sie die meiste Zeit schweigend auf dem Boden oder wanderten in dem kleinen Raum umher.

Seltsamerweise verspürten sie weder Hunger, noch Durst, noch das Bedürfnis zu schlafen. Auch hatten sie keinen Drang das zu tun, was man normalerweise auf der Toilette erledigt. Vielleicht waren sie doch tot und das Alien kein Außerirdischer, sondern ein Dämon, der nur science-fiction-mäßig aussah?

Irgendwann kam das Alien wieder und holte sich Ulrike. Einige Zeit später Heiko. Als Erik alleine blieb, verfiel er in eine seltsame Starre – entweder saß er völlig apathisch da oder sein Kopfkino zeigte ihm die schlimmsten Szenarien, zu denen seine Fantasie fähig war. Der Moderator stellte sich vor, wie seine Kollegen bei lebendigem Leibe ausgeweidet und in einzelne Organe geschnitten wurden. Oder wie sie, ebenfalls bei vollem Bewusstsein, in kybernetische Soldaten verwandelt wurden.

Irgendwann kam das Alien, um Erik zu holen. Es schnappte sich den apathischen Moderator und zerrte ihn mit eisernem Griff aus dem Raum in einen weißen Gang. Dann bogen sie einige Male ab und kamen in einen riesigen (wie alles hier), weißen Raum. Der strahlende Boden war voll mit Blut. In gleichen Abständen von einander standen mit Blut besudelte rechteckige Blöcke mit seltsamen und schrecklichen Geräten neben ihnen. Hinter diesen Arbeitsflächen befanden sich scheinbar unendlich viele große Behälter, die mit einer durchsichtigen Flüssigkeit gefüllt waren. Erik erkannte in den Behältern Körperteile, und zwar sowohl menschliche, als auch von ihm völlig unbekannten Wesen.

Dieser Anblick riss ihn aus seiner Apathie. Er fing an, sich mit seiner ganzen Kraft zu winden und schrie so laut, wie er nur konnte. Der Außerirdische blieb völlig unbeeindruckt und zerrte Erik weiter bis sie am Ende des Raumes angelangten. Dort standen um eine Arbeitsfläche versammelt weitere drei Aliens.

Sie hievten den Menschen auf den Block. Auf einmal konnte sich Erik nicht mehr bewegen. Er konnte nicht einmal schreien oder stöhnen. Die seltsamen Geräte neben der Arbeitsfläche bewegten sich auf ihn zu. Zwei von ihnen hatten sein Gesicht als Ziel. Als die Geräte Eriks Gesicht berührten, tauchte vor ihm Stefan auf. Augenblicklich kehrten die Alienwerkzeuge zu ihren anfänglichen Position zurück.

»Hallo Erik, erkennst du mich wieder?«

»Nein … doch, du bist … du bist doch der wütende Mann aus unserem Beitrag. Was machst du hier? Haben sie dich auch entführt?«

»Nein, ich bin ganz freiwillig hier. Das sind meine Freunde, mit denen du schon Bekanntschaft machen konntest. Und übrigens, wir wurden einander noch nicht vorgestellt. Ich heiße Stefan.«

»Und ich heiße Erik, aber das weißt du schon. Haben sie dich entführt und du konntest Kontakt mit ihnen herstellen und dich so von ihren Experimenten befreien? Kannst du mir bitte sagen, wie es dir gelang? Ich will nicht sterben!«

»Du verstehst es noch immer nicht«, sagte Stefan belustigt lächelnd. »Die Aliens sind von Anfang an meine Freunde gewesen. Du wirst nicht sterben. Erinnerst du dich, was ich dir geschworen habe, als du mich reingelegt hast?«

Erik musste eine Zeitlang nachdenken: »Du warst sehr wütend.«

»Und an mehr erinnerst du dich nicht? Ich bin enttäuscht. Ich schwor dir, dass du für deine Tat büßen wirst. Ich schwor, dass du spüren würdest, was du mir angetan hast. Ich …«

»Und was ist mit meinen Freunden? Was haben sie ihnen getan? Alexandra ist sogar neu bei uns. Wieso ließt du sie umbringen?«, unterbrach ihn der Moderator.

»Du verstehst es noch immer nicht«, stöhnte Stefan. »Deine Freunde schlafen friedlich im Nebenraum. Ihnen ist nichts geschehen. Das alles ist nur Spaß. Du verstehst doch Spaß, oder? Jedenfalls verlangst du, dass die anderen deine Scherze verstehen.«

»Aber, aber das hier ist etwas völlig anderes«, stotterte Erik. »Das hier war so real. Ich hatte Todesangst. Das kann man nicht vergleichen.«

»Und meine verstorbene Mutter hatte Demenz und ihr habt mir eine alte Dame mit starken Demenzerscheinungen ins Auto gesetzt.«

»Ich konnte das doch nicht wissen. Das tut mir sehr leid. Wirklich.«

»Hoffentlich. Ja, ich hoffe, dass du deine Lektion gelernt hast und in Zukunft denken wirst, bevor du andern Leuten etwas antust. So, jetzt ist es genug. Wird Zeit, das alles hier zu beenden.«

Ehe Erik etwas darauf antworten konnte, stand er plötzlich mit seinen Kollegen auf dem Hachinger Rathausplatz, genau dort wo sie, scheinbar vor einer Ewigkeit, Kaffee getrunken hatten. Die Teammitglieder schauten sich ungläubig an. Wie benebelt standen sie da. Auf einmal umarmten sie sich. Sie konnten es nicht fassen, dass sie zurück auf der Erde waren und unversehrt einander gegenüber standen. Aufgeregt erzählte Erik seinen Kollegen von seiner Begegnung mit Stefan.

»Also war alles nur eine Show?«, fragte Ulrike fassungslos. »Aber wie konnte er das machen? Den Raum und Aliens, das kann man alles aufbauen und schauspielern, aber wie sind wir dorthin gelangt? Und wie sind wir zurück gekommen? Und wieso mussten wir weder essen, noch schlafen?«

»Vielleicht standen wir unter dem Einfluss irgendwelcher Drogen?«, warf Heiko ein.

Bevor sie ihre Diskussion fortsetzen konnten, wurden sie von Menschen in gelben Schutzanzügen unterbrochen, die zu ihnen eilten. Über Unterhaching schwebte ein riesiges Alienschiff.

Die Versicherung

Es war ein herrlicher sonniger Tag. Kurz zuvor hatte es geregnet und es entstand ein Regenbogen. Doch die Menschen im Autohaus nebenan bemerkten das seltene Naturspiel gar nicht, denn sie befanden sich bei einer Führung und lauschten aufmerksam der Auskunft der Mitarbeiterin des Hauses. Die Exkursion neigte sich dem Ende zu, und es war die Zeit gekommen, um Fragen zu stellen.

Ein leicht fülliger Herr, etwas über fünfzig mit halb ergrauten Haaren und einer Brille, meldete sich zur Wort:

»Hallo, mein Name ist Stefan. Sagen Sie bitte, stimmt es, dass ihr Autohaus eine allumfassende Versicherung abgeschlossen hat, die sogar Schäden, welche von Ufos verursacht wurden, abdeckt?«

»Ja, das ist korrekt. Wir sind sehr stolz darauf, an alles gedacht zu haben, auch wenn einige unsere, wie es die Presse nennt, ‚Ufo-Versicherung' belächelt haben. Nachdem das Haus unseres Geschäftsführers von Wildschweinen verwüstet wurde und er auf dem Schaden sitzen blieb, beschloss er, diese Immobilie hier gegen alle möglichen Einwirkungen zu versichern.«

Der bebrillte Mann meldete sich erneut: »Ich habe noch eine Frage. Wie viele Mitarbeiter außer ihnen befinden sich gerade im Gebäude?«

»Fünf.«

»Ich bin sehr erfreut über ihre Antworten, denn«, der Fragende schaute hastig auf seine Uhr, »in etwas über fünf Minuten wird ein Raumschiff auf dieses Autohaus fallen und alles hier zertrümmern. Ich bitte daher alle, sofort das Gebäude zu verlassen.«

»Verzeihen Sie, aber das von Ihnen Gesagte funktioniert nicht einmal als ein schlechter Witz.«

»Ich bestehe aber darauf, dass alle von hier sofort evakuiert werden. Uns bleiben bereits etwas weniger als fünf Minuten«, wiederholte der Mann mit Nachdruck seine Forderung.

Die Mitarbeiterin rollte verärgert die Augen, antwortete aber gefasst: »Bitte hören Sie auf unsere Gäste hier zu verunsichern! Hat noch jemand …

Doch ehe die Dame ihren Satz zu Ende bringen konnte, holte der Mann eine Pistole heraus und schoss damit mehrmals in die Decke. Die Menschen schrien durcheinander. Einige duckten sich instinktiv. Eine junge Bloggerin, die den Vortrag für die Schülerzeitung filmte, richtete ihr Handy auf den Schießenden.

»Ich wiederhole nur ein letztes Mal: Alle raus hier! Uns bleiben nur noch vier Minuten übrig. Zwingen Sie mich bitte nicht, Sie zu verletzen. Gehen Sie einfach raus und alle bleiben heil!«, schrie der Mann mit der Pistole.

Einige Minuten später befanden sich alle Gäste und Mitarbeiter des Autohauses draußen. In der Ferne heulten Sirenen. Anscheinend hatte jemand bereits den Notruf gewählt. Die Menschen standen unsicher herum. Der Mann, der sie zur Evakuierung gezwungen hatte, versicherte allen, dass gleich alles vorbei sei. Er schaute ständig auf seine Uhr und dann auf das Autohaus.

Auf einmal fing er an rückwärts zu zählen: »10, 9, 8, 7, 6, 5, 4, 3, 2, 1.« Bei Null fiel aus dem Nichts ein Ufo auf die Autoverkaufsstelle und machte das Gebäude dem Erdboden gleich. Ehe die Umstehenden verstehen konnten, was gerade passiert war, ertönte eine laute Frauenstimme: »Ich fange die Rekalibrierung an. Neustart in 30 Sekunden. 30, 29, 28 ...«

Die Stimme schien keine Quelle zu haben, denn sie war überall in Unterhaching gleichmäßig zu hören. Das Raumschiff war kaum zu sehen wegen den in der Luft schwebenden Bauschuttpartikeln und dem Staub. Als die allgegenwärtige Frauenstimme fertig mit den Countdown war, sagte sie: »Ich wünsche euch eine angenehme Reise.« Daraufhin erhob sich das Ufo lautlos aus den Gebäudetrümmern, schwebte kurz senkrecht nach oben und verschwand plötzlich.

Genau in diesem Moment kam die Polizei an. Die Gesetzeshüter versuchten zu ergründen, was da gerade vorgefallen war. Die Menschen waren so verdattert wegen den Ereignissen, dass sie nur »Mann mit der Pistole« und »Ufo« ständig wiederholen konnten. Von beiden fehlte allerdings jegliche Spur. Nach einigen Minuten hatte die Bloggerin den Einfall, dass sie doch alles gefilmt hatte. Doch ihr Video befand sich nicht mehr auf dem Handy.

Das Universum ist umspannt von den so genannten Wurmlöchern, einer Art aus Energie bestehenden Netzes, welches die verschiedenen Winkel des Weltalls miteinander verbindet. Durch dieses energetische Tunnelsystem kann man hin und her quer durch das Universum reisen. Doch dieses Netz ist sehr komplex und teilweise instabil. So kann es immer wieder passieren, dass die Reisenden aus den Tunneln heraus geschleudert werden und entweder mitten im Weltraum oder auf einem der Planeten landen. Manchmal, wenn auch nicht immer, können diese Rauswürfe vorausberechnet und die Reisenden gewarnt werden.

Stefan wurde geweckt durch die eingehende Warnung, dass ein Raumschiff um 14.32 auf ein Autohaus in Unterhaching fallen würde. Das war in weniger als einer Stunde. Es war ein Werktag und da waren bestimmt Menschen. Stefan musste sich etwas überlegen und zwar schnell!

Thermobecher und Bollywood

Jeden Tag zur gleichen Zeit am gleichen Platz treffe ich einen Typen mit einem Thermobecher in der Hand. Wir treffen uns immer exakt in der Mitte einer Straße, dabei gehen wir ohne ein Wort aneinander vorbei. Irgendwann fiel mir ein, wie eigenartig das Ganze eigentlich ist: da sieht man jeden Tag den gleichen Mensch und geht ohne ihn zu grüßen an ihm vorbei. Dann fiel mir ein, dass ich einen Text über die Vereinsamung und Anonymität der Menschen in einer großen Stadt schreiben sollte. Und dann hatte ich DIE Idee: das ist doch eine perfekte Szene oder gar eine Ausgangssituation für einen Film.

Wenn das ein Spielfilm oder eine Komödie wäre, würde ich diesen Typen ansprechen, rausfinden, dass er Peter heißt und danach würden wir irgendwohin in ein Café oder eine Bar gehen und uns unterhalten. Die Kamera würde durch die Fensterscheibe des Cafés zeigen, wie wir am Tisch sitzen und reden. Dabei würde der Abspann, begleitet von feel-good Musik, laufen und alle Zuschauer würden mit einem guten Gefühl nach Hause gehen.

Allerdings, wenn es eine pechschwarze Komödie im Stiel von »Hangover« wäre, würde Peter auf mein Angebot einen Kaffee zu trinken sagen »Verpiss dich, du Idiot!« oder »Seh ich etwa schwul aus!?« und seelenruhig weiter gehen.

Wenn es ein Sience-Fiction-Film wäre, dann würde der Thermobecher, den Peter mit sich schleppt, in Wirklichkeit ein Alien sein, der jeden kontrolliert, der diesen Becher anfasst. Dieser Kaffeebecher-Alien würde eine Invasion auf die Erde vorbereiten, doch wir beide – Peter, ein WOW-Veteran und ich, ein russischer Germanistikstudent, würden die Pläne der außerirdischen Bösewichte durchkreuzen, Homo Sapiens vor dem Aussterben bewahren und zwei megascharfe Freundinnen abkriegen, die sich sonst nie im Leben für uns interessiert hätten.

Wenn es ein Bollywood-Film wäre, dann würden wir auf einmal indische Lieder singen, rund um uns würden Frauen bunte Tücher schwingen und wir wären alle sehr glücklich, da sich herausstellen würde, dass Peter, die Thermotasse und ich in Wirklichkeit verlorene Brüder sind.

Wenn es ein Fantasyfilm wäre, dann würden Peter und ich uns auf einmal in so einer Art »Mittelerde« befinden. Dort würde natürlich ein mächtiger, böser und vor allem unbesiegbarer Zauberer herrschen. Selbstverständlich hätte er den einzigen Artefakt, die Quelle seiner Macht, am Arsch der Welt versteckt. Und so müssten wir mit unseren Gefährten zuerst die Wüste der Verzweiflung überqueren, dann den Wald der Finsternis, um letztendlich im Tal des Schicksals das Artefakt zu finden, das vom Drachen der Ewigkeit bewacht wird. Während unserer Reise würde sich Peter die ganze Zeit beschweren, dass bei WOW die Reisen vom PC aus viel bequemer zu bestreiten seien.

Ich finde auch, hätte dieser Zauberer, wie jeder vernünftige Mensch, die Quelle seiner Macht einfach bei sich zu Hause in einem Safe aufbewahrt oder zumindest unter seinem Kopfkissen, wäre uns diese ganze Lauferei erspart geblieben und er hätte seine Macht beibehalten können. Aber nein, ein Safe ist zu banal für ihn! Tja, sein Pech!

Wenn es die Verfilmung eines Vampir-Romans wäre, dann würde mir statt Peter der Robert Pattinson, besser bekannt als charmanter Vampir Edward, entgegenlaufen. Allein diese Szene, wie Robert Pattinson lässig, mit einer Kaffeetasse in der Hand, die Straße herunter läuft, würde den ganzen Film sowie 500 Millionen Dollar Produktionskosten rechtfertigen.

Wenn es ein Porno wäre, würde mir statt Peter Petra entgegen laufen. Sie würde aus Versehen ihren Kaffee auf mein weißes Armani-Hemd verschütten. Das würde ihr natürlich furchtbar Leid tun und da sie gleich nebenan wohnt, würde sie mir anbieten das Hemd schnell mal zu waschen. In ihrer Wohnung würde sie mir das Hemd ausziehen und in eine

Waschmaschine stecken. Danach würde sie mich fragen, ob sie noch irgendwie ihr Missgeschick wieder gut machen könnte. Vielleicht könnte sie auch gleich noch meine Hose reinigen, die hätten auch einen Fleck. Dann würde sie langsam meine Hose aufknöpfen, sich hinknieen und dabei einen ergebenen und erwartungsvollen Blick auf mich werfen.

Stopp, dieser Film ist nicht jugendfrei, darum gehe ich zum nächsten Streifen über.

Wenn es ein Independence-Drama wäre, dann würde uns dieser Film von der tragischen Beziehung zwischen Peter und seiner Thermotasse erzählen. Seine Eltern, seine Freunde, die ganze Gesellschaft wären gegen diese Beziehung. Den ganzen Film lang würden die Beiden für ihre Liebe kämpfen, doch am Ende würden ihre Bemühungen daran scheitern, dass er ein Mensch ist und sie eine Kaffeetasse.

Eines Tages stellte ich beunruhigt fest, dass der Typ, dem ich hier eine ganze Geschichte gewidmet habe, nicht da war. Ich fragte mich, was mit ihm geschehen sein könnte: war er krank, war er weg gezogen? Aber es könnte natürlich auch sein, dass er einfach in den Urlaub gefahren war. Als ich am Ende der Straße angekommen war, rannte mir dieser Typ, wie immer mit einem Thermobecher in der Hand, entgegen. Gott sei Dank, die Welt war in Ordnung. Er hatte einfach nur verschlafen und war zu spät aus dem Haus gegangen. Die Welt war in Ordnung, ich ging ohne ihn zu grüßen weiter.

Ein verrückter Tag oder Kleider machen Leute

An diesem Tag hatte ich Nachhilfe nach der Schule und danach hatte ich vor, zu einem Konzert in der Philharmonie zu gehen. Was in der Philharmonie gespielt wurde, weiß ich nicht mehr, dafür werde ich niemals vergessen, was mir an dem Tag in der Schule passiert ist.

Weil ich den ganzen Tag durchgehend beschäftigt war, würde ich es nicht schaffen, mich vor dem Konzert umzuziehen, und darum kam ich im Anzug in die Schule. Kaum war ich in die Klasse gekommen, starrten mich alle an wie ein exotisches Tier im Zoo. Keiner verstand, wieso ich mit Anzug und Krawatte erschienen war.

»Daniel, ist bei dir alles in Ordnung? Daniel, ist dir was passiert? Daniel, geht es dir gut?«, fragten sie mich besorgt, als würden sie sich um meine Gesundheit und mein Wohlbefinden Gedanken machen, oder als wäre mir etwas Schreckliches passiert, was mich dazu bewegt hätte, mich so unnormal zu kleiden.

Diese und ähnliche Fragen verfolgten mich den ganzen Tag lang. Und sie wurden nicht nur von meinen Mitschülern und Lehrern gestellt, sondern von jedem, auch von denen, die mich gar nicht kannten. Zuerst erklärte ich allen geduldig, wieso ich nicht im üblichen Outfit war, dann wurde es mir langweilig, und ich fing an geheimnisvoll zu lächeln, oder zu schweigen, oder ich erklärte, ich sei heute hier im Auftrag der russischen Mafia unterwegs und müsse dementsprechend aussehen.

So ziemlich am Ende des Schultages gab es auf einmal einen Feueralarm. Wir dachten, die Schule würde wirklich brennen, da keine Feueralarmübung für den Tag angesagt war. Darum rannten wir alle raus, ohne unsere Jacken und Schulzeug mitzunehmen. Jetzt begaffte mich die ganze Schule. Zwei meiner Lehrer kamen zu mir und stellten mir zum x-ten Mal die verhasste Frage. Ich sagte ihnen, ich würde heute gleich nach der Schule heiraten.

Man hätte ihren Gesichtsausdruck sehen sollen: einerseits ahnten sie, dass ich sie nur veräppele, aber andererseits dachten sie: »Es könnte stimmen und er heiratet vielleicht wirklich, denn was könnte sonst einen 17-jährigen Zehntklässler dazu treiben, in der Schule mit Anzug und Krawatte zu erscheinen?«

Stellt euch vor, es wäre ein Ufo in eurem Vorgarten gelandet: einerseits, kann das doch nicht sein, andererseits, steht es da direkt vor der Tür. Meine Lehrer taten mir leid ich sagte ihnen die Wahrheit.

Abends, nach dem Konzert, kam ich müde nach Hause. In der Küche saß ein Yeti (der Schneemensch) und löffelte genüsslich Mamas Suppe. Er schaute mich mit einem traurigen Blick an und sagte: »Die ganze Welt ist heute verrückt geworden, Daniel, keiner glaubt uns. Übrigens, deine Mutter kann gut kochen.«

Ich nahm mir auch einen Teller, setzte mich zu ihm und sagte: »Du hast recht, es schmeckt gut.«

Claudia Semmler

Ding Dong,
3 Minuten vor dem Badezimmerspiegel

Das 11 Uhr-Läuten der St. Alto Kirche in Unterhaching ist zu hören. Da soll noch mal einer sagen, Handwerker sind immer zu spät.

»Ding Dong«, schallt es noch nach, als Erika die Wohnungstüre öffnet. Ein Mann steht vor der Tür, Herbert sein Name. Ein Installateur in einem blauen Overall, in dem trotz aller Hässlichkeit in Form und Farbe, sein muskulöser Körperbau sofort wahrzunehmen ist.

»Ein fescher Mann, nicht zu verachten«, denkt sie und streckt ihm die Hand zur Begrüßung entgegen, dabei lächelt sie ihn an.

»Guten Tag, ich bin ihr bestellter Installateur. Wo ist der verstopfte Wasserhahn?«

Erika deutet in Richtung Bad und geht voraus. Schnell greift er nach dem abgestellten Werkzeugkoffer und läuft wie hypnotisiert hinterher.

Er sieht ihren wohlgeformten Körper, daran angeschmiegt das farbenfrohe Sommerkleid, bemerkt den weiblichen Gang die langen blonden Haare.

Im Bad angekommen stellt Herbert lautstark seinen Werkzeugkoffer auf die Bodenfliesen und bewegt danach zielorientiert den Wasserhahn des Waschbeckens nach allen Richtungen.

»Kommt ja wirklich kein Tropfen Wasser mehr raus«, und dreht sich zu seiner Kundin um.

Sie nickt ihm ein »Ja« zu.

Länger als notwendig blickt er ihr dabei in die Augen. Wahrscheinlich, weil Sie ein wirklich schönes Gesicht hat, dazu strahlend grüne Augen, die, wenn sie sprechen könnten, die ganze Welt erhellen würden.

»Adrett, ach was, sexy ist sie«, das hat Herbert, als er endlich den Blick von ihren Augen abwendet und im Zeitlupentempo weiter an ihrem makellosen Körper hinunter schweift, feststellen können. Ihre Ausstrahlung wirkt auf Herbert wie ein Magnet, dessen Anziehungskraft erst Ruhe gibt, wenn das Gegenüber angezogen ist.

»Ich werde Sie nicht vernaschen«, denkt er, »aber verwöhnen würde ich sie schon gern.« Er erschrickt vor seinen eigenen Gedanken. Ein hilflos wirkender Redeschwall übermannt ihn, wohl die einzige Möglichkeit vor seinen Gefühlen zu flüchten.

»Wohnen sie schon lange hier? – Ich kann das richten. Das ist eine Kleinigkeit für mich. – Schön wohnen Sie hier. Ihr Bad ist nett. Ich habe auch so eine Badewanne mit Standfüßen dran. – Da ist es ja, das verstopfte Sieb. Haben Sie eine kleine Schale für mich?«

Erika holt eine Schüssel und reicht sie ihm. Sie lächelt ihn wieder an, er lächelt zurück. Das Herabfallen des Siebes in eine Glasschale ist deutlich zu hören.

»Sie müssen es einweichen, in heißem Wasser und mit viel Essig, dann mit einer alten Zahnbürste das Sieb sauber bürsten. Ich mache Ihnen jetzt aber ein neues Sieb rein, eines das Wasser spart.«

»Ihr Bad ist nett. Was für einen Schwachsinn rede ich da?« Er verdreht dabei seine Augen.

Emsig ist Herbert wieder am Arbeiten, gibt aber zuvor der schönen und schweigsamen Kundin die Schale zurück.

Sie geht in die Küche und befolgt die Anweisungen. »Was sich in diesem Sieb alles angesammelt hat. Igittigitt!«, denkt sie und schüttelt sich.

»Schauen Sie!«, schreit Herbert lautstark, um Erika herbeizulocken. »Es geht wieder einwandfrei. Kein Kalk mehr. Kaltes und warmes Wasser, wann immer sie mögen.«

Er schreibt die Rechnung und überreicht sie mit einem anhimmelnden Blick. Sie nimmt die Rechnung, aber auch sanft und liebevoll Herberts Hand, und zieht ihn lautlos vor den Badezimmerspiegel. Beide blicken hinein, beide lächeln sich im Spiegel an. Die Rechnung fällt zu Boden. Und Herberts Herz fällt vor Aufregung in die Hose.

Es ist still und man hört nur das Pochen der Herzen, die sich gefunden haben. Vier Augen strahlen sich an. Erika nimmt Ihren Lippenstift, der am Waschbeckenrand liegt, um Ihre Lippen nachzuziehen. Herbert verfolgt sehnsüchtig ihre Bewegungen, wird dabei ganz verrückt nach ihr. Sie küsst ihn auf den

Mund, mit ihren Händen zerzaust sie voller Leidenschaft seinen schwarzen Lockenkopf. Er kann es kaum glauben und genießt den kurzen und wunderschönen Augenblick.

Am liebsten würde sie vor Freude himmelhoch jauchzen. Dann schreibt sie mit ihrem Lippenstift auf den Badezimmerspiegel.

»DANKE! Leider kann ich nicht sprechen, aber ich würde dich sehr gerne wiedersehen«, und malt noch ein großes Herz dazu.

Es ist still geworden in meinem Herzen

Ein Rückblick am Silvesterabend war schnell abgetan und die Vorausschau begann. 2020 war im Geiste schon verplant. Eine Reise wird unternommen, es wird geheiratet, Schulprüfungen, Geburtstage, Operationen geplant, Kinobesuche, Aktien gekauft, Kinder geboren, Bäume gepflanzt, Kurse belegt, Texte geschrieben, Schuhe gekauft, Politik gemacht, Job gewechselt, Haus gekauft, gestrickt, geschimpft, gelacht, geweint.

Und jetzt kommt es, das nicht Planbare, einfach so daher, ohne Erlaubnis. Eine Kampfansage von Corona. Es wird jetzt ums Überleben gerungen. Wer schlägt wen und wie lange. Auf dem Rücken derer, die sterben werden.

Es ist still geworden in meinem Herzen, eine Fülle von Leere breitet sich aus, die Leere, die mir Platz, Raum und Zeit schafft, in mir aufzuräumen.

In mir aufräumen – nie wäre ich auf den Gedanken gekommen, dass ich es brauche, nie wenn es nicht den Coronavirus COVID-19 gäbe, auf der ganzen Welt und auch in meiner.

Die Zeit vergeht wie eh und je, doch geht sie bewusster mit mir um und ich mit ihr. Es sind unzählig viele Stunden, die mir vorkommen wie eine Ewigkeit. Nein, Langeweile ist es nicht, denn der lästige Alltag, wie Wäsche waschen, kochen, arbeiten gehen, Blumen gießen, Wichtiges da und Unwichtiges dort, es ist mir sehr bekannt. Der Alltag wie er immer ist. Der Alltag jetzt hingegen, ist eher eine Freude geworden als ein Muss. Ich genieße die Zeit und die Zeit spürt den Genuss und die Dankbarkeit in mir. Endlich nehme ich mir Zeit abzuwägen. Mir Gutes zu tun. Stille und Ohnmacht zuzulassen.

Danke, dass ich das alles, fast unbeschadet, erleben darf. Ich bin negativ getestet. Was will man mehr? Nichts ist mehr so selbstverständlich wie einst, das Ein- und Ausatmen. Und das ist, in Zeiten einer Pandemie, nicht für alle eine kostenlose und selbstverständliche, sondern teure und bittere Medizin.

So räume ich, die Zeit erlaubt es, eine Schublade auf. Die unterste im Schrank, mit den uralten Briefen und Postkarten aus Urlauben, von Freunden, meinen Eltern und den Geburtstagsglückwünschen. Trenne mich von einigem, manches wird sortiert, manches mit Wehmut gelesen. Gleichzeitig ist es, wie wenn ein Putzlappen an meinem Herzen reibt, mal weich und sanft, mal rau und grob. Doch nach dem Ganzen, ist es wie eine Desinfektion von dem Ballast, der mich füllt aber nicht bereichert. Es ist wie Hände waschen, wenn tief unter den Fingernägeln, »unnötiger« Dreck sich versteckt.

Regel Nr. 1: Jetzt wäscht man Hände mit der Seife, regelmäßig, lang und freiwillig, ohne den Feind zu sehen. Corona ist ganz schön hinterlistig, fremd, gefährlich und neu. Desinfiziert wird was das Zeug hält. Doch das ist bei teilweisem Desinfektionsmittelmangel auch nicht so einfach.

Im anderen Zimmer, eine weitere Schublade. Sie quietscht recht laut, sie wehrt sich und klemmt. Sie ist viel zu voll. Will ich in diese Schublade wirklich schauen und auch noch aufräumen? Es kommt nur Arbeit auf mich zu. Ich weiß, was da drin ist: Es sind Stoffe, mein Nähzeug, Wolle, Nadeln, aus damaligen Zeiten, als ich dachte, ich muss mir meine Kleidung selbst nähen. Aber ich könnt es ja mal wieder probieren, damals hat es ja auch ganz gut geklappt. Die Schutzanzüge für Krankenhäuser und FFP2 Masken, die weltweit Mangelware sind, werde ich nicht herzaubern können. Aber mit dem Schnittmuster eine Mund- und Nasenbehelfsmaske, das klappt bestimmt. Ich fang einfach mal an. Mit jedem Nadelstich räumt sich mein Herz auf, es wird leichter und stiller, die Gedanken werden weniger, dafür aber umso reiner. Die Zeit verschwindet in den Hintergrund und taucht erst wieder auf, als ich erschöpft über dem Nähtisch eingeschlafen und wieder erwacht bin.

Im Bad, oje, da gibt es die Schublade mit dem Schminkzeug, den Haargummis, den Deos, Zahnbürsten, Klammern, Cremes, jeder Menge anderem an Unsinn, was man sich mal aufschwatzen lassen hat. Da muss einiges weg, weil das Verfallsdatum abgelaufen ist. Und es tut so gut, dass ich, ohne es bewusst zu wollen, das Pfeifen anfange und meine Laune hell erblüht, so wie der Wildkirschbaum vor meinem Fenster mit seinen zart erwachten Knospen. Eine Augenweide immer um die Mitte des Aprils.

Es ist das Klingeln des Telefons, das mich eilig zum Hörer laufen lässt.

»Papa du bist es, schön, dass du mich anrufst.«

Und während des Gesprächs sind es die Sekunden und Minuten, die wieder in meinem Herzen aufräumen, und dabei ist es völlig egal, was sonst so um mich herum passiert.

»Wie geht es dir heute?«, frage ich.

Und am anderen Ende der Leitung ist mein Vater, 76 Jahre und leider sehr schwer an Parkinson erkrankt, kann nichts mehr selbständig tun, und genau das hat er mir gesagt:

»Ich kann nichts mehr.«

»Was sag ich jetzt nur? Positiv denken!«, denk ich und sage: »Positiv denken, Papa, du kannst singen, du hörst gut, du weißt, dass Mama und ich dich lieben. Du bist ein Kämpfer. Das ist doch sehr viel, was du kannst. Weißt du noch: Ich muss, ich will, ich kann. Wir hoffen sehr, dass wir dich bald wieder besuchen kommen können. Dann gehen wir wieder raus an die frische Luft, die Physiotherapeuten verbiegen dich wieder, und wir erzählen uns Witze, drücken und umarmen uns. Solange du keine Schmerzen hast und nicht positiv getestet wirst, ist alles gut. Das ist das Wichtigste.«

Er sagt: »Was soll ich tun, ich kann nicht mehr, ich will sterben. Claudia, ich hab dich auch lieb.«

Ich sage: »Gib nicht auf, sei tapfer, zum Sterben bist du viel zu jung. Wir schaffen das schon.«

Dann lachen wir beide am Telefon.

»Hast auch wieder recht, zum Sterben bin ich viel zu jung«, sagt er.

Später, also einige Zeit danach, komme ich mir vor, als hätte ich die Worte der Bundeskanzlerin verwendet. Sie steht weit weg an irgendeinem Rednerpult, geht auch auf soziale Distanz. Hat auch keinen schnellen Plan, denn COVID-19 ist schneller. Und ich am anderen Ende der Telefonleitung hatte auch keine Lösung.

Leider bin ich seit Wochen nicht in Papas Altenheimzimmer gewesen, ganz nah bei Ihm. Mein Herz blutet, pocht nur unter seelischer Grausamkeit und ist schon fast erkaltet. Parallel dazu kullert eine Träne am Wangenknochen herab. Es ist still geworden in meinem Herzen, eine Fülle von Leere breitet sich aus, die Leere, die mir Platz schafft in mir aufzuräumen.

Aber wie heißt es so schön:

Regel Nr. 2: Bitte Abstand halten 1,5 – 2 Meter.

Regel Nr. 3: Hände schütteln tabu.

Ein Lächeln muss reichen.

Seit Tagen scheint in Unterhaching und München die Sonne, sie vertreibt den Winter sehr gekonnt. In der Natur sind Vögel, Maus und Katz fast unter sich, kein Osternest wird im Gebüsch versteckt, kein Kinderlachen am Spielplatz ist zu hören, auch kein Flugzeuglärm. Kaum ein Spaziergänger oder Radfahrer ist unterwegs. Das Sonnenlicht kann abends ganz ohne den hektischen Großstadtlärm sein Abendrot glühen und untergehen lassen. Gespenstisch. »LOCKDOWN« – schön und traurig, schaurig zugleich, angesichts der eiskalten Zahlen.

In den Supermärkten haben Ellbogenmanieren Einzug gehalten und das obwohl wir wieder genug Klopapier, Nudeln, Hefe, Mehl, Einmalhandschuhe, Seife und Desinfektionsmittel in den einst leeren Regalen haben. Treffpunkt, um sich nahe zu sein, ob man will oder nicht. Wohl die einzige legale Zufluchtsstätte für Menschen, die gerne ohne Mundschutz das Husten eines Mitbürgers am Kassenband hören wollen. Wie unvernünftig, egoistisch. Manche Menschen brauchen aber wirklich einfach nur Nahrungsmittel, das will ich nicht abstreiten.

Zeitgleich schrumpfen bei vielen die Gehälter. Kurz, kürzer, Kurzarbeit und die Existenzängste bescheren einem die schlaflosen langen Nächte. Die Kinder vermissen die Schule, die Kita. Oder ist das nur ein Alptraum für Eltern?

Es ist eine »BLEIB ZU HAUSE, BLEIB GESUND« Strategie, aber ob die ausreicht? Es ist eine ungewisse Zeit, leider für jeden, und die Zukunft ist noch ungewisser.

Hautnah und durch die Medien lernte ich, was system-relevante Berufe sind, und schätze umso mehr nun die Arbeit des Postboten, der Kassenkraft, des Tankstellenpersonals, der Feuerwehr, der Ärzte und Altenpfleger/innen, die im Augenblick anpacken.

Meine Schubladen sind ein Teil von mir, noch längst nicht alle ballastbefreit, aber andere Schubladen tragen ein Vielfaches an Ballast, der uns alle betrifft, wie die Buschbrände in Australien, massenhaft Corona-Tote in Italien oder Black Lives Matter in den USA, um nur Beispiele zu nennen.

Und was wird in den Geschichtsbüchern der Zukunft zu COVID-19 und den AHA-Regeln (Abstand – Hygiene – Alltagsmasken) stehen? Ich traue mich mal zu spekulieren.

»Die Coronavirus-SARS-CoV-2-Krise einst in 2020 lässt viele Fragen offen. Wann hat dieser Wahnsinn ein Ende? Gab es jemals schon eine Quarantäne? Wer soll das bezahlen? Wer ist schuld? Unfassbar viele Tote, schwer Erkrankte, viele kaputte Existenzen, Rezession? Für sechs Monate ganze 16 % statt 19 % Mehrwertsteuer., um die Wirtschaft anzukurbeln. Gibt es jetzt Euro Bonds? Wo ist das Kurzarbeitergeld hin? Was hat man daraus gelernt? Sind die Renten sicher? Wird alles teurer? Ist die Welt oder sind die Menschen, die darauf leben, menschlicher und fairer geworden? Gibt es weiterhin Hungersnöte, Kriege, Habgier, Todesstrafe, Klimakrise?«

In 30 Jahren weiß man mehr. Im Grunde wird man alles neu hinterfragen müssen, wenn es das »alles« dann überhaupt noch gibt. Die Welt wird eine andere sein, doch welche?

Nach jedem Tief geht's noch tiefer, bis es am Ende doch noch Hoffnung gibt. Ich glaube fest daran. Meine Eltern und Freunde will ich später wieder in den Arm nehmen, und mein positives Denken trägt mich weiter. Schritt für Schritt mit Geduld. Die Maskenpflicht, die seit Anfang Mai 2020 im öffentlichen Leben greift, ist ein guter Begleiter auf meinem Weg. Und erst mit der letzten Schublade, die ich aufräume, gebe ich den Löffel ab, vorher bin ich zum Sterben einfach viel zu jung.

Es ist ein erneutes Klingeln des Telefons, das mich eilig zum Hörer laufen lässt.

»Papa du bist es, schön dass du mich anrufst. Stell dir vor, wir können dich heute endlich wieder besuchen und ich habe uns Masken genäht.«

Papa sagt: »Das freut mich sehr. Hier im Altenheim nennt man das Corona-Kapperl.«

Stefan Franck

Der Unsichtbare

»Allgemeine Fahrzeugkontrolle, Ihre Papiere bitte.«

»Ja, natürlich. Einen Moment.«

Der Fahrer wirkte etwas nervös. Ein Mittvierziger vom Äußeren her, schütteres Haar auf dem besten Weg zur Halbglatze, kleine runde Brille, schon deutlich untersetzt. Seine Haut spannte sich prall über den Hamsterbacken, sodass nur der Anflug von Falten zu sehen war. Ebenso unauffällig seine Kleidung, ein dunkelgrauer Pullunder über einem blauen Hemd. Er rutschte auf dem Sitz, behindert vom Sicherheitsgurt, hin und her, um den Geldbeutel aus seiner Hosentasche zu angeln.

Ich wusste nicht, warum ich diesen BMW angehalten hatte. Wir waren auf der Waldstraße, der Verbindung zwischen dem Ort Unterhaching und dessen Gewerbegebiet und hielten neben einem kleinen Schuppen, aus dem heraus Erdbeeren verkauft wurden. Wahrscheinlich hatte er nur auf dem Heimweg von der Arbeit noch kurz einkaufen wollen. Er war weder zu schnell noch auffällig langsam gefahren. Er hatte sich an die Verkehrsregeln gehalten, war aber auch nicht übermäßig vorsichtig.

Es gab nichts Greifbares, vielmehr war es reines Bauchgefühl gewesen, das mich dazu veranlasste, Thomas zu sagen, er solle das Stopp-Signal einschalten. Nun stand ich neben dem Wagen und wartete darauf, dass der Buchhalter – zumindest sah er nach einem Buchhalter aus – endlich seine Geldbörse herausgefischt bekam, während vom Dach der Erdbeerhütte her ein Rabe uns ankrächzte.

Praktisch alle sind nervös, wenn sie heraus gewinkt werden. Es ist eher ein Verdachtsmoment, wenn jemand ganz ruhig bleibt.

»Hier bitte«, sagte der Mann endlich und vermied es, mich anzusehen, als er mir den Führerschein reichte. Den Fahrzeugschein zog er danach aus dem Handschuhfach. Nur einen kurzen Blick durch seine gold-geränderte Brille warf er mir zu, als er auch diesen aus dem Fenster reichte.

»Vielen Dank, ich prüfe sie und bin gleich wieder da.«

»Gut«, nickte der Mann, die Hände noch auf dem Lenkrad, den Blick durch die Windschutzscheibe nach vorne gerichtet.

Ich ging zurück und nickte Thomas zu, der sichernd hinter dem BMW geblieben war. Wir setzten uns in den Streifenwagen und machten die üblichen Checks, glichen Fahrzeug und Fahrer mit der Polizei-Datenbank ab. Während wir auf die Ergebnisse warteten, sah Thomas mich fragend an: »Und?«

Ich schüttelte den Kopf: »Sieht alles normal aus.«

Er nickte und wir warteten auf die Ergebnisse der Suchanfrage, die ebenfalls negativ verlief. Wir stiegen wieder aus, Thomas blieb in Bereitschaft, während ich zum BMW zurückging.

»Warndreieck und Verbandskasten haben Sie dabei?«, fragte ich.

Er bestätigte und machte Anstalten, sich abzuschnallen, um sie mir zu zeigen. Ich hielt ihn auf: »Ist schon in Ordnung. Hier ihre Papiere. Sie können weiterfahren.«

Als er Führerschein und Fahrzeugschein entgegennahm, sah er mir endlich etwas länger in die Augen. Noch immer wirkte er nervös. Unwillkürlich runzelte ich die Brauen. Mein Bauchgefühl meldete sich wieder. Er schien sich auf die Unterlippe gebissen zu haben.

Er zögerte. Er sah mich an. Die Zeit schien etwas zäher zu verlaufen, wie in einem Kinofilm, in dem kurz vor der Schießerei die Zeitlupe anspringt, während der Held sich zu den heranstürmenden Bösewichten umdreht. Das Krächzen des Raben schallte ominös zu uns herüber.

Der Fahrer presste die Lippen zusammen, sah mich immer noch an. Dann sagte er leise, kaum hörbar: »Sie sollten zum Arzt gehen.«

Ich spannte mich an, jetzt kam gleich die Beleidigung, dass ich nicht ganz richtig im Stübchen sei oder etwas Ähnliches. »Du Idiot!«, dachte ich innerlich, denn eigentlich hätte er nur das Fenster schließen und losfahren müssen.

»Sie haben Leukämie.«

Damit hatte ich nicht gerechnet, ich zuckte etwas zurück.

Er wandte den Blick wieder auf die Straße, startete den Motor.

»Es ist noch im Anfangsstadium. Sehr gute Heilungschancen. Aber gehen Sie zu einem Arzt. Bald. Lassen Sie es prüfen«, sagte er, starr an mir vorbei auf das graue Band der Straße starrend.

Er legte den Gang ein und löste die Handbremse. Ruckartig wandte er den Kopf und sah mich noch ein letztes Mal an, mit einem traurigen Gesichtsausdruck. Aber die Trauer galt nicht mir, das fühlte ich.

»Sie sind ein guter Mensch. Wäre schade.«

Langsam rollte der Wagen an. Ich weiß nicht, warum ich ihn in diesem Moment nicht stoppte, irgendetwas sagte. Ich richtete mich nur auf und sah ihm hinterher, wie er sich in den spärlichen Verkehr einfädelte und unter der S-Bahnbrücke hindurch in Richtung des Gewerbegebiets fuhr, das Krächzen des Raben klang nun fast spöttisch in meinen Ohren.

»Alles in Ordnung?«, fragte Thomas.

Ich zuckte zusammen, mein Gefühl für Zeit war durcheinander, ich konnte nicht einschätzen, wie lange ich dem Auto nachgesehen hatte, bis mein Partner mich wieder in die Realität zurückholte.

Langsam drehte ich mich um.

»Mein Gott, du siehst aus, als hättest du ein Gespenst gesehen«, sagte er.

»Das war gruselig«, antwortete ich zäh.

»Was hat er gemacht?«

»Nichts eigentlich. Nur ...« Ich konnte es nicht in Worte fassen. Ich schüttelte den Kopf, wie um einen bösen Traum zu vertreiben. »Lass uns weiterfahren. Übernimmst du das Steuer?«

Thomas musterte mich, dann nickte er: »Klar, kein Problem.«

»Nun, wie sieht es aus?« Ich war entspannt gewesen, bis der Arzt den Raum betreten hatte. Er war mein zweiter, mein Hausarzt hatte bereits einen Bluttest anfertigen lassen und keinen Befund gehabt. Aber weil ich darauf bestanden hatte, hatte er mich trotz meiner normalen Werte an einen Spezialisten überwiesen.

Es war mein dritter Termin bei Doktor Hauser. Im ersten hatte er wie mein Hausarzt nach körperlichen Beschwerden gefragt – Schlappheit, ob ich zum Bluten neige, oft krank sei, Gelenkschmerzen habe. Ich bin 27 Jahre alt, als Polizist gut trainiert, nichts konnte ich bestätigen.

Der Arzt hatte sich zurück gelehnt und die Arme vor der Brust verschränkt, mich stirnrunzelnd angesehen.

»Herr Gschwend, Sie haben keine Symptome. Sie haben keine Leukämie, wie Ihr Hausarzt bereits sagte.«

Ich hatte nicht geantwortet, sondern ihn nur angestarrt. Alter Polizistentrick – niemand erträgt Stille gut. Wenn du nichts sagst, füllen die anderen sie mit dem, was sie nicht sagen wollen.

Der Spezialist war nicht darauf eingegangen. Er hatte nur geseufzt, den Kopf geschüttelt, meine Organe abgetastet und mich gebeten, einen Termin für weitere Tests abzumachen.

Das zweite Mal war ich in aller Frühe die knarzende Treppe zu seiner Praxis hinauf gestiegen. Eine Schwester hatte mir Blut und Urin abgezapft und ich war wieder abgerauscht.

Jetzt saß ich wieder dem Doktor gegenüber, der dritte Besuch. Er sah diesmal deutlich ernster aus.

»Der Befund ist dem Grunde nach unauffällig«, sagte er und kratzte sich an der Schläfe. Ein sicheres Zeichen, dass er sich unwohl fühlte, auch wenn seine Worte positiv klangen.

»Dem Grunde nach?«, hakte ich sofort nach, wohl ein Polizistenreflex auf die Signale, die er sendete.

»Wir haben ein großes Blutbild gemacht. Der Hämatokrit liegt bei 99,2 %, das ist völlig normal. Auch das Verhältnis von Lymphozyten, Granulozyten und Monozyten ist unauffällig.«

Ich verstand kaum etwas. Ich wartete. Die Stille dehnte sich. Er füllte sie.

»Dem Grunde nach gibt es keine Indizien auf eine Leukämie bei Ihnen, selbst die Zytologie-Untersuchung verlief negativ.«

Ich wartete. Stille. Er füllte.

»Allerdings haben wir einen leicht erhöhten Wert von unreifen Leukozyten.«

Ich wartete. Stille. Er wartete. Ich füllte.

»Was bedeutet das?«

»Gar nichts. Sie haben keine Leukämie. Jeder leichte Infekt kann zu Veränderungen im Blutbild führen, die gravierender sind als dieser Befund.«

»Ich habe Leukämie.«

»Warum glauben Sie das?« Er beugte sich bei dieser Frage vor, als wolle er mich verhören.

Es stand auf der Kippe. Die Werte sprachen gegen mich, meine Überzeugung für mich. Auch ein Mediziner hört auf sein Bauchgefühl und wenn es mir gelang, glaubhaft zu bleiben, dann würde er weiter machen.

Glaubhaft ist man nur, wenn man die Wahrheit sagt. Ich lehnte mich zurück und hob an: »Sie werden mich für verrückt halten, aber ich habe es bei einer Verkehrskontrolle erfahren.«

Seine Augenbrauen ruckten hoch und seine Neugier war geweckt, sodass er sich wieder zurück lehnte und sich die ganze Geschichte anhörte. Ich erhielt die Reaktion, auf die ich gehofft hatte:

»Mit Verlaub: Sie spinnen. Lassen Sie sich von der Schwester einen Termin geben, wir werden Ihnen etwas Knochenmark entnehmen müssen. Ich kann Ihnen gleich sagen, das tut höllisch weh: Wir stechen ihnen eine ziemlich dicke Spritze mitten in den Beckenkamm hinein. Das wird überhaupt keinen Spaß machen.«

»Ich freue mich schon darauf. Herr Doktor Hauser, Sie haben mir sehr geholfen.«

»Sie spinnen wirklich«, antwortete er freundlicher, als er bisher geklungen hatte.

Bei meinen Kollegen hatte sich das »Du spinnst« auch etabliert, auf eine deutlich spöttischere Art freundlich. Thomas hatte von unserer Kontrolle erzählt, Janina hatte nachgefragt, ich hatte mich von ihren braunen Augen hinreißen lassen, zu erklären, was vorgefallen war. Seitdem machten sich schon einige über mich lustig. Als sich auch mein Besuch beim Arzt herum-gesprochen hatte (Polizisten können unglaublich gut darin sein, Informationen aus einem herauszukitzeln), gab es noch mehr Gelächter in den Gängen.

Aber das störte mich nicht, anfangs hatte ich mich selbst für lächerlich gehalten und nun – nach der Ankündigung der dicken Spritze ins Becken – hatte ich andere Sorgen. Was würde das Ergebnis der Untersuchung sein.

Thomas ließ sich in den Stuhl neben mir fallen, während ich noch gedankenverloren den kleinen Milchschaumblasen in meinem Kaffee beim Zerfallen zusah.

»Schon etwas vom Arzt gehört?«, fragte er.

»Ich bin todkrank, werde bald dahin siechen und ihr werdet alle bedauern, mich verspottet zu haben«, antwortete ich über-dramatisch, aber mit einem Lächeln.

»Da irrst du dich. Wir haben schon einige Flaschen Tequila bestellt, um uns auf deinem Begräbnis zu betrinken.«

»Na, vielen Dank.«

»Nein, ich meine es ernst: Hast du schon etwas gehört?«

Ich schüttelte den Kopf. »Alles normal, nur eine kleine Auffälligkeit und der Arzt will mir nun unbedingt eine Riesen-spritze in den Hintern stecken.«

»Oh«, Thomas schwieg kurz.

»Wird schon nicht so schlimm sein.« Seine Ernsthaftigkeit irritierte mich mehr als das dumme Gerede der letzten Tage. »Warum fragst du?«

»Ich hatte auch ein Bauchgefühl. Wollte den Fahrer noch einmal unter die Lupe nehmen.«

»Und?«

»Nichts. Unsere Kontrolle hat nicht stattgefunden.«

Ich starrte ihn an.

»Jedenfalls habe ich den Eintrag nicht gefunden.«

»Wurde er gesperrt?«

»Kann ich mir nicht vorstellen. Da war ja gar nichts. Er ist einfach weg.«

»Aber wir haben doch auch das Kennzeichen und die Papiere geprüft, das muss doch protokolliert sein?«

»Niet. Nada. Nichts.«

Wir sahen uns an und schwiegen.

»Das ist sehr seltsam«, sagte ich schließlich mühsam. Auf einmal fühlte ich einige der Symptome, nach denen mich die Ärzte befragt hatten, einschließlich der geschwollenen inneren

Organe. Ich bezweifle, dass man so etwas überhaupt fühlen kann, aber in diesem Moment war ich mir sehr sicher, einen Druck in meinem Magen zu spüren, der meine Bauchdecke bedrohlich spannte.

Thomas und ich gingen zusammen zum Computer, meine Pause war sowieso fast zu Ende. Ich loggte mich ein und suchte selbst nach einem Eintrag. Soweit es die Computer der Polizei anging, hatte die Kontrolle nie stattgefunden. Da war der junge Bursche, der mit dem Benz seines Vaters viel zu schnell unterwegs gewesen war. Da war die ältere Dame mit der auffällig dicken Brille, die wir geprüft hatten. Soweit ich mich erinnern konnte, waren Einträge zu allen Kontrollen des Tages vorhanden, die wir gemacht hatten. Nur eine fehlte. Die neben dem Erdbeerschuppen neben dem Feld, an dem mir der Buchhalter-Typ mit seiner übertrieben stillen, nervösen Art erklärt hatte, dass ich an Leukämie leide.

»Das finde ich etwas gruselig«, sagte ich schließlich.

»Wahrscheinlich ein Systemfehler, reiner Zufall«, sagte Thomas wenig überzeugt.

»Hoffentlich. Aber ein gruseliger Zufall.«

»Ja.«

Ich sah meiner Zigarette zu, die im Aschenbecher langsam zerging, ohne dass ich daran zog. Der Testbericht lag daneben. Ich vermied es, ihn anzusehen. Der seltsame und unauffindbare Fremde hatte Recht gehabt. Ich saß wie erschlagen auf meinem Balkon. Ein großer weißer Vogel, vielleicht eine Taube, saß auf dem Geländer und starrte mir ins Gesicht. Ich bemerkte es kaum. Mein Gesäß schmerzte immer noch von der Knochenmarkprobe. Mein Inneres war komplett leer gefegt. Ein dünner Rauchfaden stieg von der Zigarette auf als sie verglimmte.

Doktor Hauser war an diesem Termin sehr direkt gewesen. Keine Umschweife, kein Weichspüler, sofort zur Sache: »Herr Gschwend, der Befund war positiv. Sie haben tatsächlich Leukämie.«

Aber er sah mich dabei nicht an, während ich ihn fixierte. Es war offensichtlich, dass er unter der klaren und sachlichen Darbietung unsicher und verwirrt war.

»Ich muss Ihnen gestehen, dass ich nicht damit gerechnet habe. Praktisch keine Indizien, Ihr Alter, nichts. Einfach nichts.«

Er schüttelte fast schon unwillig den Kopf. »Natürlich gibt es die Möglichkeit eines false positive, Herr Gschwend. Wir werden daher noch einige Tests machen. Aber bereiten Sie sich auf eine Behandlung vor.«

Endlich hob er den Kopf, studierte mich, während ich ihn anstarrte, nicht einmal blinzeln konnte ich, bis meine Augen anfingen zu schmerzen.

»Es ist ein außergewöhnlich frühes Stadium. Die Heilungschancen sind sehr gut. Es ist eine akute lymphatische Leukämie, sie werden also direkt mit der Chemo anfangen können. Eine Knochenmarktransplantation ist voraussichtlich nicht nötig, aber ich werde Sie an die Hämatologie der Klinik Schwabing überweisen, die machen die weiteren Tests und stimmen die Behandlung mit Ihnen ab.«

Er schwieg eine Weile, bevor er fort fuhr: »Sie müssen sich keine Sorgen machen. Es ist ein so frühes Stadium. Sie sind jung. Das wird unangenehm, aber die Chancen stehen sehr gut, dass Sie bald wieder völlig gesund sind.« Fast flüsternd fügte er hinzu: »Sie können sich bei diesem Mann bedanken.«

Bei dem Mann, der unauffindbar war, der mir wahrscheinlich das Leben gerettet hatte.

Ich zündete mir eine neue Zigarette an, zog einmal. Der kratzige Rauch und das Aroma wirkten so intensiv wie damals, als ich als Teenager zum ersten Mal eine geraucht hatte. Meine Hand sank nach unten und ich legte den Kopf in den Nacken, mit halb geschlossenen Augen starrte ich in den blauen Himmel hinauf, auf dem sich einzelne Wolken als weiße Flecken abzeichneten. Der weiße Vogel auf dem Geländer folgte meinem Blick nicht, starrte mich unverwandt an und trippelte leicht von einem Bein auf das andere. Er irritierte mich und ich scheuchte ihn mit einer ruckartigen Handbewegung davon. Protestierend wand er sich in die Höhe davon.

Mein Handy klingelte nun, nachdem ich unzählige Vibrationen von WhatsApp Nachrichten ignoriert hatte. Auch dieser Lärm ging vorüber, ich wollte nicht sprechen, egal mit wem.

Als ich das nächste Mal an der Zigarette zog, war sie schon halb verglüht. Durfte ich als Krebspatient überhaupt rauchen? Wahrscheinlich nicht. Wer würde mir aber Vorwürfe machen. Letztlich konnte man das hier überhaupt nicht rauchen nennen. Der Stummel wurde im Ascher zerdrückt.

Die Sonne schien warm auf meinen Körper, ein angenehmes Gefühl, ein einzelner Schweißtropfen tastete sich von meinem Ohr aus in Richtung Nacken vor. Mein Schweiß ist immer am stärksten hinter den Ohren. Ist das ungewöhnlich? Meine Augen fielen ganz zu und mein ganzes Bewusstsein sammelte sich in meinem rauchgeschwängerten Atem.

Als stünde ich neben meinem Körper, merkte ich jede Bewegung des Zwerchfells, das Heben und Senken. Es klingelte an der Tür, es war wie eine Ohrfeige, die mich aus der Ohnmacht zurück in meinen Körper katapultierte. Ich drückte die Augen so fest zu, dass ich Sterne sah, dann riss ich sie weit auf.

Es war überraschend anstrengend, mich aus dem Stuhl hochzudrücken, aber als ich stand, war ich wieder ich, wieder in mir selbst. Ich ging zur Tür und öffnete sie – Marlis, meine Freundin, stand draußen. Sie war den Tränen nahe, ich lächelte.

»Du hast nicht geantwortet«, flüsterte sie.

»Tut mir leid, Schatz.« Meine Stimme war noch nicht wieder voll da, brüchig fielen die Wörter zwischen uns zu Boden.

Sie lächelte aufmunternd, während ihre Augen noch feuchter wurden. Dann fiel sie in meine Arme und ich wunderte mich, dass ich derjenige war, der sie hielt. Ich wunderte mich noch mehr, wie gut es mir tat, ihr diesen Halt zu bieten.

Wieder hatte ich Glück: Ich vertrug die Chemo gut und sie schlug an, soweit die Ärzte das schon absehen konnten. Letztlich würde die Zeit zeigen, wie es weiterging. Der vierte Zyklus war gerade fertig, als ich ihn im McDonald's sitzen sah. Ich wollte mir nach dem Fitness, das ich vorsichtig aber kontinuierlich im Rahmen des Möglichen weiter betrieben hatte, nur kurz etwas mitnehmen, fuhr daher vom Body and Soul durch genau das gleiche Industriegebiet, wieder entlang der Waldstraße, auf der wir die Fahrzeugkontrolle durchgeführt hatten, aber weiter voraus. Der Fast-Food-Laden war etwa in der Mitte des Industriegebiets. Zwei BigMacs, eine große Portion Pommes, nach Hause fahren und netflixen. Mehr wollte ich nicht.

Ich sah ihn erst, als ich die braune Tüte bereits in der Hand hatte und auf dem Weg zum Ausgang war. Er saß an seinem Tisch, die Hände flach auf der Platte neben dem Tablett liegend, die halb leere Packung Chicken Nuggets starrte er nur an, ohne sie anzurühren. Er hielt völlig still, als glaube er wie ein kleines Kind, er könne dann nicht gesehen werden.

Als ich ihn bemerkte, seufzte er sichtbar und hob den Kopf, sah mich mit einem traurigen Blick an, die Lippen zu einem halben Lächeln hochgezogen.

Wir belauerten uns einige Augenblicke quer durch den Raum, dann setzte ich mich in Bewegung und ließ mich demonstrativ schwer in den Stuhl gegenüber dem magischen Buchhalter fallen.

»Sie waren beim Arzt?«, fragte dieser auf seine irritierend ruhige, leise Art.

»Ja.«

»Das freut mich.«

Er hatte keine Zweifel daran, was das Ergebnis des Besuchs war. Langsam und vorsichtig nahm er einen seiner Chicken Nuggets, dippte ihn zwei Mal in die Szechuan Sauce, drehte ihn etwas, sodass sich kein Tropfen bilden konnte, und schob ihn in den Mund. Seine Bewegungen waren von unaufdringlicher Präzision, wie die eines routinierten Diebes, der ein Schloss mit einem Dietrich öffnet, als hielte er den echten Schlüssel in der Hand.

»Woher wussten Sie das?«, forderte ich zu wissen, meine Stimme gefüllt mit der Autorität des Uniform Tragenden, obwohl ich in Zivil hier war.

Er zuckte mit den Schultern, leerte seinen Mund und tupfte die Winkel delikat mit der Papierserviette ab.

»Im Laufe der Zeit habe ich … gewisse Fähigkeiten erworben.«

»Fähigkeiten? Ein bisschen präziser bitte.«

»Es ist eine vergleichsweise … lange Zeit.«

»Was meinen Sie damit? Ich habe keine Lust mehr auf Spielchen.«

»Spielchen jeder Art liegen mir fern. Sie sind zu gefährlich. Das können Sie mir glauben. Ich möchte mich dafür entschuldigen, dass ich mich eingemischt habe. Es stand mir nicht zu.«

»Nein! Nein, nein, nein. Verdammt, verstehen Sie mich nicht falsch. Sie haben mir vielleicht das Leben gerettet. Ich verstehe es nur nicht.«

»Es gibt nichts zu verstehen.«

»Wer sind Sie? Warum sind alle Unterlagen verschwunden? Wie haben Sie das gemacht?«

»So viele Fragen. Viele Antworten kann ich Ihnen nicht bieten. Ich habe nichts ‚gemacht‘. Manche Dinge … geschehen. Ich sagte es bereits: Ich habe gewisse Fähigkeiten erworben.«

In meiner Frustration warf ich die Hände in die Luft, sah wie er angesichts dieser Reaktion etwas zusammenzuckte.

»Bitte«, flüsterte er beschwörend. »Ich will keine Aufmerksamkeit erregen.«

Diese Aussage bezog sich nicht auf die anderen Gäste des McDonald's. Er nahm sein vorletztes Chicken McNugget, steckte es sich grazil in den Mund und erhob sich. Ohne Eile schob er sein Tablett in das Rückgaberegal, während ich ihm mit der braunen Tüte in der Hand wie ein Hund folgte – nicht sicher, ob ich ein scharfer Polizeihund oder ein treudoofer Schoßhund war.

Vor der Tür des McDonald's blieb der Mann kurz stehen, wandte sein Gesicht mit geschlossenen Augen in die Abendsonne und genoss die wärmenden Strahlen. Ich wartete ungeduldig, gierig auf Antworten, von denen ich nicht wusste, ob es sie gab oder ob ich sie verstehen würde, verstehen wollte.

»Da Sie nicht gehen werden, muss ich Sie wohl bitten, mitzukommen.« Es war nicht klar, ob es wirklich eine Bitte, eine Frage, eine Aufforderung oder ein Befehl war. Aber es war klar, dass ich mitkam.

Er ging zum Nordende des Parkplatzes, hinter dem sich ein Feld unter uns ausbreitete. Die Ähren wiegten sich goldgelb im Wind, links von uns dröhnte die Autobahn, aber vor uns ein

Bild, das mich an die ikonische Szene aus dem Film Gladiator erinnerte.

»Lassen Sie uns doch in den Perlacher Forst gehen. Ein kleiner Spaziergang?«

Mein Begleiter glitt über den Bodenbedecker die Böschung hinab, geräuschlos und ohne die Äste des Gestrüpps zu stören. Unbeholfen folgte ich ihm.

Am Rande des Feldes schritten wir entlang, das Sonnenlicht fiel uns schräg in die Augen. Er ging vor mir, mit ruhigem, gleichmäßigem Schritt. Ich beobachtete ihn von hinten, die kleine Gestalt, das lichte Haar, er trug immer noch Hemd im Pullunder über einer ausgewaschenen Stoffhose. Nach wie vor verbreitete er die Aura des Buchhalters, aber jetzt, mit dem, was ich erlebt hatte, bemerkte ich die irritierenden Details. Ich konnte mir seine Haarfarbe kaum merken. Er verursachte keine Geräusche beim Gehen, kein Rascheln der Hose oder etwas Ähnliches. Selbst an einem Vogel im Unterholz ging er vorbei, während ich das Tier aufschreckte, sodass es protestierend krächzend davonflog.

Als wir den Rand des Industriegebiets erreichten, sprach ich ihn an, obwohl mir das Mühe bereitete: »Wenn wir zum Perlacher Forst wollen, müssen wir wieder hoch, zum zweiten Kreisverkehr, dort ist die Unterführung unter der Autobahn durch.«

Er kümmerte sich nicht um meinen Kommentar, schritt weiter aus, ich meinte leise, über die Schulter gemurmelte Worte zu vernehmen: »Nicht alle Menschen sieht man leicht, nicht alle Wege sind leicht zu finden.«

Wir tauchten in die wenigen Bäume ein, die zwischen Industriegebiet und Autobahn neben dem Feld standen. Die Luft war hier angenehm abgekühlt und roch nach Sommerwald. Ein paar Schritte weiter öffnete sich eine Unterführung ohne Licht, ein schmaler, betonierter Gang. Ich wusste genau, dass es diese nicht gab. Nicht geben konnte. Dennoch folgte ich dem seltsamen Mann hindurch, wir kamen auf der anderen Seite in den Perlacher Forst. Ein Weg, den ich immer für eine Sackgasse gehalten hatte, begrüßte uns.

Auch der Mann wandte sich um, sah mich an und lächelte wieder halb schief, unsicher, unaufdringlich.

»Hier fühle ich mich besser. Es ist still, wir sind allein. Kein Mensch hier. Auch sonst niemand.« Er schloss die Augen, sog die Luft ein, atmete tief durch, seine Gesichtszüge lockerten sich und sein Lächeln wurde breiter, friedlicher. Langsam öffnete er die Augen, sah mich an und ich hatte das Gefühl, auch ihn zum ersten Mal wahrzunehmen. Es traf mich bis ins Mark, die Tiefe seiner Augen zu erkennen. Sein Antlitz mochte das eines mittelalten Buchhalters sein, aber seine Augen waren die von Gandalf, von Merlin oder irgendeinem Fabelwesen.

»Nun«, sagte er zögerlich. »Sie haben mich gesehen. Ich habe Ihnen geholfen. Sie haben mich anschließend gesucht. Warum haben Sie mich gefunden?«

Ich blinzelte irritiert, da ich nicht verstand, was er von mir wollte. »Ich habe Sie nicht gefunden, es war ein Zufall!«

Er lächelte nur.

»Wer sind Sie überhaupt?«

»Dorian.«

»Das war nicht, was ich meinte.«

»Warum dann die Frage?«

Ein Kuckuck stieß seinen Ruf in der Ferne aus, als wolle er mich auslachen. Ich schloss die Augen und versuchte die aufkeimende Wut zu unterdrücken und ruhig zu bleiben.

Als ich sie wieder öffnete und meine Fäuste entspannte, lächelte der Mann, Dorian, mich an.

»Gut. Dann frage ich anders. Woher wussten Sie, dass ich Leukämie habe?«

»Wie ich schon sagte, habe ich im Laufe der Zeit einiges gelernt.«

»Wie alt sind Sie? Was bedeutet dieses 'Im Laufe der Zeit'?«

Er schwieg lange. »Alt. Ich bin alt, selbst wenn man es relativ betrachtet.« Ich starrte ihn an, konnte dieser Dorian nicht eine gerade Antwort geben? Der Polizist in mir dampfte förmlich.

»Kommen Sie, gehen wir ein bisschen durch diesen schönen Wald. Er erstrahlt herrlich in der Abendsonne, die grünen Bäume werden von Kupfer und Gold übergossen.« Er wandte sich um und ging an meiner Seite los, gab so mein Sichtfeld auf die Natur frei. Die Sonnenstrahlen fielen schräg durch das Geäst an den Seiten des Weges, Staub glitzerte darin, wie in einem kitschigen Film.

»Da Sie keine vernünftigen Fragen kennen, werde ich Ihnen einfach ein bisschen erzählen, während wir gehen. Kommt Ihnen das entgegen?«

Ich nickte nur.

»Sehen Sie, ich wohne schon sehr lange hier. Damals gab es noch mehr Wälder, weniger Menschen. Aber es waren immer Menschen. Sie sind Polizist, Sie kennen das. Zu meiner Zeit war es noch etwas weniger geordnet als heute, viel ... handfester. Es wurde oft gekämpft.

Ich war kein Krieger, ich war ein Späher. Nun, wir waren alle Bauern, aber wenn es zum Kampf kam, dann wurde ich ausgesandt, den Feind zu finden, seine Truppen aufzuspüren, zu schätzen wie stark sie waren.«

»Sie wollen mir einreden, dass Sie aus dem Mittelalter sind? Für Ritter den Kundschafter gemacht haben?«

»So ungefähr. Jedenfalls war ich ein sehr guter Kundschafter. Damit verbunden sind zwei Eigenschaften: Man möchte nicht entdeckt werden, aber gleichzeitig selbst alles entdecken.«

Er schwieg. Wir hatten einen der breiteren Kieswege erreicht, die Steine knirschten unter meinen Füßen. Nur unter meinen, wie ich mit leichtem Unbehagen bemerkte. Ein Fahrrad sauste – ebenfalls lautstark – an uns vorbei, wir sahen ihm nach, dann fuhr er fort: »Ich war ein guter Kundschafter. Der beste. Ich hatte ein besonderes Talent dafür, eine Gabe. Ich kann mich noch erinnern, wie ich mich an ein feindliches Lager angeschlichen hatte. Sie patrouillierten um die Zelte herum, gute Leute, ausgebildete Krieger. Einer musste austreten und steuerte direkt auf mein Versteck zu. Ich saß direkt vor ihm als er sein Röckchen lüftete und sein Wasser abschlug.«

Dorian lachte bei dieser Erinnerung. »Er hat mich angepinkelt. Kannst du dir das vorstellen? Schlägt sein Wasser auf mich ab, ohne überhaupt zu bemerken, dass ich vor ihm im Gras sitze.« Er lachte weiter, bis ihm die Tränen kamen.

Langsam beruhigte er sich und lächelte nur noch schief. »Es ist meine Gabe, leicht übersehen zu werden. Vielleicht gehört es dazu, aber ich sehe zudem viele Dinge, die anderen verborgen bleiben. Spüre sie. Ihre Leukämie ist so etwas. Habe es gespürt, gesehen, gerochen, ich weiß es nicht. Ich habe es bemerkt und war mir sicher. Eine Gabe.«

Er ließ seinen Blick über die Bäume wandern und ich fragte mich, was er dort alles sehen konnte, das mir entging.

»Wie dem auch sei. Ich lebte ein gutes Leben, mit manchem Kampf aber auch viel Freude. Frau und Kinder, wie es sich gehört, bis dann der Alte in der schwarzen Kutte kam, der Schnitter, der uns in die Anderswelt führt. Ich habe ihn gesehen. Ich habe gespürt, dass er wegen mir kam. Ich hatte oft Angst in jenem Leben, aber das war unvergleichlich. Da stand er vor mir, die Knochengestalt, um mich abzuholen.«

Dorian hielt inne, drehte sich zu mir, sah mich aus seinen tiefen Augen an. Ich zitterte bei dem Gedanken an das, was er mir gesagt hatte. Konnte das sein? Gab es einen Tod? Als etwas, das am Ende kam, um einen zu holen? Das war doch absurd!

»Ja. Ich habe ihn gesehen. Das ist wenigen gelungen, selbst unter den Mächtigen und Göttern kann das kaum einer von sich behaupten. Ich habe ihn wirklich gesehen«, flüsterte er mit einem Schaudern in der Stimme und bebenden Lippen.

Wir starrten uns an.

»Ich habe ihn gesehen. Aber er – er hat mich nicht gesehen.«

Wieder protestierte der Kuckuck in der Ferne.

Nach einer gefühlten Ewigkeit zuckte Dorian mit den Schultern. »Nun. Er hat nicht lange gesucht, ist dann wieder gegangen. Ist verschwunden, hat sich vielleicht aufgelöst. Ich weiß es nicht genau. Er hat mich nie wieder gesucht. Ich habe ihn indes ein noch ein paarmal gesehen, als er andere holte. Zum Glück nicht jedes Mal, wenn jemand stirbt. Das würde mich in den Wahnsinn treiben. Nein, er ist fast genauso gut darin, ungesehen zu bleiben wie ich. Nur manchmal erspähe ich ihn, manchmal wendet er sich dann in meine Richtung, einen Ausdruck auf seinem Schädel, als erinnerte er sich dunkel an etwas, das er vergessen hat. Aber im Lauf der Jahre ist meine

Gabe stärker geworden, seine Erinnerung schwächer. Er hat mich vergessen und ich ...«, fast hilflos lächelte er mich an, »Ich gehe meiner Wege.«

Seine Worte klangen schwer und tief, wie das melancholische Rauschen der Wälder.

Als ich mich langsam wieder gefasst hatte, fiel das Licht der Sonne schon trüber werdend deutlich schräger durch die Stämme. Meine rechte Hand war verkrampft, weil sie solange die McDonald's Tüte unbewegt gehalten hatte.

»Was hat das alles mit mir zu tun?«, hauchte ich.

Da lachte Dorian herzlich. »Ist dir das nicht klar? Ich habe eine Gabe, die mich unauffällig macht. Du hast mich trotzdem gesehen, damit ich dir das Leben retten konnte. Du hast nach mir gesucht, weil du es nicht verstehen konntest. Deine Fragen sind beantwortet worden.«

»Nichts ist beantwortet!«, brach es aus mir heraus. »Überhaupt nichts, ich verstehe kein Wort davon!«

Er legte mir die Hand auf den Arm, es war das erste Mal, dass er mich berührte. Ein seltsames Gefühl ging davon aus.

»Natürlich nicht. Du hast Antworten, aber kein Verständnis. Überlege dir gut, ob du dieses erlangen willst. Es ist deine Entscheidung, du hast dein Leben gerettet und dich selbst hierher gebracht – willst du diesen Weg weiter gehen oder zurück nach Hause?«

Ich verschloss die Augen vor all dem, es war wirklich zu viel für mich.

»Du musst nicht heute entscheiden und auch nicht morgen. Aber es wird der Tag kommen, an dem du entscheiden wirst.«

»Nein«, hob ich an, aber brach den Satz ab. Ich hatte die Augen wieder aufgemacht und bemerkt, dass ich alleine im Wald stand. Ruckartig wandte ich mich um. Ein gutes Stück den Weg hinab näherte sich ein weiterer Fahrradfahrer, sonst – niemand.

Mit einem Satz war ich zwischen den Bäumen, spähte in die Dämmerung.

Ich sprang wieder auf den Weg und starrte in den Wald gegenüber.

Nichts.

Langsam drehte ich mich mehrmals im Kreis, starrte den Radler irre an, als er mit verwundertem Blick an mir vorbeizog. Ich trat wieder zwischen die Bäume, wieder hinaus auf den Weg.

Ich kapitulierte.

»Dorian. Ich weiß, Sie können mich hören. Kommen Sie heraus.«

Der Ruf des Kuckucks war meine einzige Antwort.

»Dorian. Wissen Sie was? Das war die fürchterlichste Erklärung für irgendetwas, die ich je gehört habe. Glauben Sie mir, ich habe viele fürchterliche Erklärungen gehört, täglich versuchen sich die Leute rauszureden. Aber Ihre ... das ist die allerfürchterlichste Erklärung überhaupt!«

Die letzten Worte hatte ich aus voller Kehle geschrien. Mir liefen Tränen die Wangen herab als ich leise hinzusetzte: »Aber dass Sie mir das Leben gerettet haben, dafür danke ich Ihnen. Danke. Danke.«

Mit gesenktem Haupt drehte ich mich um, den Weg zurück zum McDonald's, zu meinem Auto, um das kalte Essen nach Hause zu bringen. Ich wusste, dass ich die Unterführung nicht finden würde, über die wir hergekommen waren. Aber ich wusste auch, dass ich irgendwann – vielleicht bald, vielleicht erst, wenn ich alt sein werde – Dinge wie diese sehen würde. Aber für den Moment schloss ich meine Augen, um die Tränen wegzublinzeln.

Liyahs Weg

Mit geübtem Schwung sauste der dünne Zweig auf die Puste-
blume zu, traf sie direkt unterhalb ihres runden Kopfes und ließ
diesen weit fort in Richtung der Wiese fliegen, während die
Flugschirme teils am Ort blieben, teils dem Blütenkopf hinterher flogen. Viel schwungvoller als bei einer echten Enthaup-
tung, da flog der Kopf nicht, sondern er rollte nur ein bisschen
davon und hatte auch einen seltsamen Ausdruck.

Liyah holte aus und die nächste Blume entlang des Weges
starb, ohne das Gesicht zu verziehen oder die Zunge heraus-
hängen zu lassen. Die Flugschirme wurden vom Wind erfasst,
der mit ihnen spielte, vom Schlag aus ihrem Leben gerissen
waren sie willenlos geworden. Obwohl es nur sachte wehte,
waren die leichten und schwachen Schirme ihm willenlos aus-
geliefert, konnten sich nicht wehren, als sie losgelöst von ihrem
Stiel nach oben getragen wurden, herab fielen, manche auf die
Wiese, in der sie versanken, andere auf den Asphalt vor Liyahs
Füße, wo sie auf unfruchtbarem Boden festklebten, noch leicht
zitternd, wenn der Wind sie berührte, aber ohne Hoffnung.

Der Weg, den sie gehen musste, war nicht lang, aber er war
schön. Von der Schule aus – oh, diese Schule war so anders als
ihre eigene, daheim. Sie mochte es nicht, dass hier die wilden
Jungs auch in ihrer Klasse waren. Max hatte sie sogar schon an
den Haaren gezogen und dabei frech gegrinst! Da hatte sie ihm
eine geklebt und alle hatten gelacht. Sogar Max, der sich die
rote Backe hielt und sie fest angesehen hatte. Sie hatte zurück
gestarrt, ihre Zähne hatte sie fest aufeinander gebissen und war
ganz wütend gewesen. Aber als keiner sie sah, hatte sie
geweint. Das hatte Liyah gut gelernt: Immer stark sein, wenn
dich jemand sieht. Weinen darf man nur, wenn niemand hin
guckt.

Obwohl sie nicht viel verstand und die Kinder nie einen Hieb
bekamen und darum keine Angst hatten und immer so frech
waren, war die Schule doch schön. Es waren keine Löcher in
den Wänden und man musste nicht ständig üben, wie man unter
den Tisch geht und die Hände über den Kopf hält. Die Bücher
waren bunt und hatten viele Bilder und die Lehrer waren nicht

so streng. Das mochte sie am meisten, besonders gefiel ihr die Deutschlehrerin, die war so geduldig, obwohl Liyah nicht immer alles verstand. Außerdem wurde viel Musik gemacht. Liyah konnte nicht gut singen und sie konnte die Wörter auch nicht richtig aussprechen. Darum tat sie nur so, als ob sie mitmachte, bewegte den Mund aber ganz leise. Das merkte keiner, wenn rundherum alle so laut waren.

Jetzt war es auch laut um sie herum. Fahrräder klingelten, Kinder schrien, die Schule war aus und alle drängten wie sie aus dem Gebäude und weg von hier. Die Eule über dem Eingang beobachtete sie. Es war eine komische Eule, sie sah nicht echt aus, aber Liyah hatte das Bild doch erkannt.

Von dieser Schule strebten nun die Kinder fort, in alle Richtungen, tratschend, rempelnd, Grüße rufend, winkend, ein Tohuwabohu von kleinen Menschen und auch großen, welche die kleinen an der Hand abholten, und mittendrin die Kleinste von allen – Liyah, die still blieb und niemanden grüßte. Max rief ihr etwas zu, sie hob den Stock und ging weiter auf ihrem Weg.

Der führte vom Schulgebäude weg etwas durch den Ort mit seinen kleinen Häusern. Schräge Dächer, Gärten dazwischen, Hunde, die beim Bellen mit ihrem Schwanz wedelten. Liyah hatte anfangs Angst vor den Hunden gehabt, weil Hunde gefährlich sind und beißen können. Sie sind sehr schnell und man kann nicht vor ihnen weglaufen, wenn sie dich erwischen, dann springen sie dir in den Rücken und werfen dich zu Boden. Das hatte sie aus dem Fenster gesehen, als sie protestiert hatten. Ihr Vater hatte ihr verboten, aus dem Fenster zu sehen, aber sie war neugierig gewesen und hatte geschaut. Es war bei ihnen nicht viel los gewesen, aber einmal waren einige Leute durch die Straße gerannt und Polizisten hinter ihnen her, die hatten dann zwei Hunde losgelassen. Liyah hatte sich unter das Fenster versteckt, als der Hund den einen Flüchtenden erreicht und nieder geworfen hatte.

Bei ihrer Freundin hier war das auch passiert, als sie sie besuchte. Der Hund war an ihr hoch gesprungen und hatte sie umgestoßen, sie war gefallen und hatte solche Angst gehabt.

Aber der Hund hatte nicht gebissen, sondern ihr das Gesicht geleckt. Liyah hatte nicht geweint, das durfte man nie.

Sie schob den Gedanken beiseite, sie hatte schon die Unterführung erreicht, die bunt besprüht war. Einige Nachzügler rasten mit dem Fahrrad an ihr vorbei, sie war jetzt die Letzte, weil niemand zu Fuß ging. Sie sah die anderen in den Pedalen aufstehen, als sie auf der anderen Seite die Steigung erklommen, die Räder schwangen von links nach rechts als sie mit aller Kraft hinauf strampelten.

Auch sie war oben angekommen und folgte den Gleisen der S-Bahn, die auf einem Hügel neben ihr entlang fuhr, so regelmäßig, immer genau zur gleichen Zeit hörte sie das Rattern. Erst vor sich, dann einige Minuten später in der Gegenrichtung von hinten. Liyah war mit ihrer Mutter bereits oft S-Bahn gefahren, nach München hinein und wieder heraus. Es war ein so sauberer Wagen gewesen, nur ein bisschen Abfall am Boden, sogar sauberer als das Krankenhaus daheim, in dem sie ihr Bein versorgt hatten. Leise war es in der S-Bahn und die Leute waren ruhig und höflich. Niemand schrie, niemand trug eine Waffe. Einmal war da ein Mann mit roten Haaren gewesen, der hatte laut gesungen. Ihre Mutter hatte ihr gesagt, er wäre betrunken. Niemand nahm ihn fest, band seine Hände und schob ihn von Schlägen begleitet in einen Transporter, um jede Gegenwehr zu ersticken. Er sang einfach weiter und war weiter betrunken. Einige Leute hatten ihn angegrinst. Das war alles.

Einige Radfahrer schossen klingelnd an ihr vorbei, mit sportlichen Helmen auf dem Kopf. Sie zuckte fast gar nicht mehr, wenn ihr einer zu nahe kam. Da sogar diese Straße, die für Autos gesperrt war, asphaltiert war, staubte es auch nicht. Überhaupt gab es auf ihrem ganzen Weg fast keinen Staub. Das freute sie, denn Staub war lästig. Aber andererseits vermisste sie ihn auch ein bisschen, denn er trug einen trockenen Geruch mit sich, einen guten Geruch von Wärme und Heimat. Staub weckte wohlige Erinnerungen in ihr.

Es ging einige Zeit neben den Gleisen her, der längste Abschnitt ihres Weges. Die Schultasche drückte auf ihrem Rücken. Sie war schwer, voller Bücher und Hefte und eine

Wasserflasche hatte sie, die war jetzt leer, morgens war die Tasche noch schwerer.

Obwohl ihr die Tasche und ihr Inhalt wertvoll waren – sie liebte die Bücher, hatte sie schon in der Heimat geliebt, auch wenn sie dort weniger Bilder hatten – fürchtete Liyah nicht eine Sekunde, dass ihr die Tasche vom Rücken gerissen wurde. Das geschah hier nicht.

Sie lachte, als sie erneut eine Blume – diesmal eine Distel – enthauptete. Kein Zucken, als ein Radfahrer an ihr vorbei schoss und sie griff nicht mehr nach den Riemen der Tasche, um sie zu schützen. Sie schaute ihm nur nach, wie er davon sauste. Sie hatte sich zum Geburtstag auch ein Fahrrad gewünscht. Dann würde sie den Weg auch so schnell entlang zischen, mit vorgerecktem Kopf und dem Wind im Gesicht, sie würde nicht mehr die Letzte sein, die noch auf dem Weg war, sondern die Erste. Sie wollte allen davon rasen, sie wollte brausen, sie wollte vorwärts stürmen, die erste sein, sie wollte stark sein und nie wieder weinen.

Da war die S-Bahn-Station, bei der sie durch die Unter-führung auf die andere Seite wechselte. Kein roher Asphalt, beige gefliest war sie und die ganze Zeit leuchteten Lampen an der Decke, es war nie dunkel hier. Gerade drängten sich einige Leute hindurch, die mit der S-Bahn nach Hause gekommen waren. Die meisten arbeiteten in München und fuhren jeden Tag hin und her, schnell und sauber und vielleicht sang ein Betrunkener für sie.

Obwohl es so viele Erwachsene und Männer waren, drückte Liyah sich nicht an die Wand. Mit erhobenem Haupt ging sie geradeaus und die Großen machten ihr ohne zu zögern Platz. Jetzt kam die letzte Kurve, in der sich der Weg aus der Unterführung zur Straße hoch bog, zwischen Holzzäunen und grünen Wiesen entlang – diese grünen Wiesen! – und sie ent-hauptete eine letzte Blume, bevor sie oben war.

Schon sah sie ihre Mutter vor dem Haus, wie immer mit besorgtem Blick und die Finger knetend. Sie würde Liyah am liebsten noch selbst zur Schule bringen, aber Liyah hatte keine Angst mehr, sie kannte den Weg sehr gut, der hinter ihr lag und morgen vor ihr liegen würde. Sie rannte auf ihre Mutter zu und

flog in ihre ausgebreiteten Arme, so schnell und schwungvoll
wie ein Blumenkopf.

Gertraud Schubert

Flavia

Als Flavia nach Hause kam, stand im Peristyl ihres Hauses eine große Reisekiste mit offenem Deckel. Sosia, die dunkelhäutige Lieblingssklavin ihres Mannes, legte einen Packen Kleider in die Kiste.

»Was packst du da?«, fragte Flavia

»Gaius Julius hat gesagt, ich soll einpacken, weil wir verreisen.«

»Wo ist er?«

»In der Küche.«

In der vergangenen Woche hat Gaius Julius die beiden Küchensklaven und den Koch verkauft. Wollte er jetzt selber kochen?

Flavia ging in die Küche.

Gaius hatte Feuer gemacht und verbrannte Papyri.

»Wohin geht die Reise?«, fragte Flavia.

»Augusta Vindelicorum«, antwortete Gaius. Die Papyrus-Stücke waren als ganzes verkohlt. Gaius zerschlug sie mit dem Schürhaken.

»Eine gute Idee! Der Sommer ist im kühlen Rhaetien sicher angenehmer als im stickig heißen Rom. Ich komme mit«, erklärte Flavia.

»Das ist nicht dein Ernst!«

»Doch. Schließlich packt Sosia bereits meine Kleider ein.«

Drei Wochen später in einer Raststation in Bedaium: Der Rauch des offenen Feuers drückte von der Decke herunter bis knapp über Tischhöhe. Sosias Augen waren rot – nicht vom Rauch, sondern vom Weinen. Sie rührte den Bohneneintopf im Holznapf vor sich nicht an. Gaius kaute auf dem zähen Fleisch herum und spuckte es schließlich auf den Boden. Flavia rümpfte die Nase.

»Können wir nicht einen Ruhetag einlegen?«, fragte Flavia. »Wir sitzen tagaus tagein in dieser rumpligen Kiste auf Rädern.«

»Willst du hier in dieser elenden Straßenstation tatsächlich einen ganzen Tag bleiben?«

»Sie ist gar nicht schlecht. Seit Ravenna haben wir keine gesehen, die besser wäre«, sagte Flavia.

»Wär ich bloß allein gefahren«, knurrte Gaius. »Mit euch Weibern kommt man nicht vom Fleck. Ich wäre schon längst in Augusta.«

»Ja ja«, sagte Flavia, »aber du brauchst unseren Schmuck als Startkapital für neue Unternehmungen.« Sie zerpflückte das dunkle Brot in kleine Stückchen.

»Absurdus est.«

»Meinst du, ich hab es nicht kapiert, was los ist? Dieser schnelle Aufbruch aus Rom, immer in Eile. Überall durchgeprescht, bei Schneetreiben über den Brennero – du bist auf der Flucht vor deinen Gläubigern, lieber Gaius. Du bist pleite und willst dich in Germaniens Wäldern verstecken.«

Flavia schob mit der Hand den Haufen Brotstückchen und Brösel über die Tischkante.

»Rumores«, erklärte Gaius.

»Oder in Augusta ein neues Geschäft aufmachen? Villen verkaufen, die es gar nicht gibt, so wie du es Kampanien auch gemacht hast.«

Sosia schaute mit großen Augen von Gaius zu Flavia und wieder zurück zu Gaius.

»Ist das wahr, Gaius Julius?«, stammelte sie.

»Ich habe noch genug Geld, dass wir bis Londinium kommen, wenn es sein muss.«

»Hast du die Einlagen deiner Kunden eingesteckt, ja?« fragte Flavia.

»Ich hätte euch wirklich zurück lassen sollen, alle beide. Aber nur weil ich ein gutmütiger Mensch bin ...«

»Und weil du jemanden brauchst, der dir das Bett wärmt, hast du uns mitgenommen und nun sind wir da. Irgendwo in der trostlosen Gegend zwischen Juvavum und Augusta Vindelicorum«, schloss Flavia.

»Ich habe Angst«, sagte Sosia.

Flavia tätschelte ihr die Hand.

»Das Kind war seiner Lebtag nie außerhalb der Stadt. Für sie ist es hier im Wald unheimlich.«

»Die Männer da drüben, die schauen uns so komisch an.«

»Tja, so oft kommen hier keine Römer mehr durch«, stellte Gaius fest. »Und schon gar nicht auf dem Weg nach Norden. In den letzten Jahren sind die Römer alle zurück nach Süden gereist.«

»Und schon gar keine in Begleitung einer dunkelhäutigen Schönheit«, setzte Flavia mit süffisantem Lächeln hinzu.

Gaius winkte dem Wirt und bestellte einen weiteren Krug Wein.

Sosia saß im Wagen und starrte vor sich hin. Die Bäume rauschten im Wind. Die Räder knarrten. Die Zugochsen schnauften. Flavia schnarchte leise. Noch drei Tage bis Augusta, dachte Sosia, noch drei Tage durch wildes Land, oder auch vier. Keine römischen Soldaten weit und breit, um die Straßen zu sichern. Nur Einheimische in ihren dicken Wollumhängen, mit ledernen Beinlingen, mit verfilzten Bärten, die sie neugierig anstarrten. Selbst Gaius standen die Stoppeln im Gesicht, weil sie seit Juvavum keinen Barbier, kein Badehaus mehr gesehen hatten. Und dann diese Feuchtigkeit, mitten im Sommer. Über Rom brütete jetzt die Hitze.

Der Ochsenkarren blieb stehen. Sosia stieß einen erschreckten Schrei aus. Flavia richtete sich auf und strich sich eine Haarsträhne aus dem Gesicht. Sie hörte die Stimme von Gaius, verstand aber nicht, was er sagte. Dann lachte jemand. Flavia schloss die Augen wieder. Der Wagen setzte sich in Bewegung. Sosia schnäuzte sich in ihren Schal.

»Der Weg war auch schon mal besser«, murmelte Flavia, als der Wagen hin und her schwankte. Es klopfte an die Wagentür. Sosia schob die Holzklappe vor dem Fenster zur Seite.

Gaius ging neben dem Wagen her. Er grinste vergnügt.

»Wir sind eingeladen«, verkündete er, »irgend so ein örtlicher Häuptling, will die Römer in seinem Heim begrüßen. Ein Schwein brät schon über dem Feuer. Wir kommen grad recht zum Abendessen.«

»Das ist eine Falle!«, schrie Sosia mit schriller Stimme.

»Gaius, du wirst doch nicht die Via Julia verlassen haben«, tadelte Flavia, die mit einem Blick die Gegend gemustert hatte: der Weg war viel enger. Die Zweige streiften den Wagen.

»Reg dich nicht auf«, sagte Gaius, »wir sind ja schon fast da. Es gibt hier etliche römische Landsitze, die sogar noch bewohnt sind. Nicht alle Römer sind zurück nach Rom. Vielleicht lässt sich ja ein Geschäft machen.« Er grinste.

»Hoffentlich hat er auch ein Badehaus«, meinte Flavia.

Es war tatsächlich eine römische Villa. Zwei korinthische Säulen schmückten den Eingang. Der Hausherr sah aus wie ein richtiger Römer, glatt rasiert, die Haare kurz geschnitten. Aber sein Latein war nicht ganz perfekt,.

Das Badehaus dagegen war perfekt. Warmes, heißes, kaltes Wasser, Öl, Striegel – alles da. Sosia und Flavia schrubbten sich gegenseitig den Rücken und kämmten sich die Haare. Dann holten sie schönere Kleider aus der Reisekiste und schminkten sich. Flavia legte ihren Granatschmuck an und Sosia ihre dreireihige Glasperlenkette. Gaius Julius und der Gastgeber lagen schon im Triclinum auf den Liegebetten und prosteten sich zu. Sosia strahlte und nahm neben Gaius Platz, Flavia neben dem Hausherrn. Mehr oder weniger unauffällig musterte sie das Speisezimmer. Die Bezüge der Couchen waren schon ziemlich fadenscheinig und die Polster rochen muffig. Aber vielleicht lag das nur an dem feuchten Wetter. Die Teller aus roter Terra Sigillata waren dagegen nagelneu.

»Ihr könnt die Isaria nicht überqueren«, erklärte der Hausherr, »weil sie führt Hochwasser. Es hat geregnet maximum viel. Ihr seid meine hostes, so lange ihr wollt bleiben.«

»Summas gratias agimus - ein edles und großzügiges Angebot«, stellte Flavia fest.

»Und stell dir vor«, setzte Gaius hinzu, »es gibt hier in der Gegend mehrere leer stehende Villen. Die könnten wir dann, wenn wir in Augusta sind, den dortigen Römern zum Kauf anbieten. Das ist ja schließlich mein Geschäft.«

Zwei Männer trugen eine Platte mit Fleisch herein. Der Hausherr sprang von der Liege, griff nach einem großen Messer und begann, den Braten zu zerlegen. Mit der Messerspitze spießte er die Fleischstücke auf und legte sie auf die Teller der Damen. Sosia betrachtete ihn mit offenem Mund, Flavia beobachtete ihn aus den Augenwinkeln. Zum Fleisch gab es runde Bälle, aus Brotstücken mit Mehl zusammen gekleistert. Mit viel brauner Bratensauce waren sie genießbar. Ein feines römisches Menue war das nicht, aber sie hatten auf der Reise schon schlechter gegessen.

Die Villa war groß. Aber die meisten Räume waren nicht bewohnt und voller Staub. An manchen Stellen tropfte es durch das Dach. Der Park war verwildert. Gestrüpp wuchs bis ans Haus heran. Flavia dachte an die Villa ihrer Eltern in Baiae und wurde traurig. Vielleicht war es ja in Augusta besser.

Gaius war ständig mit Honorius Hachingus, dem Hausherrn unterwegs. Endlich am vierten Abend nach dem Essen gelang es Flavia, ihn an der Tunika zu packen und in ein Nebenzimmer zu ziehen.

»Ich war heute spazieren. Von wegen Hochwasser! Über diesen kleinen Bach kommen wir allemal drüber!«

»Flavia, der kleine Bach ist nicht die Isaria sondern die Gleißentaler Ach. Die Isaria ist viel breiter und tiefer. Wie du vielleicht weißt, bedeutet ihr Name in der Landessprache ...«

Flavia unterbrach ihn: »Seit wir hier sind, hat es nicht geregnet. Das Hochwasser ist längst gesunken. Wir können auch die Isaria überqueren.«

»Ach, werte Flavia Camilla, es gibt da ein Problem! Honorius will uns nicht weglassen.«

»Was soll das heißen?«

»Er will ein Geschäft mit mir machen.«

Flavia begann zu lachen. »Ein Geschäft? Ich vermute, er will Lösegeld? Oder?«

Gaius seufzte. »So würde ich das nicht nennen. Ich habe dich angeboten. Aber dich will er nicht. Nicht mal, wenn ich deinen Schmuck mit drauf gebe.«

»Und Sosia willst du nicht hergeben.«

»So ist es.« Gaius ließ die Schultern hängen und bemühte sich um einen traurigen Gesichtsausdruck.

»Dann lass dir was einfallen!«

»Oh, ich hab schon eine Menge Einfälle gehabt. Hat Honorius alle abgelehnt.«

»Der lässt sich nicht auf dubiose Immobilienspekulationen ein. Recht hat er«, sagte Flavia.

Sie wandte sich um und rauschte zurück ins Speisezimmer.

Honorius saß am Fußende der Couch und starrte in seinen Bierkrug.

Flavia setzte sich neben ihn.

»Honorius, so wie du dein Geschäft betreibst, ist das reichlich dilettantisch.«

»Ja ja«, murmelte er, »aber die Ackerböden hier sind so schlecht, da wächst ja kaum etwas anderes als Gerste. Sogar den Hopfen müssen wir importieren.«

»Ich meine nicht die Landwirtschaft, sondern dein anderes Geschäft. Ich war heute im Dorf. Sind ja eigentlich eine Menge Leute. Die könnten doch auch was Besseres tun, als nur Steine vom Acker zu klauben.«

Honorius setzte den Krug an die Lippen. Flavia packte den Krug und stellte ihn hinter sich auf den Tisch.

»Schluss jetzt. Du brauchst Geld, ich brauche auch welches. Was hältst du davon, wenn wir einen Servitium Securitatis aufziehen?«

»Einen was?«

»Einen Sicherheitsdienst. Du stellst Leute bereit, die die Reisenden auf der Via Julia begleiten und sicher von der Furt über die Isaria bis sagen wir Rosinium begleiten, bei Bedarf auch bis Juvavum oder Bolzano.«

»Ich weiß nicht, ob die Leute so einen Dienst überhaupt in Anspruch nehmen wollen.«

»Dann muss man eben dafür sorgen, oder?«

»Wie meinst du das?«

»Na ja, ab und zu ein paar bärtige Gesellen durch das Gebüsch schicken. Oder sie in den Raststationen ein bisschen auf den Tisch hauen oder mit dem Messer rumfuchteln lassen.«

»Die römischen Damen aus Augusta oder Colonia werden sich vor Angst in die Tunika bieseln.« Honorius grinste.

»Genau. Deswegen bieten wir ihnen eine private Schutztruppe.«

»Und wenn sie die Schutztruppe nicht in Anspruch nehmen?«

»Dann haben sie vielleicht tatsächlich eine unangenehme Begegnung auf der Straße – zahlen müssen sie – so oder so.«

Honorius strahlte: »Flavia, das ist eine idea supremissima!«

»Gut«, sagte Flavia und stand auf, »Ich mache die Organisation hier vor Ort, sorge dafür, dass alles läuft. Gaius schließt die Verträge mit den Kunden und du, du sorgst für die Durchführung.«

»Was springt dabei für mich heraus?«

»Quinquaginta – quinquaginta!«

»Was?«

»Fifty-fifty für Gaius und dich. Alles, was an Schmuck und Kleidung erbeutet, ich meine, in Zahlung genommen wird, für mich, denn damit könnt ihr Männer ja eh nichts anfangen.«

Als Flavia 23 Jahre später starb, war die SPD – Securitas pro Dominae, sichere Begleitung für die römische Dame - ein blühendes Unternehmen mit Niederlassungen in Juvavum, Castra Regina und sogar in CCAA. Hauptfirmensitz aber war Haching, günstig gelegen in der Nähe der Straße von Juvavum nach Augusta Vindelicorum.

Sie wurde in ihrer schönsten Kleidung, mit etlichen Broschen und Ohrringen geschmückt, mit einem golddurchwirkten Schleier über dem Gesicht begraben. Ja, die Bestattungsriten waren etwas unrömisch geworden, keine Verbrennung mehr, dann die abergläubische Angst, der oder die Tote könnte die Augen noch einmal aufmachen, daher immer ein Schleier über dem Gesicht. Einen mit Goldfäden durchwirkten Schleier, das konnte sich allerdings nur Flavia leisten.

Anmerkung:

2004 wurden in Unterhaching bei Bauarbeiten 10 Gräber aus dem 5. Jahrhundert gefunden. In einem davon war eine Frau bestattet, bei der man die Reste eines golddurchwirkten Seidenschleiers und zwei kostbare Broschen fand.

Juvavum: Salzburg
Bedaium: Seebruck am Chiemsee
Bolzano (Bauzanum, Pons Drusi): Bozen
Rosinium (Pons Aeni): Rosenheim
Augusta Vindelicorum: Augsburg
Castra Regina: Regensburg
CCAA (Colonia Claudia Ara Agrippinensium): Köln

Der fünfte Ludwig

Wir schreiben das Jahr 2055 und ganz Bayern trägt Dirndl. Ja, ganz Bayern, auch König Ludwig V. Es ist bodenlang und aus blauem Samt. Die Schürze ist aus Seide im weißblauen Rautenmuster und der Spenzer ist mit Hermelin verbrämt. Auch seine Kinderschar, der Chor der Königskinder, tritt im Dirndl auf. Die Kinderschar – alle durch künstliche Befruchtung gezeugt und von Müttern aus allen Landesteilen ausgetragen, Oberbayern, Niederbayern, die drei Franken usw, dazu Tirol und Thüringen. Es wird gemunkelt, dass es auch in Sachsen und Schleswig-Holstein schon Königskinder geben soll. Sogar in Abu Dhabi und in China wurden kleine Buben gesehen, die Jodeln und Schuhplatteln konnten, ohne dass es ihnen jemals wer gezeigt hätte.

Die bayrischen Männer geben sich alle Mühe, es dem König gleich zu tun, auch wenn sie die natürliche Methode bevorzugen. Jedenfalls ist damit Bayern zum Fremdenverkehrsland Nummer eins aufgestiegen und hat Mallorca und die Türkei weit abgehängt.

Ganz Bayern liebt seinen König. Ganz Bayern? Nein, in einer Seitengasse in Berchtesgaden, im Hinterzimmer eines Chinarestaurants brüten die Anhänger einer einst weltbewegenden Partei finstere Gedanken aus.

»Scho wieda a neis Schloß wui a baun, der damische Hund.«

Sie hauen mit den Fäusten auf den Tisch, dass die Teetassen hüpfen.

»A Höhlenschloss im Untersberg.«

»Zugänglich nur von Reichenhall aus.«

»Des deaf ned sei! Wei dann machan de des ganze Gschäft und mia schaung mitm Ofenrohr ins Gebirg.«

»Lasst euch was eifoilln, ihr Bauernlackl!«, schimpft einer.

Sie heben die Tassen und tun einen langen Zug.

»Klar, da hätt i scho a Idee!«, meldet sich einer.

»Da schau her, er, der Jungspund, der greane! Mecht a scho was sogn!«

»Des werd scho so a Idee sei!«

»Hört ihn doch erst einmal an.«
Und so entsteht da eine Idee …

Etwa zur gleichen Zeit im hintersten Winkel einer zwielichtigen Burger-Bude in Garmisch: Finstere Gestalten in Trachtenjoppen stecken die Köpfe zusammen.
»Da Kini mecht de olympischen Sommerspiele nach Coburg holen.«
»Des kimmt ja gar nia ned in Frage!«
Sie schütteln die Fäuste.
»Buam, da miassma was doa!«
Sie heben die Pappbecher und tun einen tiefen Zug. In die folgende Stille hinein platzt der Jüngste: »A Idee hätt i scho.«

Ähnliches beim Griechen in Kochel:
»A Opern-Air-Event-Arena in Aschaffenburg – hat ma sowas scho geheart!«
»Was des kost!«
»Und ausgerechnet in Aschaffenburg!«
Sie heben die Ouzogläser und leeren sie auf einen Zug.
Einer hustet. Und unter Keuchen stößt er heraus: »I hätt da a Idee.«

Die Unzufriedenheit im Lande steigt. Die hohen Steuern, der Zwang zum Dirndlkleid, die Touristenbusse, die die Straßen verstopfen. Doch der König merkt nichts davon. Er liegt in seinem Bett im Schloss Herrenchiemsee und blättert in den Bilanzen des Tourismus-Ministeriums.
»Wenn sie mich nicht hätten«, murmelt er, »mich und meine Ideen, sie würden immer noch Autobahnen und Flugplätze bauen, ihr Geld für Atomkraftwerke und Hightech-Schnickschnack riskieren. Laptop und Lederhosen – dass ich nicht lache. Oktoberfest für nur zwei Wochen statt das ganze Jahr über! Was die sich früher dachten! Gut dass sie mich haben.
Der Kammerdiener tritt ein und verbeugt sich.
»Majestät, in einer halben Stunde Abfahrt.«
»Wohin geht es denn heute?«

»Einweihung eines neuen Panzerkreuzers im Schwimmbad in Unterhaching.«

»Ein Panzerkreuzer?«

»Majestät, dieser Panzerkreuzer ist ganz aus einheimischen Hölzern gefertigt, in den Landesfarben weiß und blau gehalten mit Brezn und Radi dekoriert. Er soll der freiwilligen Feuerwehr dazu dienen, bei Schiffsunfällen auf dem Hachinger Bach wirkungsvolle Rettungsmaßnahmen sicher zustellen. Außerdem haben sich die Königskinder das gewünscht.«

»Die Königskinder von Unterhaching?«

»Genau, Majestät. Sie erwarten Sie dort mit einem kleinen Tänzchen im Dachgartenrestaurant der Hachinga Halle.«

»Na dann!« Der König wühlt sich aus den Laken.

»Ach übrigens, haben die Österreicher wegen der Annexion schon von sich hören lassen?«

»Leider nein.«

Es war ein glanzvolles Fest. Aber nun war es zu Ende. Die Gäste hatten sich in den Ballsaal der Hachinga-Halle verzogen. Nur einzelne Fackeln erhellten das Schwimmbad. Aus dem Festsaal klang die Musik herüber und das Gelächter der Ballgäste. König Ludwig V spazierte mit dem auf Lebenszeit gewählten zweiten Bürgermeister, seines Zeichens Urologe, um das Sprungbecken. Der König hatte da einige Fragen zu Themen, die Männer ab einem gewissen Alter beunruhigen. Der Wind rauschte in den Kastanien. Fledermäuse huschten über die Wasserfläche.

Drüben am Hachinger Bach watete eine Gruppe von Männern mit rußgeschwärzten Gesichtern durch den Bach und kletterte über den Zaun. Von der Seite vom Sportplatz her pirschte eine ähnliche Gruppe am großen Becken entlang. Eine dritte Gruppe, die vom Parkplatz her eingedrungen war, enterte geräuschlos den hölzernen Panzerkreuzer. Der König und sein Arzt bemerkten nichts davon, so tief waren sie ins Gespräch vertieft. Die Gruppe der Berchtesgadener robbte über die Liegewiese und löschte die letzten Fackeln. Vom Mast des Schiffes ertönte als Signal zum Angriff: die Bayernhymne, geblasen auf einem Alphorn. Das waren die Garmischer. Die

Kochler erreichten das Sprungbecken als erste. Daraufhin sprangen die Berchtesgadener auf und preschten durchs Gebüsch. Die Garmischer seilten sich vom Schiff ab. Aber das Kinderbecken bremste ihre Angriffswelle. Bis sie zum Sprungbecken kamen, war schon das Handgemenge im Gange: Fäuste fanden ihr Ziel in Gesichtern und Wampen. Hüte flogen und bald war nicht mehr zu unterscheiden, wer aus welchem Ort kam. Die ersten fielen ins Becken. Niemand sah, wie zwei etwas behäbige Gestalten mühsam die Leitern am Sprungturm immer höher und höher kletterten.

Von unten herauf hörten sie die Flüche und unterdrückte Schmerzensschreie. Ab und zu gab es einen Platscher, wenn wieder einer ins Wasser fiel.

»Der Bademeister!«, rief einer. Schon war es still und alle zerstreuten sich und verschmolzen mit den Schatten. Der Bademeister schlurfte den Weg entlang. Als er nichts Verdächtiges sah, kehrte er wieder um.

Zurück blieben König und Arzt ganz oben auf dem Sprungturm.

»Was machen wir jetzt, Majestät?«, fragte der Arzt.

»Springen!«

»Na, doch nicht in meinem Alter!«

»Was sonst? Owi miassma.«

»Da owi? Nia ned.«

»In meiner Jugend war ich bayrischer Meister im Turmspringen.«

»Ich bin noch nie von einem so hohen Turm gesprungen.«

»Aba owi miassma.«

Eine Weile schauten sie hinunter auf die schimmernde Wasserfläche. Einige verlorene Hüte trieben mitten drauf.

»Ich springe jetzt«, sagte der König.

»Und i?«

»Owi miassma.«

»Sie Majestät, mit ihrem Owi miassma, hearns bittschön auf!« Der Arzt war etwas ungehalten.

Da gab ihm der König einen Schubs. Mit rudernden Armen flog der Arzt hinunter und platschte ins Wasser.

»Owi miassma«, rief der König ihm hinterher und stieß einen Jodler aus. Dann sprang er. Jodelnd. Dummerweise. Denn er schluckte beim Eintauchen gleich Wasser.

Aber es war ein Riesenplatscher: Das Wasser spritzte bis zum Kiosk. Auf dem Weg nach unten stieß er auf den Arzt, der gerade am Aufsteigen war und sich sofort am König festklammerte. Der König strampelte verzweifelt, weil er keine Luft hatte, um nach oben zu kommen, aber sein Samtdirndl saugte sich im Nu voll Wasser und zog ihn nach unten. Er spürte noch, dass ihn der Arzt endlich losließ, aber da schwanden ihm schon die Sinne.

Das Wasser glättete sich wieder. Ein paar Luftblasen stiegen noch auf. Stille.

Am Morgen schimpfte der Bademeister über den Zustand des Rasens und scheuchte seine Mannen, die vielen Furchen und Gruben wieder einzuebnen. Besonders schlimm sah es am Rand des Sprungbeckens aus.

»So eine Sauerei«, schimpfte er. »Müssen die überall herumtrampeln! Können die sich nicht die Schuhe ausziehen, bevor sie in den Beckenbereich gehen. Und ois ins Wassa schmeißn, des hamma gern. Da vorn, da treibt sogar a Schuach. Wer woass was unten nu ois liegt.«

Er forderte vom Bauhof Verstärkung an, um die Pflaster sauber zu spritzen. Im Sprungbecken trieb eine dunkelblaue Wolke. Daher rief er die Taucherstaffel der Feuerwehr, sie mögen sie doch heraus fischen. In die blaue Stoffwolke gehüllt entdeckten sie die beiden Leichen: der König und sein Urologe.

Die Trauer war groß. Selbst die internationale Bildzeitung verzichtete drei Tage auf rote Farbe. Die Lusthansa strich alle Flugzeuge schwarz. Die Überführung des Königs in die Hauptstadt geriet zu einem Medienereignis ohnegleichen, das live in die ganze Welt übertragen wurde. Millionen von Bayern säumten die Straßen, als der schwarze Katafalk mit dem Sarg des Königs vorüber wankte, gezogen von acht Rappen, begleitet von dumpfem Trommelschlag der Trachtenkapellen. Frauen sanken ohnmächtig zu Boden, Männer warfen die Fetzen ihrer

156

Hüte in die Luft. Kinder weinten um ihren Babba und ließen schwarze Luftballons steigen.

Dann begann das große Rätselraten. Wie waren König und Arzt umgekommen? Wer hatte wen ins Becken gestoßen? Warum war der König, doch bekanntlich ein guter Schwimmer, nicht wieder aufgetaucht? Ein Mitglied des roten Kreuzes, das Wiederbelebungsversuche gestartet hatte, berichtete unter dem Siegel der Verschwiegenheit, im Dirndl des Königs wäre ein Einschussloch gewesen. »Von hintn hamms eahm daschossn!« Diese Theorie machte die Runde und war durch nichts mehr aus der Welt zu schaffen.

In den Hinterzimmern einer Wirtschaft an verschiedenen Orten, saßen die Männer beisammen und starrten dumpf in ihre Krüge. Ab und zu nahmen sie einen Schluck, wischten sich den Foam von der Oberlippe, oder strichen sich über den Vollbart und stöhnten. Bis dann einer sagte.

»I habn ned einegstessn! Ganz gwiss! I wars ned.«

»I aa ned!«

»Und gschossn hamma übahaupt ned!«

»Des warn bestimmt de andern!«

Dann nickten sie alle, nahmen einen tiefen Schluck und sagten: »Ja, de andern, de warns! De hom eam eini gstessn. Aba mia, mia warns ned!«

Frau Bach

Wenn ich am Nachmittag die letzte Mathestunde gehalten habe, wenn ich in der Physiksammlung aufgeräumt, wenn ich meine Noten in den PC eingegeben, die Arbeitsblätter für den nächsten Tag ausgedruckt habe – dann bin ich rechtschaffen müde und mache mich auf den Heimweg. Dann genieße ich es, dass ich nicht mehr mit der S-Bahn durch die ganze Stadt bis ans andere Ende fahren muss, genieße es, dass mir eine Kollegin eine Wohnung hier in Unterhaching vermittelt hat. Dann gehe ich gemütlich nach Hause, zu Fuß. Es ist ein schöner Heimweg: Er führt am Hachinger Bach entlang. Es ist nur ein kleiner Bach, eingezwängt zwischen dem Fußweg und dem Zaun ums Schwimmbad. Er plätschert leise vor sich hin. Ich atme durch. Ich entspanne mich.

Da steht sie wieder. Auf der Brücke. Diese seltsame Frau. Starrt ins Wasser. Ihre Haare fallen nach vorne, wie ein Vorhang verdecken sie ihr Gesicht. Wie alt mag sie sein? Ihre Haare sind weiß mit einem bläulichen Schimmer. Aber ihre Figur ist rank und schlank wie die einer jungen Frau.

Ich gehe über die Brücke und grüße sie. Dann noch ein paar Schritte und ich bin zu Hause. Vom Balkon aus schaue ich hinüber zu dem Weg zwischen der Halle und dem Sportplatz. Aber ich kann nicht bis zur Brücke sehen.

Heute begleitet mich Philipp. Irgendwie hat er herausbekommen, dass ich Zauberer bin. Er möchte das auch werden und hat sich schon einige Zaubertricks beigebracht. Er will wissen, warum ich meine Karriere aufgegeben habe. Soll ich ihm sagen, dass es nicht so toll ist, jeden Abend in einer anderen Stadt aufzutreten? Mal vor nettem Publikum im Kulturhaus, mal vor zappelnden Kindern, mal vor Besoffenen einer Geburtstagsparty? Dass es nichts Besseres gibt als am Morgen in die Arbeit zu gehen und gegen Abend heimzukommen und im eigenen Bett zu schlafen, statt in dubiosen Pensionen zu übernachten? Nein, das sage ich nicht.

Ich sage: »Weil Mathe auch Magie ist.«

»Wie meinen Sie das?«

»Du schüttelst ein paar Buchstaben und Zahlen durcheinander und schon hast du ein Ergebnis.«

Er schaut mich zweifelnd an. Ich muss lachen.

»Für die meisten Leute ist es doch so, oder?«

»Zauberei ist doch ganz anders.«

»Zauberei ist«, sage ich, »eine klar definierte Folge von Schritten. Wie Mathe.«

Philipp kickt einen Stein mit dem Fuß ins Wasser.

»Aber Zauberei ist so anders.«

»Gar nicht. Sie folgt den Naturgesetzen. Alles ist Physik.«

Er schaut mich an. Schaut auf seine Füße. Denkt nach. Findet die Worte nicht, um zu sagen, was er sagen will.

»Und Psychologie«, setze ich hinzu.

Die Brücke kommt in Sicht. Die Frau hat die Arme auf das Geländer gelegt und schaut ins Wasser.

»Wer ist diese Frau?«, frage ich. »Kennst du sie?«

»Das ist die Frau Bach«, antwortet er. Nach einer Weile setzt er hinzu: »Ich bin als kleiner Kerl mal in den Bach gefallen. Da hat sie mich rausgezogen.«

»So tief ist der Bach doch nicht, dass man da ertrinken könnte.«

»Doch«, sagt er, »wenn du mit dem Gesicht unter Wasser bist, die Steine rutschig sind und du es nicht schaffst aufzustehen, dann kannst du auch hier ertrinken.«

Wir gehen über die Brücke.

»Hallo Frau Bach!«, sagt Philipp.

Sie wendet sich um, streicht sich die Haare aus dem Gesicht, lächelt uns zu.

»Hallo, Philipp«, sagt sie. Dann schwingt sie sich über das Geländer und in den Bach - und ist verschwunden. Schon bin ich am Geländer. Die Frau ist nicht mehr zu sehen. Wie wenn sie sich im Wasser aufgelöst hätte.

»Aber, diese Frau Bach ...«, fange ich an.

»Das macht sie immer so. Nicht wundern.«

»Philipp, was soll das heißen. Das macht sie immer so. Springt übers Brückengeländer und ist verschwunden?«

»Ja, das macht sie so.«

»Hast du schon mal mit ihr gesprochen?«

»Ja. Aber wieso können Sie die Frau sehen?«

»Warum soll ich sie nicht sehen können?«

»Nur wer schon einmal im Wasser gelegen ist, kann sie sehen, so wie ich. Sie sind doch noch nicht …

»Doch, ich bin auch schon einmal in den Bach gefallen.«

Ja, das bin ich. In einer Samstagnacht oder vielmehr am Sonntagmorgen. War in einem Club hängen geblieben und erst mit der Nacht-Linie um 4 Uhr raus gefahren. Da wollte ich nur noch heim und ins Bett, bin also auf der Stauffenbergstraße gegangen statt am Bach entlang. Natürlich muss der Bach auch unter der Stauffenbergstraße durch, auch wenn die Brücke nicht so auffällt. Da kam mir jemand entgegen. Ging direkt auf mich zu. Ich wich zur Seite aus. Da war ein großer Stein. Ich stieß an den Stein, stolperte, suchte nach Halt, rutschte ab. Fiel hin und um den Stein herum und – platsch! – lag ich im Wasser. Mit dem Gesicht voraus. Wellen rissen an mir. Es gelang mir, den Kopf zu heben und Luft zu holen. Neben mir saß jemand im Wasser und lachte, lachte. Ich wollte mich aufrichten. Rutschte auf den glitschigen Steinen im Wasser aus und fiel wieder. Das Lachen! Über mein Missgeschick! Ich wurde wütend. Es gelang mir, auf alle Viere zu kommen und den Kopf über Wasser zu halten. Das Lachen verschwand unter der Brücke. Oder war es nur das Gluckern und Plätschern der Wellen? Ich schaffte es ans Ufer, krallte mich an Grasbüschel und kroch heraus. So kalt! So kalt! Ich schlotterte.

Aber ich war nüchtern geworden. Was war mit der Frau neben mir im Wasser, die so gelacht hatte? War sie ins Brückenrohr getrieben worden? Sollte, musste ich den Rettungsdienst rufen? Ich zog mein Handy heraus – die Hülle war nass. Ich lief auf die andere Straßenseite um zu schauen, ob sie da war, ob sie aus dem Loch heraus kam. Niemand da.

Nein, es war zu peinlich. Die Schlagzeile konnte ich mir vorstellen: Lehrer fällt besoffen in den Hachinger Bach. Mathelehrer, das ist noch besser. Wir haben doch alle so einen schlechten Ruf. Auch hatte ich das Gefühl, langsam zu einem Eiszapfen zu erstarren. Zu Hause zog ich das nasse Zeug aus.

Ich versorgte mein Handy – Akku raus, Karte raus und packte es in Reis. Dann schlüpfte ich mit einer Extra-Decke ins Bett. Am Montag hatte ich einen solchen Schnupfen, dass ich mich für 3 Tage krank meldete. Ich schwor mir, in Zukunft weniger Bier zu trinken.

Sinus-Funktion in der 10. Klasse. Mein Plan war gewesen, den Oszillographen mitzunehmen und eine Sinusfunktion zu zeigen. Pech gehabt, der Oszillograph wurde von einem Kollegen in Physik benötigt. Also dann ein Seil mitnehmen für eine stehende Welle. Wo war das verdammte Seil? Ich fand es nicht. Oder schnell eine Drehscheibe mit einer Lampe dran zusammenbauen. Wo war die Scheibe, der Motor? Die Schublade mit den Lämpchen? Die Zeit reichte nicht mehr. Also ohne alles in die Klasse, meine Vorbereitung war umsonst. Da stand ich nun.

Ich versuchte zu erklären, dass überall Sinus war, überall Wellen. Sie schauten mich aus großen Augen und völlig verständnislos an. Mir kam mein Geplappere immer läppischer vor. Schlafzyklen als Sinus-Funktion, einatmen, ausatmen als Sinus, was noch? Ich nahm ein Stück Kreide. Ich! Ein Stück Kreide! Ich an der Tafel, wo doch bei mir immer alles vom Tablet kam und per Beamer projiziert wurde. Und siehe da, es klappte. Meine Kreidestriche schwangen sich als perfekte Sinuskurve über die Tafel. Ich drehte mich um und schaute in leuchtende Augen! Nicken. Ja, verstanden. Ganz einfach. Ich kam mir vor wie einst Harald Lesch in den nächtlichen Sendungen, wo er die schwierigste Physik ganz einfach erklärte, nur mit Worten und Händen. Und die Sinusfunktion schwang sich durchs Klassenzimmer, eine glitzernde Welle aus Licht, dazu das Summen des Kammertons, ein reines klares a … Dann war der Zauber vorbei. Die Glocke. Die Stunde war zu Ende.

»Als Hausaufgabe Seite 47, Nummern 8 bis 14. Bei den ersten beiden geht es um graphische Lösung.«

Kein Protest, kein »viel zu viel«, kein »viel zu schwer.«

Beschwingt schlenderte ich ins Lehrerzimmer. Pause. Das übliche Gejammere der Kollegen. Können nicht lesen, können

nicht rechnen, null Konzentration, Handy-Generation ...
Schulaufgabenschnitt 4,7. Jedes Jahr noch schlimmer. Noch nie
so eine schlechte Klasse gehabt. Ich ging hinaus in den
Pausenhof. Da hing sie noch, die Sinuswelle, floss über die
Köpfe, wand sich um die Feuertreppe. Die Bäume wiegten sich
in ihrem Takt. Und ein Lachen, das wie das Plätschern von
Wasser war.

Philipp versucht mich zu einem Seminar über Zauberei im
nächsten Jahr zu überreden. Ich zögere noch. Aber er hat schon
mindestens 8 Freunde gefunden, die mitmachen möchten.
    »Das heißt nicht Zauberei. Das ist Illusionskunst«, erkläre ich
ihm
    »Dann nennen wir es halt Illusionskunst. Und zum Abschluss
veranstalten wir einen Zaubershow für unsere Eltern, Geschwister und Mitschüler.«
    »Illusions-Show.«
    »Meinetwegen Illusions-Show.«
    »Du weißt schon, dass das sehr viel Arbeit ist.«
    »Die Arbeit machen wir. Sie geben uns nur Ratschläge, wenn
wir nicht weiterkommen.«
    Was willst du da machen? Das ist doch der Traum eines
jeden Lehrers! Schüler, die den Unterricht selbst in die Hand
nehmen. Obwohl, ich weiß schon, dass es nicht so laufen wird.
Irgendwann wissen sie nicht weiter ... Dann kommt das große
Geschrei und wer rettet sie? Ich.
    Also stelle ich mit Philipp und zwei weiteren Schülern ein
Konzept auf. Und hoffe klammheimlich, dass die Direktorin
den Kurs nicht genehmigen wird.

Am nächsten Wochenende blieb ich brav zu Hause vor der
Glotze und schaute meine alten DVDs durch. Zog mir dann
›Interstellar‹ rein. Mein absoluter Lieblingsfilm. Der Sonntag
war strahlend schön aber kalt, und ich beschloss einen
Spaziergang zu machen. Das Hirn auslüften. Es gibt hier einen
sehr schönen Park auf einem ehemaligen Flugplatz. Sogar die
Landebahn ist noch vorhanden. Es waren ziemlich viele Leute
dort unterwegs. Spaziergänger, Radler, Skateboarder. Manche

ließen Flugzeuge oder Drohnen steigen. Zum Glück traf ich keine Schüler und auch keine Kollegen. Vom Stadion herüber hallten die Stimmen, die Tröten, ein Aufschrei: »Tooor!« Es wurde kühl. Der Himmel färbte sich violett. Zeit, nach Hause zu gehen. Oder in eine der Wirtschaften zum Abendessen. Vielleicht einen Zander vom Grill? Darauf hätte ich jetzt Appetit. Mit Butterkartoffeln und etwas Brokkoli. Dazu ein Glas Weißwein …

Überrascht stellte ich fest, dass ich schon wieder am Bach entlang ging. Eigentlich wollte ich doch vor zur Straße und mit dem Bus zum Bahnhof, so denn einer fuhr am späten Sonntagnachmittag. Irgendwie hatte ich traumwandlerisch den Weg am Bach entlang genommen. Hübsch war es hier. Es gab kleine Podeste, die über den Bach ragten. Jetzt im Spätherbst war es ja zu kalt, aber im Sommer war es bestimmt schön, hier zu sitzen und dem Gluckern der Wellen zu lauschen.

Da stand sie. Nicht auf dem Podest, sondern im Wasser, bis zu den Knien im Wasser. Und das Wasser stieg immer weiter. Ihr Rock schwamm um sie herum, ihre Haare breiteten sich aus, wellten sich und flossen um ihre Schultern. Ihre Augen - schaute sie mir wirklich in die Augen? Dann war sie weg.

Ich hatte doch gar nichts getrunken. Nichts geraucht. Besoffen vom Sauerstoff? Soll es geben.

Morgens gehe ich zeitig los, damit ich in der Schule bin, bevor die Horden von Radfahrern alle Gehwege unsicher machen. Vom Kammerloher aus sah ich, dass weiter unten mit Flatterbändern abgesperrt war. Polizei stand da. Aus einem schwarzen Auto mit dunklen Scheiben wurde gerade ein Metallsarg ausgeladen. Mir lief es kalt den Rücken hinunter. Im Lehrerzimmer schaute ich schnell die Nachrichten durch. Keine Meldung aus Unterhaching. Aber 10 Minuten später ging es los: Das Schulhaus summte und brummte wie ein Bienenkorb, lauter noch als sonst. Meine Siebtklässler in der ersten Stunde waren dermaßen wepsig. Wollten wissen, was da passiert ist. Ich wusste nichts, sie wussten nichts. Es war nicht möglich, sie für Geradengleichungen zu interessieren.

In der Pause erfuhr ich mehr: Ein Mann war im Bach ertrunken, war unter die Brücke getrieben und dort hängen geblieben. Ein Gassigeher hatte ihn gefunden, oder vielmehr sein Hund, der ins Wasser gesprungen war und ihn am Bein herausgezogen hatte. Richtig unheimlich. Hätte mir vor vier Wochen auch passieren können. Wäre mir beinahe passiert. Hat mich Frau Bach gerettet? Und warum hat sie diesen Mann nicht gerettet?

An der Brücke brennen rote Grablichter, liegen Blumen. Fotos hängen am Geländer. Handgeschriebene Zettel: Wir vermissen dich. Keiner war wie du. Der Mann war ein Kollege von der Realschule im Nachbarort, Deutsch und Geschichte. Schulterlange Haare, Bart. Sympathisch. Ich blieb eine Weile stehen. Schaute den Bach hinauf zur Kreuzung, schaute hinunter. Der Bach plätscherte vor sich hin. Nein, ich würde nicht mehr am Bach entlang gehen. Lieber an der Straße und die Abgase der Autos einatmen.

Ich feiere mit Kollegen Weihnachten. Mit viel Punsch. Auf dem Heimweg denke ich an Corinna. Vor einem Jahr noch habe ich Weihnachten mit ihr gefeiert. Und heuer? Was ist mit uns falsch gelaufen? Ich hab doch alles getan, was sie wollte! Als Referendar hab ich zu wenig verdient. Also bin ich als Zauberkünstler aufgetreten, gemeinsam mit Ernesto und Ariana. Das hat Geld gebracht. Aber ich war viel unterwegs. Wenn du um 11 aus einer Vorstellung kommst, dann bist du fertig, dann fährst du nicht mehr 500 Kilometer nach Hause. Auch wenn dort eine Corinna wartet.

Corinna war eifersüchtig. Kann ich verstehen. Ariana war oder ist eine tolle Frau. Aber ich hatte keine Chancen bei ihr. Sie hat mich - ja was? Verachtet. Wenn sie einmal ausnahmsweise freundlich zu mir war, dann weil sie Geld von mir wollte. Aber Corinna hat mir nicht geglaubt. Ich trennte mich von den beiden, trat alleine auf. Nur, es blieben die Engagements aus.

Kein Auftritt, kein Geld. War auch nichts. Also habe ich mir doch eine Stelle als Lehrer gesucht und gefunden. Aber ich musste um 7 Uhr früh im Bus sitzen, um bis 8 an der Schule zu sein. Schule ist anstrengend. Dann hat sie mir vor geworfen, dass ich am Abend immer zu Hause bleiben will. Ach, es bringt nichts ihr nachzuweinen. Es war nicht das, was wir uns erhofft haben, was ich mir erhofft habe.

Verdammter Alkohol. Erst bist du beschwingt, dann wirst du trübsinnig. Zum Glück war ich schon vor der Haustür. Wär ich noch am Bach gewesen und Frau Bach hätte mich geschubst, ich hätte mich hineingelegt und die Augen geschlossen und mich davon treiben lassen, nur um zu vergessen.

Weihnachten fuhr ich zu meinen Eltern. Meine Mutter fragte nicht nach Corinna. Meine Schwester verkündete, dass sie schwanger sei. Das war viel aufregender. Mein Vater klopfte mir auf die Schulter und nannte mich Herr Studienrat. An Silvester stießen wir mit alkoholfreiem Sekt an wegen meiner Schwester. Aber mein Vater und ich, wir gossen uns heimlich ein paar Himbeergeist hinter die Binde. So wurde der Abend doch noch ganz lustig. Beim Bleigießen goss ich etwas Undefinierbares. Ich nannte es chaotisches Vier-D-Objekt. Meine Schwester spottete: »Patrick, der kennt nur seine Mathematik.«

»Nein, nein«, sagte Mama, »Patrick kennt noch viel anderes.«

»Ja ja, wo ist sie denn, die Corinna? Und wie war es davor mit Marietta?«

»Hör sofort auf damit.«

Familie ist ja so nett. Ich war froh als ich am 2. Januar wieder in Unterhaching ankam und mein Rollkoffer hinter mir her polterte. Ich schloss die Wohnungstür auf – wie ruhig es hier war. Am nächsten Morgen machte ich mich ans Korrigieren. Die Wolken hingen tief und es schneite ganz leicht.

Korrigieren ist eine Scheißarbeit, vor allem in Mathe und Physik. Verschmierte Blätter, wo man suchen muss, ob irgendwo irgendetwas steht, wofür man einen Punkt geben könnte. Haarsträubende Rechenfehler, elektrische Schaltbilder, die nie funktionieren können, unsinniges Gestammel statt knapper Erklärungen. Wie schön muss es sein, einen Aufsatz zu korrigieren, der in flüssigem Deutsch geschrieben ist.

Es hatte zu schneien aufgehört. Einzelne Sonnenstrahlen bohrten sich durch die Wolkendecke. Alles war weiß überzuckert. Eine Tasse Kaffee und dann einen Spaziergang am Bach entlang. Um Frau Bach zu sagen, dass ich wieder da war.

Diesmal bin ich nach Süden gegangen. Durchs Dorf. Die Wolken sanken wieder tiefer. Ganz feine Schneekristalle stäubten vom Himmel. Es war unglaublich still, nur ab und zu ein Auto. Die meisten Leute waren wohl im Urlaub, tobten auf irgendwelchen Skipisten in Österreich. Dann hatte ich den Ort hinter mir. Weiße Felder links und rechts. Vor mir, noch ein Stück weg, die Häuser des nächsten Ortes. Eine rote S-Bahn mit hell erleuchteten Fenstern durchschnitt das weiß-grau-silberne Bild. Ein Reiher erhob sich und flog mit schwerem Flügelschlag über mich hinweg. Ich stapfte am Bach entlang. Die Schneeschicht und die gefrorenen Gräser knackten unter meinen Schuhen. Brennnesseln mit Rauhreifkristallen. Sechseck-Sterne in tausend Variationen. Keiner gleicht dem anderen. Dabei eine perfekte Symmetrie.

Eine dicke alte Eiche. Bestimmt ein paar hundert Jahre alt. Die furchige Rinde, die knorrigen Äste. Braune Blätter hingen noch an den Zweigen. Ein Stück weiter war eine Brücke. Ich ging darüber auf die andere Seite und zurück zu dem alten Baum. Da saß sie, an den Baum gelehnt. In einem dünnen hellblauen Kleid. Sie hatte die Augen geschlossen. Ihre Hände im Schoß gefaltet, von Schnee bedeckt. Schnee auf ihren nackten Armen, auf ihren Wangen. Die langen Haare voll Rauhreif. Ich kniete nieder und griff nach ihrer Hand. Eiskalt. Hob die Hand an meinen Mund und presste einen Kuss darauf.

Frag nicht, warum ich das tat. Es kam einfach so über mich. Das Bild der Frau von Schnee bestäubt überwältigte mich. Die ganze winterliche Schönheit um mich herum und dann diese Frau aus Eis …

Die Hand! Ich halte die Hand in meiner Hand! Abgebrochen. Eine Hand aus Eis. Ein Finger zerspringt in drei Teile. Vor mir liegt ein Klumpen aus Eis, ein unförmiger Klumpen. Kein Gesicht, keine Haare, die über die Schulter rieseln, kein Kleid. Aber die Hand aus Eis ist perfekt geformt.

Ich bin auf der falschen Seite des Baches. Stolpere über gefrorene Erdschollen, falle hin, rapple mich auf, stolpere weiter, quetschte mich durch Gestrüpp bis ich endlich auf der Straße bin. Ich friere. Bin selber nur noch Eis. Ich brauche heißen Tee, brauche einen Schnaps.

Der Gasthof Post ist geschlossen. Der Kammerloher ist geöffnet, verspricht Licht und Wärme. Ich schaue an mir herunter: Hosenbeine voller Erde, Ich wische mir mit dem Schal das Gesicht: Dreck. Wie ich wohl ausschaue. So kann ich da nicht hinein. Also gehe ich nach Hause.

Ich suche nach dem Schlüssel um die Tür aufzusperren. Was ist das neben dem Schlüssel? Die Hand aus Eis! Zwei Finger abgebrochen. Ich stecke die Hand in einen Plastikbeutel und in das Gefrierfach.

Wir Kollegen von der Fachschaft Mathe-Physik treffen uns einmal im Monat im Kammerloher zum Schafkopfen. Ich bin ein miserabler Spieler. Die anderen spielen schon jahrelang. Regelmäßig, nicht nur auf den Schafkopfabenden, auch auf den Klassenfahrten, privat. So wichtig ist mir das Gewinnen nicht. Ich will mich mit den Kollegen anfreunden. Das ist gar nicht so leicht für einen Neuling. Ich verliere am laufenden Band.

»Weil jeds Aug zählt, muasst ganz genau hischaugn.«

»Ja, herzlich lacht die Tante, aber de Gäns scheißen grea.«

»Bist so dappad oda stellst di bloß so?«

So haben sie mich verspottet. Dem neuen Kollegen, dem werden wir zeigen, wo der Bartl den Most holt. An diesem Abend, am Januar-Schafkopf-Abend, da hat es mich dann doch geärgert. Nicht das Verlieren, sondern das Verspotten. So bösartig können nur Lehrer spotten. Auf einmal hab ich gewonnen. Und nochmal. Ganz ohne Tricks. Ich hatte einfach die besten Karten. Hab eine Runde Williams Christ ausgegeben. Und wieder gewonnen.

»Den schaug o«, hat der Conny gesagt.

»Hat der sich die ganze Zeit nur verstellt?«, meint Werner.

Wieder gewonnen. Und wieder. Noch eine Runde Willi. Dann haben wir Schluss gemacht. Ich war richtig in Hochstimmung nach diesem Abend, wegen der Willis und dem

Gewinnen. Beschwingt habe ich mich auf den Heimweg gemacht. Und ganz vergessen, dass ich nicht mehr am Bach entlang gehen wollte.

Ich hab den Bach ja gar nicht gesehen. Eine dicke Nebelschicht hüllte alles ein. Ich bin die Straße entlang getappert und auf einmal stehe ich vor roten Grablichtern. Sie flackern im Nebel. Ich kann nicht weiter gehen. Keinen Schritt. Sie steht vor mir.

»Du hast heute beim Schafkopfen gewonnen«, stellt sie fest.

»Na ja, war irgendwie komisch. Ich kann doch gar nicht richtig Schafkopfen. Bei weitem nicht so gut wie meine Kollegen.«

»Liegt dir was am Gewinnen?«

Aber hallo, Frau Bach, verhören sie mich?

Laut habe ich gesagt: »Es ärgert mich, wenn sie mich verspotten, wenn ich verliere.«

»Ich kann dir auch bei anderen Dingen helfen.«

»Das wäre schön ...«

Jemand will mir helfen. Wunderbar. Aber irgendwie bin ich misstrauisch.

»Was willst du? Viel Geld? Erfolg im Beruf? Willst du ein großer Magier werden? Ein Filmstar? Ein Sänger? Schuldirektor? Minister? Präsident des FC Bayern?«

Macht sie sich über mich lustig?

»Danke, danke! Sehr lieb von Ihnen. Ich bleibe lieber der, der ich bin.«

Es müssen die drei Willis gewesen sein, dass ich dann noch gesagt habe: »Ich suche ein Herz. Ein Herz, das mich versteht und mit mir fühlt.«

Es ist still, ganz still. Nur der Bach gluckert.

Sie steht vor mir und lächelt. Der Nebel ist feucht und kalt auf meinem Gesicht.

»Was, was muss ich dafür tun?«, bringe ich schließlich heraus. Niemand hilft dir ohne etwas dafür zu verlangen. Ernesto nicht, Ariana nicht, Corinna nicht – niemand. Schon gar nicht eine Frau Bach.

»Mir die Hand wieder geben. Meine Hand.«

Dann ist sie weg. Wahrscheinlich wieder mit einem Salto übers Brückengeländer.

In der Schule läuft es gut. Meine Zehnte ist richtig gut in Mathe. Wenn man den Kerlen und vor allem den Mädchen die Angst vor Mathe nimmt, werden sie ganz von selber gut, sage ich. Sagen darf ich das nur zu mir. Würde mir niemand glauben. Die siebte und die neunte Klasse sind normal, das heißt schlecht. Ich komme aber mit ihnen zurecht. Manchmal denke ich, sie mögen mich.

Ob sie auch rote Grablichter für mich anzünden, wenn man meine Leiche aus dem Bach zieht? Kärtchen schreiben, dass sie mich vermissen? Blumensträußchen und Stofftiere hinlegen? Werde ich auch an einer Brücke hängen bleiben? Oder versinke ich im Schlamm? Oder treibe ich auf den Wellen, weiter und weiter, auf immer höheren Wellen, immer schnelleren Wellen, bis in die Unendlichkeit? Wie lange dauert es bis in die Unendlichkeit? 10 Jahre? 100 Jahre? 1000 Jahre? 100 000 Jahre?

Keine Frau Bach auf der Brücke, die mir diese Frage beantworten könnte.

Samstagabend bin ich wieder ausgegangen. Ich hab die Hoffnung noch nicht aufgegeben, dass ich irgendwann auf die Frau stoße, die ich suche. Wo soll ich sie sonst finden? Man muss nur zur richtigen Zeit im richtigen Club sein. Und wenn ich schon keine Frau fürs Leben dort finde, dann doch wenigstens eine, die meine Hände an ihre Haut lässt, die ihre Hand zu betätigen weiß, die mich vielleicht auch mehr lässt, schlimmstenfalls nur in der Abgeschlossenheit einer Toilette, eventuell in einem Auto und bestenfalls in ihrem Bett. Für eine Nacht nur.

Diesmal hatte ich Glück. Nach drei Cocktails war Jara bereit, mich mit in ihre WG zu nehmen. Die WG war chaotisch, ihr Zimmer kaum zu betreten, so viele Klamotten lagen am Boden. Aber Jara war warm, weich und ihr Stöhnen klang echt. Anschließend trank ich Wasser aus dem Wasserhahn, wusch mich und ging. Wir waren irgendwo in Berg am Laim. Ich ging zu Fuß zum Michaelibad, um mit der ersten U-Bahn nach Neuperlach zu fahren.

In der U-Bahn überlege ich, wie es wohl wäre, Frau Bach zu lieben. Ist sie im 5. oder 6. Aggregatzustand des Wassers? Und auf dem Höhepunkt verflüssigt sie sich, läuft über mich, um mich, schließt mich in eine Wasserkugel ein, umhüllt mich. Nicht nur ein Stück Fleisch von mir ist in ihr, sondern ich bin vollkommen in ihr eingeschlossen, eingebettet. Und dann werde ich selbst zu Wasser, mische mich mit ihr, vereinigt in einem einzigen Tropfen, durchdrungen von ihr. Ein Mann rüttelt mich an der Schulter: »Aussteigen! Endstation!« Ach ja, da bin ich doch tatsächlich eingeschlafen.

Mit wackligen Beinen gehe ich die Treppe hinunter und zur Bushaltestelle. Der erste Bus fährt in drei Stunden. Also gehe ich zu Fuß, vorbei an großen Bürogebäuden, vorbei an Reihenhäusern, vorbei an einer grün gestrichenen flachen Moschee, an einer Gärtnerei, an Tennisplätzen. Ich komme auf die freie Fläche des Flugplatzes. Da überzieht Morgenrot den Himmel, Ein Vogel singt. Leise noch. Am Horizont beginnen die Berggipfel zu leuchten. Ich gehe immer weiter und weiter, über endlose Wiesen und dann bin ich auf einmal wieder in der Zivilisation mit ihren Mauern und Autos am Wegesrand angekommen.

Einige Wochen später treffe ich Jara wieder in einem Club. Das heißt, ich fläze in einem der Loungesessel, da setzt sie sich zu mir auf die Armlehne, in der Hand ein fast leeres Cocktailglas, der Lippenstift verschmiert, dunkle Streifen ihrer Augenschminke auf den Wangen.

»Warum bist du denn gleich gegangen? Hat es dir nicht gefallen?«

Ihre Stimme ist weinerlich und sie zieht eine Schnute wie ein kleines Mädchen.

»Ich hab frische Luft gebraucht.«

»Hättest halt das Fenster aufgemacht.«

»Ging nicht. Da stand schmutziges Geschirr auf dem Fensterbrett.«

»Kann man doch wegstellen.«

»Wohin denn? In deinem Chaos aus ungewaschener Unterwäsche, verschwitzten Pullis, Jeans und schmutzigen Stiefeln?«

»Bäh! Bist du ein Ordnungsfanatiker!«

»Pizzakartons mit schimmligen Resten, Tassen mit eingetrocknetem Kaffeesatz, ein Glas mit gärendem Rotwein ...«

Das ist er, dieser Moment höchster Klarheit, wo du alles bildlich vor dir siehst.

»Was studierst du eigentlich, Jara? Mediendesign?«

»Ja, wie kommst du da drauf?«

Ich nicke. »Weil du Chaos mit Kreativität verwechselst. Wetten, dass du mit der Technik nicht zurecht kommst?«

»Und was machst du, du, du, du Spießer du?«

»Ich bin Zauberer.«

»Hä?«

Ich kann dieses »Hä?« nicht ausstehen? Man sagt nicht mehr »wie bitte«, man sagt nur noch »hä?«, lang gezogen und am Ende nach oben steigend. Jara hat viel zu viel von einer Schülerin an sich, als dass ich sie jetzt ertragen könnte.

»Ja, Kaninchen aus dem Hut zaubern, Jungfrauen zersägen ...«

»Hast du mich auch zersägt? Und falsch wieder zusammengesetzt? Ich komme mir jedenfalls so vor: falsch zusammengesetzt.«

Ich muss aufstehen und weggehen, solange ich noch klar im Kopf bin. Lange wird es nicht mehr dauern. Ich hab schon zu viel getrunken. Wieder einmal. Gleich zieht es mich runter und dann hänge ich mich an Jara und heule in ihren Ausschnitt. Aber noch hält der Moment an.

»Du kannst deine linke Brust wieder zurück stecken Jara, ich trinke keine Milch.«

Sie schaut an sich herunter, lacht und dann rutscht sie von der Armlehne auf meinen Schoß.

Angeekelt betrachte ich ihr verschmiertes Gesicht, ihre derangierte Bluse. Aber jetzt kann ich nicht mehr aufstehen. Wegschieben lässt sie sich nicht.

»Komm, Jara, ich bring dich nach Hause.«

Wir wanken zum Taxistand. Nun bin auch ich im Zustand des besoffenen Elends. Hat das Schicksal nichts Besseres für

171

mich als diese Jara, dieses kleine Mädchen in Turnschuhen und Zottelhaaren. Ich bugsiere sie ins ihr Zimmer, schiebe sie ins Bett. Sie spreizt ihre Beine.

»Komm«, sagt sie, »komm, mach es mir. Schnell und fest.«

Die Geruchswolke die mir entgegen steigt, beweist, dass ich heute nicht der erste bin. Nein, ich habe keine Lust darauf. Und dann mach ich es doch. Und dann bleib ich auch noch über Nacht. Denn es regnet. Es schüttet. Tropfen schlagen gegen die Fensterscheiben. Ich will wenigstens lüften und bekomme einen Schwall Wasser ins Gesicht.

Am Morgen ist alles anders. Wir haben geduscht und duften nach Vanille und Hibiskus. So steht es auf der Duschgelflasche. Ich weiß nicht, wie Hibiskus riecht. Wir sitzen in der Küche und trinken Nescafé aus den zwei letzten sauberen Kaffeehaferln. In der Ecke steht eine chromblitzende große Kaffeemaschine. Ich deute drauf.

»Ist kaputt«, sagt Jara.

»Lasst sie halt reparieren.«

Sie zuckt die Schultern.

Jara gefällt mir, so, wie sie jetzt ist. Die Haare noch nass vom Waschen, fallen ihr auf die Schultern und ringeln sich. Keine schwarz ummalten Augen. Doch, sie ist hübsch. Was sich unter dem weißen Bademantel verbirgt, kenne ich schon. Frisch geduscht ist sie ziemlich appetitlich. Nur ich fühle mich nicht ganz wohl in der Wäsche von gestern. Sie muffelt nach Bier und Frittierfett.

»Du bist also Zauberer«, fängt Jara an.

»Und du bist Mediendesignerin«, fahre ich fort.

»Aber mit Technik komme ich zurecht. Männer! Ihr meint immer, Frauen und Technik, das geht nicht zusammen. Alles nur Vorurteile.«

»Da hast du recht. Es kommt einem ganz automatisch von den Lippen.«

»Aber jetzt zaubere mal für mich. Mein Onkel hatte da so einen Trick. Da hat er ein Seil durchschnitten, dann wieder zusammengeknotet. Auf einmal war der Knoten weg und das Seil wieder ganz. Kannst du das auch?«

»Ja, das kann ich. Gib mir ein Seil.«

Sie löst den Gürtel von ihrem Bademantel.

»Das ist unfair. Wenn du so vor mir stehst, kann ich mich nicht konzentrieren. Da wird es nichts mit dem Seil wieder zusammenfügen.«

Sie hat es drauf abgesehen.

Der Küchentisch ist wacklig. Wir schubsen im Eifer des Gefechts die Kaffeebecher von der Platte. Das merken wir erst hinterher. Und ich bin mit der Ferse in eine Scherbe getreten. Das blutet. Jedenfalls bin ich dann am Scherben aufsammeln und Sauerei aufwischen. Jara sitzt auf dem Tisch und wickelt sich wieder in ihren Bademantel. Immerhin klebt sie mir ein Pflaster auf die Ferse.

»Mensch, Jara, ich muss heim. Ich muss heute noch eine Schulaufgabe korrigieren.«

»Aha, du bist Lehrer! Deutsch? Wie viele Aufsätze hast du denn zu korrigieren?«

»Vorbereiten muss ich mich auch noch.«

»Lass sie halt einfach die Lektüre lesen. Mutter Courage und die sieben Geißlein. Oder ...«

»Jara, ich muss wirklich los. Ich fahr ja auch eine ganze Weile, bis ich zu Hause bin.«

Sie will mich nicht weglassen. Hängt sich an mich. Nimmt mir die Jacke weg. Dabei bräuchte ich dringend einen Schirm, denn es gießt immer noch. Bis endlich einer seine Zimmertür aufreißt und »Ruhe!« schreit. Da schaffe ich es, mich zu befreien. Ich binde ihre Hände mit dem Bademantelgürtel zusammen und kann endlich meine Jacke anziehen, in die Schuhe schlüpfen, während sie mit den Zähnen versucht den Knoten aufzuziehen. Mit Knoten bin ich gut. Da wird sie noch eine Weile zu tun haben, während ich schon durch den Regen zur U-Bahn laufe.

Am Dienstag begleitet mich Philipp auf dem Heimweg. Es regnet. Seit Sonntag früh regnet es ununterbrochen. Wir haben beide die Kapuzen über den Kopf gezogen und tappen um die Pfützen herum.

173

Normalerweise reden wir auf dem Heimweg. Über Mathematik und Physik. Die großen Fragen, für die sich von den Schülern keiner interessiert, außer Philipp. Schrödingers Katze, dunkle Materie, die Riemannsche Vermutung. Warum hat der Beweis von Fermats letztem Satz 10 Jahre Arbeit gekostet?

Heute ist Philipp schweigsam.

»Dein Zeugnis ist super«, sage ich. »Einser in Mathe, Physik und Chemie.«

»Ja, aber in Sport habe ich eine Vier.«

»Na und?«

»Sport ist wichtig. Wenn du in Sport schlecht bist, hat dein Leben keinen Sinn.«

»Quatsch. Wer sagt das?«

»Oder in Sprachen. Sprachen ist alles, Sprachen sind toll, ohne Sprachen bist du nichts wert.«

Wieder eine große Pfütze. Philipp patscht mitten durch. Ich balanciere auf dem Grasstreifen und rutsche fast in den Bach.

Es ist schon schizophren. Unsere Gesellschaft stützt sich völlig auf die Technik, aber keiner will sich damit beschäftigen, keiner will sie verstehen. Man brüstet sich damit, dass man in Mathe immer schlecht war. Eigentlich sollte man sich dafür schämen.

»Aber einige der Mädchen sind ganz froh darüber, wenn du ihnen die Aufgaben erklärst.«

»Ja, das darf ich. Aber dann drehen sie sich um und lachen über mich.«

»Du übertreibst.«

»Es stimmt doch.«

Ja, es stimmt. Frauen sind so. Jara will auch nichts mehr von mir wissen, seit ich ihr erzählt habe, dass ich Mathelehrer bin und nicht Deutschlehrer. Irgendwo muss es doch auch eine Frau geben, der es nichts ausmacht. Noch schöner wäre eine, mit der man über das Parallelenaxiom und nichteuklidische Geometrie diskutieren kann.

»In der 9b ist ein Mädchen, das ganz gut in Mathe ist.«

»Die Katharina? Die kenn ich. Die ist aber so was von daneben. Die redet ja mit niemandem. Hässlich ist sie auch.«

»Also, ich finde sie nicht hässlich. Nicht grad eine Schönheit, halt nicht so aufgestylt wie die anderen, aber hässlich ist sie nicht.«

»Nein, Schönheit ist nicht wichtig. Aber sie ist nicht normal.«

»Jetzt wiederholst du gerade selber die Vorurteile, die alle gegen die haben, die gut in Mathe sind.«

Philipp schaut mich groß an. Dann seufzt er. Das soll wohl heißen, dass ich recht habe.

Frau Bach steht wieder auf der Brücke.

»Was sagst du zum Regen«, frage ich sie. »Läuft der Bach bald über?«

Sie strahlt uns an.

»Viel fehlt nicht mehr«, stellt Philipp fest. »Wenn es so weiter regnet ...«

»Der Wetterbericht sagt, heute Nacht hört es auf.«

Frau Bach schüttelt den Kopf. Sie verzichtet auf den Sprung übers Geländer und winkt uns weiter.

»Passt auf, geht nicht über die Brücken, bleibt weg vom Bach«, wispert sie.

In der Nacht weckt mich das Tatütata der Feuerwehr. Ich stehe auf und schaue aus dem Fenster. Blaulicht flackert hinter der Sporthalle. Ich ziehe mich an, suche meine Gummistiefel in einer der Umzugskisten, die noch herumstehen, finde auch meine gelbe Regenjacke, meinen Friesennerz, den ich mir damals mit Corinna auf Sylt gekauft habe. So bin ich für die Expedition in den Regen gerüstet. Es regnet aber nicht mehr. Der Wetterbericht hat Recht behalten.

Ich gehe vor zur Brücke. Der Bach ist noch mal höher gestiegen. An der Hundebadestelle leckt er schon am Teer des Gehweges. Bei der nächsten Brücke hievt die Feuerwehr gerade eine Pumpe vom Wagen und legt Schläuche. Ich zwänge mich unauffällig vorbei. An der Ottobrunner Straße herrscht richtig Action. Das Wasser läuft über die Brücke. Eine Pumpe brummt bereits und pumpt Wasser aus dem Bach. Die südliche Hauptstraße steht auch unter Wasser. Überall rote Wägen.

Sandsäcke werden abgeladen und an der Donhauserbrücke gestapelt. Männer mit Helmen und Reflektorjacken eilen hin und her.

Ich weiß nicht, wie es passiert ist. Auf einmal stehe ich im Bach. Die Strömung zerrt an mir. Ich kralle mich an den Beton. Ich schreie. Niemand hört mich. Ich sehe die Lichter, ich sehe die Schatten hin und her rennen, ich höre das Wummern der Pumpen – aber niemand hört mich, niemand sieht mich. Das wird mein Ende. Meine Finger werden schon steif. Bald kann ich mich nicht mehr halten. Bald treibe ich unter der Brücke, drückt mich das Wasser unten durch und niemand sieht mich, niemand hört mich.

Ach, Jara, ich hätte netter zu dir sein sollen. Dann wär es was geworden mit uns zweien. Das Bier macht mich stumpf und gefühllos und du bist von Cocktails benebelt. Wenn ich hier raus komme, dann ruf ich dich an, versprochen. Meine Oma, wieso denke ich an meine Oma? Ich sehe mich als kleiner Bub bei ihr auf der Couch sitzen. Sie liest mir ein Bilderbuch vor, über einen Mann, der einen grünen Apfel kauft. Feuerwehrleute, die eine Katze aus dem Baum retten. Ein Affe radelt auf einem Fahrrad vorbei und schmeißt Zeitungen durch die Gegend. Kuki mit der blauen Haut vom Stern Vinea ...

Frau Bach taucht neben mir auf. Ihre langen Haare treiben wie Schlingpflanzen auf dem Wasser, schlingen sich um meinen Hals um meine Arme. Sie lächelt mich an.

»Erst musst du mir meine Hand wieder geben.«

Ein Gedicht kommt mir in den Sinn, ein Lied: »Sie kämmt ihr goldenes Haar, sie kämmt es mit goldenem Kamme und singt ein Lied dabei.«

Da spüre ich Arme links und rechts, die mich aus dem Wasser hieven. Sie legen mich aufs Pflaster. Ein Schwall Wasser kommt aus meinem Mund, dann versinke ich wieder in einem Traum, laufe über eine Wiese zu einem Brombeerstrauch und stopfe mir die süßen schwarzen Beeren in den Mund. Eine Folie knistert. Ist Weihnachten? Packe ich Geschenke aus? Die Folie schimmert golden. Alles leuchtet golden und hell. Sterne sausen vorbei. Das Universum breitet sich aus bis in die Unendlichkeit.

Die Uhr tickt. Tick. Tick. Tick. Die Sekunden ticken davon. Schneiden die Zeit in Streifen. Das Jahr ist gleich um. Ich habe noch so viel zu erledigen. Muss die Streifen aufsummieren, um endlich das Integral der Glockenkurve zu erhalten. Stattdessen liege ich im Bett und starre zur Zimmerdecke, über die grüne Lichter flackern. Tick. Tick. Tick. Ich drehe den Kopf zur Seite, sehe nur einen beigen Vorhang. Etwas steckt in meiner Hand. Das Ticken wird plötzlich schneller. Der Vorhang teilt sich. Ein rundes schwarzes Gesicht beugt sich über mich. »Sind wir wieder bei uns?«

»Die Hand.«

»Das ist die Infusion. Ich zieh sie gleich raus.«

»Ich muss ihr die Hand zurück geben.«

Sie klebt ein Pflaster auf meine Hand.

Okay, okay, ich bin im Krankenhaus. Mir tut nichts weh. Alle sind um mich besorgt.

»Sollen wir jemanden anrufen? Ihre Frau? Ihre Freundin?«

»Meine Direktorin«, krächze ich. Das Reden tut weh. »Jemand muss mich vertreten.«

Am Nachmittag kommt Philipp mit zwei Freunden zu Besuch. Sie haben ein Geschenk dabei: ein Buch mit mathematischen Tricks. Nett.

»Wieso sind Sie in den Bach gefallen?«

»Ich kann mich nicht erinnern. Blackout.«

»Vielleicht sind Sie ausgerutscht?«

»Man hat Sie nur durch Zufall gefunden, sagt die Feuerwehr. Sie könnten tot sein.«

»Ja, ich war schon fast hinüber ...«

Da sitzen sie, die drei, lang aufgeschossen und dünn, pickelig.

»Hoffentlich kommen Sie bald wieder.«

»Freut ihr euch nicht über die Freistunden?«

Sie zucken mit den Schultern. »Mathe bei Ihnen ist echt geil.«

Hach, das tut gut! Da werde ich schnell wieder gesund.

Aber vorher werde ich noch in »die Röhre« geschoben. Sie wollen mein Gehirn scannen. Dieser Blackout lässt ihnen keine

Ruhe. Der Physiklehrer in mir freut sich darauf. Endlich mal eines der großen Geräte in Aktion sehen, von denen ich sonst nur im Physikbuch lese.

Magnetresonanztomographie

Kernspintomographie

Ich bin ganz aufgeregt.

Und dann liege ich auf der Liege und werde langsam, langsam hineingeschoben. Ich höre ein Brummen, die beruhigende Stimme der Assistentin. Ich entspanne mich. Will alle Eindrücke einfach nur aufnehmen. Jetzt, jetzt wird das Magnetfeld eingeschaltet und die Elektronen ändern ihre Bahnen, schwingen im Takt des Feldes ...

Sonnenflecken auf den Wellen. Steine. Grüne Ranken. Plätschern. Gluckern. Ein Schatten, gleich wieder weg. Die Musik des Wassers, das Lied der Wellen. Ich taste über den Grund, spüre den Schlamm, feine Körner. Lasse mich weiter treiben. Hebe Steine auf. Winzige Fischlein tummeln sich darunter, ein ganzer Klumpen, immer mehr werden sie, quellen aus einem Loch, schwärmen aus, umhüllen mich wie eine silberne Wolke. Wo kommen die Fischlein her? Ich will das sehen. Aber sie schwimmen vor meinen Augen, knabbern an meinen Fingern. Drücken mich zur Seite, lassen mich nicht hin. Aber ich muss, ich muss dorthin ...

Gesichter über mir. Warum schauen sie so besorgt? Schon wieder piepsen irgendwelche Geräte.

»Schon vorbei?«, frage ich.

Sorgenfalten auf der Stirn des Arztes.

»Ich habe gar nichts mitbekommen«, stelle ich fest. Mit Bedauern. Aber was sollte ich auch merken? Es gibt Leute, die sagen, das MRT ist ein Horrortrip. Bei mir war es äußerst angenehm. Wellenplätschern, Sonnenreflexe, die kleinen silbernen Fischlein ...

»Das ist noch nie vorgekommen«, sagt die Assistentin.

»Fühlen Sie sich besser?«

»Ich habe mich nie wohler gefühlt.«

Allgemeines Kopfschütteln.

»Darf ich jetzt nach Hause?«

»Das können wir nicht verantworten, nicht nach diesem Vorfall.«

Und so muss ich noch zwei Tage bleiben.

Krankenhaus ist fad. Am Vormittag wirst du zu irgendwelchen Untersuchungen gefahren und sitzt ewig in einem Warteraum oder auf dem Flur. Am Nachmittag wartest du, ob endlich Besuch kommt. Aber ganz entsetzlich sind die Abende. Endlos. Schlaflos.

Da steigt so einiges aus dem Gedächtnis, das du schon lange vergessen hast. Ernesto und Ariana. Mit den beiden war ich drei Monate auf Tournee. Als Zauberlehrling. Ernesto zog eine richtig tolle Show ab. Mit Ariana in einer Kiste, die er mit Messern durchbohrte. Nicht einmal mich hat er eingeweiht, wie es sein kann, dass Ariana unversehrt aus der Kiste steigt. Die attraktive schöne Ariana, die alle Blicke auf sich zog, und Ernesto, der unbeachtet blieb. Wo findet man so eine Partnerin?

Und wie lernt man, so mit dem Publikum zu spielen, wie es Ernesto betrieb. Das werde ich nie, nie, nie hinbekommen. Dafür bin ich nicht der Typ. Aber das ist das A und O beim Zaubern: Blenden, ablenken. Nachdem sich unsere Wege trennten, hab ich ein paar Wochen im Alleingang versucht, wenigstens etwas wie Ernesto zu sein. Dann war klar: lieber Mathelehrer. Die Schüler sind zwar das undankbarste Publikum, das du dir vorstellen kannst, aber komischerweise hab ich sie irgendwie in der Hand. Hab bei Ernesto doch was gelernt.

Die Ärzte versuchen es mit CT, finden wieder nichts. Diesmal bin ich nicht bewusstlos geworden. Leider. Denn den Traum im MRT, den würde ich gerne nochmal träumen. Länger träumen. Oder sollte ich Angst davor haben? Jedenfalls darf ich heim, bin aber vorerst krank geschrieben.

Philipp und seine Freunde haben die Karte aus meinem Handy gerettet und mir ein gebrauchtes Teil besorgt, so dass ich wieder telefonieren kann. Ich rufe Jara an. Habe ich mir doch vorgenommen. Wer weiß, wie lange ich noch lebe. Vielleicht findet man mich schon im Herbst tot im Bach. Die Zeit bis dahin will ich nicht damit verbringen, in irgendwelchen Clubs nach der Traumfrau zu suchen. Jara ist so gut wie jede andere. Pfeif auf Gleichklang der Seelen und ähnliches Gesülze. Hauptsache Sex. Drei Mal täglich – möglichst.

Sie kommt am Wochenende. Ich schlurfe zur Tür um sie hereinzulassen. Dann verziehe ich mich gleich wieder auf die Wohnzimmercouch.

»Magst du einen Kaffee, Jara? Musst du dir aber selber machen.«

»Gleich. Erst erzählst du mir, was passiert ist.«

»Da gibt es nicht viel zu erzählen. Ich bin wahrscheinlich ausgerutscht, hab mir den Kopf angestoßen und bin ins Wasser gefallen. Die Feuerwehr hat mich rausgezogen und reanimiert. Im Krankenhaus haben sie mich wieder auf Betriebstemperatur gebracht.«

»Und dir geht es immer noch schlecht?«

»Na ja, so schlecht wieder auch nicht.«

»Ehrlich gesagt, du schaust scheiße aus.«

»Ja, ein bisschen Mund zu Mund Beatmung könnte mir gut tun.«

»Sonst noch was?«

»Ja, das volle Programm.«

Ernesto und Ariana kommen ins Kulturzentrum. Ich muss sie sehen! Ich kaufe Karten für Jara und mich und für Philipp und Andy und Tim.

Der Saal ist voll besetzt. Musik setzt ein, der Vorhang geht auf. Mitten auf der Bühne ein großer Kessel, aus dem Dampf quillt. Ariana tritt auf. Sie tanzt mit einem Besen um den Kessel. Ihre bunten Röcke schwingen, ihre Ketten und Armbänder klickern. Dann erscheint Ernesto mit schwarzem Umhang und Zylinder, ein Buch in den Händen. Ariana wirft sich ihm zu Füßen. Er beachtet sie nicht, sondern geht auf und ab, blättert dabei in seinem Buch.

»Widerlich«, flüstert Jara neben mir.

Tja, in Zaubererkreisen ist der Mann der Herr und Meister. Ariana kriecht zum Kessel, steht auf, greift in den Kessel hinein. Funken stieben heraus. Endlich schaut der Zauberer auf. Er gibt Ariana ein Zeichen, wirft das Buch in den Kessel.

Ariana zieht silberne Ringe aus dem Kessel. Ernesto führt den Ringtrick vor. Ariana zieht ein Tuch aus dem Kessel. Ernesto führt den Tuchtrick vor. Noch mehr Tücher, noch mehr Farben. Er holt Bälle hinter ihren Ohren hervor und Spielkarten aus ihrem Rock. Das Publikum klatscht begeistert nach jedem Trick. Dabei sind es lauter alte Tricks, nichts Neues. Aber das Drumherum, die Musik, das bunte Licht und die schöne Ariana mit ihrem ausladenden Dekolletee, das macht's. Ja, das macht mehr her, als ich damals als tollpatschiger Zauberlehrling. Der Hexenbesen wird zersägt und wieder zusammengesetzt. Er schwebt über die Bühne und Ariana läuft hinterher. Mehr Besen kommen geflogen. Und verschwinden im Kessel. Ariana greift in den Kessel und zieht eine Taube heraus, die davon flattert. Ja, Ernesto versteht es, eine Show abzuziehen. Zum Ende stopft er Ariana kopfüber in den Kessel, gibt dem Kessel einen Stoß, dass er über die Bühne rollt mitsamt der zappelnden Ariana. Vorhang zu, Pause.

Jara findet die Show affig, ich bin hin und her gerissen. Tja, Fingerfertigkeit ist das eine, eine bunte Show inszenieren das andere. Nicht meine Stärke. Ich bin eben keine Rampensau.

Wir stehen in einer langen Schlange an, weil Jara ein Glas Sekt wünscht. Philipp und seine Freunde sind im Gewühl verschwunden. Dann stehen wir vor der großen Glasscheibe und schauen hinunter in den Hof, wo die Leute flanieren.

Am Ende der Pause bin ich mir fast sicher, dass es richtig war, die Zauberei aufzugeben und in den Schuldienst zu treten. Nicht so glamourös, aber ein sicheres Einkommen. Wenn du keine Ariana hast, die tanzt, bist du als Zauberer schon langweilig. Mach Licht und Musik und flotte Sprüche – Zaubern ist dann Nebensache.

Nach der Pause entsteigt Ariana dem Kessel in einem hautengen glitzernden Paillettenanzug. So kenne ich sie. Zusammen mit Ernesto führt sie ein paar altbekannte Tricks vor, d. h. Ernesto führt sie vor und Ariana tänzelt über die Bühne und gibt das Zeichen zum Klatschen. Hat denn Ernesto gar nichts Neues im Programm?

Und dann passiert es.

Ernesto tritt an den Bühnenrand, die Musik hört auf.

»Verehrtes Publikum, ich habe in Ihren Reihen einen alten Bekannten entdeckt. Begrüßen Sie mit mir den Magier Patrick. Patrick, den Zahlenzauberer!«

Er klatscht, das Publikum klatscht und auf einmal befinde ich mich auf der Bühne. Küsschen von Ariana, Schulterklopfen von Ernesto.

»Willst du uns nicht was vorzaubern, lieber Patrick?«

Wie unfair, wie absolut unfair! Ernesto weiß genau, dass man Vorbereitungen treffen muss. Warum will er mich blamieren? Hunderte von Augen schauen mich erwartungsvoll an. Mir fällt kein Trick ein. Da ist Philipp mit großen Augen, neben ihm Andy und Tim, Jara, die sich im Sitz verkriecht, so peinlich ist ihr mein Auftritt.

»Patrick«, meint Ernesto, »du als Mathematiker hast dich sehr viel mit Knoten beschäftigt. Willst du uns nicht ein paar der Knotentricks zeigen?«

Okay, er baut mir eine Brücke. Knotentricks. Kann ich im Schlaf. Das gefesselte Jackett befreien. Ernesto legt mir eine Schlinge um den Hals – ich befreie mich. Ernesto fesselt mir die Hände – ich löse die Knoten.

Das Publikum gähnt. Die Leute werden unruhig. Sie langweilen sich. Sie wollen wieder Musik und Lichter und Ariana. Ariana im Glitzeranzug soll tanzen und mit den Hüften wackeln. Das öde Gequatsche der Männer über Knoten und Seile und interessiert nicht. Auch Ariana lehnt am Hexenkessel und gähnt. Wahrhaftig, gähnt auf der Bühne. Ariana konnte mich noch nie ausstehen und hat mich boykottiert, wo es nur ging. Wahrscheinlich war es ihre Idee, mich auf die Bühne zu holen, um mich zu blamieren. Mich als Langweiler hin-zustellen, mein Ansehen bei den Schülern zu untergraben. Ich bin aber wehrlos. Dann sehe ich Frau Bach. Sie steht an der Saaltür und winkt mir zu.

Ich nehme Ernestos Zylinder, greife hinein, fühle etwas pelziges und ziehe ein zappelndes Kaninchen heraus. Ich halte es an den Ohren und dann setze ich es auf den Tisch. Es springt davon. Ich greife wieder in den Hut. Das nächste Kaninchen. Und noch eins. Noch eins. Noch eins. Immer mehr Kaninchen hoppeln über die Bühne, mal hierhin, mal dorthin. Das

Publikum lacht. Ich pfeife. Alle Kaninchen machen Männchen. Dann springen sie in den großen Topf, in den Hexenkessel, schön eins nach dem anderen. Im Kessel beginnt es zu blubbern und zu brodeln. Dampf steigt auf, quillt über den Rand. Ariana macht ein paar Schritte weg vom Kessel. Gerade noch rechtzeitig. Denn er fängt an zu puffen und zu knallen, Kügelchen schießen heraus. Die Dampfwolke wird größer und größer. Ich nutze die Gelegenheit, dass alle zum Kessel starren und verschwinde von der Bühne. Gerade noch rechtzeitig: Denn jetzt springt die Sprinkleranlage an. Wasser regnet von der Decke. Ernesto und Ariana sind im Nu durchnässt. Die Haare hängen in Strähnen, das elegante Cape klebt am Körper. Donnernder Applaus. Es regnet und regnet, Wasser läuft von der Bühne in den Zuschauerraum ... Alles ergreift die Flucht. Da gehen die Sprinkler wieder aus. Dafür hört man draußen die Sirenen der Feuerwehr und sieht das Leuchten des Blaulichts. Die aufgespießte Jungfrau in der Kiste fällt heute aus.

Ich sitze auf einem der Podeste über dem Bach. Es ist ein warmer Sommertag. Vögel zwitschern in den Bäumen. Der Bach gluckert und plätschert vor sich hin. Ich warte auf Frau Bach. Noch zeigt sie sich nicht. Ich will sie fragen, was sie da gemacht hat bei meinem Bühnenauftritt und warum. Sie ist immer noch nicht da. Ich starre ins Wasser. Die Rätsel von Reflexion und Brechung an Wasserwellen.

Ich komme nicht weit damit. Etwas anderes beschäftigt mich: Ernesto hat mich verklagt. Ich soll den Wasserschaden bezahlen und einen neuen Messerkasten für Ariana. Mein Anwalt sagt, die Sache war ein abgekartetes Spiel. Der Kessel links auf der Bühne, ich im maximalen Abstand rechts. Ariana, direkt am Kessel, stellte sich schlafend und hat den Kessel aktiviert, absichtlich vermutlich, sonst hätte ja Ernesto per Fernsteuerung ihn wieder deaktivieren können. Die finanzielle Lage der beiden ist desolat. In mir sahen sie nur ein Opfer, um ihre Kasse aufzubessern. Jedenfalls, darum kümmert sich mein Rechtsanwalt. Er ist optimistisch, dass ich ungeschoren aus der Sache heraus komme. Ich kümmere mich um Frau Bach.

Mir ist unheimlich, was da passiert ist. Wo kamen die Kaninchen her? Und dass die Sprinkler-Anlage ansprang, das lag nicht am Hexenkessel, da steckt Frau Bach dahinter.

Deswegen sitze ich hier und warte.

Jara hat mich verlassen. Hat ihre ganzen Klamotten in eine blaue Ikeatasche gestopft und ist gegangen. Ich habe unter dem Bett noch zwei Schlüpfer und ein Shirt gefunden. Das habe ich ihr mit der Post nachgeschickt. Die blitzende Kaffeemaschine, die leider immer noch kaputt ist, steht in meiner Küche und erinnert mich jeden Morgen an sie.

Anlass war die Hand. Sie hat im Tiefkühlfach die Eishand gefunden.

Sie kreischte. Ich stürzte in die Küche. Da knallte sie gerade die Kühlschranktür zu, lehnte sich mit dem Rücken dagegen, damit sie ja nicht aufging, und schrie.

»Eine Hand, in deinem Gefrierfach ist eine Hand!«

»Ist doch nur Wasser, gefrorenes Wasser.«

»Du bist pervers! Du bist ein Killer. Du schneidest Frauen die Hände ab.«

»Spinnst du, Jara, das ist nur Wasser, in einen Handschuh gegossen und gefroren.«

Ich wollte sie in die Arme nehmen, aber sie schob mich weg.

Sie ließ sich nicht beruhigen. Als sie keine Kraft mehr hatte zum Schreien, packte sie ihre Sachen und ging.

Jetzt sitze ich am Bach. Neben mir eine Kühltasche mit drei Kühlakkus und einer gefrorenen Hand darin. Sitze hier und warte auf eine unheimliche Frau. Die nicht kommt.

Ich habe nur Pech mit Frauen. Erst Corinna, dann Jara und jetzt versetzt mich auch noch Frau Bach. Kommt sie, wenn ich mich jetzt ins Wasser lege? Hat das der Kollege Deutschlehrer gemacht? Sich aus Verzweiflung ins Wasser gelegt, weil Frau Bach das Interesse an ihm verloren hat?

Eine gelbe Quietschente schwimmt vorbei. Gleich darauf noch eine. Ein Gruß von Frau Bach, die etwas oberhalb an der Brücke steht?

Eine rote Ente.

Wieder zwei gelbe Enten.

Ich stehe auf und gehe bachaufwärts. Immer wieder kommt eine Ente daher. An der Stauffenbergstraße stehen sie herum mit Bechern in der Hand. Ach ja, heute ist Entenrennen. Hier ist der Zieleinlauf. Die Enten stauen sich vor dem Brett. Niemanden kümmert es, wenn die eine oder andere über die Barriere hüpft, denn die Sieger sind längst gefunden.

Was passiert mit den Enten, die entwischen? Sie treiben den Bach hinunter immer weiter und weiter. Irgendwann in die Isar, dann in die Donau und schließlich ins schwarze Meer. Ausgeblichen, zerknautscht. Oder bleiben sie irgendwo hängen? Im Schilf, an Ästen, an einem Biberbau, oder werden von einer Schiffsschraube zerhäckselt …

Ich öffne die Kühltasche. Die Tüte mit der Hand. Trotz Kühlakkus wird sie bald geschmolzen sein. Frau Bach, hol dir deine Hand.

Frau Bach kommt nicht.

Ich nehme den Beutel aus der Tasche, öffne ihn. Die Hand sieht so echt, so menschlich aus, dass mir schlecht wird.

Frau Bach, du hast mir etwas versprochen – ach egal, nur weg mit der Hand, bevor sie jemand sieht. Bevor mich jemand sieht, am Bach sitzend mit einer abgeschnittenen Hand. Ich schüttle sie aus dem Beutel direkt ins Wasser. Die Wellen kräuseln sich. Das Plätschern dröhnt in meinen Ohren. Ein Schatten im Wasser, wie ein großer Fisch. Wenn er die Hand frisst …

Ich kann nichts dafür, Frau Bach. Warum bist du nicht gekommen?

Ich packe die Tüte und die Kühltasche und renne nach Hause.

Ich werde jetzt die Kaffeemaschine zerlegen. In tausend Einzelteile. Die lege ich nebeneinander auf den Tisch und hoffe, dass sie von selber an die richtige Stelle springen.

Wie ich ums Eck des Hauses biege, sehe ich sie in der Kinderschaukel am Spielplatz sitzen: Ariana, die zauberhafte Ariana, die Hexe Ariana. Ich mache sofort kehrt, bevor sie mich sieht. Bestimmt wartet sie auf mich. Will mit mir reden, nur reden. Und bringt mich dazu zu unterschreiben, dass es allein meine Schuld ist und ich alles zahle und ihr noch was drauf lege. Die zwei, Ernesto und Ariana haben mitgekriegt, dass ich einen Job habe mit regelmäßigem Gehalt. Da wollen sie teilhaben. So wie sie damals, als ich mit ihnen aufgetreten bin, auch immer meinen Anteil kürzten. Das war Arianas Aufgabe: mich zu überzeugen, dass ich gut und gerne auf ein paar hundert Euro verzichten könnte, es käme ja uns allen zugute.

Ich gehe in die Pizzeria. Jetzt im Sommer stehen Tische und Stühle draußen. Alles voll belegt. Kinder laufen und springen um den Brunnen herum. Eine Gruppe türkischer Großväter sitzt auf der Einfassungsmauer. Gino findet einen Platz für mich, bringt mir einen Kaffee und einen Grappa – den brauch ich jetzt. An der Eistheke hat er heute eine Aushilfe, eine schöne Italienerin, schön und kühl. Kühl wie der Eisbecher mit Mango, Malaga, Schokolade und Butterkeks. Heute ist kein guter Tag: von Jara verlassen, von Frau Bach gemieden, von Ariana heimgesucht und von einer kühlen Italienerin ignoriert. Dabei wollte ich die Kaffeemaschine reparieren, mich auf den Unterricht vorbereiten und eine Schulaufgabe korrigieren. Mit mir am Tisch ein altes Ehepaar, das schweigend sein Eis löffelt. Und Ariana wartet vor der Haustür auf mich.

Etwas später bestelle ich mir eine Pizza Quattro Stagioni und einen halben Liter Rotwein. Italienischen Rotwein. Das Schwimmbad schließt. Die letzten Badegäste mit nassen Haaren, Handtüchern und Schwimmnudeln strömen auf die Straße zu ihren Autos oder zur Bushaltestelle. Einige gönnen sich noch ein Eis oder einen Teller Nudeln. Der Bus fährt an die Haltestelle. Fährt wieder ab. Die Pizza liegt mir schwer im Bauch. Oder ist es das kalte Eis? Der Rotwein ist mir zu Kopf gestiegen. Ich beschließe nach Hause zu gehen. Soll Ariana doch versuchen, mich rumzukriegen. Heute mache ich es ihr schwer. Heute wird sie sich die Zähne ausbeißen. Heute muss sie zu mir ins Bett, wenn sie was erreichen will. Mir egal, dass sie es mit Berechnung macht. Und vielleicht gebe ich ihr dann 100 Euro.

Ariana ist nicht mehr da.

In der Woche vor den Pfingstferien sind alle zappelig, die Schüler wie die Lehrer. Unterricht ist stressig. Am Freitagmittag stürzen alle aus dem Haus und in die Ferien, Lehrer und Kinder.

Ich bleibe zu Hause. Ich hasse es, wenn ich allein am Pool oder am Strand sitze und um mich herum tobt das Familienglück. Außerdem kann ich vorerst keine Menschen unter 20 aushalten. Alleine Wandern ist auch nicht mein Fall. Irgendwann kommst du auf eine Hütte und wer tobt ums Haus? Kinder. Und auf der Terrasse schmusen die Pärchen. Ich kann es nicht sehen.

Mein Beschluss steht fest: Ferien zu Hause. Jeden Morgen eine Stunde über den ehemaligen Flugplatz joggen, dann gemütlich in einer Bäckerei frühstücken. Danach ab ins Schwimmbad. Vielleicht fahr ich zur Abwechslung mal auf den Spitzing oder nach Starnberg. Und jeden Abend Mandelbrot. Oder Juliamengen. Alle Folgen von Mathologer anschauen. Die Freuden des Mathematikers an einsamen Abenden.

Das Joggen habe ich am ersten Ferientag dann ausgelassen und bin gleich ins Schwimmbad. Aber geschwommen bin ich ziemlich genau eine halbe Stunde. Dann Brotzeit mit Pommes, Currywurst und Cola. Das sind zwar mehr Kalorien, als ich in der halben Stunde verbraucht habe – was soll's! Gehe ich am Nachmittag nochmal ins Wasser. Erst einmal aber ein Schläfchen. Unten am Schwimmerbecken auf den Treppen. Das Gekreische der Kinder in der Rutsche ist hier schon etwas gedämpft. Aber das Schreien und Quietschen gehört zum Ferien-Feeling. So bin ich bald eingeduselt.

»Hallo Patrick!«

Ich mache die Augen nicht auf. Diese Stimme kenne ich – Frau Bach.

»Ich muss lachen, Patrick, über deine Schwimmversuche. Du schwimmst wie ein Frosch.«

»Danke, Frau Bach, ich bin halt kein Fisch.«

Sie lacht. Ihr glucksendes Lachen.

»Du musst tauchen lernen. Bis auf den Grund tauchen.«

»Im Hachinger Bach kann ich höchstens im Schlamm wühlen.«

»Du ahnst es nicht, was du da finden würdest! Eheringe, Armreifen, Anhänger.«

»Geld natürlich«, füge ich hinzu.

»Jede Menge Münzen, aber auch Goldflinserl, Edelsteine.«

»Du machst dich über mich lustig.«

»Hast du nicht gesagt, dass du den Grenzwert suchst?«

»Ja, den Limes bei der Annäherung an die Definitionslücke. Das unendlich tiefe Loch, ohne Grund.«

»Die Unendlichkeit ist ein geschlossener Kreis.«

»Ich kehre von der anderen Seite wieder zurück.«

Sie lacht.

»Dann auf, auf! Tauche in den Strudel!«

Ich öffne die Augen. Keine Frau Bach zu sehen. Nur diese Statue, die weiße Marmorfrau mit dem goldenen Badeanzug, thront über mir. Irgendein Scherzbold hat ihr eine Sonnenbrille und ein Käppi aufgesetzt. Habe ich geträumt? Zuviel Sonne auf den Kopf und überhaupt.

Im Becken schwimmt eine gelbe Quietschente. Schwimmt im Kreis, immer im Kreis. Immer schneller im Kreis, immer engere Kreise. Ein Wasserstrudel im Schwimmbecken. Gleich wird er die Watscheltanten und Schnattergänse hinunterziehen.

Ich springe kopfüber ins Wasser, direkt in die Mitte des Strudels. Es ist kühl hier unten. Blasen steigen auf. Kleine Wellen spiegeln das Sonnenlicht. Die blauen Fliesen erscheinen riesengroß. Sie kommen näher und näher. Ich stoße hindurch. Blau so blau. Ich tauche tiefer und tiefer. Die Unendlichkeit ist blau. Bis ich durch die Oberfläche stoße. Über mir der blaue Himmel.

Der Bademeister schnauzt mich an, weil Einspringen von der Seite verboten ist. Kein Strudel, keine Quietschente. Neben mir paddeln zwei Frauen. Die Sonne scheint. Vögel kreisen am Himmel, kreisen kreisen immer höher und verschwinden im Blau. Ich steige aus dem Wasser. Mein Handtuch liegt auf der Treppe unter der weißen Marmorfrau. Auf der Rutsche kreischen die Kinder. Die Blätter der Bäume rascheln im Wind.

Am nächsten Tag nehme ich mir endlich die Kaffeemaschine vor, schraube sie auf. Ganz schön versifft innen. Ich reinige sie erst mit einem Pinsel. Puste sie mit der Sprayflasche durch. Gründlich. Dann schraube ich sie wieder zu, schließe sie an und schalte sie ein. Das rote Lichtlein brennt. »Wassertank füllen« informiert sie mich. Ich fülle den Wassertank. »Bohnen« will sie. Ich habe keine Bohnen. Also gehe ich zur Nachbarin über mir, einer alten Frau.

»Ja«, sagt sie, »Bohnen habe ich irgendwo. Ich kaufe ja nur gemahlenen Kaffee. Aber irgendwo habe ich Bohnen als Reserve. Kommen Sie nur rein.«

Im Wohnzimmer sitzt eine junge Frau.

»Das ist meine Enkelin Laura. Sie hat mich heute besucht.«

Dann steigt die Oma auf einen Stuhl und kruscht im obersten Fach des Küchenschranks. Sie macht mir richtig Angst. Ich halte den Stuhl. Triumphierend hält sie mir eine Blechdose entgegen.

»Hab ich's nicht gesagt?«

Ich helfe ihr wieder auf den festen Boden.

Die junge Frau lehnt an der Küchentür.

»Oma«, sagt sie, »die Bohnen sind längst abgelaufen.«

»Ach, ich kann auch mit abgelaufenen Bohnen testen, ob die Maschine wieder funktioniert.«

»Besser wäre, Sie werfen erst einmal eine Reinigungstablette ein.«

»Ich bin schon gereinigt, ich war gestern im Schwimmbad.«

Die Maschine funktioniert, der Kaffee ist nicht einmal schlecht, auch wenn die Bohnen alt sind. Ich mache zwei weitere Tassen und bringe sie den beiden Damen.

Am nächsten Morgen holt mich Laura zum Joggen ab. Frühstück gibt es bei Oma. Die hat auch eine Salbe für meinen Sonnenbrand. Dann gehen wir zusammen ins Schwimmbad.

Wir schwimmen nebeneinander. Wir tauchen bis zum Boden des Beckens. Er ist fest und undurchdringlich. Blaue Fliesen mit weißen Fugen. Keine noch so kleine Lücke. Das Wasser so blau. Der Himmel so blau. Ich trockne ihr den Rücken ab. Sie schmiert mir Sonnencreme auf die Schultern. Ihre Hände sind kalt. Kalt wie Eis. Ich drehe mich um, nehme ihre Hände, um sie zu wärmen, aufzutauen. Sie ist mir so nah, dass ich ihren Atem spüre. Unsere Blicke begegnen sich und die Welt steht still.

Kurz und gut, von da ab gab und gibt es auch heute noch nur Laura für mich. Und inzwischen auch noch Konstantin und Barbara. Weit vor Logarithmus und Tangens.

Wenn ich am Nachmittag, wenn ich in der Schule alles erledigt habe, nach Hause gehe, freue ich mich jedes Mal oder fast jedes mal, dass ich zu Fuß gehen kann und mich nicht in eine volle S-Bahn quetschen muss. Und dass es so ein schöner Weg ist, dieses Stück am Bach entlang. Wenn das Wasser plätschert, wenn die kleinen Wellen in der Sonne blinken oder auch wenn kalter Wasserdampf wie Nebel darüber steht. Manchmal sehe ich Frau Bach von Weitem auf der Brücke stehen. Ich winke ihr zu. Bis ich dort bin, ist sie aber verschwunden, hat sich in Wasserdampf aufgelöst oder ist von der Brücke getropft.

In der Schule klappt alles prima. Ich habe jetzt einen Youtube-Kanal: der Matheverklärer. Ja: verklärer. Die Kollegen, na ja, die rümpfen die Nase. Aber die Schüler finden es gut. Philipp unterstützt mich. Er ist Doktorand an der Uni, Mathe natürlich.

Jedes Jahr gibt es einen Workshop übers Zaubern. Der Höhepunkt ist jedes Mal eine Vorstellung für Eltern und Freunde. Ohne Kaninchen und ohne Sprinklerwasser. Manches geht auch schief. Aber der Applaus ist uns sicher.

Konstantin kommt pitschnass aus der Schule nach Hause. Sogar der Rucksack ist durchnässt. Alle Bücher, alle Hefte, das Federmäppchen mit den hunderterlei Stiften – alles nass.

»Ich bin in den Bach gefallen.«

»So so.«

»Wollte mit einem Ast ein glitzerndes Ding herausholen. Auf einmal lag ich im Wasser. Ich wollte raus, aber es war alles so glitschig. Bin immer wieder ausgerutscht und dann ...«

»Und dann?«

»Dann war da auf einmal eine Frau. Die hat mir geholfen. Hat mich aufgesetzt. Hat gesagt, ich soll atmen.«

»Wie hat die Frau ausgeschaut.«

»Weiß nicht. War halt eine Frau. Und mir war auch alles so verschwommen. So wie man halt unter Wasser alles nicht so genau sieht.«

Am Abend bin ich an die Brücke gegangen. Hab mich über das Geländer gebeugt.

»Danke, Frau Bach, dass du Konstantin geholfen hast.«

Kurz habe ich ihr Gesicht im Wasser gesehen. Ihre langen Haare trieben mit der Strömung. Sie hat mir zugewunken.

Die Müllerstochter von Haching

Eine neue Sage vom Hachinger Bach?

Es war einmal ein Müller in Haching, der hatte eine schöne Tochter. Aus allen Dörfern, nah und nicht ganz so nah, kamen Bauernburschen und hielten um ihre Hand an.

»Ich habe einen schönen Hof in Putzbrunn«, sagte der eine.

»Ich bin der Meier von Aschheim«, sagte ein anderer.

»Mein Hof ist der schönste von ganz Aying«, sagte der Dritte.

»Ich will aber nicht nach Aschheim oder Aying oder Putzbrunn, auch nicht nach Trudering oder Pullach. Ich will am Hachinger Bach bleiben. Wer mich heiraten will, muss schon ein Müller sein.«

»So schwer kann es doch nicht sein, ein Müller zu werden«, meinten da die Burschen. »Du leerst oben einen Sack Getreide in den Trichter, dann bindest du den Sack unten an und das Mehl fällt hinein. Das kann doch jeder.«

Da mischte sich der alte Müller ein. »Aber am Hachinger Bach ist das ganz schwierig. Mal hat er zu wenig Wasser, dann kann man kaum mahlen, weil sich das Rad so langsam dreht. Dann hat er wieder zu viel Wasser und das Rad dreht sich zu schnell. Das ist nicht so einfach.«

Eines Tages kam doch noch ein wandernder Müllerbursche vorbei. Er hatte schwarze Haare, einen schwarzen Bart und schwarze Augen. Aber in den schwarzen Haaren hing Mehlstaub. Er ging dem alten Müller zur Hand, zeigte sich sehr anstellig und verstand das Müllerhandwerk. Er stellte die Mahlsteine ganz genau ein – nicht zu eng, aber auch nicht zu weit. Er reparierte das Wasserrad, regulierte den Bach und was halt alles so tun war.

»Von mir aus kannst du gerne bleiben«, sagte der alte Müller. »Aber erst musst du noch das Herz meiner Tochter gewinnen.«

»Und wie mach ich das?«

»Sie wird dir drei Aufgaben stellen. Ich hoffe, du kannst sie lösen. Sonst musst du weiter wandern und ich muss auf den nächsten warten.«

»Müllerstochter«, sagte der Müllerbursche, »nenn mir die erste Aufgabe.«

»Ich hätte gerne einen Rosenstock vor meinem Kammerfenster, der das ganze Jahr über blüht, auch im Winter.«

»Wenn's weiter nichts ist. Gib mir drei Tage Zeit, dass ich ihn hole.«

Drei Tage war der Müllerbursche fort, am Abend des dritten Tages kam er wieder und pflanzte einen Rosenstock unter das Fenster. Als die Müllerstochter am Morgen erwachte, schnupperte sie. Es roch nach Rosen! Tatsächlich, es roch nach Rosen. Sie schaute zum Fenster hinaus, da war über Nacht ein langer Rosenzweig bis zu ihrem Fenster gewachsen und gerade öffneten sich die ersten Blüten.

»Müllerstochter, hab ich die erste Aufgabe zu deiner Zufriedenheit erfüllt?«

»Ja, das hast du.«

»Dann nenn mir die zweite.«

»Ich möchte eine Bank unter dem Rosenbusch haben und immer wenn ich auf der Bank sitze, soll die Sonne scheinen.«

»Nachts auch?«

»Nein, nachts soll der Mond scheinen und die Sterne sollen durch die Zweige glitzern.«

»Das dauert aber drei Wochen«, sagte der Bursche.

»Ich geb' dir drei Wochen Zeit.«

Der Bursche zimmerte eine schöne Bank und hängte Lampen auf und zog Drähte und holte einen Apparat aus der Stadt, den er dann mittels Riemen und Rädern ans Wasserrad anschloss.

Die drei Wochen waren um. Am Abend des letzten Tages war endlich alles fertig. Über der Bank leuchteten im Rosenstrauch hunderte von kleinen Sternen und ein silberner Mond zog seine Bahn.

»Gefällt es dir, Müllerstochter?«, fragte der Bursche.

»Ja, es ist wunderschön«, sagte sie.

»Dann nenn mir die dritte Aufgabe.«

»Morgen«, sagte sie, »morgen nenne ich sie dir. Heute will ich erst einmal auf der Bank sitzen und die Sterne anschauen.«

Die Müllerstochter überlegte, was sie sich als nächstes wünschen sollte. Schuhe, in denen sie die ganze Nacht tanzen konnte, ohne müde zu werden? Eine Nadel mit einem Faden, der nie kürzer wurde, so dass sie nähen und nähen konnte? Einen Topf, der das Essen ganz alleine kochte?

Am nächsten Morgen sagte sie zum Müllerburschen: »Ich wünsche mir eine Katze, die neben mir auf der Bank sitzt, die mir im Bett die Füße wärmt und die alle Mäuse verjagt, die es in der Mühle gibt, denn Mäuse kann ich gar nicht ausstehen.«

»Das haben wir gleich«, sagte der Bursche. »In drei Stunden bin ich wieder da. Setz dich so lange auf die Bank unter den Rosenbusch.«

Die Müllerstochter saß noch gar nicht lange auf der Bank, da kam eine graue Katze an, oder vielmehr war es ein schwarzer Kater, aber die schwarzen Haare hatten weiße Spitzen. Er hatte zwei Mäuse im Maul. Die legte er neben die Müllerstochter. Dann rieb er seinen Kopf an ihrem Fußknöchel, sprang schließlich auf die Bank und setzte sich neben sie. Die Müllerin streichelte und kraulte ihn, der Kater schnurrte vor Wohlbehagen. Nach einer ganzen Weile sprang er wieder auf den Boden und ging langsam in die Mühle.

Die drei Stunden waren um, da kam der Müllerbursche aus der Mühle, ganz von Mehlstaub überpudert.

»Ist keine Katze da?«, fragte er.

»Es war eine da«, sagte die Müllerin. »Aber sie ist schon vor einer Weile wieder gegangen.«

»Ja«, sagte er, »das ist ein Problem mit den Katzen, manchmal sind sie da, manchmal nicht. Willst du noch warten?«

»Ja, ich warte bis morgen früh.«

Am Abend ging die Müllerstochter zu Bett. Auf einmal ging die Tür auf, sie hörte ein Maunzen und dann sprang eine Katze auf ihr Bett und rollte sich über ihren kalten Füßen zusammen. Das war sehr schön. Als ihre Füße warm waren, rückte die Katze ein bisschen höher, und noch ein bisschen höher, und größer wurde sie auch. Oder vielmehr er, der Kater. Oder wer es auch war …

So blieb der Müllersbursche in der Mühle am Hachinger Bach und die beiden saßen jeden Abend auf der Bank unter dem Rosenbusch und schauten die Sterne und den Mond an. Manchmal saß die Müllerin auch allein auf der Bank mit einem schwarzen Kater auf dem Schoß.

Erlkönig 2020

Ein wunderschöner Tag am Deininger Weiher – aber jetzt war es Zeit heimzufahren. Nico stopfte die nassen Handtücher in den Rucksack. Da fiel ihm die Flasche Sonnenmilch entgegen. Lichtschutzfaktor 40. Oh je, er hatte vergessen, Tim einzucremen. Und wo war der verdammte Sonnenhut mit Ohrenklappen und Nackenschutz?? Ach ja, der war Tim vom Kopf gerutscht, als er über Bord ging, weil das Gummikrokodil kippte. Natürlich hatte ihn Nico sofort aus dem Wasser gezogen. Aber wegen seines Geschreis hatte er nicht mehr an die Kappe gedacht. Immerhin hatte er dann noch das abgetriebene Gummikrokodil bergen müssen. Trotzdem ein wunderschöner Tag, nur Papa und Sohn, nur Nico und Tim, weil Mama zum 70. von Tante Gerda fahren musste.

»Tim, zieh dich an.«

Tim stieg in seine Schuhe.

»Zuerst die Hose, Tim. Und die Socken, dann erst die Schuhe.«

Tim nickte. War wohl ein bisschen müde. Kein Wunder nach diesem anstrengenden Tag. Wasser und Sonne. Leider gab es ja das Moorloch nicht mehr. Das hätte Tim sicher Spaß gemacht. Über eine Stunde lang hatten sie danach gesucht und Nico hatte nur aufgegeben, weil Tim von Dornen zerkratzt und von Ameisen gebissen war und weinte.

Insgesamt ein wunderschöner Tag. Pommes und Spezi für Tim, Bratwurst und zwei Weißbier für Nico. Oder waren es vier? Jedenfalls ein zweiter Spezi nach dem Ausflug ins Gestrüpp für Tim und ein Eis.

»Tim, zieh dich an. Wir müssen los.«

Tim hielt immer noch die Unterhose in der Hand. Nico drückte die Restluft aus dem Krokodil. Jetzt noch die Decke. Aber die passte nicht mehr in den Rucksack, die musste auf den Gepäckträger.

»Tim, jetzt die Beine durch, ok, steh auf, dass ich die Hose hochziehen kann. Jetzt die Socken. Ja, setz dich dazu wieder.«

Endlich waren sie fertig und gingen zum Fahrrad. Nico hob Tim in den Kindersitz am Lenker. So ein altes Teil, das Mama viel zu gefährlich war. Für sie war die einzig mögliche Transportweise für Tim der Fahrradanhänger. Darin war Tim angeschnallt und mit Plastikplane gegen Staub und Wind gesichert. Der alte Fahrradkindersitz stammte noch aus der Steinzeit des Fahrradfahrens. Aber Nico liebte ihn, hatte ihn in der Garage sicher aufbewahrt und träumte von den Ausflügen, die er darin am Fahrrad seines Vaters mitgemacht hatte. Jetzt also saß Tim darin und Nico war selber Papi.

Sie hatten gerade die Straße nach Dingharting überquert, da sagte Tim: »Ich muss Pipi.«

Also anhalten, Fahrrad abstellen, Kind herausheben, Hose aufmachen, das kleine Zipfelchen hochhalten, Hose zumachen, Finger abwischen, Kind in den Sitz heben. Weiter ging's, hinein ins Gleißental. Schattig war es hier, große alte Bäume.

»Papa, gibt es hier Räuber?«

»Nein, Tim, hier gibt's keine Räuber.«

»Aber das ist so ein finsterer Wald.«

Der Weg war nicht der beste, überall Wurzeln quer.

»Papa, du schüttelst mich so.«

»Der Weg wird gleich besser.«

Weiter ging's. Da vorne war der Wall mit der Straße nach Kreuzpullach.

»Papa, ich hab Bauchweh.«

»Ab jetzt ist der Weg besser. Dann hört das Bauchweh gleich auf.«

Abfahrt vom Damm hinunter in den Wald. Viel besser war der Weg nicht.

»Papa, ich hab immer noch Bauchweh.«

»Tim, ich muss mich auf den Weg konzentrieren. Und ich muss schnell fahren, wir sind schon spät dran.«

»Aber ich hab so Bauchweh!«

Und dann schoss es heraus aus Tim, in weitem Bogen, in das Springkraut am Rand des Weges: rosa Eis und halb zerkaute gelbe Pommes und brauner Spezi. Nico hob Tim aus dem Kindersitz und setzte ihn an den Wegrand. Dann kam die zweite Welle, voll über Hose, Knie und Schuhe. Nico holte das nasse

Handtuch aus dem Rucksack und wischte Tim einigermaßen sauber. Dann fuhren sie weiter. Der säuerliche Gestank von Erbrochenem stieg Nico in die Nase und das Weißbier in seiner Kehle nach oben. Er schluckte es wieder hinunter. Ab dem großen Wasserbecken wurde der Weg deutlich besser und Nico konnte schneller fahren.

»Papa, ich muss Kacka. Ganz schnell Kacka.«

Es war ein ordentlicher Durchfall. Dummerweise hatte Nico seinen Sohn direkt in die Brennnesseln gesetzt. Das fiel den beiden aber erst auf, als Tims Bauch leer war. Jetzt kam das zweite feuchte Handtuch zum Einsatz, um die brennenden Stellen an Tims Armen zu kühlen.

Tim weinte, als sie weiterfuhren.

»Ich will heim zu Mama.«

»Ja, Tim, ich fahre ja so schnell ich kann.«

»Ich will nicht mehr fahren, ich will heim.«

Ok. Nico holte sein Handy heraus. »Ich ruf' die Mama an. Sie soll uns holen.«

Kein Netz.

»Kommt die Mama?«

»Ja, sie kommt. Wir sollen ihr entgegen fahren.«

Tim war beruhigt weinte nur noch leise.

Nach einer Kurve, kam die Unterführung unter der S-Bahn in Sicht, ein dunkles Loch.

»Ich will da nicht rein!«, schrie Tim. »Fahr da nicht rein, ich hab Angst. Da drin ist es dunkel und da sind so komische Geräusche.«

»Es gibt keinen anderen Weg, Tim, wir müssen da durch.«

Tim heulte laut. Nico blieb stehen, schob das Rad ganz langsam tätschelte Tims Kopf.

»Da ist nichts, Tim.«

Aber das Echo verstärkte Tims Geheul. Und dann fuhr auch noch ein Güterzug mit lautem Geratter drüber. Ein langer Güterzug. Und so laut, dass er fast Tims Geheul übertönte. Dann waren sie durch und der Güterzug vorbei. Fahrrad abstellen, Tim auf den Arm nehmen, Tim streicheln und wiegen und beruhigen und dabei den Geruch von Erbrochenem in der

Nase, den sauren Geschmack von aufgestoßenem Weißbier im Mund. Vorsichtig löste Nico die Ärmchen, die sich um seinen Hals schlangen. Aber Tim umarmte ihn gleich wieder.

»Schau, Tim, wir müssen weiter fahren. Das geht nur, wenn du im Kindersitz Platz nimmst.«

Tim hörte nicht. Das Kind im Arm, die mageren Kinderärmchen fest um den Hals, den Kopf auf der Schulter, das Rad mit einer Hand schiebend, ging Nico weiter.

»Papa, da vorne ist ein Ungeheuer.«

»Tim, das ist der Spielplatz. Auf dem haben wir heute früh doch gespielt. Du bist gerutscht und geschaukelt. Willst du nochmal rutschen?«

Kopfschütteln. Die Arme noch enger um den Hals gepresst.

»Nein, da ist ein Ungeheuer, mit einem langen Hals und einem ganz großen Maul, das will mich fressen.«

Weiter, weiter. Bei den ersten Häusern stellte Nico das Fahrrad ab holte mit der freien Hand das Handy aus der Hosentasche.

»Leoni, wo bist du?«

» … «

»Auf dem Heimweg, gut. Wie lange brauchst du noch?«

» … «

»Na ja, Tim ist müde.«

» … «

»Ist mir schon klar, dass du noch mindestens eine Stunde brauchst.«

» … «

»Ja, bis dahin sind wir auch zu Hause.«

» … «

»Fahr du auch vorsichtig.«

Mist, natürlich konnte Tim im Fahrradanhänger schlafen, wenn er nur den Fahrradanhänger dabei hätte … Aber das wusste Leoni ja nicht.

Tim war ganz schlaff geworden. Er war auf dem Arm eingeschlafen. Vorsichtig bugsierte ihn Nico in den Kindersitz, schnallte die Füßchen an, legte die feuchte Decke auf den Lenker und bettete Tims Kopf darauf. Dann fuhr er vorsichtig und langsam weiter. Die Sonne ging unter und malte die Wolken rosa. In Oberhaching läuteten die Kirchenglocken. Tim schlief weiter. Ganz fertig, der kleine Kerl, war halt ein anstrengender Tag, aber ein wunderschöner Tag, dachte Nico.

Über dem Autobahnweiher dröhnte der Verkehr.

»Ist doch viel besser mit dem Fahrrad hier, als jetzt mit dem Auto im Stau zu stehen«, dachte Nico. Man muss nicht bis an den Schliersee oder an den Chiemsee fahren, am Deininger Weiher ist es auch schön.

Da wachte Tim auf. Ächzte, stöhnte, krümmte sich. Nico stand sofort und hob den Buben heraus, weil er dachte, es käme die nächste Ladung, oben oder unten. Aber Tim schaute ihn nur aus glasigen Augen an. Speichel lief aus dem Mundwinkel. Er war ganz bleich.

»Papa«, sagte er, »schau, da tanzen sie.«

»Wer tanzt?«

»Die Frauen tanzen, so wie Mama immer tanzt.«

»Ach Tim, das sind keine Frauen, das sind Nebelfetzen.«

»Wo kommen sie her?«

»Sie steigen aus dem Weiher auf, weil die Luft kalt ist.«

»Die Frauen kommen aus dem Weiher?«

»Schlaf weiter, Tim.«

Tims Kopf sank wieder auf den Lenker.

»Ich bin so müde, Papa. Kommt Mama bald?«

»Schlaf nur, Tim.«

Tim zitterte. Aber er fühlte sich heiß an, nicht kalt.

Über den Wiesen in Taufkirchen lag eine Nebelschicht., kroch an den Fahrradweg heran. Ein alter dicker Baum ragte auf.

»Papa«, sagte Tim, »der große Mann da, warum winkt er mir?«

Nico trat fester in die Pedale. Tims Kopf wackelte hin und her.

»Wir sind gleich da. Da vorne die Lichter, das ist schon Unterhaching.«

»Da ist ein Schloss, ein schönes Schloss, mit vielen Lichtern. Da feiern sie, da tanzen sie. Fahren wir da hin, Papa?«

Endlich zu Hause. Das Fahrrad fiel um. Nico ließ es liegen. Er schleppte Tim die Treppe hinauf, fummelte am Wohnungsschloss herum. Da ging die Tür auf.

»Endlich seid ihr da«, freute sich Leoni. »Was ist mit Tim?«

Sie nahm ihm das Kind aus dem Arm. Tim hatte die Augen offen, rührte sich nicht, schaute in die Ferne.

»Dieser fremde Mann«, sagte er.

»Mein Gott, das Kind hat ja irres Fieber«, schrie Leoni. »Was habt ihr denn gemacht. Hol mir das Thermometer.«

Nico hätte sich am liebsten in den Sessel fallen lassen, so erschöpft war er. Aber brav schlurfte er ins Bad und suchte das Fieberthermometer. Fand es nicht.

»Wo ist es denn?«

»Was?«

»Das blöde Thermometer.«

»Im Spiegelschrank.«

»Links oder rechts.«

»Links.«

»Da ist es nicht. Doch da ist es.«

Leoni presste das Thermometer an Tims Stirn.

»Oh Gott, 39,8! Wir müssen den Notarzt holen.«

Tim schlug die Augen auf. Blaues Licht flackerte an der Decke.

»Schön«, sagte er, »so schön war es noch nie wie heute.«

»Er ist wieder bei Bewusstsein«, rief Leoni erleichtert.

»Der Arzt ist da.«

Tim zog die Decke über den Kopf. Nach langem guten Zureden ließ er sich doch vom Arzt untersuchen.

»Ein Glas Wasser mit drei Esslöffeln Zucker bitte.«

»Normalen Zucker?«, fragte Leoni.

»Ja, ganz normalen Zucker.«

»Aber unser Kind bekommt keinen Industriezucker.«

»Ich kann ihm auch eine Infusion legen mit Traubenzuckerlösung. Ist bei den kleinen Adern aber eine schwierige Sache.«

Tim trank das Glas in einem Rutsch leer und verlangte ein zweites.

»Unterzucker und ausgetrocknet. Gleich geht es ihm besser«, meinte der Arzt.

So war es auch.

»Weißt du Mama, das Krokodil im Deininger Weiher, das hat ein Riesenmaul. Aber ich bin auf seinen Rücken geklettert. Es hat versucht, mich abzuwerfen.«

»Krokodil? Im Deininger Weiher?« Leoni runzelte die Stirn.

»Nico, was war da los?«

Aber Nico war im Sessel eingeschlafen.

Eisenhut und Stechapfel

Natalie

Samstagnachmittag im Krautkombinat: Fünf Mitglieder sind zum Arbeiten gekommen. Die Damen zupfen fleißig die winzigen Unkräutlein zwischen den Salatreihen. Zwei Männer setzen die Spaten an und heben Rasensoden ab. Hier soll ein neues Beet entstehen. Die Rasensoden stapeln sie am Ende des kleinen Hügels des Geländes. Am anderen Ende kratzen sie Erde ab, um das neue Beet aufzufüllen. Die Rasensoden kommen mir gerade recht. Ich hab zu Hause noch etwas liegen, das ich entsorgen muss. Hier kann ich es dann umweltverträglich zwischen die Rasenstücke schieben. Bis der Wall von hinten her abgeräumt und die Erde hier an der Reihe ist, erinnert sich niemand mehr an Selim.

Eine Neue kommt zum Tor herein und wird von Carsten feierlich begrüßt und den Unkrautzupferinnen vorgestellt. Ist das nicht Tamara? Ich dachte, die sitzt noch in Stadelheim. Hat einem Verehrer eine Menge Geld abgeknöpft. Der Kerl hat sich das nicht gefallen lassen und sie verklagt. Ist die schon wieder frei? Ist ja auch schon ein paar Jahre her. Ich widme mich jetzt meinen Blumen, meinen ganz besonderen Blumen.

Tamara

So ein Gartenkombinat ist doch was Tolles! Alle arbeiten zusammen, säen und pflanzen gemeinsam, teilen sich die Arbeit und die Ernte. Ich finde diese Idee super. Auch wenn es anscheinend ein oder zwei Leute gibt, die ihr eigenes Beet bepflanzen, nur für sich. So wie die da drüben. Das ist ja Natalie! Was kann man anderes erwarten? Natalie hat sich noch nie eingefügt. Aber was soll es!

Ich war jedenfalls gleich hin und weg, als mir Carsten das Tor öffnete. Nicht nur von Carsten, sondern vom Garten. Aber davon hatte ich ja schon länger gehört. Ich war nur noch nicht dazu gekommen, mir das früher anzuschauen.

Carsten hat mich gleich eingeführt: Das hier ist Salat, da wächst Blumenkohl und hier haben wir Möhren gesät. Carsten ist hier, scheint es, der Macher von dem Ganzen, dirigiert die Damen, verteilt die Aufgaben. Allerdings ist er auch zuständig für die schweren Arbeiten, also für das Sieben der Erde und den anschließenden Transport per Schubkarren. Bestimmt wird er von den Frauen geliebt und verwöhnt. Ist doch klar.

Natalie

Tamara kam durch den Garten getanzt und blieb vor mir stehen.
»Hach«, trillerte sie, »was hat dieser Rittersporn doch für ein schönes intensives Blau.«
»Das ist kein Rittersporn«, setzte ich an. Doch sie trillerte einfach weiter: »Ein Kleid in diesem Blauton möchte ich haben! Kann man den eigentlich essen?«
»Kann man nicht«, sagte ich kurz und knapp, »ist ein Hahnenfußgewächs.«
»Ach ja, natürlich, Hahnenfußgewächs, schwach giftig.«
Dann tänzelte sie weiter, hinüber zu dem großen Holzhaufen.
Zum Glück, zu ihrem Glück. Ich kann es nicht ausstehen, wenn Leute jede Pflanze nur danach beurteilen, ob man sie essen kann, ob sie schmeckt, oder ob man ein Schönheitswässerchen daraus bereiten kann. Wenn sie mich noch länger genervt hätte, wäre ich in Versuchung geraten, ihr ein paar Blättchen anzubieten. Das ist nicht irgendein Hahnenfußgewächs, das ist kein Rittersporn, das ist Eisenhut, meine Liebe, die giftigste Pflanze hier in diesem Garten. In allen Teilen giftig.
Aber sie ist ja weiter gegangen. Als nächstes zu den Bienenstöcken. Leider wurde sie nicht gestochen. Die Bienen schliefen schon.
Diese Frau nervt mich seit ich sie kenne und ich kenne sie schon lange, viel zu lange. Nun ist sie also nach Unterhaching zurückgekehrt und will hier im Krautkombinat Wurzeln schlagen. Wahrscheinlich sammelt sie nachts bei Vollmond Spitzwegerich und Hirtentäschel, um daraus Schönheitswässerchen zu brauen.

Tamara

Mit Natalie will ich eigentlich nichts zu tun haben. Wir sind sozusagen in herzlicher Abneigung verbunden. Aber es ist gut, wenn sie sich um Blumen kümmert, damit die Bienchen und Hummelchen Nektar finden.

Ich habe mich dann als Erstes auf die Wildkräuter gestürzt. Wunderbare Kamille zwischen den Kartoffeln. Ganze Flächen voller Giersch. Und dort hinten am Zaun, wo der Fußweg vorbeiführt, ganz herrliche Brennnesseln. Ich zückte gleich mein Messerlein – hab ich immer dabei – ließ mir einen Korb reichen und begann zu ernten. Davon werde ich ein wunderbares Süppchen kochen, heute Abend am Lagerfeuer.

Natalie

Jetzt erntet sie Brennnesseln dort hinten am Weg, wo immer die Hunde hinbieseln. Wohl bekomm's. Und den Giersch, von dem Angelika behauptet, dass er demnächst wunderbar blühen und Wildbienen von überall her anziehen wird, weil es nämlich kein Giersch ist sondern Storchschnabel. Der Giersch steht da hinten in dem Eck. Soll ich ein paar Blättchen von meinem Stechapfel beisteuern? Nur ein oder zwei – und sie sehen alle Sterne am Himmel und Nordlichter trotz Wolken.

Es ist dann doch ein netter Abend. Von der viel gepriesenen Suppe habe ich nichts gekostet. Aber Sabines Kräuterbutter auf selbst gebackenen Semmeln (von Iris), das war wirklich ein Gedicht. Auch der Rotwein sagte mir mehr zu als der Tee aus der Hundskamille. Der blieb übrig. Alle fanden den Rotwein verlockender. Außer Andreas Mann, der ist eingefleischter Biertrinker.

Es amüsiert mich immer wieder, wie die Damen den Carsten umgurren. Ich weiß nicht, wie seine Frau das findet, aber ihr Gesicht ist etwas säuerlich. Jetzt ist noch ein neuer Planet dazu gekommen. Tamara hatte noch nie Hemmungen, sich einen Mann zu schnappen, der ihr gefiel. Davon kann ich ein Lied singen. Als wir 17 waren, hat sie sich an Helmut rangemacht. Der hat mich sofort fallen lassen. Vorbei!

Carsten ist nicht mein Typ. Er ist nett, er ist hilfsbereit, lässt sich klaglos jede Arbeit aufhalsen. Aber er ist steif und ernst wie ein Stock.

Und wie Tamara rangeht! Wie sie mit den Wimpern klimpert, wie sie lacht und ihn wie zufällig mit der Hand streift. Ich bin dann abgelenkt, weil Christa auftaucht und ein selbstgemachtes Tiramisu anschleppt. Göttlich, Christas Tiramisu!

Tamara

Es ist eine laue Sommernacht unterm Sternenhimmel, die Flammen lodern und die Funken fliegen. Ein betörender Duft zieht durch den Garten. Hinten in Natalies geheimem Beet – ich hatte das dringende Bedürfnis und zufällig bin ich auf der Suche nach einem geeigneten Plätzchen in Natalies Beet geraten – haben ein paar große rosa Blütenkelche sich geöffnet. Hätte nie gedacht, dass in diesem Chaos so etwas wunderbares versteckt ist. Königin der Nacht oder so? Nachttrompete? Ich zieh Carsten mit mir, um es ihm zu zeigen. Ganz nah aneinander gelehnt lassen wir den Duft über uns und in uns ziehen.

Das reinste Aphrodisiakum. Ich würde mich am liebsten mit Carsten auf der Stelle ins Gras fallen lassen, mich an und um ihn schmiegen. Aber er schiebt mich ein Stück weg. Wie gerne würde ich meinen Kopf an seine Brust betten und dem Schlag seines Herzens lauschen. Wenigstens erreicht meine Hand seinen Kopf um ihm die Locken zu zausen. Das muss für heute genügen. Ich werde sicher noch öfter in diesen verzauberten Garten kommen.

Natalie

Giftpflanzen interessieren mich seit meiner Jugend. Schuld daran ist – ganz klar – Tamara. Als sie mir auf der Klassenfahrt Helmut ausgespannt hatte, sann ich auf Rache. In einer Apotheke kaufte ich ein Fläschchen Rizinusöl. Wofür ich das denn brauche, wollte der Apotheker wissen. Für die Wimpern, erklärte ich ihm. Sie werden dichter und länger, wenn man sie

206

mit Rizinusöl pflegt. Er schaute mich zweifelnd an, gab mir aber doch ein ganz kleines Fläschchen davon.

Am Abend in der Jugendherberge übernahm ich freiwillig den Tischdienst und servierte die Teller mit Essen. In einem davon war die ganze Flasche Rizinusöl. Die Schwierigkeit war, diesen Teller genau zu Tamara zu bringen. Eine diffizile Sache, da die Teller ständig hin und her gereicht wurden. Aber ich hab es geschafft. Denke ich.

Sie hat nur leider fast nichts davon gegessen. Gregor schnappte sich ihr Schnitzel. Der arme Gregor! Ich kochte ihm nachher einen starken schwarzen Tee. Offensichtlich wirkte der ausreichend stopfend, denn Gregor bekam keinen Durchfall. Tamara aber auch nicht.

Von da ab hab ich mich mit Giften beschäftigt. Leider kann man ja nicht einfach in die Apotheke gehen, so wie ich das beim Rizinusöl gemacht habe, und 100 Gramm Zyankali oder Arsen verlangen. Das rückt der Apotheker nicht raus. Also habe ich mich über Giftpflanzen schlau gemacht. War schon ein paar Mal nützlich, dieses Wissen.

Tamara

Ich wäre so gerne mit Natalie befreundet gewesen. Aber sie hat mich immer zurückgewiesen. Dabei habe ich ihr doch Helmut wieder überlassen. Aber da wollte sie ihn nicht mehr, hing nur mit dem langweiligen Gregor ab.

Aber ich habe sie bewundert! Die Schule fiel ihr so leicht, während ich mich plagen musste. Wenn mir Helmut und Rüdiger nicht zur Seite gestanden wären – ich hätte das Abi nicht geschafft. Aber obwohl Natalie so super Noten hatte, was studierte sie? Was Langweiliges, klar. Sie hätte mich zur Freundin nehmen sollen, ich hätte ihr die Augen geöffnet für die Schönheit des Lebens, hätte ihr tausend Möglichkeiten gezeigt, hätte sie in die weite Welt mitgenommen. Da hätte sie was erlebt! Aber so wurde sie Lehrerin. Lehrerin! Irgendwie wundert es mich nicht.

Und jetzt sind wir uns wieder begegnet. Reife Frauen mittlerweile. Ich zumindest. Habe mein Leben in vollen Zügen ausgekostet, Erfahrungen gesammelt, Schätze, geistige Schätze angehäuft. Natalie dagegen, sie steht im Gemüsegarten und redet mit den Pflänzchen. Ich sollte mich ihrer annehmen. Noch ist es nicht zu spät.

Natalie

Gregor war ein Schatz. Er blieb bei mir in Unterhaching als alle hinaus flogen in die weite Welt. Ich wäre auch gerne geflogen, aber ich oder vielmehr meine Eltern hatten das Geld nicht dafür. Ein Jahr in einem Ashram in Indien wie Tamara – na, da hätten sie sich bedankt.

So langweilig ist nun Unterhaching auch wieder nicht. Es gibt ein paar sehr hübsche Fleckerl für ein junges Paar, das seine ersten Erfahrungen sammelt. Ich erinnere mich immer noch gerne an die Sommerfreuden im hohen Gras im Landschaftspark …

Hach, wenn der Wind so über das Gras streicht, die Grillen zirpen, die Lerchen trillern. Niemand hat dem unscheinbaren Gregor viel zugetraut. Sein Wissen hat er aus Büchern bezogen. Und er wusste einiges, das wir nun in die Praxis umsetzten.

Im Studium lief es gut. Für Gregor sogar noch besser: Er bekam ein Stipendium und ging nach Berkeley in Kalifornien. Ich hätte ihn gerne besucht: San Francisco, der Yosemite, Death Valley, Las Vegas – unerreichbar für mich, damals. Gregor blieb in Amerika, ich blieb in Unterhaching. Unsere Beziehung endete, einfach so. Die einzige, die einfach so endete.

Tamara

Ich hätte nie gedacht, dass ich jemals nach Unterhaching zurückkehre. Ich konnte das Abi kaum erwarten, denn danach konnte ich weg. Weit weg. Fast alle aus meinem Freundeskreis wollten weg, ja, eigentlich alle aus der Schule wollten weg, weit weg. Einzig Natalie und Gregor sind hier geblieben. Sie haben in München studiert. Von Natalie weiß ich auch, dass sie hier arbeitet.

Aber nach meiner Entlassung brauchte ich eine Wohnung. Von meinen Eltern hatte ich das popelige Reihenhaus geerbt. Warum sollte ich es vermieten und mit der Miete eine Wohnung bezahlen? Also wohl oder übel zurück an die Stätte meiner Kindheit.

Sogar einen Job fand ich: Milchregal einräumen im Supermarkt. Meine Sprachkenntnisse werden da nicht benötigt, leider. Aber auf die Schnelle war nichts anderes zu kriegen. Die Volkshochschule will mich vielleicht anstellen, aber erst im nächsten Semester. Dann werde ich deutsch für Ausländer unterrichten. Bis dahin Milchregal einräumen. Joghurt und Buttermilch, Quark und saure Sahne – die alten Packungen nach vorne, die neuen nach hinten. Abgelaufene Mindesthaltbarkeit nicht übersehen. Die behalte ich dann. Sind immer noch gut. Zum Leben zu wenig. Das Haus muss renoviert werden. Ich werde vermieten, vielleicht an Hannelore, wenn sie demnächst entlassen wird.

Bekannte habe ich keine getroffen. Alle Mitschüler sind irgendwo auf der ganzen Welt verstreut. Nur Natalie ist da. Aber die mag mich ja nicht. Ich freue mich auf Hannelore.

Natalie

Nachts besuchen mich die Geister. Nachts stehen sie um mein Bett: Hartmut, Dieter, Reinhard. Schauen mich fragend und vorwurfsvoll an. Tausend Mal habe ich ihnen schon gesagt, dass ich es nicht wollte. Es war Murphys Gesetz: Was schief gehen kann, geht schief, Variante Natalie: Es trifft den Falschen. Willst die Ehefrau vergiften und der Ehemann isst den vermeintlichen Meerrettich, der in Wirklichkeit von der Schwarzen Nieswurz stammt. Reinhard hat die gefüllten Teigtäschchen gegessen, die für Mareike bestimmt waren. Der, der immer nur Wein trank, griff nach der Bierflasche. Immer zielte ich auf die Frauen und traf die Männer. Und traf mich selbst am meisten, weil ich einen Liebsten verlor.

Das erstaunliche ist, dass niemals der Verdacht auf mich fiel. Mareike ist verschwunden, Hannelore sitzt in Stadelheim.

Immer noch, glaube ich, natürlich unschuldig. Aber was soll ich machen?

Ich sollte meine Finger vom Gift lassen. Auch von den Pflanzen. Aber ich kann es nicht. Seit ich im Krautkombinat mitarbeite, habe ich noch viel mehr Möglichkeiten, meinen grünen Daumen an den tödlichen Schönheiten zu erproben. Denn schön sind sie alle. Schön und gefährlich. Vielleicht brauche ich ihre Hilfe ja eines Tages wieder.

Tamara

Treffen des Gartenkombinats. Natalie war nicht da.

Die Schnecken haben das ganze Basilikum abgefressen. Die Frage des Abends ist, darf man im Biogarten Schneckenkorn streuen.

Ich bin absolut dagegen. Schneckenkorn ist Gift. Die Tiere verenden qualvoll. Ich schlage vor, die Schnecken in Lebendfallen zu fangen und dann zum Rodelberg zu tragen. Mein Vorschlag wird mit drei Gegenstimmen angenommen. Bis zum nächsten Mal wird sich Carsten erkundigen, wo es Lebendfallen zu kaufen gibt. Jeder legt schon mal ein paar Euro in die Schatztruhe.

Die Tomaten röten sich schon. Zwölf gierige Augenpaare richten sich auf drei Tomaten. Aber sie sind reserviert für diejenigen, die die Tomaten hätscheln und pflegen. Karin schlägt vor, eine Liste aufzulegen, in die jeder eingetragen wird, der schon eine Tomate bekommen hat.

Demnächst geht es an die Kartoffelernte. Da werden wohl doch ein paar Stück pro Person verteilt werden können. Es wird aber beschlossen, die Kartoffeln gemeinsam am Feuer zu braten und zu verzehren. Freiwillige vor, die Kräuterquark mitbringen.

Ich werde eingeteilt, am Donnerstagabend den Garten zu gießen. Mach ich doch gerne.

Ganz alleine im Garten. Zuerst ist noch Natalie da. Aber sie geht bald. Dann gehört der Garten nur noch mir. Ich lasse Wasser aus dem Tank in die Kanne laufen, schleppe sie zu den Beeten und brause die Pflanzen ab. Das macht Spaß! Ich höre die Pflanzen förmlich aufjuchzen, wenn sie meine Wassertropfen benetzen. Als Belohnung pflücke ich einen Strauß von den weißen Blumen auf der Wiese und dazwischen stecke ich drei Stengel Rittersporn von Natalies Beet. Hannelore wird sich freuen, wenn sie morgen kommt. Und Natalie wird hoffentlich nicht merken, dass etwas fehlt. Im Zweifelsfall haben die Schnecken alles abgefressen.

Natalie

Gregor hat mir geschrieben. Er kommt mich besuchen. Ach, Gregor! Ich darf mir keine Hoffnungen machen. Gregor ist mit einer hübschen Amerikanerin verheiratet und hat zwei reizende Kinderchen. Einmal habe ich ihn besucht – damals, nach dem Desaster mit Markus, habe ich etwas Abstand gebraucht und bin nach Amerika gereist. Gregor ist Professor für Physik an der Idaho State University in Pocatello.

Tja, so enden die Träume der Jugend. Wir waren überzeugt, dass Gregor großartige Entdeckungen machen wird, die ihm den Nobelpreis einbringen werden und eine Professur am MIT oder in Berkeley. Aber wie das so ist. Für seine Doktorarbeit ist er jahrelang von früh bis spät im Labor gestanden und hat Ausschau gehalten nach subatomaren Teilchen, die sich nie sehen ließen. Zwei Jahre nachdem er festgestellt hat, dass es die Teilchen nicht gibt, nicht geben kann, hat ein anderer am Teilchenbeschleuniger in Genf sie gefunden. Ob er sie wirklich gefunden hat? Ob Gregor einfach nur zu ehrlich war, als er gestand, nichts gefunden zu haben? Jedenfalls war er froh, als er die Stelle in Idaho angeboten bekam und hat zugegriffen. Die junge Familie muss schließlich von etwas leben.

Idaho ist schön, wirklich schön. Ich konnte mich bei meinem Besuch davon überzeugen. Vor allem schön leer. Aber das Städtchen ist hübsch herausgeputzt, nette Häuschen. Ja, und in ein paar Stunden Fahrzeit über leere Straßen trifft man auf wunderbare Naturschönheiten. Immerhin brachte ich tolle Fotos mit. Zum Abschied am Flughafen hat Gregor mich sogar noch einmal geküsst. Im Flugzeug habe ich geweint. Jetzt kommt er, alleine, ohne Gwendolyn. Soll ich mich freuen? Soll ich hoffen?

Tamara

Ich hole Hannelore am Bahnhof ab. Sie kennt sich ja hier nicht aus. Ich übrigens auch nicht. Zu viel hat sich in all den Jahren verändert. Aber den Weg zwischen dem Bahnhof und meinem Häuschen kenne ich mittlerweile. Wir kommen am Schwimmbad vorbei. Hannelore kriegt gleich große Augen. »Schwimmen! Ich bin 20 Jahre nicht mehr geschwommen. Morgen kaufen wir einen Badeanzug und dann geh ich schwimmen.«

Mein Häuschen ist spießig, die Möbel sind alt, noch von meinen Eltern, die Vorhänge zerschlissen. Aber Hannelore starrt nur auf den Blumenstrauß.

»Wie kannst du mich mit einem Strauß Eisenhut empfangen! Ich hab immer gedacht, du bist meine Freundin.«

Sie packt den Strauß. Schreit »Weg damit!« Ich packe den Strauß auch, versuche ihn, ihr zu entwinden. Wir kämpfen. Ich siege, nehme den Strauß und rette ihn in die Küche.

Als ich wieder ins Wohnzimmer komme, sitzt sie auf dem Sofa, dem alten goldbraunen durchgesessenen Sofa und heult.

Ich setze mich neben sie.

»Ich bin doch deine Freundin. Ich wollte dir eine Freude machen. Hab den Strauß extra für dich gepflückt. Was hast du denn gegen Rittersporn?«

Sie schaut mich an.

»Das ist kein Rittersporn, das ist Eisenhut, Akonit!«

»Akonitum?«, frage ich verblüfft. »Das sind doch Kügelchen, homöopathische Kügelchen, gegen Halsweh! Was ist an Ritter..., ich meine Eisenhut so schlimm?«

»Du hast ja keine Ahnung, Tamara! Mein Dieter ist mit Akonit vergiftet worden. Dafür bin ich jetzt so viele Jahre gesessen, obwohl ich es nicht war! Unschuldig gesessen!«

Das hat sie mir nie erzählt. Dabei haben wir uns zwei Jahre lang die Zelle geteilt, aber sie hat mir nie erzählt, was sie hergebracht hat.

»Unschuldig?«, frage ich verblüfft. »Warum hast du das nie gesagt?«

»Niemand hat an meine Unschuld geglaubt. Alle waren überzeugt, dass ich Dieter vergiftet habe. Es war so aussichtslos. Ich durfte gar nicht dran denken, noch weniger darüber reden. Es hätte mich umgebracht.«

Ich lege den Arm um sie. Drücke sie an mich.

»Was willst du? Gerechtigkeit oder Rache?«

»Rache.«

»Ich helfe dir.«

»Ich werde sie finden, diese verdammte Natalie! Und dann ...« Sie holt tief Luft. »Und wenn ich nochmal 20 Jahre sitzen muss.«

Wenn es die Natalie ist, die ich kenne, dann zweifle ich keinen Moment daran, dass Hannelore die Wahrheit sagt.

Natalie

Gregor kommt. Jetzt fällt mir auf, wie ich mich in letzter Zeit in mich selber zurückgezogen, ja, fast vernachlässigt habe. Ich gehe zum Friseur und lasse mir die Haare schneiden und goldene Strähnchen färben. Ich kaufe mir zwei neue Jeans und T-Shirts und drei Sommerkleider. Eines knallrot und hauteng.

Gregor kommt. Ich könnte hüpfen, so freue ich mich. Warum eigentlich? Warum eigentlich nicht? Gregor kommt mich besuchen, allein, ohne Anhang. Er wird hier bei mir wohnen. Wir werden auf der Dachterrasse sitzen und von alten Zeiten reden und Wein trinken. Wir werden spazieren gehen, zu all den Plätzen unserer Jugend. Wir werden an den Starnberger See fahren und zum Spitzing. Hat er mir geschrieben, dass er das machen will.

Ich muss die Dachterrasse etwas mit Blumen aufhübschen. Nachdem ich all meine Giftkinder in den Kombinatsgarten gebracht habe, ist sie doch recht leer. Ich kaufe einen Oleander, ein paar Geranien und die Trompetenblume werde ich aus dem Garten wieder hierher bringen. Für laue Sommerabende, wenn sie ihren betörenden Duft verströmt. Wer weiß, was aus so einem Abend wird. Werden kann. Ich kann für nichts garantieren, wenn Gregor bei mir ist.

Vor allem aber muss ich endlich das Gästezimmer frei räumen. Ich hab ja schon vor Wochen damit angefangen. Die Beine habe ich am Knie abgetrennt. Die Arme an der Schulter. Sie sind im Kombinatsgarten unter den frischen Rasensoden gut verstaut. Den Kopf habe ich ein Stückchen abseits vergraben. Leider ist mir das elektrische Messer abgebrochen. So habe ich nicht weiter gemacht. Doch jetzt muss es sein. Drum habe ich mir gleich drei elektrische Messer gekauft. Damit werde ich es doch hoffentlich schaffen, das Ding zu zerkleinern.

Tamara

Kartoffeln ernten macht Spaß! Es ist fast wie Goldnuggets suchen. Du wühlst mit den Händen in der Erde und holst die gelben Knollen hervor. Wirklich, das macht Spaß. Immerhin konnte ich ein kleines Säcklein Kartoffeln für mich ergattern. Der Rest kam in die Grillpfanne und wurde gleich gebraten.

Hannelore ist leider nicht mitgekommen. Ich wollte ihr unsere Natalie zeigen. Aber sie scheut es, unter Menschen zu gehen. Sie kriegt leicht Panik, wenn zu viele Leute um sie herum sind. Das war im Schwimmbad so. Gut, da sind an schönen Tagen wahnsinnig viele Leute. Das ist echt nervig. Aber auch vor der Eisdiele wollte sie dann auf einmal kein Eis mehr, sondern nur noch nach Hause gehen. Ich denke, das wird sich geben. War einfach zu lange nicht mehr unter Leuten. Unter normalen Leuten, die lachen und reden und rumrennen und einen anschauen. Sie fühlt sich beobachtet, wenn wir im Café sitzen. Natürlich schauen die Männer ihr nach. Sie sieht ja noch ganz gut aus. Ist sie halt nicht mehr gewohnt.

Ich hätte sie gerne gefragt, ob meine Natalie auch ihre Natalie ist. Eilt ja nicht.

Natalie hat sich übrigens total verändert. Sie hat ihre Haarfarbe mit Strähnchen aufgefrischt. Sieht total gut aus. Statt ihrer lila Pluderhose trug sie eine enge Jeans, dazu ein rotes T-Shirt mit Ausschnitt. Richtig peppig.

»Was ist denn mit der Natalie los?«, fragte eine der Frauen. »Nix mehr graues Mäuschen.«

»Vielleicht ist sie verliebt?«, meinte die andere.

»Womöglich in Carsten?« Dann gackerten die zwei los.

Das geht ja gar nicht. Dann geraten wir zwei uns schon wieder in die Haare.

Natalie

Das Kartoffelfest kam mir gerade recht. Die Erde ist dort genügend umgewühlt, dass man darin leicht etwas vergraben kann.

Ich hab schon wieder zwei Elektromesser geschrottet. Nein, Selim macht es mir nicht leicht. Der schöne Selim. Es ist echt ein Jammer. So ein schöner Mann! Die schwarzen seidigen Haare, die glutvollen Augen, die Muskeln unter seiner braunen Haut – er war ein Bild von einem Mann. Aber es war nicht leicht mit ihm. Am Anfang hat es mich noch nicht so gestört, aber mit der Zeit wurde es mir zu viel. Mir ständig sagen, was ich tun soll und was nicht. Was ich anziehen soll und was nicht. (Hochgeschlossen für draußen, für daheim aber und nur daheim möglichst aufreizend.) Wie er mir meine Freundinnen vergrätzte, mir nicht erlaubte, alleine weg zu gehen. Dabei habe ich ihn versteckt, damit er nicht abgeschoben werden konnte. Er war aber nur noch schlechter Laune und wollte zu seinen Freunden.

Im Grunde war es gut, dass niemand wusste, wo er steckte. So gab es auch keine Nachfragen. Als er nicht mehr auftauchte, waren alle der Meinung, er hätte sich aus dem Staub gemacht. Wenn mich jemand fragte, sagte ich nur, er wäre doch zurück geschickt worden. Tatsächlich aber lag er auf meiner Dachterrasse.

Es war ein heißer Sommer. Der Geruch am Anfang wurde auf die Biotonne im Hof geschoben. Ich hab ihn mit Salz eingestäubt. Mit mehreren Kilo Salz ist er dann ziemlich schnell getrocknet. Ganz leicht war er. Ich konnte ihn ohne weiteres wieder ins Gästezimmer schleppen und dort ins Bett legen. Trotzdem muss ich ihn jetzt schnell los werden.

Da kommt mir das Gartenkombinat gerade recht. Aber ich hab die Oberschenkel nicht von der Hüfte losgebracht. Auch die neuen Elektromesser sind eher für Grillhendl gemacht als für kräftige Männer. Also habe ich Carsten angerufen, ob er mir nicht eine kleine Motorsäge leihen kann.

Schon eine halbe Stunde später klingelt es an der Tür: Carsten mitsamt Säge, Ohrschützern und Sicherheitsbrille.

»Wo ist denn das Holz, das ich dir klein sägen soll?«, fragt er. Er marschiert durchs Wohnzimmer auf die Terrasse und schaut sich um.

»Schön hast du es hier«, stellt er fest. »Und keine Nachbarn, die sehen, was du hier machst.«

Ich lache. »Terrasse mit Ausblick und ohne Einblick.«

»Hast du das denn schon mal ausgenutzt?«, fragt er mich und grinst. »Ich hätte ja grad Zeit. Im Garten ist niemand. Da dachte ich, ich helfe dir.«

Mir muss schnell etwas einfallen, damit ich ihn wieder los werde.

»Lass die Säge einfach da. Ich schaff das schon alleine.«

»Nein, nein, Natalie. So eine Säge ist gefährlich! Da hat sich schon so mancher einen Finger angesägt oder eine Wunde ins Bein geschnitten.«

Er lässt die Säge an. Sie surrt und schnurrt.

»Komm, erst eine kleine Stärkung«, schlage ich vor. Ich mixe fürs uns zwei Aperol Spritz. Wir genießen sie im Liegestuhl. Dann einen zweiten. Carsten sitzt auf meinem Liegestuhl und streichelt meine Beine. Es ist wirklich gut, dass meine Terrasse nicht einsehbar ist. Und dass man die Auflagen der Gartenliegen leicht los machen und auf den Boden legen kann.

Dann gibt es Wasser gegen den Durst und ein Glas Rotwein zum Sonnenuntergang.

»Was willst du eigentlich klein sägen? Du hast doch gar kein Holz?«

»Ach, nur die Leiche eines ausgemusterten Liebhabers.«

Ich bin immer für die Wahrheit. Carsten verschluckt sich fast vor Lachen. Ich klopfe ihm den Rücken.

»Nein, Carsten, wirklich nicht nötig, dass du dich abrackerst. Nächste Woche kommt ein Freund aus Amerika zu Besuch. So ein richtiger Naturbursche, du weißt schon, lebt in einem selbstgebauten Blockhaus. Der macht es dann. Oder brauchst du sie gleich wieder?«

»Nein, ich brauch sie nicht. Ich hab halt auch selten Gelegen-heit, mal so richtig ...«

Jetzt muss ich lachen.

»Meinst du die Säge?«

»Nein, die mein ich nicht.«

»Dann wollen wir doch schauen, dass du nicht aus der Übung kommst.«

Es war dann jedenfalls viel zu spät, um noch irgendetwas zu sägen.

»Ich lass die Säge erst einmal da, bis ich wieder einmal vorbei komme.«

Tamara

Ich möchte nur wissen, was Natalie da gemacht hat. Sie hat im Kartoffelbeet einen Graben gezogen und etwas hinein gestreut. Abwechselnd eine Handvoll aus einer Schachtel und aus einem Sack. Dann hat sie den Graben wieder zugeschoben und etwas drauf gestreut. Das ganze hat sie dann mit einer Schaufel noch festgeklopft. Sie hat richtig schwer gearbeitet und das am Vormittag, wo eigentlich niemand im Kombinatsgarten ist. Niemand – außer mir. Ich lag hinten in der Wiese im hohen Gras, um mich zu bräunen. Wenn ich den Kopf ein wenig hob, konnte ich sie sehen. Sie hat mich nicht gesehen. Womöglich wäre sie gleich gekommen und hätte mir die Schaufel über den Kopf gezogen.

Sie hat etwas heimlich vergraben. Da bin ich mir ziemlich sicher. So schuftet man nicht nur zum Spaß. Außerdem machen die Gartler doch immer alles zusammen. Natalie hat ganz allein gearbeitet.

Sie ist dann gegangen, hat ihren Eimer und ihre Schachtel gepackt und in das Wertstoffhäuschen gebracht. Da blieb sie ziemlich lange. Erst dann konnte ich aufstehen und mich anziehen.

Das Kartoffelbeet sah ganz ordentlich aus. Ich hab mir eine Schaufel aus der Gartenhütte geholt und angefangen, ein Loch zu graben. Puh! Da kommt man aber ins Schwitzen! Ich hab nur ein kleines Loch gemacht, das hat mir dann gereicht. Ich hab noch ein bisschen mit den Händen rumgewühlt, hab getastet und gefühlt. Da war nur so eine Art Lederfetzen und ein Knochenstück. Sonst nichts. Ich hab alles wieder schön zugeschüttet und eingeebnet. Sah fast aus wie vorher.

Ich hab am Abend Carsten angerufen und ihn gefragt, was Natalie da gemacht hat. Nicht dass sie in unserem Biogarten Pflanzenschutzmittel und Kunstdünger streut.

»Nein, nein«, sagte Carsten, »die Natalie doch nicht. Die ist doch öko pur. Sie hat Schafwolldünger gekauft und in die Erde eingearbeitet.«

»Schafwollwas?«

»Das sind Düngerperlen, die aus Schafwolle hergestellt werden.«

»Was es alles gibt.«

»Die Wolle kauft den Schäfern ja niemand ab. Also werden sie zu Dünger verarbeitet.«

»Aber sie hat am Schluss noch etwas obendrauf gestreut.«

»Das ist Gründünger. Samen halt für spezielle Pflanzen. Alles damit nächstes Jahr die Kürbisse gut wachsen. Die brauchen viele Nährstoffe.«

Ich war nur halb beruhigt. Irgendwie, ich weiß nicht warum, aber ich glaube, Natalie hat da etwas entsorgt. Etwas versteckt, etwas das gut wäre, wenn ich es wüsste.

Natalie

Gregor hat sich am Flughafen einen superschnellen BMW ausgeliehen. Für Ausflüge an den Tegernsee und nach Salzburg. Festspielkarten hat er gekauft. Irgendeine Oper. Ist doch egal welche. Hauptsache Oper bei den Festspielen in Salzburg.

Das waren schon damals seine Träume. Jetzt kann er sie sich erfüllen.

Wir übernachten in einem tollen Hotel. »Nicht wie damals im Zelt«, sagt er und grinst.

Ansonsten will er alles so haben wie damals.

Er ist einfach süß. Wie ein kleiner Bub, wie der junge Kerl, der er damals war. Obwohl er jetzt anders ausschaut. Er ist fülliger und kräftiger. Budweiser, Steaks und French Fries haben ihre Spuren an seinem Körper hinterlassen. Da hat auch das Fitness-Studio nicht viel gerettet. Aber mir gefällt es, dass er nicht mehr so knochig ist wie damals. Weicher. Aber noch genauso gierig und versessen auf Sex.

Tamara

Im Schwimmbad habe ich Natalie gesehen mit ihrem Lover. Sie haben im Warmbecken herum gealbert wie zwei Teenager: sich nassgespritzt, sich geküsst, sich hochgehoben und untergetaucht und gekitzelt und gelacht. War schon fast peinlich. Sind doch nicht mehr so jung.

Ihr Lover ist dann ins Sportbecken gegangen, um ein paar Runden zu kraulen. Ist ganz gut beieinander der Mann, gut gepolstert, aber nicht fett. Treibt anscheinend viel Sport. Sieht gut aus, wie er so mit elastischem Schritt zum Schwimmerbecken hinunter geht und mit einem Köpfer ins Wasser taucht. Irgendwie kam er mir bekannt vor. Ich habe ihn schon Mal gesehen. Das muss ich nachprüfen.

So bin ich auch ins Wasser – Natalie war auf einer karierten Decke in der Sonne ausgebreitet. Immerhin trug sie einen einteiligen Badeanzug und keinen Bikini. So dünn ist sie ja nun auch nicht mehr.

Ich hüpf' also ins Wasser, fast direkt dem Mann in den Weg. Der bremst, schaut mich an, grinst und sagt: »Die Tamara! Immer noch dieselbe.«

Ich wäre beinahe untergegangen vor Schreck. Kann ich mich grad noch am Beckenrand halten, oder vielmehr, der Typ packt mich ganz galant am Arm und zieht mich zu sich.

»Lass dich anschauen«, sagt er. »Ganz die Alte! Du hast dich überhaupt nicht verändert.« Und dann geht mir ein Licht auf: Es ist Gregor! Gregor, das Mathe- und Physik-Ass aus unserer Klasse!

»Aber du, du hast dich verändert«, stottere ich. Mann, Mann, das ist Gregor! Kaum zu glauben, was aus dem geworden ist. War immer so ein fades dürres Bürschchen und jetzt sieht er richtig gut aus. Aus der Nähe noch besser als aus der Ferne.

Wir sind dann hinüber zum Italiener, alle drei, Gregor, Natalie und ich; Hannelore ging nach Hause. Auf einen Aperol Spritz. Und einen Kaffee und ein Eis. Natalie legt ganz besitzergreifend ihre Hand auf seinen Arm. Ja, und er, er hat seine Hand auf ihrem Oberschenkel, ziemlich weit oben. Natalie lächelt nur in sich hinein.

Gregor erzählt von der Uni in Idaho, wo er Prof ist. Von seinen beiden Söhnen, seiner Frau, die die Scheidung eingereicht hat, dass er jetzt ein Sabbatical hat und länger hier bleiben will. Aber vielleicht auch ein paar Wochen nach Italien fahren oder nach Griechenland. »Old Europe, you know, my cultural roots.«

Und Natalie schließt die Augen, hält das Gesicht in die Sonne und lächelt versonnen.

Natalie

Carsten will mich besuchen. Er will seine Säge abholen. Was mach ich mit Gregor währenddessen?

Ehrlich gesagt, wäre ich froh, wenn ich Mal wieder einen Abend für mich allein hätte. Gregor ist anstrengend. Er will, dass alles wieder so ist wie damals als wir 20 waren. Dafür wirft er sich ab und zu eine blaue Pille ein, denn er ist ja nicht mehr der junge scharfe Gregor. Zum Glück sind im Landschaftspark die Wiesen schon gemäht, sonst müsste ich mit ihm nochmal ins Gras. Immerhin hat er eingesehen, dass wir weithin sichtbar wären. Außerdem geht mitten durch unser einstiges Liebesnest ein Trampelpfad, auf dem die Hunde Gassi geführt werden. Im Schwimmbad war es zu voll. Früher hat uns das nicht gestört. Der Lärmschutzwall ist so mit dornigem Gesträuch zugewachsen, dass es kein freies Plätzchen mehr gibt. Bei der alten Eiche stehen die Brennnesseln meterhoch. In den Maisfeldern am Entenbacherl wachsen die Pflanzen so dicht, dass wir nicht durchkommen. Es ist auch nicht einladend genug. Das alte Bauernhaus, in das wir uns bei Regenwetter heimlich geschlichen haben, ist längst abgerissen und an seiner Stelle stehen 89 Wohnungen. Bleibt nur meine Dachterrasse für Open-Air-Spiele. Er hat tatsächlich die Matratze nach draußen geschleppt. Nur ein Handtuch wie früher als Unterlage ist dem Herrn mittlerweile doch zu hart.

»Willst du nicht mal mit Tamara ausgehen?«, schlage ich vor. »Da könnt ihr von alten Zeiten schwärmen.«

Gregor zögert.

»Was hast du denn gegen Tamara?«

»Die ist mir zu dürr.«

»Du sollst nur mit ihr Essen gehen, mehr nicht, mein lieber Gregor. Die verdient im Supermarkt so wenig. Also führ sie mal ordentlich aus, zum Chinesen oder so. Da tust du ein gutes Werk.«

Carsten lässt sich vertrösten. So habe ich tatsächlich einen Abend für mich. Für die Feinarbeiten. Um die letzten Spuren von Selim zu beseitigen.

Tamara

Ich habe mich mit Hannelore gestritten. Zwei Jahre haben wir in einer Zelle gelebt und uns immer vertragen. Aber jetzt hat es gekracht. Sie hat mir vorgeworfen, dass ich »allen Männern« schöne Augen mache. Genau genommen meint sie nur Carsten und Gregor. Warum soll ich das nicht tun? Die Männer freut's und mich kostet es nichts.

Aber Hannelore ist echt zickig. Jammert immer noch ihrem Dieter nach, den ihr die Natalie ausspannen wollte. Ist überzeugt, dass Natalie geplant hatte, sie zu vergiften. Dummerweise hat dann Dieter ihr das Bier aus der Hand genommen und getrunken, das eigentlich für Hannelore bestimmt war. In den Augen der Richter aber sah es so aus, dass Hannelore dem Dieter eine Flasche Bier gebracht hat, in die sie das Gift gemischt hatte. Weil sie Dieter nicht an Natalie verlieren wollte. Dabei wollte Dieter bei ihr bleiben und deswegen wollte Natalie sie aus dem Weg räumen. Alles sehr durcheinander. Auf jeden Fall passt ihr das nicht, dass ich mit Natalie ins Café gegangen bin.

»Aber Hannelore«, habe ich gesagt, »wenn du dich an Natalie rächen willst, müssen wir irgendwie an sie rankommen.«

Sie hat nur den Kopf eingezogen.

»Hast du denn schon was geplant? Willst du sie erstechen oder erschießen?«

Da ist Hannelore wieder aufgegangen. »Ich will nicht nochmal 20 Jahre sitzen. Außerdem soll Natalie leiden! Sie soll nicht sterben, das ist zu gnädig, sie soll leiden, so wie ich gelitten habe.«

Natalie

Gregor hat einen Grill angeschleppt, eine Grillanlage mit Kamin, riesig, echt amerikanisch, und auf meiner Terrasse aufgestellt. Daneben steht ein Sack mit Holzkohle, feinste Hickoryholz-Holzkohle. Vom Metzger brachte er zwei Steaks, richtig dicke Steaks. Dann hat er sich eine Schürze umgebunden und angefeuert, dass dicke Rauchwolken aufstiegen.

Die Grillsteaks waren innen noch roh, da troff noch Blut heraus. Eklig.

»So müssen sie sein«, erklärte mir Gregor. Aber er ließ für mich das Fleisch doch etwas länger braten.

»Weißt du was, Natalie, da laden wir Mal den Carsten und die Tamara und noch ein paar vom Gartendings ein und wir machen so ein richtiges Barbecue. Wie daheim in Idaho! Ich lass mir die Saucen gleich schicken, die wir immer verwendet haben. Besorgst du Maiskolben?«

»Ich glaube, sie haben Mais im Gartenkombinat. Aber der ist noch nicht so weit.«

Er streckte sich und klopfte sich auf seinen Wanst.

»Das war jetzt richtig gut. Schau nicht so, Natalie, ein Mann braucht ab und zu ein ordentliches Stück Fleisch.«

Nein, ich schau nicht so und das Stöhnen habe ich unterdrückt, bis ich in der Küche war.

Könnte es sein, dass Gregor länger bleiben will? Halte ich das aus? Ich bin es so gewohnt, allein zu leben.

Tamara

Hannelore arbeitet als Briefträgerin. Bei der Hitze momentan ist das nicht lustig. Immerhin hat sie ab Mittag frei und kann ins

Schwimmbad, während ich da nochmal in den Supermarkt muss und die Kühlregale auffüllen. Manchmal sehen wir uns ein paar Tage nicht, oder nur kurz vor dem Bad.

Heute habe ich sie abgepasst, um sie vorzuwarnen.

»Übrigens, demnächst kommt Gregor mich besuchen.«

Doch da legt Hannelore auf einmal los: Ich sei zu faul, um die Spinnweben wegzusaugen, unfähig die Fenster zu putzen und die Vorhänge zu waschen. Überhaupt sei das ganze Haus ein einziger Saustall. Die vergilbten Raufasertapeten könnte ich doch wenigstens überstreichen.

»Wie wär's, wenn du mir helfen würdest«, frage ich sie.

»Ha, du hast nicht einmal bemerkt, dass ich das Bad und die Toilette hergerichtet habe. Die waren ja unappetitlich, unhygienisch – einfach zum Kotzen. Da wollte man ja gar nicht hinein gehen. Jetzt sind sie erst wieder benutzbar, nachdem ich mir die Finger wund geschrubbt habe. Und überhaupt! Was denkst du dir dabei, den Gregor einzuladen? Ein Professor einer amerikanischen Uni auf deiner durchgelegenen Matratze, aus der schon eine gebrochenen Sprungfeder heraus sticht. Glaubst du, der bleibt auch nur fünf Minuten? Nur ich, ich muss bleiben, weil ich sonst nichts habe.«

Sie schluckte und war schon wieder fast am Heulen.

Damit bin ich dann wieder auf unser Thema zurückgekommen.

»Was hältst du davon: Wir bringen Natalies Lover um und lassen es so ausschauen, als ob Natalie es gewesen wäre?«

Hannelore schüttelte den Kopf.

»So einfach ist das nicht.«

»Was willst du dann machen?«

Da ist sie beleidigt aus dem Zimmer gerauscht. Kurz und gut, sie weiß es nicht. Da muss ich mir wohl was einfallen lassen, sonst wird das nichts.

Natalie

Gregor hat gesagt, er würde gerne am Unterhachinger Gymnasium Mathe und Physik unterrichten. Oder auch an einem Münchner Gymnasium. Ob ich wüsste, an welche Stelle er sich da wenden müsste. Da hat bei mir ein rotes Lämpchen zu blinken angefangen. Ein Professor einer amerikanischen Uni will an einem deutschen Gymnasium unterrichten? Wie kommt er denn auf so etwas. Er hat nur gesagt, dass Idaho ein toter Winkel sei, die Uni dort auch nicht besser als ein Gymnasium und überhaupt würde er viel lieber in Europa leben. Aber mit 52 Jahren kriegt er natürlich an einer der renommierten deutschen Unis keine Stelle mehr. Da warten doch auf jede schon fünf junge Professoren.

Aber mir dämmerte es, dass dieses Sabbatical wohl kein Sabbatjahr, sondern eine Beurlaubung bis auf Weiteres bedeutete. Warum wird man fristlos beurlaubt? Politisch unangepasst war Gregor bestimmt nicht. Ein lausiger Professor, der keine Forschungsergebnisse liefert und miserable Vorlesungen hält – das ist kein Grund, da müssten mehr den Hut nehmen. Geld unterschlagen – liegt schon näher, ist aber meist ein Kavaliersdelikt. Bleibt nur noch, dass er Studentinnen oder, noch schlimmer, Studenten gevögelt hat. Wobei ich bei Gregor wohl eher die Studentinnen annehme. Da sind sie in Amerika streng. Deswegen hat ihn auch noch seine Gwendolyn vor die Tür gesetzt.

Doch jetzt fahren wir erst einmal ein paar Tage in die Toscana …

Tamara

Ferien-Ende-Fest im Krautkombinat. Ich werde gefüllte Teigtäschchen machen. Gefüllt mit Wildkräutern natürlich. Ich gehe also in den Garten und schneide Brennnesseln. Ein ganzer Korb voller Brennnesseln. Aber es gibt ja noch so viele andere Kräuter! 2000 Kräuter sind essbar. Vielleicht finde ich Beinwell. Beinwell ist ganz toll. Ich streife also weiter über das Gelände. Natalies Blumenbeet ist total verwahrlost. Das meiste ist vertrocknet, nur blattlose braune Stiele stehen noch. Die Pflanze mit den duftenden Blüten ist ganz verschwunden. Tja, Natalie hat wohl keine Zeit mehr für den Garten seit ihr Gregor aufgetaucht ist.

Ich steige auf den Erdwall am Rand des Grundstücks. Da oben wachsen noch ein paar interessante Pflanzen. Dabei komme ich ins Rutschen. Ich greife nach einer Staude, um mich festzuhalten. Aber die Staude sitzt so locker, dass ich sie gleich in der Hand halte und weiter rutsche. Ich steige wieder hinauf um sie einzupflanzen. Was liegt da im Loch? Sieht aus wie ein Unterkiefer, ein menschlicher, mit Goldzahn. Ich werfe ihn gleich ein Stück ins Gestrüpp. Aber dann suche ich doch wieder danach. Dabei finde ich einen Armknochen, der aus der Erde ragt. Ich lege die beiden Teile in Natalies Blumenbeet.

Jetzt haben wir sie! Hannelore, deine Rache ist nahe.

Heute Abend, da kommt die Wahrheit ans Licht! Da werden wir zwei allen zeigen, was sich in Natalies Blumenbeet verbirgt. Da wird diese eingebildete Kuh zugeben müssen, dass sie hier eine Leiche verscharrt hat.

Doch erst einmal brauche ich noch mehr Grünzeug für die Füllung meiner Teigtäschchen.

Ein Stück weiter finde ich doch noch ein Kraut. Ich weiß nicht, was es ist. Aber die Blätter sind ergiebig.

Hannelore ist nicht zu Hause. Ich kann ihr also von meiner Entdeckung noch nichts erzählen. Schade. Ich muss damit bis morgen warten. Und gegenüber Natalie darf ich mir nichts anmerken lassen.

Die gedünsteten Kräuter hacke ich fein, mische sie mit Knoblauch und Schafskäse. Schmeckt himmlisch! Aber ich darf nicht so viel naschen. Gut, dass ich so viel habe. Da bleibt noch ein Rest im Kühlschrank für morgen aufs Brot.

Hannelore kommt heim und geht sofort in ihr Zimmer. Sie findet meine Art zu kochen wahrscheinlich unhygienisch. Sie hat gleich nachdem sie eingezogen ist, das ganze Geschirr gespült und alle Schränke ausgewischt, die ganzen alten Vorräte an Nudeln und Reis und Gewürzen in die Tonne gestopft. Insofern sind meine Möglichkeiten zu würzen beschränkt auf Pfeffer und Salz. Aber es schmeckt super. Hör auf, Tamara! Ab ins Backrohr mit den Teigtaschen. Sogar das Backrohr ist sauber, riecht aber noch nach Chemie.

Natalie

Schön war's in der Toskana. Aber die Heimfahrt ist Stress pur. Dichter Verkehr von Bologna bis München. Über den Brenner haben wir zwei Stunden gebraucht. Dabei wollen wir doch unbedingt zum Ferien-Ende-Fest ins Krautkombinat.

Das schaffen wir schon, sagt Gregor, sobald ich aufs Gas steigen kann, zieht dieser BMW ab, da wirst du staunen. Er kommt aber nicht dazu aufs Gas zu steigen. Ab Chiemsee geht es auf drei Spuren im Bummeltempo dahin. Na ja, Ferienende. Die Münchner fahren nach Hause.

Am Irschenberg bekommt Gregor plötzlich Appetit auf McDonald's. Grad haben wir in der Toscana feinste italienische Küche geschlemmt – diese herrlichen Vorspeisen, dann Kaninchenragout mit Mandeln und Rosinen, Leber mit Salbei, Wildschwein.

»Weißt du, ich brauch jetzt einfach einen ordinären Cheeseburger und French Fries nach all den Nudeln und Melanzane und Zucchiniblüten, den Muscheln und Tintenfischen.«

Wenn wir schon am Irschenberg rausfahren, können wir auch noch die Kaffeewelt besuchen.

Tamara

Wo bleiben Natalie und Gregor? Ich will, dass die beiden dabei sind, wenn ich meinen Fund präsentiere. Ich will Natalies Gesicht sehen, wie sie blass wird, weil ich ihr Geheimnis entdeckt habe. Ich will das Entsetzen in Gregors Augen sehen, wenn er merkt, mit was für einer Hexe er sich eingelassen hat.

Hannelore ist auch noch nicht da. Die steht bestimmt in der Küche und macht sauber und ist morgen wieder sauer. Dabei mache ich das alles nur für sie.

Es wird schon dunkel. Wie soll ich da zeigen, was ich gefunden habe?

In der Hütte finde ich zwei Gartenfackeln. Damit wird es gehen.

Ein Auto fährt vors Tor. Die Lichter erlauchten kurz den Garten, dann gehen sie aus. Sie sind da!

Natalie

Es ist schon dunkel, als wir endlich in Unterhaching sind. Wir fahren erst gar nicht in die Wohnung sondern sofort zum Garten. Flammen flackern.

»Wir hätten den Grill mitnehmen sollen. Über dem Feuerchen kann man doch nichts braten«, murrt Gregor.

»Hier gibt es kein Fleisch, hab ich dir doch schon gesagt. Die sind alle Vegetarier.«

Carsten begrüßt uns.

»Kommt rein, kommt rein. Spät seid ihr dran. Aber wir haben noch ein paar Sachen übrig. Hier ein Bier für dich, Gregor. Prost. Prost, Natalie.«

So aufgekratzt habe ich Carsten noch nie erlebt, zumindest nicht hier im Garten.

»Ihr habt was verpasst«, murmelt Angelika. Auch ihre Aussprache ist nicht mehr ganz sauber und klar. »Tamaras Teigtäschchen waren ein Gedicht. Leider sind keine mehr da. Aber wir haben noch ganz viel Salat.«

Das waren bestimmt Teigtäschchen mit Wildkräutern. Irgendwie bekomme ich Appetit auf Steak zum Salat. Gregor verzieht auch schon das Gesicht. Ich knuffe ihn und wir lachen.

»Leute«, verkündet da Tamara, »ich habe eine Überraschung für euch! Wir machen einen kleinen Fackelzug durchs Gelände und dann zeige ich euch, was ich heute früh gefunden habe. Ihr werdet staunen!«

Tamara schwankt etwas. Sie muss sich am Tisch festhalten. Na, die haben es aber heute krachen lassen. Sind denn alle angesäuselt? Fackeln werden entzündet. Melanie fängt zu keuchen an.

Wedelt mit der Hand.

»Der Rauch, ich vertrage den Rauch nicht.«

»Kommt, kommt, wir schauen uns erst einmal Natalies Blumenbeet an«, trillert Tamara. Bevor sie weiterreden kann, bekommt sie einen Hustenanfall.

Carsten drückt David seine Fackel in die Hand. »Ich kann nicht mehr«, stöhnt er, hält sich am Tisch fest, lässt sich auf die Bank fallen.

Mir werden auch die Knie weich. Hat Tamara entdeckt, was ich dort hinten versteckt habe? Das wäre ja fatal!

Angelika tanzt voran, schwingt ihre Fackel über dem Kopf. Christa und Iris taumeln hinterher. Ja, sie taumeln, dann gehen sie in die Knie.

Tamara keucht: »Kommt, kommt, ihr werdet es nicht glauben.« Sie bekommt kaum noch Luft. Auch mir wird ganz heiß. Dieses Glitzern in Tamaras Augen gefällt mir gar nicht. Wie sie mir ab und zu Seitenblicke zuwirft.

Es wird immer wirrer. Angelika fällt die Fackel aus der Hand. Gregor springt hin und tritt die Flammen aus, bevor sie das trockene Gras in Brand setzen. Tom kotzt ins Salatbeet. Tina kniet sich zu ihm, fällt mit dem Gesicht voran in die Karotten.

Ich werde so tun, als wüsste ich von nichts. Steif und fest behaupten, ahnungslos zu sein. Ich muss kühl bleiben. Oder soll ich Erschrecken spielen?

Angelika wälzt sich im Gras. Iris und Christa rühren sich nicht mehr.

Tamara ringt nach Luft.

Es scheint, sie ist enttäuscht, dass niemand mitgeht bei ihrem Fackelumzug. Sie hat zu lange gewartet. Sie hat gewartet, bis ich da bin. Aber leider sind jetzt die meisten betrunken. Gut für mich.

Gregor geht zu ihr. Nimmt sie am Arm, schaut ihr in die Augen, sagt etwas zu ihr. Tamara schüttelt den Kopf. Dann sackt sie zu seinen Füßen zusammen.

Niemand außer Gregor und mir steht noch aufrecht. Manche liegen total still, andere wälzen sich und stöhnen.

Gregor hat schon sein Handy gezückt und wählt die Nummer der Rettung. Bald darauf zucken die ersten Blaulichter durch die Dunkelheit, kommen begleitet von Sirengeheul den Finsinger Weg entlang. Im Laufschritt stürmen die First Responder in den Garten. Die Leuchtstreifen auf ihren Jacken und Helmen glimmen im fahlen Licht des Feuers. Kurz darauf in weißen

Hosen und Jacken die Sanitäter. Die Feuerwehr leuchtet das Gelände aus. Gregor und ich verziehen uns, um nicht im Weg zu stehen. Und laufen geradewegs zwei Polizisten in die Arme. So verbringen wir den Rest des Abends auf der Polizeiwache.

Natalie

Alle haben es überlebt, bis auf Tamara. Sie hat wohl am meisten von dem Gift abbekommen. Die Polizei hat Hannelore verhaftet. Sie behauptet steif und fest, Tamara hätte die Teigtäschchen gebacken. Sie habe nur hinterher abgewaschen und sauber gemacht, weil Tamara so eine Sauerei hinterlassen habe. Am Krautkombinat hatte sie kein Interesse, da wäre sie nur Tamara zuliebe ein paar Mal hingegangen. Niemand glaubt ihr. Im Kühlschrank war noch eine Schüssel mit der Füllung. Hochgiftig. Stechapfel.

Diesmal bin ich völlig unschuldig. Na ja, so völlig auch nicht. Wer hat denn großflächig Stechapfel im Garten gesät …

Gregor hat eine Stelle als Mathelehrer bekommen.

»Lass nur die Finger von den Mädchen«, ermahne ich ihn »Die sind alle minderjährig.«

»Ach«, sagt er, »so sehr hab ich es gar nicht mit jungen Mädchen. Es waren vielleicht sechs oder sieben. Aber die eine, die hat mich richtig reingelegt. Erst hat sie mir schön getan, dann hat sie mich hingehängt.«

»Versprich es mir!«

»Großes Indianerehrenwort. Ich rühre keines der Mädchen an.«

Na, Gregor, hoffentlich hältst du dich an dein Versprechen. Sonst …

Ich hab da eine neue Pflanze gekauft. Etwas exotisches. Blüht gelbgrün. Wunderschön! Passt in meine Sammlung.

Das Feenschloss im Rodelberg

Eine Collage von russischen und deutschen Märchenmotiven nach einer Idee von Daniel Brodski

Kamm und Münze

Es war einmal vor vielen vielen Jahren, waren es zwanzig? Waren es 19? Da saßen zwei Freundinnen oben auf dem höchsten Punkt des Rodelberges. Es war Sommer, vor ihnen erstreckte sich der Wiesenhang, erst steil dann flacher abfallend nach unten. Auf dem Bolzplatz rannten ein paar Buben einem Ball hinterher. Am Spielplatz kletterten Kinder auf dem Seilturm.

Annuschka legte sich ins Gras und schaute in den Himmel.

»Dort fliegt der Drache«, sagte sie, »der schwarze Drache.«

»Ich sehe nur Krähen.«

»Wenn du genau hinschaust, siehst du, dass sie zusammen die Form eines Drachen haben.«

»Hast du Angst vor ihm?«

»Ja, große Angst. Er will mich tot beißen.«

Annuschka hatte es nicht leicht. Sie war vor einem Jahr mit ihren Eltern und der Oma aus Russland nach Deutschland gekommen. Mittlerweile sprach sie ganz gut deutsch. Aber immer noch verstand sie in der Schule vieles nicht. Immerhin hatte sie in Petra eine Freundin gefunden.

»Ach, Annuschka«, versuchte Petra, sie zu beruhigen. »Ich bin doch bei dir. Da traut er sich nicht her.«

»Ich weiß nicht, ob du das kannst.«

»Wenn ich einen Hund hätte, der würde uns helfen.«

Petra wünschte sich sehnlichst einen Hund, einen ganz kleinen, einen weißen flauschigen Hund als Spielgefährten und als Trost, wenn sie alleine war. Doch ihre Eltern wollten keinen Hund anschaffen, so sehr Petra auch bettelte.

»Ich sollte mich vielleicht verstecken«, meinte Annuschka. »Am besten tief drin im Berg.«

»Im Berg drinnen?«, fragte Petra.

Petra schob ihr Plastikpferdchen hin und her. Diese Pferdchen waren ihr liebstes Spielzeug. Annuschka hätte auch gerne solche Pferdchen gehabt. Aber ihre Eltern verstanden den Wunsch nicht. Alle deutschen Mädchen spielten mit diesen Pferden. Manche hatten Dutzende davon. Annuschka wäre schon mit einem einzigen zufrieden gewesen.

»Was ist unter dem Berg?«, fragte Annuschka.

»Wie, unter dem Berg?«

Petra versuchte, das Pferdchen ins Gras zu stellen. Aber es fiel wieder um. Annuschka nahm es ihr aus der Hand und stellte es auf. Nahm das nächste Pferd und stellte es daneben. Und noch eins. Es war so wunderbar, diese Pferdchen in der Hand zu halten, auch wenn sie nur aus Plastik waren.

»Unter dem Berg, in dem Berg, innen drinnen?«

»Innen drinnen ...« Petra wiederholte es langgezogen. Nach einer Pause ergänzte sie: »Innen drinnen ist ein Feenschloss.«

»Ein was?«

»Ein Palast, Säle, Kammern, lange Gänge. Darin wohnt die Königin der Feen.«

»Und wo ist der Eingang?«

Petra deutete unbestimmt in das Gebüsch am Rande der Rodelwiese.

Annuschka stand auf. »Ich gehe dorthin. Damit mich der Drache nicht fangen kann.«

»Du wirst den Eingang nicht finden«, sagte Petra. »Niemand findet den Eingang.«

»Doch, ich werde ihn finden.«

Sie spitzte den Mund und pfiff ein paar Töne. Schon raschelte es vor ihr im Gras. Eine kleine Maus stellte sich auf die Hinterpfoten.

»Sie wird mich zum Eingang führen.« Annuschka verschwand im Gebüsch.

Petra wandte sich wieder ihrem Spielpferdchen zu.

Nach einer Weile rief sie: »Annuschka?« und noch einmal »Annuschka?« Doch die antwortete nicht. Petra seufzte. Klar, Annuschka wurde von der Feenkönigin festgehalten. Petra musste sie retten. Sie brauchte keine Maus, um das Tor zu finden. Eines ihre Pferde führte sie hin. Es war eine große schwere Holztür, die den Zugang versperrte. In die Oberfläche waren Zeichen geschnitzt. Das Pferdchen wusste auch, welches Zeichen man drücken musste, damit die Tür aufging.

Vorsichtig schlich Petra die Gänge entlang, schaute um jedes Eck, bevor sie weiter tappte. So kam sie unbemerkt bis zum Thronsaal. Auf dem Thron saß die Feenkönigin und neben ihr Annuschka. Sie hatten goldene Kronen auf dem Haupt, die mit vielen Edelsteinen verziert waren. Auch ihre Kleidung war mit Goldfäden bestickt. Darüber trugen sie einen mit Zobelfell gefütterten Umhang. Sie schliefen. Petra klopfte Annuschka auf die Schulter.

»Wach auf, Annuschka, wach auf.«

Annuschka öffnete die Augen.

»Psst«, flüsterte Petra, »ich bin gekommen dir zu helfen.«

Annuschka rutschte vom Thron. Petra half ihr das steife Kleid auszuziehen. Die Krone legten sie oben drauf, ebenso die Armreifen und Ketten. Die klingelten ein bisschen, aber die Feenkönigin wachte nicht auf.

»Du musst auch die Ohrringe abnehmen«, befahl Petra. »Nichts, aber rein gar nichts von den Feendingen darfst du mitnehmen.«

Annuschka legte gehorsam die Ohrringe ab. Aber ein kleines Kettchen um den Hals behielt sie doch, wollte sie nicht hergeben.

Dann zog Petra Annuschka zum Ausgang. Kaum durchschritten sie die Pforte, begannen überall Glocken zu läuten.

»Lauf, lauf«, rief Petra, »gleich ist die Feenkönigin hinter uns!« Sie lief los und zerrte Annuschka an der Hand hinter sich her.

»Ich kann nicht so schnell laufen«, jammerte Annuschka.

Da zog Petra ihr Pferdchen aus der Tasche und die beiden Mädchen schwangen sich auf seinen Rücken und das Pferd raste los. Trabte durch die Siedlung. Aber die Feenkönigin war schnell. Fast hatte sie die Mädchen eingeholt.

»Mach was, mach was!«, rief Petra. Annuschka wühlte in ihrer Tasche, bekam ihren Kamm zu fassen und warf ihn hinter sich. Eine hohe Hecke schoss aus dem Boden, noch eine, ganze

Reihen von hohen dichten dunkelgrünen Hecken. Die bremsten die Feenkönigin. Sie musste sich zwischen den verschiedenen Reihen hindurchschlängeln, mal links, mal rechts. Aber bald hatte sie die Heckenreihen überwunden und setzte den Mädchen wieder nach. Schon hatte sie den Vorsprung der Mädchen fast eingeholt. Die waren mittlerweile schon in dem großen neuen Park angekommen.

»Mach was, mach was!«, rief Petra. Annuschka wühlte in ihrer Tasche. Ganz unten fand sie einen glänzenden Chip, einen Einkaufswagenchip. Den warf sie hinter sich. Sofort breitete sich ein großer See hinter den Mädchen aus. Und die Feenkönigin wurde abgebremst, weil sie erst durch den See waten musste. Die Mädchen preschten auf ihrem Pferd weiter. Annuschka schaute sich um.

»Die Feenkönigin hat den See durchquert«, rief sie »und ist schon wieder hinter uns her!«

»Mach was, mach was!«, rief Petra.

»Ich hab nichts mehr«, sagte Annuschka verzweifelt.

»Irgend etwas wirst du doch haben.«

»Da, eine Feder hab ich noch, Petra.«

Petra steckte dem Pferd die Feder in die Mähne. Die Feenkönigin streckte schon die Hände nach ihnen aus. Da erhob sich das Pferd in die Luft – gerade noch rechtzeitig, bevor die Feenkönigin zugreifen konnte. Das Pferd stieg höher und höher. Die Feenkönigin stand unten, wurde kleiner und kleiner, während das Pferd in den Himmel hinauf stieg.

»Bring uns zurück«, befahl Petra. Da flog das Pferd einen großen Bogen über das Stadion, über den alten Flugplatz und flog zurück zum Rodelberg. Dort senkte es sich herab und landete ganz sanft auf dem Gras. Die beiden Mädchen stiegen ab und schon wurde das Pferd wieder ganz klein. Petra steckte es ein, zusammen mit der Feder.

»Der Drache ist weg«, stellte Annuschka fest. »Nun können wir in Ruhe spielen.«

»Es ist schon spät. Ich muss nach Hause.«

Die böse Fee

Die beiden Mädchen waren auf dem Heimweg von der Schule.

»Kommst du heute Nachmittag mit mir zum Rodelberg?«, fragte Petra.

»Nein«, sagte Annuschka, »Rodelberg ist langweilig.«

»Ist nicht wahr, Rodelberg ist cool.«

»Ist langweilig.«

Petra kickte mit dem Fuß einen Stein in den Hachinger Bach.

»Du hast nur Angst vor der Feenkönigin.«

Annuschka wollte auch einen Stein in den Bach kicken, zögerte aber und schaute auf ihre schönen weißen Ballerinas. Petra hatte feste Turnschuhe an. Damit konnte man Steine kicken, aber nicht mit weißen Ballerinas.

»Und wenn schon«, sagte Annuschka.

»Die Feenkönigin findet dich überall«, warnte Petra. Sie grinste dabei hinterhältig.

»Ist mir egal.«

Bei der Hachinger Halle trennten sich ihre Wege. Annuschka bog nach rechts ab in die Blöcke mit den Sozialwohnungen, Petra nach links in die Reihenhaussiedlung.

»Nach den Hausaufgaben gehe ich zum Rodelberg«, sagte Petra. »Wenn du fertig bist, kannst du ja kommen. Außer du hast Angst vor der Feenkönigin.«

»Pah«, sagte Annuschka. Sie kickte einen Stein zur Seite, einen ganz kleinen Stein, der den Ballerinas nicht schadete.

Petra lag mitten auf dem Rodelhang im Gras. Annuschka kam von oben herunter. Sie ging betont langsam, rupfte hier einen Grashalm aus, bückte sich dort nach einer Kleeblüte. Weiße Ballerinas, weiße Kniestrümpfe, ein grünes Kleid mit bunten Schmetterlingen, von der Oma selbst genäht. Petra trug Shorts, ein T-Shirt mit einem Pony drauf und Sandalen. Annuschka hätte gerne mit ihr getauscht. Aber Mama und Oma bestanden darauf, dass ihre Prinzessin immer adrett angezogen war, wenn sie aus dem Haus ging und das hieß für sie: Kleidchen, Strümpfe, schöne Schuhe und ein Täschchen.

Eine Weile lagen die beiden nebeneinander im Gras und schauten in den Himmel. Kleine weiße Wölkchen schwammen im Blau.

Schließlich setzte sich Annuschka auf und sagte: »Ich höre die Feenkönigin nach mir rufen.«

»Hast du vielleicht doch etwas aus dem Schloss mitgenommen? Solange du das an dir trägst, gehörst du ihr.«

»Ach ja, ich habe vergessen, das Kettchen abzunehmen.«

»Siehst du!«

»Vielleicht reicht es, wenn ich das Kettchen hier an einen Ast hänge? Dann kann es sich die Fee holen?«

»Nein, das reicht nicht. Du musst es schon hinbringen.«

»Wird sie mich bestrafen?«

»Je länger du wartest, desto schlimmer wird die Strafe.«

»Dann geh ich gleich.«

Die Feenkönigin saß wieder auf ihrem Thron in ihrem prächtigen Kleid und mit einer funkelnden Krone auf dem Haupt. Sie schaute Annuschka finster an.

Die fingerte ihre Kette ab und hielt sie der Königin auf der ausgestreckten Hand hin.

»Hier ist die Kette. Es tut mir leid. Ich habe vergessen, sie abzunehmen.«

»Du lügst. Die Kette gefällt dir, deshalb hast du sie genommen. Gib es zu.«

Annuschka senkte den Blick.

»Ja«, flüsterte sie, »die Kette ist sehr schön.«

»Ich schenke sie dir«, sagte die Fee, »aber du musst drei Aufgaben lösen.«

Annuschka nickte.

»Als erstes wirst du Gras schneiden und Löwenzahnblätter pflücken für meine Kaninchen. Viel Gras, viele Löwenzahnblätter, denn ich habe viele, viele Kaninchen.«

Annuschka bekam eine Sichel und einen kleinen Wagen, ging hinaus auf den Rodelberg und machte sich daran, Gras zu schneiden und in den Wagen zu laden. Sie Sonne brannte herab und Annuschka schwitzte. Es juckte und biss sie überall. Aber sie hielt durch.

Die Feenkönigin war zufrieden.

»Die erste Aufgabe ist erfüllt. Nun kommt die zweite. Du führst meine Pferde auf die Weide und während sie draußen herum springen, mistest du ihre Boxen aus. Und füllst sie mit frischem Stroh.«

Es war schwere Arbeit, aber Annuschka schaffte auch das. Dann war sie sehr müde und hungrig und durstig.

»Die dritte Aufgabe: Du musst meinen Hund baden und shampoonieren.«

»Nein«, murrte Annuschka, »das kann ich nicht.«

»Wieso kannst du das nicht?«

»Ich habe noch nie Hunde gebadet und schon gar nicht so einen wilden Hund wie deinen. Ich habe Angst vor ihm. Bestimmt beißt er mich. Nein, nein, das mach' ich nicht.«

»Das ist doch ein ganz lieber Hund.«

»Nein, nein, das ist der Drache, das ist Smej Gorynytsch. Der hat sich nur in einen Hund verwandelt und will mich fressen.«

Petra legte den Arm um die Schultern der Freundin.

»Geh, Annuschka«, sagte sie, »das ist doch nur ein Spiel.«

Aber Annuschka zitterte richtiggehend.

Petra tätschelte ihr den Rücken.

»Annuschka, Annuschka, hab keine Angst.«

Annuschka stand auf und klopfte sich die Grashalme vom Kleid.

»Das Spiel ist doof. Ich spiele nicht mehr mit.«

»Bleib da!«, sagte Petra.

Annuschka atmete tief durch und schaute zum Himmel. Keine Krähen, kein Drache.

»Setz dich wieder hin«, sagte Petra milde.

»Ich geh nach Hause.«

»Ich nicht.«

»Und ich spiele nie wieder mit dir.«

Annuschka hob das Gras auf, das sie für die Kaninchen gepflückt hatte, und streute es in den Wind.

In diesem Augenblick erschien oben auf dem höchsten Punkt des Rodelbergs eine Frau. Ihr weites hellblaues Kleid flatterte im Wind. Mit einer Hand hielt sie ihren Strohhut fest, der ganz mit blauen Blumen und einem langen Band geschmückt war. Die andere Hand hielt die Leine eines kleinen weißen Hundes. Langsam kam sie den Hang herab. Ihr Kleid bauschte sich. Ihre Armreife klingelten als sie dicht an ihnen vorbei ging. Sie lächelte den beiden Mädchen zu. Der Hund zog an der Leine und die Frau fing an zu laufen. Dabei verlor sie einen Schuh. Sie wollte stehen bleiben und den Schuh aufheben. Doch der Hund zog sie einfach weiter.

»Passt auf den Schuh auf!«, rief sie den Mädchen zu. »Passt gut drauf auf. Ich hol ihn mir morgen.«

Annuschka hob den Schuh auf: ein blauer Stoffschuh mit Glitzersteinchen besetzt. Die Frau war schon unten, bog um die Büsche und verschwand außer Sicht.

Die beiden Mädchen folgten ihr. Aber als sie in den Weg einbogen, war die Frau schon nicht mehr zu sehen.

»Die andere Feenkönigin«, flüsterte Petra. »Das war die andere Feenkönigin.«

Annuschka steckte den Schuh in ihre Tasche.

Feder und Schuh

»Ich brauche deine Hilfe«, sagte Petra in der Pause zu Annuschka. »Du bist die einzige, die mir helfen kann. Jede Nacht verschwindet eines meiner Pferde. Dabei schließe ich den Stall immer ab.«

»Das ist wirklich rätselhaft.«

»Ich habe sogar im Stall die ganze Nacht gewacht, aber am Morgen war wieder ein Pferd verschwunden. Ich verstehe nicht, wieso ich nichts bemerkt habe.«

»Wahrscheinlich bist du ganz kurz eingeschlafen.«

»Nein, ich war die ganze Zeit wach.«

»Das war ein Zauber, der dich kurz hat einschlafen lassen.«

»Egal. Du musst mir helfen, die Pferde zurückzuholen.«

»Gut, wir sehen uns heute Nachmittag am Rodelberg.«

Da saßen die zwei und überlegten, wo die Pferdchen hingeraten sein könnten.

Petra trug heute ein T-Shirt mit Wendepailletten in grün und silbern. Annuschka hatte so etwas noch nie gesehen. Sie musste unbedingt ihre Mutter bitten, ihr auch so ein Shirt zu kaufen.

»Ob die Fee sie geholt hat?«

»Ich glaube nicht. Das hat sie nicht nötig. Sie hat selber genug Pferde.«

»Wo könnten sie nur sein?«

»Wie kriegen wir das raus?«

Ein laues Krächzen ertönte. Petra schaute auf. In den Zweigen ringsum saßen etliche Krähen. Nein, nicht nur etliche. Viele Krähen. Krächzten laut und heiser. Weitere kamen angeflogen, setzten sich auf die schwankenden Äste der Bäume, landeten im Gras. Hüpften und flatterten. Kamen näher. Ihre schwarzen Augen glänzten. Sie musterten die Mädchen und kamen immer näher. Nur noch ein kleiner Kreis um sie herum war frei.

Annuschka klammerte sich an Petras Arm.

»Gib uns den Schuh! Gib uns den Glitzerschuh!«, krächzten die Krähen.

»Welchen Schuh?«, fragte Petra.

»Gib uns den Schuh! Gib uns den Schuh!«

»Sie wollen den Feenschuh, den mit den Glitzersteinen«, flüsterte Annuschka.

»Den die Fee verloren hat? Wo ist er denn?«

»Ich hab ihn.«

»Gib uns den Schuh! Dann kriegst du deine Pferdchen wieder!«

»Oh! Ihr habt meine Pferdchen!«, rief Petra.

Die Krähen rückten näher und näher.

»Wo ist der Schuh?«

Annuschka biss sich auf die Lippen und sagte nichts.

»Hast du den Schuh? Dann gib ihn her!«, verlangte Petra.

»Nein«, sagte Annuschka.

»Gib ihn mir.«

Annuschka drückte ihren Beutel fest an die Brust.

»Nein!«

Petra griff nach dem Beutel, um ihn Annuschka zu entreißen. Annuschka rollte weg.

Die Krähen schrien: »Gib uns den Schuh! Gib uns den Schuh!«

Petra warf sich auf Annuschka. Sie kämpften um den Beutel. Noch konnte Annuschka ihn festhalten.

»Gib uns den Schuh. Gib uns den ...«

Auf einmal ein Bellen.

Ein kleiner weißer Hund kam angestürmt und schoss mitten zwischen die Krähen. Schreiend und schimpfend flogen die Krähen auf, stoben durcheinander. Der Hund sprang in die Luft. Die Krähen schlugen mit den Flügeln, stiegen höher. Der Hund bellte sie an. Die Krähen kreisten über den Mädchen und dem Hund. Dann drehten sie ab und flogen weg.

Der Hund kam zu den Mädchen und blieb hechelnd vor ihnen stehen. Petra streckte die Hand aus, um ihn zu streicheln, aber da knurrte er.

Die Fee im blauen Kleid kam den Berg herunter und klinkte die Leine in sein Halsband.

»Danke, dass ihr meinen Schuh behütet habt«, sagte sie. »Jetzt könnt ihr ihn mir wieder geben.«

Annuschka holte den Schuh aus ihrem Beutel und reichte ihn der Fee. Die schlüpfte hinein.

Aber Petra weinte.

»Wie krieg ich jetzt meine Pferdchen wieder? Die Krähen haben sie. Wie soll ich sie bloß finden. Bestimmt haben sie sie im Nest versteckt. Da komme ich nie dran.«

»Ganz einfach«, sagte die Fee. »eine von euch lenkt die Krähen ab, die andere durchsucht die Nester.«

»Aber wie ...«, fing Petra an. Dann schaute sie an sich herunter: sie war voller Federn. Auch Annuschka hatte sich verwandelt: ein großer Falke mit goldenen Federn saß an ihrer Stelle.

»Auf, auf«, sagte die Fee, »fliegt los! Und gutes Gelingen!«

Die beiden Falken, ein heller und ein dunkler, stiegen auf, hoch, hoch. Die Gärten, die Häuser, die Autobahn lagen zu ihren Füßen. Sie kreisten über dem Dorf, um die alte Kirche, hinaus auf die Felder, wieder zurück zu den Häusern. Wo hatten die Krähen sich versteckt? Da! Da funkelte es blauschwarz zwischen den Zweigen der Bäume. Da waren sie.

Petra und Annuschka setzten zum Sturzflug an. Kreischend stiegen die Krähen auf. Stürmten auf die beiden Falken los. Annuschka schwenkte sofort um. Der Krähenschwarm folgte ihr mit Geschrei. Annuschka stieg höher und höher. Sie war schnell. Doch die Krähen konnte sie nicht abhängen. Annuschka tauchte nach unten weg und schlug sich zur Seite, wieder hinaus auf die Felder. Die Krähen folgten ihr. Vielleicht konnte sie sich im Wald verstecken. Sie flog so schnell sie konnte über das große weite Feld, über die Bahngleise, geradewegs auf den Wald zu. Die Krähen folgten ihr mit wütendem Gekrächze.

Petra ließ die Krähen hinter Annuschka herfliegen. Das war für sie die Gelegenheit. Sie tauchte in die Bäume ein. Da waren die Nester! Petra, oder vielmehr der Falke untersuchte die Nester. Sie fand Münzen, einen Kaffeelöffel, eine Nagelschere, ein paar Glasscherben – klar, die Krähen liebten glitzernde Dinge – einen Schlüssel, ein Armband, eine Haarspange. Aber wo waren die Pferdchen? In einem der Nester saß noch eine Krähe, die Flügel über das ganze Nest ausgebreitet und verfolgte Petras Suche mit kleinen schwarzen Knopfaugen.

Petra sprang auf den Ast neben dem Nest.

»Du, du hast meine Pferdchen! Gib sie mir.«

»Ich soll sie dir geben? Was krieg ich dafür?«

»Was willst du?«

Die Krähe wackelte nur mit dem Kopf.

»Soll ich dir ein Stück Pizza holen? Pizza schmeckt sehr gut!«

Die Krähe schüttelte den Kopf.

»Oder magst du einen von meinen Armreifen?«

Die Krähe schüttelte den Kopf.

»Ich will nur eine von deinen Federn«, sagte sie.

»Gut, aber nur, wenn ich mein Spielzeug wieder bekomme.«

»Kriegst du, kriegst du. Aber erst lass mich dir eine Feder ausreißen.«

Der Kopf der Krähe ruckte so schnell vor, dass Petra beinahe vom Ast fiel. Schon hatte der Schnabel zugepackt und riss an ihrer Brust.

»Au!«, schrie Petra. »Au, das tut aber weh!«

Die Krähe lachte und flog mit dem Federbüschel im Schnabel davon.

Im Nest lagen tatsächlich Petras Pferdchen, so dass sie schnell den Schmerz vergaß. Sie packte sie mit Klauen und Schnabel, zwängte sich zwischen den Ästen durch ins Freie und flog zurück zum Rodelberg.

Annuschka war noch nicht da. Petra hockte sich auf die Rückenlehne der Bank – sie war immer noch ein Falke – und rief nach der Freundin. Dann sah sie einen Schwarm Krähen vom Perlacher Forst her kommen, über den Dächern kreisen. Ihr heiseres Krächzen wurde leiser. Nach einer Weile ließen sie sich herabsinken und verschwanden in den Bäumen.

Nach wieder einer Weile kam ein einzelner großer Vogel vom Wald herüber geflogen und hielt auf den Rodelberg zu. Er landete vor Petra im Gras und verwandelte sich sofort in ein Mädchen zurück.

»Puh, das war knapp! Beinahe hätten sie mich erwischt«, sagte Annuschka. »Hab' grad noch rechtzeitig den Wald erreicht. Da haben sie sich nicht rein getraut.«

Petra nickte.

»Ich hab sie zurückkommen sehen.«

»Hast du die Pferdchen?«

»Da liegen sie, auf der Bank.«

»Wieso bist du eigentlich immer noch ein Vogel?«

»Ja, wieso? Vielleicht muss ich noch ein bisschen warten.«

»Dann erzähl mir, wie du die Pferdchen gefunden hast.«

Als Annuschka gehört hatte, dass die Krähe Petra Federn ausgerissen hatte, war alles klar: »Du bist nicht mehr vollständig und so kannst dich nicht zurückverwandeln.«

»Was? Muss ich jetzt für immer ein Vogel bleiben?« Petra schlug mit den Flügeln. »Annuschka, das darf nicht sein. Ich will doch wieder ein Mensch werden! Annuschka, bitte, mach was, damit ich wieder ein Mensch werde.«

»Keine Sorge.«, unterbrach Annuschka das Gejammer von Petra. »Wir brauchen nur Ersatzfedern. Bestimmt finde ich welche.«

Annuschka machte sich auf die Suche nach Vogelfedern. Lief über die Wiese hinunter bis zum Spielplatz, umkreiste den Tennisplatz – nirgends lagen Federn. Jetzt lief sie an den Gärten entlang, schaute links und rechts auf den Boden. Nirgends eine auch noch so kleine Feder. Zufällig schaute sie nach oben: Und da sah sie etwas: einen Ball, in dem Federn steckten, um Vögel von den Kirschen fern zu halten. Annuschka kletterte über den Zaun, sprang hoch, griff daneben, sprang noch einmal und erwischte endlich ein paar Federn.

Nachdem sie Petra die Federn in die Brust gesteckt hatte, verwandelte sie sich zurück in ein Mädchen. Allerdings war ihr schönes T-Shirt ramponiert: Es fehlte ein ganzer Fleck mit Pailletten. An der Stelle war ein richtiges Loch.

»Das war die Krähe. Die hat sich ein Stück mit Pailletten herausgerissen.«

»Da wird deine Mutter aber schimpfen«, meinte Annuschka, »wenn das neue Shirt ein Loch hat.«

»Ja, das wird sie. Aber Hauptsache, ich hab meine Pferdchen wieder.«

Becher und Band

Es war ein heißer Tag, ein sehr heißer Tag.

»Wir hätten ins Schwimmbad gehen sollen«, sagte Petra.

»Es ist zu voll dort.«

»Du magst nur nicht, weil du nicht schwimmen kannst.«

»Doch, kann ich.«

»Aber nicht gut. Egal, jetzt sind wir hier. Aber wir legen uns in den Schatten.«

Sie nahmen ihre Sachen und setzten sich an den Rand des Rodelbergs in den Schatten der großen Bäume. Legten sich ins hohe Gras. Die Grashalme schwankten, Schäfchenwolken zogen über den Himmel – und da waren die beiden Mädchen eingeschlafen.

Sie wachten gleichzeitig auf, weil ein Hund winselte. Das Winseln klang sehr nahe.

Tatsächlich lag zwischen ihnen ein kleiner weißer Hund. Petra begann sofort, ihn zu streicheln. Er drehte sich auf den

Rücken und Petra kraulte ihn am Bauch. Annuschka rückte ein Stück weg. Sie hatte Angst vor dem Hund.

»Tu mir nichts, Smej Gorynytsch«, flüsterte sie.

Dann sah sie, dass im Halsband ein Zettel steckte. Sie traute sich aber nicht, den Zettel herauszuzupfen. Das musste Petra machen.

»Lies vor!«

»Liebe Annuschka, liebe Petra! Bitte helft mir! Ich brauche einen schwarzen Becher. Den hat mir die dunkle Feenkönigin weggenommen und bei sich versteckt. Ich bin sicher, ihr zwei schafft es, ihn mir zu bringen.«

Doch Annuschka schüttelte den Kopf. »Ich gehe nie mehr in den Rodelberg hinein. Nie mehr. Das musst du alleine machen.«

»Alleine gehe ich auch nicht«, sagte Petra.

Beide saßen da, die Knie angezogen, die Arme verschränkt und starrten in den Himmel. Vorbei war es mit Sonne: dicke dunkle Wolken kamen von Westen herangezogen. Der Hund war verschwunden.

»Dann gehen wir halt zusammen«, schlug schließlich Annuschka vor.

Sie schlichen durch die schummrigen Gänge, barfuß ganz vorsichtig, um keine Geräusche zu machen, die dunkle Feenkönigin nicht zu wecken. Sie wollten als erstes in der Küche nach Bechern suchen. Die Küche war riesig: eine offene Feuerstelle, auf der noch ein paar Glutreste vor sich hin glommen, ein breiter Holztisch mit glatt gescheuerter Oberfläche, ein Wasserbottich, in dem ein paar Schüsseln dümpelten. An Haken von der Decke hingen schwarze rußige Töpfe, in den Regalen an der Wand stapelten sich Teller. Becher und Krüge gab es auch, aber keine schwarzen, nur braune und rote und graublaue.

»Wir müssen doch in den Thronsaal, ob wir wollen oder nicht.«

»Lass uns erst im Speisesaal nachschauen.«

Im Speisesaal stand nur ein einziger kleiner runder Tisch mit einem einzigen Stuhl. Auf dem Tisch stand ein Teller mit einem halb aufgegessenen Marmeladenbrot. Daneben ein Becher.

Petra wollte schon danach greifen, aber Annuschka hielt sie zurück: »Das ist ein Silberbecher! Kein schwarzer.«

An der Wand stand eine große Anrichte und ein Schrank mit Glastüren. Dahinter Becher und Teller – alle aus Silber. Die zweite Tür zum Speisesaal öffnete sich. Herein kam die Feenkönigin, in ihrem goldbestickten Kleid mit einer Krone voller Edelsteine auf dem Kopf. Die Mädchen hörten sie gar nicht kommen. So erschraken sie, als sie ihnen plötzlich die Hände auf die Schultern legte.

»Soso«, sagte sie, »hat euch meine Schwester geschickt? Was sollt ihr denn holen? Sagt es mir nur. Aber ich weiß es schon. Sie will den schwarzen Becher. Ihr könnt ihn gerne haben, aber zuerst bringt ihr mir ein hellblaues Band von ihrem Hut. Das ist doch ein guter Tausch, schwarzer Becher gegen blaues Band, oder?«

Sie ließ die beiden Mädchen los. »Geht! Bringt mir das Band und der Becher ist euer!«, und – wusch! – befanden sich die beiden Mädchen oben auf dem Rodelberg.

»Wo finden wir jetzt die Schwester, die andere Fee?« Petra schaute ratlos. »Die ist einfach immer von oben gekommen. Ich hab' nie gesehen, woher genau.«

»Sie wohnt«, erklärte Annuschka, »in einem kleinen Haus, das auf Hühnerbeinen steht.«

»Ein Haus auf Hühnerbeinen? Wozu denn das?« Petra unterdrückte ein Lachen.

»Damit das Haus herumgehen kann.«

»Super«, sagte Petra, »ein Haus, das herumgeht. Wie sollen wir das finden? Vielleicht geht es gerade nach Salzburg. Da können wir hier lang suchen.«

»So weit kommt man mit Hühnerbeinen nicht«, sagte Annuschka, »das Haus kann nur ein Stückchen herum gehen. Es ist schon hier in der Nähe. Wir müssen nur suchen.«

So suchten die beiden: im Gebüsch auf der Südseite des Rodelbergs, wo der Weg hinunter führte: nichts. Ganz oben, neben dem kleinen Weg, der hinüber führte zur Stockschützen-bahn: nichts. Auf dem Weg zum Tennisheim: nichts. Aber da sahen sie schon ein blaues Band flattern. Also umkehren und hinauf auf den Wall, von dem aus man den schönen Blick auf die Wiesen hatte: Da stand das Haus zwischen den Bäumen.

»Was?«, sagte die schöne Fee, »ein Band von meinem Hut will sie? Kann sie gerne haben.« Sie nahm ein großes Messer und – ratsch – schnitt sie das längste Band ab. Sie wickelte es um ihre Hand auf und gab die Rolle Petra.

»Pass gut drauf auf!«, sagte sie.

Die beiden machten sich auf den Rückweg zur unterirdischen Fee.

»Weißt du was«, sagte Annuschka, »ich hätte so gerne ein kleines Stück von diesem Band. Wenn ich das habe, kann mir Smej Gorynytsch nichts mehr anhaben.«

»Kommt nicht infrage«, antwortete Petra.

»Wenigstens ein kleines Stück, nur dass es einmal um meine Hand passt.«

Annuschka holte eine Nagelschere aus ihrer Tasche, maß ein Stück ab und begann abzuschneiden. In der Ferne grollte der Donner.

»Das ist Smej Gorynytsch, der grollt, weil ich mir ein Stück Band abschneide.«

»Wir müssen uns beeilen«, sagte Petra, »sonst werden wir nass.«

Doch Annuschka schnitt und schnitt und säbelte und schnitt. Das Band schien immer breiter zu werden.

»Annuschka, mach schneller!«

»Ich mach so schnell ich kann. Gleich hab' ich's.«

Dann liefen sie los zum Eingang des unterirdischen Schlosses.

Die Fee stand gleich hinter dem Tor, nahm das Band entgegen und reichte Annuschka den Becher.

»Wir müssen schnell wieder los«, sagte Petra atemlos. »Es wird gleich regnen.«

Tatsächlich fielen schon die ersten Tropfen. Dicke Tropfen.

Die beiden Mädchen rannten so schnell sie konnten. Sie waren schon bei der Sommerstockbahn, da passierte es:

Annuschka stolperte und fiel hin. Der Becher flog in hohem Bogen davon – prallte auf den harten Boden auf und zerbrach in zwei Teile. Gleichzeitig begann es wie aus Kübeln zu schütten. Die beiden retteten sich unter das kleine Dach vom Picknickplatz, setzten sich auf den Tisch, kauerten sich aneinander, denn schon wurde es kalt. Der Regen prasselte auf das Dach, der Wind trieb immer wieder einen Schwall Wasser herein.

»Muss das ausgerechnet jetzt so regnen«, jammerte Annuschka.

»Wir haben zu lange rumgetrödelt«, meinte Petra.

»Alles nur wegen dem Becher.«

»Alles nur wegen dem blauen Band.«

»Meine Mama wird sich Sorgen machen, wo ich bin und ob ich nass werde.«

»Meine auch.«

Aber der Regen wurde immer stärker. Das Wasser schoss auf dem Weg dahin. Hinten in der Wiese stieg es auch an. Bald saßen die beiden Mädchen auf einer Insel, um die das Wasser toste.

Auf einmal: Patsch, patsch, patsch. Das Haus auf Hühnerbeinen kam durch das Wasser angepatscht. Oder waren es Storchenbeine? Vor dem Picknickplatz blieb es stehen. Die Fee schaute zum Fenster heraus.

»Da seid ihr ja!«, rief sie. »Ich warte schon die ganze Zeit, dass ihr endlich den Becher bringt.«

»Der Becher liegt da drüben im Wasser«, sagte Petra. »Leider ist er zerbrochen. Aber vielleicht können Sie ihn kleben?«

»Was? Der Becher ist zerbrochen?«

»Es ist halt passiert. War keine Absicht, wirklich.«

»Zerbrochen! Wie kann man nur so dumm sein. Der zerbrochene Becher nützt mir nichts. Ihr seid ja zu nichts zu gebrauchen. So dumme dumme Mädchen! Nicht zu fassen! Haben den Becher zerbrochen. Jetzt habt ihr die Bescherung. Verschwindet, ich will euch nie mehr hier sehen.«

Sie schlug das Fenster zu, das Haus drehte sich und wackelte wieder davon.

Es regnete weiter. Das Wasser toste um den Tisch, auf dem die Mädchen saßen.

»Das Wasser steigt immer weiter«, stellte Annuschka fest.

»Bald müssen wir schwimmen.«

Annuschka schüttelte den Kopf.

»Ich werde ertrinken«, sagte sie. »Ich kann nicht gut schwimmen.«

»Du kannst doch aufs Dach klettern.«

»Das Wasser wird auch bis zum Dach steigen. Ich bin verloren.«

Plitsch – plitsch – plitsch – Von der anderen Seite her kam ein Schwan geschwommen. Er zog einen kleinen Kahn hinter sich her, in dem saß in goldstrotzendem Gewand und mit funkelnder Krone die Feenkönigin.

»Da seid ihr ja!«, rief sie. »Ich habe euch schon gesucht. Was habt ihr denn mit dem Band gemacht? Da fehlt ja ein Stück.« Der Schwan zog das kleine Boot zu dem Tisch, auf dem die Mädchen saßen.

»Das fehlende Stück ist hier«, sagte Annuschka und hielt ihr das abgeschnittene Stück hin. »Man kann es ja wieder annähen.«

»Nein, ein geflicktes Band nützt mir nichts«, sagte die Fee. »Hier, du kannst meinen Teil auch haben.« Sie warf Annuschka das Band zu.

»Und wo ist der Becher?«

»Er liegt dort im Wasser. Er ist uns zerbrochen.«

»Zerbrochen?«

Die Mädchen nickten.

»Kann man nichts machen. Hin ist hin«, sagte die Fee. »Ich hab genug Becher zu Hause. War schön, euch kennenzulernen. Der Regen wird gleich aufhören. Kommt gut nach Hause.«

Dann drehte der Schwan eine Runde und schwamm mit seinem Kahn wieder zurück. Annuschka steckte die blauen Bänder ein.

Tatsächlich ließ der Regen nach. Es trommelte schon nicht mehr so heftig auf das Dach. Das Wasser um den Tisch sank auch schon. Schließlich hörte er ganz auf. Das Wasser gurgelte noch ein wenig, dann war schon der Weg frei und glänzte nur noch nass in der Sonne. Die schien nämlich schon zwischen den Wolken durch.

Die beiden Mädchen schauten sich an und lachten.

»Gehen wir nach Hause. Es regnet nicht mehr.«

Sie liefen über die große Spielwiese zu den Gärten. Am Ende der Wiese war der Weg trocken und auf dem ganzen Heimweg gingen sie auf trockenem Weg.

»Hier hat es gar nicht geregnet«, stellte Annuschka fest.

»Nur dort, wo wir waren – ulkig, nicht?«

Annuschka und Petra

Im Herbst trennten sich ihre Wege. Petra ging aufs Unterhachinger Gymnasium, Annuschka auf eine Mädchen-Realschule in München. Nach dem Abitur reiste Petra ein Jahr durch Australien, studierte BWL, fand einen Job bei einer Firma in Frankfurt. Nur einmal im Jahr, an Weihnachten, kam sie nach Unterhaching, um ihre Eltern zu besuchen.

Dann kam Corona, brachte Homeoffice und Kurzarbeit. Petra trennte sich von ihrem Freund, sagte die Ferienreise auf die Malediven ab und fuhr im Sommer nach Unterhaching ins Hotel Mama. Dort war auch Emilia, die Tochter ihres Bruders für die Ferien untergebracht.

Petra und Emilia machten einen Spaziergang zum Rodelberg. Der Weg nach oben war schattig und kühl.

»Wahnsinn«, sagte Petra, »Wie das alles zugewachsen ist. Die Bäume sind jetzt so groß. Man geht wie durch einen Tunnel.«

»Warst du denn als Kind oft hier?«, fragte Emilia.

»Ja, zusammen mit meiner Freundin Annuschka. Sie ist mit ihren Eltern aus Russland hierher gekommen. Am Anfang sprach sie kaum deutsch, kam in der Schule nur schwer mit. Aber sie hat schnell gelernt. Sie hat tolle Geschichten erzählt, die wir dann hier gespielt haben.«

»Und wo ist sie jetzt?«

»Ich weiß es nicht. Ich habe sie aus den Augen verloren.«

»Vielleicht ist sie noch hier? Schau einfach ins Telefonbuch.«

»Ich weiß nicht einmal mehr wie sie mit Familiennamen hieß. Leider.«

Sie kamen am Gipfel an. Auf der Bank saß eine Frau in einem bunten Kleid. Ein kleiner Hund lag auf ihrem Schoß. Sie schaute verträumt in die Ferne.

»Man sieht ganz schön weit von hier oben«, meinte Emilia.

»Wenn ein Gewitter kommt, dann sieht man von Westen her die Wolken heranrollen – sehr eindrucksvoll.«

»Aber heute bleibt es schön.«

»Oder der Sonnenuntergang über der Stadt ...«

»Du bist ja heute voll nostalgisch!« Emilia lachte. »Dann erzähl doch, was ihr damals so gespielt habt.«

»Oh, wir spielten, dass hier drinnen im Berg ein Feenschloss ist.«

»Ein Feenschloss im Berg, cool. Und die Fee?«

»Es gab zwei Feen. Annuschkas Fee war gekleidet wie eine russische Königin, Krone, Edelsteine, goldbesticktes Gewand und so.«

Die Frau auf der Bank drehte sich um und schaute die beiden an.

»Komm, gehen wir ein Stück den Hang hinunter«, schlug Petra vor. »Da unten sind wir immer gesessen.«

Sie setzten sich auf den Hang ins Gras. Unten spielten Kinder Fußball, liefen über die Wiesen, kletterten am Spielplatz.

»Was ist denn wirklich in diesem Hügel?«, wollte Emilia wissen.

»Ich glaube, das ist lauter Schutt von abgebrochenen Häusern: Ziegel, Fenster, Badewannen, Waschbecken, Kloschüsseln. Meine Eltern haben erzählt, dass sie einen Tisch gefunden haben und nach Hause getragen. Ich glaube das ist der Tisch oben im Zimmer. Und ein Nachbar hat sogar eine alte Nähmaschine gerettet, so ein Ungetüm aus schwarzem Gusseisen mit Goldverzierung, mit Pedal statt Motor. Kennst du so etwas? Vielleicht aus einem Museum?«

»Man müsste hier mal graben«, schlug Emilia vor.

»Oh ja, eine Fundgrube für Archäologen. Aber erst in 200 Jahren.«

Ein kleiner weißer Hund kam den Berg herunter gepurzelt.

»Ist der süß!«, rief Emilia. Er schnüffelte an ihren Zehen und Emilia begann, ihn zu streicheln. Petra legte sich ins Gras und schloss die Augen. Ein kleiner weißer Hund! So einen wollte sie damals immer haben. Genau so einen. Verrückt – träumte sie? Aus halb geschlossenen Augen sah sie die Frau in ihrem bunten Sommerkleid näher kommen. Das Kleid bauschte sich im Wind. Sie trug einen Strohhut mit einer großen blauen Stoffblüte in der einen Hand, in der anderen hielt sie eine blaue Hundeleine. Ihre langen blonden Haare fielen ihr ins Gesicht. Ihre Armreifen klingelten leise.

Petra seufzte. Sie schloss die Augen fest. Nicht aufmachen, weiter träumen, es ist zu schön.

»Verwöhn' mir meinen Hund nicht zu sehr«, sagte die Frau.

»Wie heißt er denn?«, fragte Emilia.

»Smej Gorynytsch«, antwortete die Frau.

Das kann nicht wahr sein, ich träume das alles nur. Trotzdem machte Petra die Augen auf. Sie blinzelte. Die Frau strich sich die Haare aus dem Gesicht und lächelte sie an.

»Annuschka?«, sagte Petra. »Du bist es wirklich?«

Die Frau nickte. »Ich hab dich nicht erkannt, wie du oben an der Bank vorbei gegangen bist. Aber wie du dann von der Fee erzählt hast, war mir klar, das kann nur Petra sein.«

»Ich kenne Sie auch«, sagte Emilia. »Sie sind die Schriftstellerin Anna Levinsky. Sie waren im Januar bei uns in der Schule, haben uns aus ihren Büchern vorgelesen und uns erzählt, dass russische Märchen und deutsche Märchen so vieles gemeinsam haben.«

Kilian Winter

Elevator-City

Prolog

Es waren seltsame Zeiten. Sternenhaufen verschoben das Gleichgewicht, Welten verblassten, neue Dynastien stiegen auf. Der wasserblaue Glanz des 3. Planeten war schon lange Vergangenheit. Vom Rande des Sonnensystems gesehen, zog er hinter der großen Leere des Asteroidengürtels seine Bahnen. Tag um Tag, Jahr für Jahr. Niemand ahnte damals, dass das Schicksal der Erthaner im beschaulichen Hachinger Tal entschieden wurde, von wilden Raumkriegern des Andromeda, angestachelt von Machtgier und den Überzeugungen, das Richtige für die eigene Spezies zu tun.

Mit einem Standardgleiter war es nur ein Katzensprung bis zu den südlichen Gebirgszügen der Alpen. Nach kurzem Flug durch schroffe Felsschluchten und über vereiste Gipfel erstreckte sich eine weite, wild bewachsene Ebene über hunderte von Kilometern. Bevorzugt glitt man über das mittlere Meer an den wilden Küsten des Landstiefels entlang bis Elevator-City, der Metropole des Planeten.

Vor vielen Jahren sorgte ein Quäntchen Zufall dafür, dass in einem verborgenen Tal von Ertha ein Artefakt entstand, nicht weniger als der Schlüssel zu einem neuen Evolutionssprung, dem Tor zum Universum. Doch es wurde geraubt, verschleppt, in den tiefen Höhlen von Elevator-City erforscht und letztendlich vergessen. Selbst das geheimnisvolle Arcanio Quaerimus, ein direkt dem Herrscher unterstelltes Syndikat, konnte ihm sein Geheimnis nicht entreißen. Keine der alten und neuen Generationen entschlüsselte die Macht dieses seltsamen faustgroßen Artefakts, ein auf den ersten Blick unscheinbarer keilförmiger grauweißer Stein, doch der Legende nach glimmte er mit einer smalteblauen Aura in den Händen der Auserwählten. Der Stein fand schließlich seinen Platz im gläsernen Octahedron, dem Museum und Machtzentrum der Hauptstadt, zwischen Visiowänden, antiken Steinskulpturen und farbagressiven Installationen. Jeder bewunderte ihn dort als Sphärenstein, der im applizierten Energiefeld gnädig mit einhüllender blassblauer Aura strahlte, doch keiner verstand warum.

Bis zum heutigen Tag, der alles ändern sollte. Unsere Geschichte beginnt von heute an zweihundertdreiundfünfzig Jahre in der Zukunft.

Aufbruch ins Ungewisse

Diese verdammte Stadt. Sie hätte sich nie auf diesen Job einlassen sollen. Es war nur eine Vermutung, aber wenn doch die BuDeKos dahinter steckten, dieser fiese zähe Haufen zusammengewürfelter Kopfgeldjäger, hätte sie ihrem Bauchgefühl folgen und sich in den hintersten Winkel der Sternennebel absetzen sollen.

»Begib dich mit Mark am Tag des Zwillingsmondes zum Fuße der Steilküste von Elevator-City«, so hieß es vor ein paar Wochen lapidar von Frank. »Wähle den Weg nach oben, dorthin, wo das gläserne Octahedron sich an die Felsen schmiegt und über die Küste wacht.«

Sie hatte diesen Frank in einer dieser heruntergekommenen Trinkhallen von Saturn-Vega kennengelernt. Seine Wortwahl hätte sie warnen sollen. Was suchte so einer an der morschen, mit billigem Ale durchtränkten Holztheke, wo Weltraumabenteurer halb im Suff auf zwiespältigen Schiffen anheuerten?

Er fiel auf: Eleganter Anzug, schlohweißes kurzes Haar, kantiges Gesicht. Viel mehr konnte sie im Schummerlicht und dichten Schischa-Dampf nicht wahrnehmen. Er arbeite für die Regierung, für welche sei egal, und es gäbe für einen besonderen Auftrag gutes Geld. Alles inkognito, auf sich allein gestellt – ob sie nicht Interesse hätte?

Natürlich hatte sie. Die Zeiten waren schwierig und die Gelegenheitsjobs auf den Raumfrachtern unglaublich öde, wirklich nur zum Überleben geeignet. Er würde sie nur bei Erfolg erneut kontaktieren.

»Das bedeutet?«

Er zuckte nur verlegen mit den Schultern und legte den Kopf schief. Na super, den Rest konnte sie sich denken.

»Nun denn, einverstanden«, akzeptierte Kyra zurückhaltend, nickte und öffnete zögernd ihre linke Hand. Frank trat schnell wie ein Wiesel näher, hielt seinen Creditor über die Handfläche und bewegte ihn unbeholfen an ihrem Arm entlang, über die vielen Tattoos hinweg, die sie sich nach jedem Überlebenskampf hatte stechen lassen, grimmige Fratzen in rotschwarzer Farbe, der jeweiligen Spezies nachgeahmt, die sich mit ihr angelegt hatte.

Der Creditor, es schien das neueste Modell zu sein, fand ihren eingebrannten Ident-Code nicht. Schlank wie eine Zigarrenhülse, gebürstetes Metall, keine von den billigen Duraplastboxen, doch er tat sich schwer. Kyra grinste. Nicht umsonst umschlangen dezente Victory Symbole die eingeprägten Fratzen und ihren Oberarm. Metallpartikelfarbe, ein dezent halblegales Skincover, ideal um Ident-Fernscans zu unterbinden, und doch bei direkter Kontrolle freundlich die Identität einer einfachen Arbeiterin aus dem Gebiet der Jupiterringe preiszugeben.

»Autsch!« Kyra zuckte mit schmerzverzerrtem Gesicht zurück.

»Sorry, scharfe Kante, Prototyp«, murmelte Frank beiläufig.

»Was sollen diese Spielchen?«

Kyra ergriff seine Hand samt Creditor, drückte beides gegen ihren linken Oberarm und blickte ihm fest in die Augen. Ein eigenartiges Kribbeln auf der Handoberfläche bestätigte den Eingang der versprochenen Credits auf ihrem Pecunia-Account. Deal. Kyra grinste: »Na also, geht doch.«

Ihr Kommunikation-Mind-Implantat (KMI) meldete ihrem Bewusstsein erfreuliche Details: Ihr Bonitätslevel sprang von »forget it« auf »preferred«. Endlich könnte sie ihre Träume leben, ein eigenes Raumschiff mit Magnetresonanzantrieb beschaffen, zwischen den Welten herumfliegen, suchen, finden, endlich Rache üben. Rache, auf die sie seit Jahren wartete, die sie verdrängen musste, bis sie genügend Mittel für Bestechung und Korruption ihr Eigen nannte, vom Zugriff auf High-Tech Martial-Arts-Equipment aus dem Darknet ganz zu schweigen. Ihre Hände zitterten, die Emotionen kochten wieder hoch, unterdrückt und vertrieben aus dem goldenen Tal, vor langer Zeit.

Sie war ihrem Ziel nah, verdammt nah. Doch ein bitterer Nachgeschmack blieb: Der Großteil der Credits wurde verschlüsselt übertragen, die gab es nur bei Erfolg, und selbst den müsste sie überleben, sagte zumindest Frank.

Kyra blickte sich um, beäugte die vielen heruntergekommenen Weltraumabenteurer, sicher erfahrener und skrupelloser als sie. Das hier war eine heiße Nummer, warum hatte er die nicht zuerst gefragt? Oder hatten alle bereits dankend abgelehnt? Sie brauchte Antworten, doch Frank war plötzlich verschwunden, genauso schnell, wie er aufgetaucht war. Kyra schüttelte sich. Es gab keine Antworten mehr und auch kein Zurück. Sie hatte ihre Seele verkauft.

Kyra schlief schlecht, die ganzen Nächte seit dem Treffen in dieser Kaschemme mit Frank. Visionen, Alpträume, die sie an ihre frühere Zeit erinnerten, bevor alles zerbrach. Die vielen Kämpfe irgendwo auf diesem archaischen Planeten, brodelten schemenhaft aus ihrem Innersten hervor. Sie lief über kalt dampfende Erde, entlang eines Flusses, vielleicht knietief, immer nach Norden gerichtet. Ein kleines wildes Auenland nördlich des Alpenzuges, von stacheligem Gestrüpp überwuchert. Feiner Bodennebel schwebte über der dunklen Wasseroberfläche.

Wie aus dem Nichts stiegen ihre Gegner aus den Schwaden hervor und wankten langsam und stöhnend auf sie zu. Wollten sie kämpfen oder nur Trost suchen? Sie kannte ihre Fratzen, sie hatte sich entschieden und alle bezwungen, vor langer Zeit, doch ihr Traum sah das anders. Sie versteckten sich hinter altertümlichen Rüstungen, denen sie nichts entgegensetzen konnte. Hier endete jeder Kampf in einer Niederlage, ein seitlicher kräftiger Schlag, wie immer. Ein Ungetüm von einem hölzernen Schild, das auf sie niedersauste das die Ritter früher stolz für ihre Herren getragen hatten.

Bevor ihr schwarz vor Augen wurde, erhaschte sie noch einen flüchtigen Blick auf die Wappen. Nach vielen schweißtreibenden Nächten war sie sich sicher: Es gab sechs verschiedene, irgendwie vertraut und doch unbekannt, der fein eingebrannte Schriftzug ULZABW durchströmte ihren Kopf, doch er traf ins Leere. Das Puzzle fügte sich einfach nicht zusammen.

Elevator-City

Der Landeanflug offenbarte die bizarre Schönheit und seltsame Logik, mit der die Chitugas ihre Stadt auf diesem schroffen Teil des Planeten vor zweihundert Jahren gründeten, direkt in die Steilküste hineingebaut. Kyra kam aus dem Staunen nicht mehr heraus: »Wow, dagegen ist die Amalfiküste in Italien nichts«, schoss es bewundernd durch ihren Kopf. Fast mit Ehrfurcht studierte sie die Häuser, die sich über mindestens 1000 Yards an die senkrechte Felswand schmiegten. Keine Straßen, viele kleine Querwege auf unterschiedlichen Höhen, senkrecht aber durch schemenhafte Stufen verbunden. Grob in den rötlichsandigen Fels gehauen, umrahmt von einer wilden Mischung sämtlicher Farben von grün bis gelb, Muster aller Art. Kyra rieb sich die Augen. War das alles echt, oder nur eine der vielen versteckten Projektionen?

»Lass dich von der einladenden Atmosphäre nicht täuschen«, flüsterte Mark, der neben ihr saß, »die Chitugas sind unberechenbar. Ohne Visioumhang ist das ein Ort ohne Wiederkehr.«

Kyra blinzelte, und bei genauerem Hinsehen sah die Stadt tatsächlich anstrengend aus, auch wenn sie eine der modernsten von Ertha sein sollte.

Sie schwieg, genoss den phantastischen Ausblick auf das Meer, den schmalen Strand aus grünlichen, mit Tang bewachsenen Brocken, eingebettet in feinen rotgelben Sand, bevor die Landefähre des interstellaren Transportungetüms langsam auf der schwimmenden Landeplattform aufsetzte. Kyra musste Mark, ihren Missionspartner, nicht lange suchen. Er saß seit dem letzten Zwischenstopp auf dem Platz neben ihr im überbuchten interstellaren Shuttle. Ein Verschnitt aus Zuhälter und James Bond, aber irgendwie sympathisch.

»Arth bz io gz tu.« An diese Audio Transmission würde sie sich nie gewöhnen, trotz neuronalem Übersetzter. Sie folgten dem unendlich langen Bandwurm von Passagieren über einen kleinen Steg zum Ankunftsterminal. Obwohl er auf Schwimmpontons verankert war, zerrten schäumende Wellen ungestüm daran, eine nicht sehr vertrauenerweckende Konstruktion. Kyra hielt sich instinktiv an Mark fest, der den Rhythmus der Wellen sichtlich genoss.

Der Raumflughafen am Strand von Elevator-City war eine Attraktion, blickte man doch direkt von unten die unendlich hohe Steilküste hinauf.

»Schau«, flüsterte Kyra und zeigte auf das gläserne Octahedron, das inmitten der hängenden Märkte auf halber Höhe das Wahrzeichen von Elevator-City darstellte. Das Ziel ihrer Reise.

Die scharfen Kristallkanten zerschnitten den Himmel, waren es 200 oder gar 2000 Elemente, die sich, kunstvoll ineinander gesteckt, in die Steilküste bohrten? Wie ein riesiger Diamant fing es das Sonnenlicht ein und strahlte würdevoll über die Stadt.

Links und rechts von der Steilküste erhoben sich große rostfarbene Schotte, mehrere Stockwerke hoch, geschickt und unscheinbar in die Landschaft eingebettet. Ein massiver Schutzwall vor etwas Großem.

Sie wollte Mark gerade danach fragen, als ein heftiger Erdstoß sie aus ihren Gedanken riss. Das Wasser unter ihnen schwoll schlagartig an, die Pontons konnten nicht so schnell folgen, der Steg geriet in Schieflage, wurde halb mit Salzwasser überflutet und riss die Massen von den Füßen. Kyra konnte sich gerade noch in das geflochtene Geländer krallen, um nicht in das tosende Wasser abzurutschen. Andere hatten nicht so viel Glück. Helfende Hände griffen nach rudernden Armen und versuchten die hineingestürzten Passagiere aus den kalten Salzfluten zu ziehen. Rettungsringe wurden ausgeworfen. Rufe, Schreie, mühevolles träges Paddeln, nur zurück zum rettenden Steg. Plötzlich schäumte das Wasser rund um einen nahen Rettungsring erneut auf, schwappte darüber zusammen und ließ das Schreien erstickten.

»Gischtschnapper«, stöhnte Mark, »eine Delikatesse der Steilküste, armlang, jedoch mit absolut tödlichem Biss ihres großen Fangschlundes.« Angewidert warf Kyra ihren Kopf herum, die Gischtschnapper nutzten im seichten Gewässer die Situation aus und erweiterten ihren Speiseplan. Keiner wollte der nächste sein, alle drängten panikartig in Richtung Terminal. Kyra klammerte sich an Mark, sie stolperten unkontrolliert in der Menge weiter. Der Steg schwankte noch immer bedenklich, doch die Pontons normalisierten alles nach und nach.

»Wir hatten Glück, meist bleibt es nicht bei einer tektonischen Verschiebung, der Feuergürtel ist nicht weit von hier«, bemerkte Mark nebenbei.

Kyra blickte verstört zurück, doch das Meer glättete sich wieder, die Schreie waren verstummt, das Wasser leuchtete in der Morgensonne wieder in friedlichem Türkis.

Bevor sie das Terminal erreichten, zog Mark Kyra zu sich und zischte nervös: »Steck deinen Ausweis sichtbar außen an, wenn wir genauer kontrolliert werden, ist es aus! Bisher blieben wir unauffällig, den Visioumhängen sei Dank, und die Aktion der Gischtschnapper war eine perfekte Ablenkung.«

»Folgt dem Besucherstrom zum Terminal, dann fahrt hinauf, der Lakai des Magisters wird euch helfen, ihr werdet ihn erkennen. Wir treffen uns nach eurer Mission um 1200 auf dem Plateau, ein Raumgleiter der Falkenklasse holt euch dort ab. Verliert euren modifizierten Zugangscode nicht, viel Glück!« Dieser Frank hatte gut reden.

Das Ankunftsterminal entpuppte sich als zentrale Station für das einzige akkreditierte Transportvehikel in die Stadt: Ähnlich wie ein überdimensionaler Paternoster mit transparenten Kugelkabinen, so bunt schillernd wie aufsteigende Seifenblasen im Sonnenlicht. Einige Reisende kamen nicht voran. Anscheinend hatten sie kein gültiges Visum für den Zutritt, oder einer der Kontrolleure hatte wieder einmal schlechte Laune. Kyra drückte sich verstohlen an Mark. Der hielt sie vorsichtig aber bestimmt auf Abstand. Die Security-Scanner zogen fast jeden zehnten aus dem Verkehr, recht ungewöhnlich für diese Jahreszeit. Und das

Personal war dabei nicht zimperlich. Hatten sie Verdacht geschöpft? Gab es eine undichte Stelle?

Nun würde sich zeigen, ob Frank gute Beziehungen hatte. Kyra atmete tief durch, fand ihre innere Mitte, und schritt unter dem High-Tech-Boliden hindurch. Ein schriller Pfeifton ertönte. Sie zuckte zusammen und erstarrte. Mark schob sie geistesgegenwärtig weiter. Nur nicht auffallen, es schien, einer ihrer Kabinen-Mitreisenden scheiterte am Nachbarscanner. So sah es zumindest aus, aber Mark wollte es auch nicht wissen.

»Schnell«, murmelte er und zog Kyra durch die nächstgelegene Vereinzelungstür. Sie landeten in einem schmalen neonbeleuchteten Gang. Der Eingang zur Transportstation lag in Wurfweite. Sie gingen zügig den aufgemalten Pfeilen nach, jede Sekunde zählte.

Hinter ihnen flog die Tür auf: »Da sind die Beiden! Anhalten!«, schrie jemand. Ohne weiter nachzudenken, wer gemeint sein könnte, ergriff Mark Kyras Hand: »Spring!«

Das Kugelkraftfeld des Paternosters akzeptierte ihre Codekarte und verschlang beide in einer transparenten Hülle, die sich langsam nach oben bewegte und in die aufsteigenden Blasen einreihte.

Hinter ihnen krachten blaue Laserpulse aus einer energetischen Feuerwaffe in die Wand und erschütterten das Gebäude. Geschafft, das Kraftfeld hielt, wehe dem, der jetzt zu langsam war.

Octahedron

Auf jeder Ebene verharrte die Blase für knapp zwei Sekunden und stieg dann weiter auf.

»Jetzt«, rief Mark und schubste Kyra unsanft auf Ebene 99 durch das transparente Kugelfeld.

»Geht's noch?«, protestierte Kyra, »Sag das nächste Mal einfach Bescheid, okay?«

Mark grinste nur. Kyra schaute sich neugierig um. Sie standen in einer anderen Welt. War der Raumflughafen auf seine Art in nüchternem internationalen Schick, so erinnerten die Häuser, die in den senkrechten Fels geschlagenen Treppen und Gassen, die bunten Verkaufsstände und die exotischen Gerüche eher an die Medina von Marrakesch und ihre Souks.

Es hatte wohl kürzlich geregnet, es roch nach feuchter Kleidung, die beißenden Sonnenstrahlen dampften die letzten Pfützen aus.

»Ohne diese Paternoster-Aufzüge ist es echt mühsam, sich in dem steilen Gelände zu bewegen«, bemerkte Kyra. »Zumindest vertikal. Die kleinen Höhenwege, die links und rechts abzweigen, verlaufen eben wie die Etage eines Einkaufszentrums.«

Mark schaute sie irritiert an.

»So etwas war vor 200 Jahren modern«, fügte sie rasch hinzu. Wie weit es noch nach oben ging, wie weit das Plateau entfernt war, konnte sie nicht erkennen. Es war hier wunderbar friedlich, die Aufregung im Terminal schon fast vergessen.

»Komm«, sagte Mark emotionslos und zeigte in Richtung Meer, »da hinten ist das Octahedron. Wir haben ab jetzt genau 90 Minuten.« Sie liefen zielstrebig durch eine der schmalen Gassen nach Westen.

Die vielen Verkaufsstände sprudelten nur so vor Verlockungen. Kyra entdeckte immer neue Dinge, die ihr gefielen. Wenn sie nur schon anfangen könnte, ihre Credits zu investieren, etwas schlendern, ein paar technische Upgrades für ein längeres Überleben erstehen, oder einfach nur etwas von den verführerischen Grillständen probieren, was auch immer da über dem Feuer briet. Sie musste es ja nicht genau wissen, aber es war sicher allemal besser, als die Instantpampe, die im Raumgleiter angeboten wurde. Die Gesichter der Hungrigen, soweit sie es deuten konnte, sahen zumindest zufrieden aus.

Sie zögerte kurz, warum verschwand sie nicht einfach, hier und jetzt? Sie hatte sich die letzten Jahre gut durchgeschlagen. Mit der Anzahlung und etwas frischer Ausrüstung könnte sie sich theoretisch absetzen, Mark würde hier schon alleine zurechtkommen.

»Denk nicht mal dran!«, Mark sah sie scharf an.

»Wie konnte er…?«, schoss es ihr durch Kopf. Sie hatte von dieser Art Erthanern gehört, deren Symbiose mit Haluzi-Fungus-Sporen ihnen verbotene Cerebro-Scans auf kurze

Distanz erlaubten. Kyra stoppte ihre Gedanken, versuchte das Grübeln zu vermeiden. Wie konnte sie nur so naiv sein?

Kurze Zeit später weitete sich die enge Gasse, das bunte Treiben lag hinter ihnen. Sie standen auf einem nüchternen Platz, sandgelber Kies reflektierte die Mittagssonne. Wie ein überdimensionaler Diamant erhoben sich geschickt ineinander gestapelte Glaswürfel zum Himmel: Das Octahedron, massiv und doch filigran, über 270 Yards hoch, sie waren kurz vor ihrem Ziel.

Eine wuchtige Steinskulptur aus grauem Basalt störte den freien Blick, stellte aber eindeutig klar, wer in dieser Stadt das Sagen hatte. Der Herrscher von Elevator-City in Machtpose, den rechten Stiefel demonstrativ auf einem schwarzen Monolith abgestützt. Der Schriftzug »Arcanio Quaerimus« machte keinen Hehl daraus, mit wem sich die Einwohner besser nicht anlegen sollten. Sie stutzte. Unter dem schwarzen Monolith traten kleine graue Steinbrocken hervor, als ob ein großer Felsbrocken, oder war es doch ein Monument, zertreten, nein, eher zerschmettert wurde. Und auf einem meinte sie Wappen zu erkennen, die ihr bekannt vorkamen, der Anblick zerrte tief in ihrem Innersten, doch sie wusste nicht warum.

Kyra deutete zum Eingang, der leicht an der Warteschlange erkennbar war, und änderte die Laufrichtung.

»Langsam«, raunte Mark und hielt ihre Hand fest.

»Hey, Partner, was ist denn das für eine Nummer?« Kyra versuchte sich loszureißen, so langsam nervte er. Doch Mark ließ sie nicht los.

»Mach jetzt keine Schwierigkeiten. Das Artefakt dürfen nur die Erthaner ansehen, es hat sich zu einem Heiligtum entwickelt. Eine Ausnahme sind Paare von anderen Planeten, die hier und heute heiraten wollen. Du bist jetzt meine bessere Hälfte. Hat Frank dir das nicht gesagt?«

»Nein, hat er nicht, Mr. Cool! Wir sollen hier nur halblegal etwas abholen, von Anfassen war nicht die Rede, muss ich meine Gedanken noch übersetzen?«, reagierte Kyra sauer. Bessere Hälfte, was bildete er sich nur ein. Mark wusste alles, konnte alles und hatte alles Nötige dabei. Er hätte es alleine durchziehen können. Was zum Himmel war ihre Rolle in diesem Spiel? Händchenhaltend in der Warteschlange anstehen?

»Gefühle kann ich leider nicht lesen«, drohte Mark mit deutlichem Unterton, »ich erbitte dringend Kooperation.« Dabei schob er beiläufig seinen weiten Umhang zur Seite. Sie erhaschte einen Blick auf einen faustgroßen PE (Personal Eliminator), der griffbereit an einem zackigen Metallgürtel auf seinen Einsatz wartete.

»Lassen wir uns jetzt in froher Erwartung den Visioumhang dem Anlass entsprechend festlich einstellen und unsere freudigen Blicke justieren!«, forderte Mark sie förmlich auf und lief los.

Der große Vorteil dieser Pilgerstätte war, dass es eine gewisse Kleiderordnung gab. Spezies aus der ganzen Galaxis kamen hierher, seltsam anmutende Sumpfquallen, trudelnde Samtspinnentiere, unglaublich, was sich alles in diesem Sonnensystem die letzten Jahrhunderte angesammelt hatte. Da half es, die Irritation möglichst gering zu halten, wenn alle in gewissem Standard-Erthaner-Look erschienen, die Visiomodulation der Köpfe und Gliedmaßen eingeschlossen. Irgendwie nervte Kyra ihn, aber seine Partner suchte jemand anders aus. Dieser Frank, was auch immer seine Kriterien waren, diesmal passte wenigstens die Optik. Sie hatte etwas, was ihn anzog. War es ihre sportliche Erscheinung, ihre unterdrückten weiblichen Züge, ihre versteckte Verwegenheit? Schwarze kurze Haare und diese Tattoos auf der zerschundenen Haut, sie hatte sicher viel zu erzählen. Schade drum, in ein oder zwei Stunden würde alles vorbei sein.

»Wir werden beobachtet«, knurrte Mark.

»Wo?«

»Nicht hinsehen. Rechtes Gebäude, Balkon dritter Stock, Fernokular mit Sonnenreflex.«

»Wer hätte denn noch Interesse, und das am gleichen Tag?«

»Wir werden sehen. Unser Trip hat sich wohl herumgesprochen. Bisher konnte noch keiner das Artefakt erfolgreich entwenden.«

Angenehme Kühle empfing sie im Octahedron, ihre Augen gewöhnten sich schnell an das gedämpfte Licht. Als Mark seinen PE bei der Einlasskontrolle abgab, fühlte Kyra sich wohler.

Das Ticket war reine Formsache, der Identity-Scanner bestätigte die Anmeldung von Frau Selena Hordiz und Herrn Oleg Schmitz. Sie blickte Mark erstaunt an. Der grinste über das ganze Gesicht. Die Umstehenden mochten daraus ableiten, wie sehr er Selena liebte, doch für Kyra war es der Hinweis, dass ihr Auftraggeber gut, vielleicht zu gut, vernetzt sein musste, und seine Finger überall drin hatte. Frank und seine Organisation hatten gute Arbeit geleistet; es erinnerte sie an ihre frühere Zeit bei ORGIX, die konnten auch so etwas. Doch seit dem Verrat auf dem äußeren Eisplaneten, wo sie in einer Intrige fallengelassen wurde, empfand sie nur noch Hass und Rachegelüste, und irgendwann, ja irgendwann…

Sphärenstein

Genervt ergriff sie Marks Hand, lächelte künstlich zurück, und schritt selbstbewusst mit ihm durch den Security-Scanner. Ein Beobachter im fortgeschrittenen Alter und nicht mehr passgenauer, schwarzer Dienstuniform, winkte sie weiter, freundlich aber bestimmt. Kyra schlenderte Hand in Hand mit Mark durch die weißen halbtransparenten Marmorgänge den anderen Paaren hinterher. Über eine breite Treppe ging es eine Etage höher. Die Prozession hatte etwas Feierliches, wie das Durchschreiten des Mittelgangs einer Kathedrale. Eine bunte Mischung verschiedener Spezies, verschiedener Kulturen, Lederumhänge oder auch feiner lachsfarbener Stoffe. Das einzig Gemeinsame war der Wille, nicht mehr alleine, sondern bewusst zu zweit durchs Leben zu gehen, und diesen hier und heute einander zu bezeugen. Ehrfürchtig klang das weiche innige Flüstern, das von Wänden und Decken zurück hallte.

Sie kamen in die Zentralhalle. Über einem Sockel in der Mitte des Raumes schwebte der Sphärenstein. Das milchige Kraftfeld schützte ihn vor Begehrlichkeiten und ließ ihn dezent bläulich leuchten. Elegant geflochtene Seile, gefärbt mit edlem Karmin, das in besonderen Cochenille-Farmen auf Ertha gewonnen wurde, sperrten den Sockel weiträumig ab.

»Es sieht faszinierend aus, so real«, flüsterte Kyra, »und doch so weit entfernt vom kräftigen Smalteblau, von dem die Legenden so viel erzählen.«

Die Besucher staunten, die Paare umarmten und küssten sich, und wie es das Protokoll vorsah, sprachen sie vor dem Stein ihre Wünsche aus. Viel Zeit gab es nicht, schon bald wurden sie von den Wächtern weitergeschoben, humanoiden Partial-robotern mit Titanskelett, grauweißem Kettenhemd im Retro-look, aus den leichtesten und stabilsten Kunstfasern gewebt, die Arcanio Quaerimus in der Galaxie auftreiben konnte.

Kyra staunte, so etwas könnte ihr auch gefallen, wenn auch eher in rotschwarz, ein Lifesaver, eine der besten Lebensver-sicherungen, die man bekommen konnte. Und die 3XXL-PEs der acht radial um das Kraftfeld verteilten Aufpasser waren auch nicht von schlechten Eltern.

Die gläserne Kuppel und der kristallklare Boden erlaubten, nach unten zu blicken und das Treiben außerhalb zu beobachten, hinein in die bunten Gassen, auf das Monument unter ihnen hinunter auf das Meer. Das gläserne Octahedron machte seinem Namen alle Ehre.

»Wie geht es jetzt weiter?«, flüsterte sie und schaute Mark erwartungsvoll an.

»Wir schnappen uns den Sphärenstein und hauen ab.«

Na super, wie lange will er sie noch im Dunkeln tappen lassen?

»Aber das Kraftfeld scheint undurchdringbar, wer ihm zu nahe kommt, den zerreißt es in seine eigenen Atome.«

Kyra wollte es jetzt wissen, sie hatte auf dem Weg hierher die Plakate mit den Warnhinweisen entdeckt, dezent an den Wän-den angebracht und mit kleinen Collagen bedruckt, die dem interessierten Besucher einige spektakulär gescheiterte Diebstähle vor Augen führten, natürlich mit der klaren Intention: »Never ever try it.« An der Decke hingen zirkuläre Überwachungskameras, acht Meter über dem Boden, man gab sich keine große Mühe sie zu verstecken. Der Ein- und Ausgang war mit einem Sicherheitsfalltor aus Wolfram-Composit geschützt, selbst ein leistungsstarker Laser würde Stunden benötigen, um es nach Aktivierung wieder zu öffnen.

Mark sah auf sein Chronometer, fasste Kyra an den Schultern und blickte ihr tief in die Augen: »Kyra, du musst mir jetzt vertrauen. Wir haben hier, nennen wir es einmal so, einige Freunde, die uns einen Gefallen schulden. In einer Minute wird das Kraftfeld für eine Sekunde geschwächt sein. Dann schreiten wir hinein und sind beim Sphärenstein. Wenn das Kraftfeld wieder aktiv ist, kann uns kein PE mehr etwas anhaben.«

»Und wie kommen wir wieder heraus?«

»Ich habe vorgesorgt.«

»Klar, der werte Herr hat alles im Griff?«

»Ich lenke die Wachen ab, während du Anlauf nimmst und mit einem Hechtsprung genau im richtigen Zeitpunkt durch das Feld über den Sockel springst, den Sphärenstein ergreifst, seitlich hinaus rollst. Wir verschwinden dann durch die hintere Tür.«

Kyra schaute ihn mit großen Augen an und kniff sich in den Unterarm: »Ich finde, dass klingt recht einfallslos und dämlich. In welchem Film sind wir gerade?«

In diesem Moment flog eine Seitentür auf, unerkannt in der Wand versteckt: »Die zwei da, festnehmen!« Der Magister stand höchstpersönlich im Raum, begleitet von seinem Lakaien, eingerahmt von zwei hochgewachsenen Kampfdroiden in wallenden blutschwarzen Kapuzenumhängen.

Mark zuckte zusammen. »Es scheint, deine Freunde haben ein besseres Angebot bekommen«, grinste Kyra lakonisch.

Die Kampfdroiden eröffneten sofort das Feuer. Hinter Mark zerplatzte ein Squark, brennende Fetzen seines Visioumhangs schwebten durch den Raum, die nach und nach auf kleinen schwarzen Kugeln landeten.

»ETE Granaten!«, keuchte Mark, »Estradische Tritium Equalizer, raus hier!«

Zu spät, das Falltor krachte bereits auf den Boden, der Rückweg war abgeschnitten.

»Die Geheimtür!« Mark wirbelte herum. Doch diese Idee hatten die anderen dreißig Paare auch.

Kyra starrte wie versteinert auf den Sphärenstein, der nun aus dem Kraftfeld stärker bläulich strahlte als zuvor, ein waberndes, leicht pulsierendes Licht, sanft und beruhigend.

Hier und wegen dieses Kleinods würden ihre Mission und ihr Leben zu Ende gehen. Doch der Stein zog sie weiter in seinen Bann, veränderte seine Aura, drang in ihre Gedanken ein und zeigte ihr die letzten Sekunden im Zeitraffer: Wie sie mit Mark in die Halle eintrat, den Stein bestaunte, das plötzliche Erscheinen des Magisters, das Feuergefecht, die rollenden ETEGs, die ihren Fuß berührten, zurückprallten, und wie plötzlich das Kraftfeld verschwand, für einen Augenblick eine vertraute Nähe offenbarte, zumindest für den Bruchteil einer Sekunde, kurz bevor alles explodierte.

Etwas stieß an ihren Fuß und prallte ab. Kyra verstand. Das Kraftfeld flackerte. Sie packte Mark, der noch immer wie versteinert dastand, zerrte ihn rückwärts in Richtung Podest, wich seitlich aus, setzte einen Koshi-Uchi-Mata an, ihren japanischen Spezialwurf, und folgte Mark im Flug mit einer eleganten Judorolle. Während Mark so hart auf dem Glasboden aufprallte, dass ihm die Luft wegblieb, – insgeheim gönnte sie es ihm – rollte Kyra elegant ab und ließ sich vom Marmorsockel stoppen. Sie blickte auf und konnte es kaum glauben: Sie lagen direkt vor dem Sphärenstein.

Dann ging um sie herum die Hölle los: Die nachfolgenden Explosionen der ETEGs zerrissen fast ihr Trommelfell, sie zog den Visioumhang über ihren Kopf und schloss die Augen, um das Feuerinferno irgendwie zu ertragen. Ihr wurde heiß, aber sie brannte nicht.

Seltsame Ereignisse

Sie waren beim Stein, innerhalb des Kraftfeldes. Außerhalb war alles verwüstet, sie lebten, ihr Visioumhang war zwar recht mitgenommen, doch das Objekt der Begierde zum Greifen nahe. Sie lebte, aber sie zweifelte, wie lange noch. Nichts kam herein, nichts kam hinaus.

Sie konnte nicht begreifen, was geschah. Hatte der Sphärenstein ihr etwas gezeigt, oder etwas in ihr aktiviert? Unbekannt in ihrem Geist schlummernd, nur auf den richtigen Code, auf den richtigen Trigger wartend? Eine Fähigkeit, die vor über einhundert Jahren nur wenigen aus dem Norden in die Wiege gelegt wurde.

Instinktiv nahm sie ihn in die Hand und drehte ihn. Das pulsierende Smalteblau verblasste, ein faustgroßer Stein, ähnlich geformt wie ein Steinbeil, thronte nun zwischen ihren langen Fingern.

»Ein grauer Steinkeil«, murmelte Kyra irritiert, »so viel Aufwand wegen eines grauen Steins.« Doch instinktiv war ihr bewusst, dass sich hier der Schlüssel zu einem viel größeren Geheimnis offenbarte.

Die Halle war leer und verbrannt, vor wenigen Sekunden noch belebt von erwartungsvollen Paaren, Droiden und einem allwissenden Magister, alles war pulverisiert. Auch das Kraftfeld schien beschädigt zu sein, waberte es doch unkontrolliert gegen die Steinstufen des Sockels. Kyra fühlte sich wie ein Kanarienvogel im Vogelkäfig.

Mark kam zu sich. »Was ist passiert?«

»Wir haben ihn.«

»Wir haben was?«

»Wir haben den Sphärenstein«, grinste Kyra und öffnete ihre Hand.

Mark rieb sich schwerfällig seinen Kopf, er hatte einen guten Schlag abbekommen, doch er sammelte seine Kräfte schnell wieder.

»Dann müssen wir nur noch raus und zum Treffpunkt«, bemerkte er seelenruhig, »und zwar fix, denn das Kraftfeld wird instabil und zerbröselt schon den Steinsockel, auf dem wir stehen.«

»Ein einfaches Danke, hätte auch gereicht«, motzte Kyra und verschränkte die Arme. »Sieht aber eher wie Game Over aus, oder wie sollen wir hier heraus spazieren?

Mark ergriff ihren linken Arm, zog sie zu sich hin und umarmte sie. »Hey, geht das schon wieder los, für so was ist jetzt keine Zeit … Autsch!«

Schon wieder dieses Stechen im Oberarm, er blutete leicht und begann zu pochen. Plötzlich hielt Mark eine kleine Hülse mit blinkender Lampe in der Hand.

Kyra weitete die Augen. Eine aktivierte EMI Bombe, dieser Frank hatte ihr einen Elektromagnetischen Impactor untergeschoben, der Schmerz, das war kein normaler Creditor, er hatte ihr chirurgisch das Teil unter ihrem Tattoo eingepflanzt. Die Alpträume der letzten Wochen, was hatte er in ihr noch alles aktiviert? Wenn sie jetzt schon draußen wären, sie hätte ihr Geld nie gesehen, der EMI wäre vorher in ihrem Arm hochgegangen. Verrat, immer wieder Verrat!

Mark beschwichtigte: »Vorkehrung für Plan B, die Scanner im Raumgleiter Terminal erkennen nervöse Gäste, du durftest nichts wissen. Und jetzt raus hier!«

Mark platzierte den EMI am vorderen Sockelrand, warf seinen angerissenen Visioumhang darüber, der sich schlagartig in eine zähe feste Masse verwandelte. Mark zündete. Kein Knall, nur ein heißer oranger Feuerkegel, der sich wie Thermit in den Boden hineinfräste. Wenige Augenblicke später fielen sie samt Sockel knapp 5 Yards tiefer.

»Kabelschächte, ein Relikt aus dem 21. Jahrhundert, irgendwoher muss die Energie für das Kraftfeld ja kommen«, grinste Mark siegessicher.

Der Hitzestrudel fraß sich weiter in den Boden und bohrte ein immer größeres und tieferes Loch in den Glasboden des Octahedrons. Kyra wickelte sich schützend in ihren Visioumhang und klammerte sich an einen Kabelstrang.

»Hier, nimm, da hinein mit ihm«, rief Mark ihr zu und warf eine rote Metallbox hinüber. Während sie danach griff, riss die unterste Glasplatte unter ihren Füßen.

»Verdammt!« schrie Mark und sauste mit einem Ruck abwärts. Kyra hatte Glück und hing mit ihrem Visioanzug noch halb in den Kabeln fest, ihre Beine baumelten jedoch direkt über dem Monument des Herrschers in luftiger Höhe.

»Mark?«

Mark tastete nach seinem Bein, das aus den staubigen Kleidungsfetzen schimmerte und stöhnte. Sein Visioumhang war dem Einsatz zum Opfer gefallen, Tarnung war nicht mehr möglich.

Ratsch. Kyra fiel fünf Yards tiefer. Auch ihr Visioumhang löste sich nach den Strapazen der letzten Minuten in seine Bestandteile auf und riss weiter der Länge nach. Mit einer Schaukelbewegung schaffte sie es im letzten Moment, sich über den oberen Teil des Sockels zu schwingen, bevor ihre letzte Versicherung abriss und sie der Schwerkraft in die Hände legte. Ihr Fall war nur kurz, sie landete auf halber Höhe auf dem Sockel. Während sie katzenartig nach unten kletterte, starrte sie immer wieder in Richtung Octahedron.

Aus dessen Eingang quollen frische Kampfdroiden und feuerten zielstrebig mehrere Strahlengranaten auf sie ab. Sie wussten genau, wen sie treffen mussten.

»Wir teilen uns auf, treffen auf der Plattform, irgendwie!« Mark erhob sich mühsam, spurtete dann aber ungewöhnlich schnell in eine der belebten Gassen hinein.

Kyra rannte im Schutz des Monuments in die entgegengesetzte Richtung, rutschte panikartig den erstbesten Hang hinab und erreichte gerade noch rechtzeitig die tieferliegende Ebene, bevor ein Fangnetz neben ihr zusammenschlug. Sie blickte gehetzt nach oben, Projektile schlugen neben ihr ein. Zwei Kampfdroiden hatte sie ins Kreuzfeuer genommen, während ein anderer versuchte, den Hang hinunterzuklettern.

Der Alarm war nicht zu überhören, es konnte nur noch schiefgehen. Mark war verschwunden, sie stürzte ohne Tarnung durch die schmalen Gassen von Elevator-City, ohne Ziel.

Ihre Verfolger transformierten ihr Aussehen in Humanoide mit wallenden grünen Gewändern, trieben die Menge auseinander und zeigten in ihre Richtung. Jeder wusste nun, wen sie suchten.

Kyra biss die Zähne zusammen, irgendwie musste sie zur rettenden Plattform kommen, der Shuttle musste bald landen dann fort von hier!

Einige Schritte voraus, zwischen zwei Verkaufsständen, gab es eine von diesen Paternoster-Stationen. Kyra sprang beherzt in eine der Kugeln hinein, die Transportrichtung war ihr egal. Doch sie prallte ab und landete schmerzhaft auf dem Boden. Das Gate blinkte in schrillem Rot, ihre Verfolger wechselten abermals die Richtung und liefen direkt auf sie zu.

»Mist, Badge verloren, wahrscheinlich in diesem verdammten Thermit verbrannt«, stieß sie gepresst hervor. Kein Badge, keine Identität, kein Zutritt. Sie war jetzt ein Niemand ohne Rechte. Kyra hatte keine andere Wahl, sie stieg über die nächstliegenden eingeschlagenen Steinstufen nach oben. Eng und steil, was bei der Stufenhöhe von einem Yard eher einem Klettersteig in einer Steilwand entsprach. Ihre Verfolger hefteten sich sofort an ihre Fersen.

Ein kräftiger Erdstoß erschütterte die Felswand, Kyra konnte sich gerade noch an einem Gestrüpp festkrallen. Sirenen heulten, ihre Jäger rutschten ab und purzelten hart in die Gasse zurück. In das anschwellende Sirengeheul mischte sich dumpf schepperndes Kettenrasseln. Kyra wagte einen Blick: Die mächtigen Torplatten am Fuße der Steilküste setzten sich wie ein überlanger Güterzug in Bewegung und begannen die Steilküste abzuschotten.

»Mist, zu viel Zeit verloren!« Kyra fluchte, doch ihr hatte die kurze Verschnaufpause gutgetan. Mit neuer Kraft zog sie sich die letzten Yards nach oben und spähte über die Kante der nächsten Ebene. Von rechts stürzten weitere Grüne Umhänge auf sie zu, die hatten die Transparentkugeln im Paternoster genommen, der während der Erschütterung nur kurz stillstand. Kyra rollte über die Schulter auf den Steinweg, rappelte sich auf und rannte in die entgegengesetzte schmale Gasse hinein, stolperte nach kurzem Sprint über die Auslage eines Standes mit orientalischen Gewürzen, strampelte sich frei, rutschte aus und fand sich plötzlich auf dem harten Steinboden wieder. Der Besitzer nutzte die Chance und hielt sie wütend mit seinen langen Fangarmen fest.

Dann ging alles ganz schnell. Ein Kampfdroide tauchte wie aus dem Nichts auf, schob seinen wallenden Umhang zur Seite und hob einen gezackten silbernen Stab. Lautlos folgte einem kaum sichtbaren Lichtblitz ein brennender Schmerz in ihrem Oberschenkel.

»Das war's dann wohl«, seufzte Kyra, als sie die betäubende Wirkung der abgeschossenen Kanüle spürte, die sämtliche Kleidung durchdrang und mit Nachdruck in ihre Blutbahn eine unbekannte Substanz injizierte. Plötzlich schwebte sie über ihrer Körperhülle, flog immer höher über den bunten Markt von Elevator-City. Nach und nach verblassten die Konturen, es wurde dunkel.

Duncan

Kyra spürte langsam ihr Bein wieder. Es kribbelte und zerrte an ihren Sehnen und Muskeln, als das Blut in ihre tauben Körperteile zurück strömte. Kopfschmerzen, grässliche Kopfschmerzen. Der Untergrund schwankte hin und her, ihre Arme waren über dem Kopf verdreht und die Hände irgendwo festgebunden. Wellen schwappten in der Nähe gegen festes Holz. Sie versuchte die Augen zu öffnen, doch das grelle Sonnenlicht erlaubte nur ein vorsichtiges Blinzeln.

»Na endlich, unser Vögelchen wacht auf«, näselte ein paar Yards entfernt eine großgewachsene Gestalt, »wurdest dem lieben Duncan vorbildlich übergeben, scheinst etwas wichtiges zu sein.«

Dieser Duncan sah recht erdenähnlich aus, war muskulös, hatte lange braungelockte Haare und das Wichtigste: Er schien ihre Sprache zu sprechen. Eine leichte Brise wehte, hinter ihm erhob sich ein hölzerner Stamm, an dem ein weißes Segel wohlgeformt seine Arbeit verrichtete.

»Ich bin auf einem Segelboot!«, durchfuhr es sie. Links erhob sich die Bucht vor Elevator-City mit der Landeplattform, zur Rechten ging es ins tiefe weite Meer. Unüberhörbar wurden die überdimensionalen Fluttore mit rasselnden Ketten weiter schützend vor das Flugterminal und die Steilküste geschoben.

»Wahnsinn«, dachte Kyra noch halb in Trance, »das Tor muss aus mehreren Quadratkilometern Fläche bestehen.« Dann schloss sie die Augen.

»Wo ist der Sphärenstein?«, forderte Duncan sie auf und hielt ihr demonstrativ die leere rote Box vor das Gesicht.

Kyra zuckte mit den Schultern, das Auf und Ab trieb ihr die Übelkeit ins Gesicht. »Kann mich an nichts mehr erinnern«, brabbelte sie kaum verständlich und mühte sich, die Augen wieder zu öffnen.

An der Reling hingen durchgeschnittene Kabelbinder, der Platz darunter färbte das weiße Deck in einem hellen Rosa.

»Mark!«, schoss es ihr entsetzt durch den Kopf. »Hatte er es geschafft, oder …?« Kyra wollte den Gedanken lieber nicht fortführen und drehte sich angewidert weg.

»Na, wo ist er denn? Komm, sag es mir, dann wird es schnell und schmerzlos sein«, wiederholte der Halbaffe nachdrücklich.

»Der da neben dir«, und dabei zeigte er verächtlich auf die rosa Stelle, »wusste es wohl nicht, oder er hat sein Wissen mit ins Grab genommen. War ein guter Köder für die Gischtschnapper. Ihr dachtet wohl, ihr könnt mit dem Relikt einfach so verschwinden?«

Duncan ließ die Stille wirken, nahm sein Fernglas, schaute fasziniert in Richtung Steilküste und spielte gedankenverloren mit einem Butterfly-Messer.

»Ihr habt uns beim Octahedron beobachtet?«

»Vielleicht. Elevator-City ist seit jeher eine Stadt der etwas anderen Art mit netten dunklen Verbindungen, die keiner so genau kennen will. Man braucht nur jemanden, der sich die Finger für einen schmutzig macht. War schon fast zu einfach, aber jetzt hätten wir gerne das Artefakt, klar?«

Sie musste Hilfe holen, irgendwie Frank anrufen. Ihr Armgelenk fühlte die Fesseln aber nicht ihren Kommunikator. Wo war er?

Plötzlich verdunkelte sich der Himmel, ein dumpfer Schlag ließ das Boot erzittern, von Elevator-City dröhnten weiterhin warnende Hornsignale. Kyra blickte ängstlich auf das Meer hinaus und erstarrte: Der Schatten wurde von einem mächtigen Tsunami geschoben, die ersten Vorwellen waren schon sichtbar.

Duncan schien das nicht zu stören, er stand mit dem Rücken zum Meer. »So, nun zu Dir, dann müssen wir wohl mit der Überzeugungsarbeit anfangen«, wurde sie aus ihren Gedanken gerissen.

»Wo wir schon einmal so nett beieinander sind«, forderte er mit drohender Stimme, »könntest du erst einmal als Geste der Freundschaft deinen Zugangscode in den Kommunikator hineinsprechen!«

Lässig erhob er sich, verließ das Steuer und schritt gemächlich auf sie zu.

Plötzlich wurde das Meer unruhig, das Segelboot begann bedrohlich zu stampfen. Während Kyra seitlich in die Reling rutschte und dabei die Fesseln noch fester zog, glich der langhaarige Unbekannte die Bewegung elegant mit seinen tätowierten Beinen aus.

Dann baute er sich vor ihr auf, in der einen Hand hielt er ihren Kommunikator, mit der anderen sirrte das Butterfly durch die Luft.

»Dann lass mal hören, eins«

Kyra stockte der Atem, nein, sie durfte ihm den Code nicht sagen …

»zwei«

… ihre Existenz, ihre tiefsten Geheimnisse steckten dort drin, nicht nur sie, auch ihre Freunde wären dem Untergang geweiht …

»drei!«

Eine weitere Welle schlug gegen das Boot und erschütterte es bis ins Mark. Salzwasser schoss hoch über das Deck, drehte das

Boot und vernebelte die Sicht. Instinktiv trat Kyra gegen Duncans Schienbein, der taumelte, suchte Halt. Die nächste Welle rollte schäumend über die Kajüte, warf ihn heftig in die Reling und riss ihn gnadenlos hinab ins Meer.

Kyra hing immer noch festgebunden am Bug und entdeckte ihren Kommunikator vor ihren Füßen. Ein Wunder.

»Ich muss ihn bekommen«, schoss es ihr durch den Kopf. Vorsichtig bugsierte sie ihn mit den Füßen und klammerte ihn fest zwischen die Knöchel. Aber mit festgebundenen Armen kam sie nicht weiter.

Eine gespenstische Ruhe setzte ein, der Wind flaute ab. Kyra wandte den Kopf nach hinten und erstarrte. Sie kam. Die Welle. So einen Tsunami hatte sie noch nie gesehen. Mehrere Häuser hoch. Das Boot wurde immer höher gehoben, erst langsam, dann immer schneller. Was für ein majestätischer Ausblick auf Elevator-City.

Dann brach die Welle und weiße Gischt schleuderte das Boot durch die Luft. Alles drehte sich, die Luft war voller Wasserstaub, sie konnte kaum atmen, fühlte sich schwerelos.

Ein harter Aufprall auf das flache Wasser, nach einer halben Ewigkeit. Das Boot zerbrach in zwei Teile, zog sie unter Wasser und gab Kyras Hände wieder frei. Sie griff den Kommunikator mit der linken Hand und erreichte nach kurzer Zeit mit kräftigen Beinschlägen die Wasseroberfläche, schnappte gierig nach Luft und atmete durch: Sie war wieder frei.

Doch die nächste Welle kam. Kyra wurde erneut wie ein Korken hochgehoben, 10 Yards, 30 Yards, vielleicht sogar 100 Yards. Die Küste und die Schutztore waren nicht mehr weit entfernt, ein guter Ort, um zerschmettert zu werden. Sie bereitete sich auf das Ende vor, doch noch immer dämmerte ihr nicht, wo der Sphärenstein sein könnte.

Die Schutztore waren mittlerweile geschlossen. Fast geschlossen, die alte Mechanik hatte sicher schon bessere Tage gesehen. Die letzten Meter ruckelten sie recht angestrengt und zaghaft dahin. Als sie mit der zweiten Welle auf die Küste prallte, ächzte der Schutzwall unter der Last, Meerwasser drückte durch den verbleibenden Spalt, riss Kyra gnadenlos mit der starken Strömung hindurch und warf sie ungestüm auf den Strand.

Ein letztes Aufbäumen der Technik schloss die schmale Lücke hinter ihr, Kyra krabbelte auf allen Vieren den Strand hinauf, immer gegen das ablaufende Wasser ankämpfend. Sie spuckte die salzige Brühe aus, von der sie viel zu viel geschluckt hatte, ihre Augen tränten. Als sie wieder etwas mehr Boden unter den Füßen hatte, lief ihr ein Schauer über den Rücken: Überall zappelten die glitschigen, gelbgrünen Gischtschnapper. Ohne Wasser konnten sie nicht angreifen, oder vielleicht doch?

Eine Mischung aus Krokodil und Zitteraal, die Spannung knisterte bereits in der Luft, jeder Kontakt war tödlich. Die kleinen Rinnsale verbanden die Biester wie ein Spinnennetz, das man tunlichst nicht berühren sollte.

Kyra biss die Zähne zusammen.

»Aufstehen, du schaffst das!« Der erste Stromschlag fuhr in ihre Beine, ließ sie wanken, der zweite zwang sie in die Knie, die Hochspannung fand ihren Weg durch die ausgefransten Risse ihres enganliegender Carbonanzuges.

»Weiterkrabbeln, weiterkrabbeln, nicht aufgeben!« Mit letzter Kraft zog sie sich auf einen großen Stein und überblickte vorsichtig die Lage.

»Das gibt es doch nicht!« Direkt vor ihr lag der Paternoster vom Flugterminal. Die übervollen Transportblasen arbeiteten noch, jeder der konnte, versuchte sich nach oben zu retten. Kyra stand vorsichtig auf, sprang vom Stein herunter und begann zu rennen. Helfende Hände zerrten sie in die aufsteigende Blase hinein, das Sicherheitssystem lief anscheinend im Notbetrieb. Langsam stiegen sie nach oben. Nur weg von hier, hoch auf das rettende Plateau.

Als sie auf halber Höhe waren, zerbarst die Hauptstütze der Fluttore, das Meer stürzte ungeschützt auf die Steilküste. Der Meeresspiegel stieg schlagartig an der Steilküste hoch, kam immer näher und verschluckte eine Transportblase nach der anderen.

Der Kommunikator blinkte.

»Kyra? Gut deine Stimme zu hören. Wo bist du?«, schnarrte es kaum verständlich. Das Teil hatte wohl auch etwas abbekommen.

»Im Aufzug auf dem Weg nach oben! Wer spricht da?«

»Wir holen dich beim Octahedron ab – der Platz davor ist jetzt leer. Ende.«

Kyra erbleichte: Zurück an den Ort, von dem sie vor Stunden geflohen war? Aber wie sollte sie sonst hier wegkommen?

Level 99. Auf Höhe des Octahedrons sprang sie heraus und spurtete zum Platz zurück. Keine Sekunde zu früh. Die Flutwelle hatte den Infrastrukturenergiegenerator erreicht und legte ihn lahm, eine Transportblase nach der anderen platzte und riss die schreienden Mitfahrer in den tiefen Schacht hinunter.

Ein seltsames Gefühl durchströmte sie, als sie den Platz erreichte. Im Glasboden des Octahedrons klaffte noch immer ein großes Loch, der Platz war wie ausgestorben. Sie spürte eine geheimnisvolle Energie, die sie heute schon einmal wahrgenommen hatte.

Ein kleiner Punkt schoss aus der Ferne auf sie zu und entpuppte sich nach kurzer Zeit als kleiner Raumgleiter der Falkenklasse, welcher elegant neben der eingefallenen Statue des Herrschers landete. Die Einstiegsrampe klappte herunter und jemand winkte ihr zu.

»Mark!«, ein Freudenschrei kam über ihre geschundenen Lippen.

Im Gleiter

Wohlige Wärme empfing sie im Inneren, das Gefühl von Geborgenheit breitete sich in ihr aus, nur weg von diesem verdammten Ort. Doch wem konnte sie überhaupt noch vertrauen?

Der Gleiter startete und sie stiegen die Metalltreppe zum Cockpit nach oben. Der Innenausbau hatte schon etwas gelitten, schlichte graue Carbonplatten verkleideten das Skelett des kleinen Passagiertransporters.

»Kyra, darf ich dir unseren Piloten vorstellen?«

Der Kommandosessel schwenkte herum, der Anzug und das schlohweiße Haar waren unverkennbar.

»Frank, was machst du denn hier?«, stieß sie überrascht aus.

»Ich versuche die Mission zu retten, ist ja einiges schief-gelaufen. Hast du die rote Box mit dem Sphärenstein bei dir?«

Kyra überlegte und tastete sorgfältig mit ihren Händen sämtliche Taschen und möglichen Verstecke ab. Dann zuckte sie mit ihren Schultern. »Ich glaube nicht, keine Ahnung.«

Mark schnappte nach Luft und schaute sie entsetzt an. »Als wir uns trennten, hattest du ihn noch, ich warf dir eine rote Transportbox zu, er war bei dir!«

»Ich bin noch so durcheinander«, stammelte sie. »Die haben mir auf der Flucht irgendetwas gespritzt, ich kam nicht weit, die letzten Stunden sind so nebulös.«

Dann erzählte Kyra, woran sie sich noch erinnern konnte: An die Explosionen im Octahedron, dann an einige Fetzen der Flucht durch die Gassen, klare Gedanken gab es erst ab ihrem Aufwachen auf dem Segelschiff, auch der Langhaarige mit der leeren Box und dem Butterfly war noch gut im Gedächtnis eingebrannt.

Frank und Mark sahen sich an, Mark nickte: »Nun gut, schauen wir erst einmal, dass wir hier wegkommen, da unten ist die halbe Stadt geflutet und Arcanio Quaerimus mobilisiert gerade seine Einheiten. Magst Du erst einmal einen Kaffee? Dann kommen die Erinnerungen schon wieder. Außerdem checken wir dich auf der Krankenstation erst einmal durch, du schaust recht ramponiert aus, was meinst du?«

Kyra nickte, ergriff dankbar den Becher und trank genuss-voll. Den letzten Kaffee hatte sie im interstellaren Raumgleiter zu sich genommen, wenn man das Gebräu überhaupt so bezeichnen konnte. Und sie musste definitiv wieder zu Kräften kommen. Der Kaffee beruhigte angenehm.

»Ja, du hast recht, ohne Visioumhang kann man nichts kaschieren«, meinte sie. »Mein Standard-Karbonanzug hat ziemlich viele ausgefranste Risse, hält gerade noch so an der

Haut, na ja, muss wohl ein neuer her. Wo geht es jetzt eigentlich hin?«

»Erst einmal im Hinterland verstecken, es sind jetzt zu viele auf der Jagd nach uns.«

»Okay, dann checkt mich mal durch.«

Kurze Zeit später lag sie auf der Krankenstation im Kernspintomografen, ihre Augen wurden immer schwerer. War das wirklich Kaffee gewesen? Warum sah Mark im Vergleich zu ihr noch so frisch aus?

»Sag mal Mark«, fragte sie zögerlich, »wie hast du es eigentlich geschafft zu entkommen?«

»Das ist eine lange Geschichte …«

Bevor er weitererzählen konnte schlief sie ein.

Kyra blinzelte. Das gedämpfte Licht, das Summen der Geräte und die leichten Erschütterungen gaben ihr Gewissheit, dass sie noch immer im Standardgleiter unterwegs war. Wie lange hatte sie geschlafen?

Im Nebenraum hörte sie Frank und Mark diskutieren.

»Jetzt haben wir sie acht Mal mit verschiedenen Verfahren gescannt, selbst unter ihre Tattoos geschaut. Nichts, kein Stein, kein Hinweis, sie hat ihn nicht bei sich. Selbst in ihren Gedanken lese ich nichts. Die Funkkanäle der Einheiten von Elevator-City überschlagen sich mit Anweisungen, wo noch zu suchen wäre, auch die haben noch nichts gefunden. Selbst die Überwachungskameras und die Satellitenbilder finden keine Signatur mehr. Seit der Explosion im Octahedron ist der Sphärenstein wie vom Erdboden verschwunden.«

»Aber auf dem Platz hatte sie ihn noch in der Hand, ich habe ihn selbst gesehen, er wurde nicht zerstört, ich schwöre es dir!«

»Warten wir, bis sie wieder aufgewacht ist, dann setzen wir die Befragung fort, und«, Frank flüsterte bedrohlich, »notfalls auch mit etwas dezentem Nachdruck.«

Kyra bekam Gänsehaut und öffnete vorsichtig die Augen. Es ging überhaupt nicht um sie, um ihr Wohlbefinden, um die Rückkehr ins Team. Es ging nur um den Stein. Unwissentlich wurde sie auf den Kopf gestellt, eine Stunde, drei Stunden? Sie musste handeln, die Kontrolle übernehmen, bevor die zwei wieder den Raum betraten. Ihren Kommunikator hatten sie ihr zum Glück nicht abgenommen.

Sie setzte sich vorsichtig auf, ihre Gedanken wurden schlagartig wieder klar. »Dann wollen wir mal sehen, ob die Credits im Darknet Martial-Arts-Equipment Store gut angelegt waren.«

Sie startete den Kommunikator und wechselte in den Stealth-Modus. Die App des Hackermoduls startete zügig nach Identifikation ihres Fingerabdrucks.

»Scanning Maintenance Interfaces« erschien auf dem Display. Kyra grinste: So modern die Standardgleiter auch sein mochten, die Techniker nutzten immer noch die steinalte Bluetooth Technologie, um auf zentrale Komponenten zuzugreifen.

»Console – access; Reactor – denied; Airlock doors – access; ship design hologram – access«

Kyra tippte auf den letzten Eintrag und betrachtete das kleine 3D-Hologramm des Schiffes.

»Geht doch!«

Viel war es nicht, was sie bekam, aber es könnte reichen. Wie es der Zufall wollte, lag die Krankenstation direkt neben dem Cockpit, genauso wie das Casino, in dem Frank und Mark noch immer bei berauschenden Getränken beisammen saßen und die nächsten Schritte planten. Dann kam Bewegung in die Situation.

»Lass uns mal nachschauen, ob unser Goldvögelchen so langsam wach wird und uns etwas mehr zwitschern kann«, beendete Frank die Diskussion und erhob sich lässig von seinem Platz.

Kyra handelte blitzschnell: Mit drei schnellen Gesten übernahm sie die Kontrolle über das Airlock-System. Bevor Frank sich versah, schlug das Casinoschott mit kräftigem Zischen vor seiner Nase zu und verriegelte sich.

»Was ist denn das für ein Mist, das Ding hängt fest, Mark, schnell ins Cockpit, wir haben eine Fehlfunktion!«

Mark sprang auf und spurtete in Richtung Cockpit, doch Kyra war schneller. Mit einer weiteren Interfacegestik verriegelte sie das Casino komplett und öffnete für sich die Schleuse zum Cockpit, ein paar wenige Schritte und sie ließ sich in den Kommandosessel fallen, atmete tief durch, lauschte in sich hinein und spürte einen zarten Drang, der sie in Richtung Südwesten zog.

»Dann wollen wir uns einmal die Navigationsdaten ansehen, wie wir hier am schnellsten wegkommen«, ging sie die Situation rational an. Der Standardgleiter war die letzten fünf Stunden im Hinterland gekreuzt, jeglichen Gebirgszug als Deckung nutzend. Drei Stunden Flug in Richtung Osten würde ihr Unterschlupf bei einem alten Kameraden bieten. Sie programmierte die Koordinaten ein und flog eine elegante Kurve.

»Verdammt, hier riecht es ziemlich verschmort«, bemerkte Kyra plötzlich und drehte sich instinktiv um. Der Schott in Richtung Casino knisterte und flackerte leicht in dezent weiß-orangen Farben.

»Mist, Frank und Mark waren nicht untätig, die haben einen PE modifiziert und schneiden sich jetzt durch.« Das üble Knirschen und Zischen wurde lauter und kam näher. Drei Stunden würde sie die zwei nicht mehr aufhalten können.

Da war es wieder, dieses Gefühl, dieser Zug nach Südwesten, direkt in Richtung Elevator-City. Ein Lächeln kam über ihre Lippen, so langsam kamen ihre Erinnerungen wieder, sie musste auf ihre Intuition hören. Mit einem beherzten Griff schnallte sie sich im Pilotensitz fest und fuhr die Triebwerke hoch.

»So, dann wollen wir uns mal revanchieren«, lachte Kyra frei heraus und schaltete beherzt den Gravitationsgenerator aus, dann schoss der Standardgleiter in den Himmel. Mark fluchte lautstark, konnte sich aber doch noch irgendwie festhalten und sein zerstörerisches Werk fortsetzen.

»Hey Leute«, rief sie übermütig nach hinten, »ich muss etwas tiefer gehen, um unter der Flugpeilung durchzukommen, festhalten!«

Sie drückte den Steuerhebel nach unten und setzte zum Sturzflug an, den sie mit einem zufällig modulierten axialen Spiralflug kombinierte. Im Casino schepperte es, alles was nicht festgeschnallt war, flog fröhlich wie ein Flummi durch die Gegend und prallte von einer Wand zur anderen. Nach kurzer Zeit verstummten die Schreie der Mitreisenden.

Kyra zog das Schiff kurz vor dem Aufprall in die Horizontale, hörte den Aufschlag im Casino und flog knapp über der Oberfläche unter dem Radar in Richtung Elevator-City.

Showdown

Ungute Gefühle stiegen in Kyra auf, je näher sie Elevator-City kam. Doch dieses innere Brennen, das sie zurückrief, ließ sie neue Hoffnung schöpfen.

Als der Gleiter langsam auf den Vorplatz des Octahedrons sank, dämmerte es bereits. Er lag verlassen da, die Einwohner waren bereits in höhere Ebenen geflohen. Sie landete direkt vor der Statue des Herrschers und sprang aus dem Gleiter. Das bizarre Loch, das die EMI in den unteren Glasboden des Octahedrons gerissen hatte, schaute wie der Rachen eines Ungeheuers auf sie herab.

Kyra begann wie in Trance auf den Resten des Monuments nach oben zu klettern, dem dunklen Rachen entgegen, schneller, immer schneller. Das warme Gefühl wurde stärker, Visionen durchströmten ihren Kopf und leiteten ihre nächsten Griffe. Sie sah sich einen unscheinbaren Stein greifend, um Platz für den nächsten Schritt zu haben. Und sie griff zu, das Unscheinbare schimmerte plötzlich in der ihr bekannten bläulichen Aura. Er lag bei den Resten ihres Visioumhangs. Sie hatte den Sphärenstein wiedergefunden, oder hatte er sie gefunden?

Langsam führte sie ihn vor ihre Augen und betrachtete ihn genau. Ein unscheinbarer, grob bearbeiteter Stein, gräulich, faustgroß.

»Schnell weg hier«, schoss es durch ihren Kopf. Wie eine Katze kletterte sie die Statue hinab, mit dem Standardgleiter sollte sie weit genug wegkommen.

Kawumm. Ein Lasergeschoss schlug neben ihr ein.
»Da ist sie, schieß nochmal!« Kawumm.
Kyra sprang zur Seite, nutzte die einsetzende Dunkelheit und suchte Deckung bei der Statue.
»Komm heraus!«, rief eine Stimme, die sich verdammt nach Frank anhörte. Sie hatten es doch noch geschafft. Und sie hatten einen Personal Eliminator im Anschlag. Sie hatte nur – den Sphärenstein.
Sie drückte ihn an sich, ließ seine Visionen auf sich einströmen. Kyra sah ihre Hand, wie sie unter dem schwarzen Monolithen das keilförmige Artefakt in einen schmalen Spalt beim eingemeißelten Schriftzug ULZABW hineinsteckt. Sie zögerte nicht lange und bevor Frank sie erreichte, schob sie den Sphärenstein tief in das U hinein.
Der Schriftzug verblasste und gab eine kreisrunde Öffnung frei, knapp 5 Yards im Durchmesser, pechschwarz ohne jegliche Orientierungsmöglichkeit, lediglich kühle Luft strömte heraus.

»Überraschung!« Mark stand plötzlich neben dem Monolithen und zielte auf sie.
»Darf ich um den Sphärenstein bitten?«, grinste er hämisch und streckte die Hand aus.
Der Sphärenstein leuchtete kurz auf und gab Kyra den nötigen Wink.
Sie sprang ohne zu zögern mit dem Kopf voraus in das schwarze Loch, das sich hinter ihr sofort wieder verschloss.
Sie fiel in die kalte Tiefe, spürte den Luftzug und hörte die Energiesalven von Marks Personal Eliminator im Steinkoloss einschlagen. Sie fiel immer tiefer, der Lärm verschwand in weiter Ferne. Nach einer halben Ewigkeit sah sie einen fahl beleuchteten Untergrund schnell näher kommen, wurde durch unbekannte Kräfte sanft abgebremst und stand plötzlich auf

einem kalten, schwarzgekachelten Boden. Vollständige Stille umgab sie.

Das sanfte grünliche Licht erinnerte sie an die Notbeleuchtung aus alten Zeiten. Der runde Raum, in dem sie jetzt stand, sah eher nach einem Labor als nach einer Höhle aus. Neugierig sah sie sich um. Eine große Schalttafel, Visioscreens und zwölf menschengroße, schwarzverglaste Kammern, mehr gab es hier nicht. War das eines der streng gehüteten Arcanio Quaerimus Labore?

Der Sphärenstein gewann wieder an Intensität, erhellte den Raum und presste neue Visionen in ihren Gedankenfluss, ihr Kopf dröhnte, jeder Versuch dagegen anzukämpfen drückte ihren Schädel auseinander, sie musste ihm vertrauen, um nicht verrückt zu werden.

Fremdgesteuert ging sie zur Schalttafel, legte ihre rechte Hand auf den Scanner und drehte sich um. Zur gespenstischen Stille mischte sich ein feines Rauschen, Atmosphäre wurde in den Raum hineingeblasen, die schwarzen Glasscheiben schwenkten zur Seite und gaben ihren Inhalt frei.

Kyra erschrak. Ein Ritter nach dem anderen schritt aus seiner Kammer, die Fratzen aus ihren Träumen. So altertümlich sie sich dort darstellten, ihre Rüstungen waren hier aus Titancarbon, Kampfanzüge der zukünftigen Generation. Sie war umzingelt, wieder einmal.

»HuHa, dem Goldenen Tal zu Diensten!«, dröhnte es aus ihren Helmen, während sie mit der rechten Faust auf ihren Harnisch schlugen und mit der anderen ihr Schwert zückten.

Massive Schwerter, von majestätischem Glanz, mit eingearbeitetem roten Rubin an der Spitze und ein Schild mit filigranem Wappen.

Kyra drehte sich langsam um die eigene Achse, fühlte in sich hinein und folgte dem Sphärenstein, der ihren Arm vorsichtig zur Decke hinzog, immer weiter nach oben, weiter in Richtung Himmel. Als sie ihn wie eine Fackel hielt, begann er in intensivem Smalteblau zu pulsieren.

»HuHa, dem Goldenen Tal zu Diensten!«, hallte es wieder durch den Raum. Die schwarzen Gestalten drängten sich enger um Kyra, gingen auf die Knie und streckten ihre Schwerter in Richtung Sphärenstein.

Plötzlich sprangen blaue Funken knisternd auf die Schwertspitzen, ein greller blauweißer Lichtkegel drehte sich um sie, immer schneller und schneller. Ein pulsierender Lärm aus Triebwerk- und Transformatorvibration ließ den Raum erzittern, das geheimnisvolle Artefakt war aktiviert und gab sein Geheimnis preis.

Jetzt begriff auch Kyra. »Viiiiiiictory!«, schrie sie inbrünstig aus voller Kehle und warf den Kopf in den Nacken, ihr Siegesschrei hallte ungestüm den Schacht hinauf. »Gefährten, auf ins Goldene Tal!«

Ein scharfer Blitz, ein berstender Donner – ein leerer Raum blieb zurück.

Wenige Augenblicke später materialisierte sich die Gruppe im Hachinger Tal neben einem massiven Steinbrunnen mit den ihr bekannten Wappen. Ihre Erinnerungen kamen zurück, nun wusste sie Bescheid, über ihre Herkunft und ihre treuen Gefährten aus den verbündeten Stadtreichen ULZABW, in diesem Brunnen verewigt. Jahrzehntelang wurden sie geknechtet von Arcanio Quaerimus, die ihre Entdeckung raubten, nicht begriffen und Leid und Verwüstung über das Tal brachten, über den Ort mit den klügsten Köpfen seiner Zeit. Jetzt war er wieder hier, der Sphärenstein öffnete ihnen den Weg ins Universum, mit einem Fingerschnipps an jedem gewünschten Ort der Realität immer ein paar Augenblicke voraus zu sein.

Die smalteblaue Aura des Sphärensteins war in den Händen von Kyra noch intensiver als die Legenden erzählten. Als neue Herrscherin des Hachinger Tals würde sie ihn schon bald nutzen, um mit ihren Mitstreitern die Welt wieder ins Gleichgewicht zu bringen. Mit Frank und Mark würde sie beginnen.

Glossar

Arcanio Quaerimus: Name des geheimen Machtsyndikats von Elevator-City. Der pseudoelitäre Klang ist dem lateinischen angelehnt, bedeutet ungefähr »Wir forschen im Geheimen«.

BuDeKo: Bund der Kopfgeldjäger; Zusammenschluss über Gestalten diverser Spezies, die für Geld sogar sich selbst umbringen würden

Chitugas: Menschenähnliche Bewohner am Mittleren Meer

Creditor: Authentisierte Geräte zur individuellen Credit-verschiebung

EMI: Elektromagnetischer Impactor, eine üble Minibombe, in diesem Sternensystem verboten; variable Einstellung zwischen mechanischer Sprengkraft und Funktionsnihilierung elektronischer Geräte im Umkreis von 90 Yards

Erthaner: allgemeine Sammelbezeichnung aller Bewohner von Ertha, dem 3. Planet im Sonnensystem

ETE Granate: Estradische Tritium Equalizer, unscheinbare Granate mittlerer physischer Zerstörungskraft, um aus Sicht des Nutzers ausgleichende Gerechtigkeit zu schaffen

Frank: Auftraggeber oder Vermittler -- so genau weiß man das nicht. Eine reine Weste wird er wahrscheinlich nicht haben.

Identity-Scanner: Liest die Daten der implantierten Identität aus und verifiziert sie gegenüber dem GRIS (Galaxy Register Identity System). Die implantierten Identitäten sind offiziell fälschungssicher, woraus sich ein florierender Schwarzmarkt entwickelte.

KMI: Kommunikation-Mind-Implantat, ein innovatives Interface zwischen implantierten Technik-Upgrades und dem Afferenz Konnektom der jeweiligen Spezies

Kyra: Protagonistin, weiblich, humanoid, entstammt ursprünglich der Gegend Hachinger Tal, nördlich der Alpen; durchtrainiert, unauffällige durchschnittliche Größe, farbige Tattoos, Befreierin, auf der Suche nach ihrer Herkunft

Lifesaver: eine Art absolut schusssichere Weste des 24. Jahrhunderts mit ein paar extra Features

Mark: Kyra an die Seite gegebener Partner, stark von sich überzeugt, mit Frank dubios verbunden

Octahedron: Museum und Pilgerstätte von Elevator-City

ORGIX: ORGanisation-Interstellar-eXecution. Dort war Kyra als Leibwächter und mit individuellen Spezialaufträgen der halblegalen Art unterwegs, bis eine Intrige ihrer Karriere ein Ende setzte. Ihre Rache würde fürchterlich sein, sie hatte bisher aber nicht genügend Mittel.

Partialroboter: humanoide Lebensform, mit Titanskelett und sonstigen operativen Eingriffen zur Kampfmaschine umgebaut

Paternoster: auf- und absteigende Energieblasen im Schacht, basierend auf dem mechanischen Umlaufaufzug des 19. Jahrhunderts

PE: Personal Eliminator, verschwindet von der Größe her unauffällig in der Faust, wird gerne genutzt, um ungebetenen Gästen im Umkreis von 2-3 Metern von einer weiteren Annäherung abzuraten.

Pecunia Account: in der Milchstraße etabliertes System, über das jede Spezies ihre monetäre Freiheit verwaltet

Skincover: Hautüberzug, um den Besitz (meist illegaler) Technikimplantate dem Zugriff von Widefield-Scannern zu entziehen

Sphärenstein: Artefakt, bläulich schimmernd bei Energiezufuhr, sonst grau wie ein Stein, faustgroß, teilt seine Macht nur mit einer Spezies, die über eine besondere Aura verfügt

Squark: einer der vielen unterschiedlichen Galaxiespezies

Standardgleiter: der Golf unter den schwebenden Fortbewegungsmitteln, um zügig mit archaischem Komfort innerhalb der Atmosphäre zu navigieren - wurden bis zum Auseinanderfallen geflogen

ULZABW: Wiederkehrender Schriftzug in Kyras Alpträumen, Monogramm der damals verbündeten Stadtreiche Unterhaching, Le Vesinet, Bischofshofen, Witney, Adeje und Zywiec

Visioumhang: Umhang, der seinen Benutzer eine typische äußere Gestalt annehmen ließ, um in der Welt, wo er sich aufhielt, den visuellen Rezeptoren der Hauptbevölkerung mit korrektem politischen Erscheinungsbild zu schmeicheln. Mit sogenannten Upgrades konnte ein Visioumhang mit offensichtlichen, aber auch mit versteckten Eigenschaften den eigenen Bedürfnissen angepasst werden, vom Thermoregulator bis zu unsichtbaren Schutzfeldern waren die Grenzen weniger durch Gesetze, sondern nur durch die verfügbaren Credits begrenzt.

Fundstück – Jedem Topf seinen Deckel

Theo

Theo lief der Schweiß von der Stirn. Seit fast zehn Minuten rannte er wie ein Besessener kreuz und quer durch die Stadt, entlang der stark befahrenen Straßen und immer wieder Haken schlagend hinein in eine der vielen kleinen Gassen. Just nachdem er das Gebäude von diesem Dr. Pauschka über ein Fenster im ersten Stock verlassen und nach einer kurzen Kletterpartie die brüchige Fassade überwunden hatte, sog er euphorisch die Luft der Freiheit in seine Lungen und rannte los. Er musste weg, raus aus dieser Stadt.

Der Ostbahnhof, endlich. Theo glitt mit pastellfarbener Hose die Rolltreppe über den Handgriff hinunter, drängelte sich geschickt an den Gemütlichen vorbei und spurtete weiter. Die kleinen Geschäfte im Untergeschoss interessierten ihn überhaupt nicht, dafür aber alles, was in Richtung Süden fuhr. Im Netz der Gleichgesinnten war das Hachinger Tal ein guter Ort zum Untertauchen, der ein oder andere schuldete ihm noch einen Gefallen.

Er sprang mit großen Schritten die Treppenstufen zum Bahnsteig hinauf, der Zug auf Gleis 4 wurde gerade abgefertigt, doch mit seiner hageren Gestalt zwängte er sich erfolgreich zwischen den halboffenen Flügeltüren hindurch, fand einen letzten Stehplatz und klammerte sich an eine der klebrigen Haltestangen. Theo schloss die Augen und atmete tief durch. Geschafft.

Warum fuhr die Bahn nicht los? Langsam wurde er nervös, zu dicht waren sie ihm auf den Fersen. Und immer dieses »Nein«, das in seinem Kopf hämmerte, »Nein, es war nicht meine Schuld!«

Warum nur war die Gefängnisleitung der Meinung, er müsse aus seinem »Einzelzimmer«, wie sie es scherzhaft nannten, zu den anderen unfreiwilligen Kunden verlegt werden? Sie hatten ihn in die Stadt gebracht, mit kalten Handschellen, unter strikter Bewachung. Eine externe Meinung wäre einzuholen, eine von diesen vereidigten Psychiatern, denn sie trauten ihrem eigenen Instinkt nicht.

Theo seufzte, das hätten sie besser getan. Er konnte doch nichts dafür, dass der Polizist, der dabei saß, plötzlich pieseln musste, genau in diesem Moment als dieser Dr. Pauschka ihn aufforderte: »Theo, horchen Sie in sich hinein, lassen Sie die innere Stimme sprudeln, entfernen Sie ihre geistigen Fesseln. Das versteckte Sein, schreien Sie es heraus! Nur was man kennt, kann man heilen. Wäre es nicht toll, einfach mental ausbalanciert im Leben zu stehen?«

Warum musste er so etwas fragen, so etwas fordern, warum? Natürlich horchte er, Theo, in sich hinein: Er sah die tiefschwarzen Abgründe seiner Seele, verzerrte schreiende Fratzen aus der Vergangenheit. Es begann in ihm zu brodeln, seine Hände zitterten – oh, wie er dieses Gefühl liebte. Eine entspannte Balance sah anders aus.

Vielleicht hatte dieser Doktor Leukämie, oder eine Lebensversicherung für seine Freundin abgeschlossen, oder wollte einfach nur leiden, solche soll es geben. Warum sollte er sonst an seinen Gefühlen zerren, ihn provozieren, ihn herausfordern?

Theo war sich seiner Sache nicht mehr so sicher, als er in die aufgerissenen Augen von Dr. Pauschka blickte, während er vorsichtig den Brieföffner aus dessen Brustkorb herauszog. Hatte er es sich weniger schmerzhaft vorgestellt, oder hatte er doch ein anderes Ansinnen?

Dieser Brieföffner aus den 70er Jahren, mit silberglänzender massiver Klinge, er lag auf dem Schreibtisch, fixiert in einem Stück Hirschgeweih. Der Griff, diese kühle Rauheit aus Horn, so etwas war heute nicht mehr zu bekommen. Nur langsam bekam er wieder einen klaren Kopf, seine Gedanken klebten wie zäher Nebel in den Gehirnwindungen fest.

Die Klospülung rauschte.

»Nur schnell weg.« Das Adrenalin schoss in seine Adern. Theo wischte die Klinge notdürftig an den Hosenbeinen seines Opfers ab, bedankte sich flüchtig für die gestochen scharfsinnige Behandlung, steckte die geschliffene Trophäe in sein altes Sakko und begab sich mit schnellen Schritten zum Fenster.

Nun saß er in dieser S-Bahn, die Fahndung nach ihm lief bestimmt schon. Immerhin fühlte er sich nun mental ausbalanciert, eine innere Ruhe machte sich in ihm breit. Er hatte es bisher immer geschafft, mit sich selbst ins Reine zu kommen, da brauchte er keinen Psychiater, aber es brauchte immer nur wenige Tage, um sein Blut wieder in Wallung zu bringen, wenn die Haptik einer Stichwaffe zu ihrem Besitzer passte. Vielleicht würde es heute schneller gehen, wenn diese verdammte S-Bahn nicht bald losfuhr.

Genervt und teilnahmslos ließ er seinen Blick über diesen Schmelztiegel von Menschen gleiten, die den Wagen verstopften. Doch plötzlich spannte er seine Nackenmuskeln an. Dieser Mann im grün-schwarz karierten Outdoor-Hemd. Dieser Mann, der von seinem Sitz aufsprang, wild gestikulierte und seltsame Telefonate führte. Diese morbide Wortwahl, ungewöhnlich, ließ ihn aufhorchen. Seine Worte öffneten Theos Seele, starteten einen Flug in sein Inneres, Theo erhaschte neue Einblicke in seinen Abgrund, in die tiefste Schwärze. Ihm wurde warm ums Herz, er ließ die Haltestange los und bahnte sich langsam seinen Weg nach vorne.

Andi und Frank

O happy day, o happy day, … Das Smartphone von Andy klingelte wie immer prägnant und fröhlich.

»Hallo? … Frank, ja, was? … Spinnst Du? … Nein!«

Andi richtete sich entsetzt auf und presste sein Handy ans linke Ohr. Fellcover, neuestes Modell.

»Dubrovnik? Am Hafen?«

Die abendliche S-Bahn nach Unterhaching war voll, seine Fragen unüberhörbar. Schweiß tropfte von seiner Stirn, es war ein gewittrig schwüles Wetter, zum Glück waren die Türen noch geöffnet und ließen eine leichte Brise herein. Ein letzter Fahrgast spurtete die hintere Treppe zum Bahnsteig hinauf und warf seinen hageren Körper gerade noch rechtzeitig in den Wagen.

»Frank, liegt eure Hütte auch wirklich abseits genug? Und die zwei Frauen? Aha, sehr gut, dann kann es jetzt losgehen.«

Den umstehenden Fahrgästen sah man den Wunsch nach einer entspannten Heimfahrt an, doch Andi erhob seine Stimme abermals und schnitt dabei betont eine scharfe Linie mit seinem rechten Zeigefinger durch die Luft.

»Nein, dazu musst du ein schmales Messer nehmen, mittlerer Länge, am besten eines mit Sägeseite, ist nützlich, wenn harte Stellen den Schnitt durch den Bauch blockieren.«

»…«

»Ja, geh' auf Nummer sicher, man weiß nie.«

»…«

»Um Himmels willen, nein, nur kein Aufsehen, erst die eine, dann die andere!«

Irritierte Blicke streiften sein kariertes Outdoor-Hemd, das lässig über der aufgeplusterten blassen Jeans flatterte. Die grünen wuchtigen Freizeitboots passten irgendwie nicht zu den Außentemperaturen, doch seine schulterlangen braunen Rob Roy Haare glänzten durchaus gepflegt. Wozu passte nur sein Akzent, mit dem er auf seinen Gesprächspartner einredete?

»Und jetzt pass auf«, fuhr Andi mit seinem Redeschwall fort. »Vorsichtig den Körper mit der flachen Hand fixieren, damit er nicht auskommt, und dann das Messer flach von der hinteren Bauchseite langsam zum Hals ziehen.«

Unmissverständlich zog Andi seinen Zeigefinger abermals quer durch die Luft, hinweg über die Haare der nahen Pendler, die sichtbar zurückzuckten. Dann setzte er sich abrupt auf seinen Platz zurück.

»Denk dran«, flüsterte er, »bloß nicht zu tief einstechen!«

»…«

»Hallo? Frank? Zefix, Verbindung abgebrochen.«

Er zuckte mit den Schultern, lehnte sich zurück und strich mit seiner Hand schützend über ein edel aussehendes Holzkästchen, dessen Deckel mit einer filigran angedeuteten Silhouette einer länglichen Klinge verziert war.

»Eigentlich ist alles gesagt«, murmelte er vor sich hin, »Hoffentlich vermasselt er es nicht.«

Die S-Bahn fuhr los, endlich kühlte ein frischer Windzug seine Stirn.

Frank

Frank war hin- und hergerissen. Andis Plan war genial, ein Befreiungsschlag, er hatte ihm jede Einzelheit genau erläutert. Carla war bezaubernd, ein bisschen naiv, wenigstens nicht so fordernd wie Elli, aber nur halb so üppig ausgestattet. Sie hatte ein konservatives Auftreten, offen und doch ein bisschen zugeknöpft, nicht so laut, angenehm. Geschickt verdeckte sie ihre Reize, die Elli eher offenherzig zur Schau stellte. Diese Frauen, ein Feuerwerk der Gefühle – dann dieser Plan.

Er erinnerte sich noch genau an Andis Worte, als dieser ihm vor einem Monat den delikaten Vorschlag unterbreitete. Es klang eigentlich ganz gut und beim ersten Hinsehen unauffällig: »Frank, du musst endlich einmal richtig abschalten und deine Beziehung stabilisieren. Ich kenne da eine nette Gegend im Hinterland von Dubrovnik, miete dort eine kleine gemütliche Hütte und nimm deine Elli mit. Volle drei Wochen!«

»Aber, mit Elli ist das doch keine Erholung, im Moment ist es mit ihr echt, na ja, kompliziert und anstrengend.«

»Weißt du was, meine Schwester Carla fährt einfach mit. Die ist entspannt und braucht für ihre künstlerische Inspiration viel Ruhe. Sie könnte ausgleichend wirken«, zwinkerte Andi ihm zu.

Doch nun zweifelte Frank, fühlte sich kraftlos und wackelig wie eine Marionette, die kalte Nebelschwaden durchschritt und mühsam an den eigenen Fäden zog. Der Plan, der eigentliche Plan, von dem Andi ebenfalls gesprochen hatte, war auf einmal nicht mehr so klar und einfach. Da ging es nicht nur um vorgeschobene Erholung und Beziehungspflege. Jetzt war es Carla, die ihn nervös machte. Irgendwie musste er Andi erreichen.

Es dämmerte schon, das Licht seines alten Peugeot leuchtete an der alten Stadtmauer von Dubrovnik entlang, wo war nur der Hafen? Vor der Fußgängerzone reflektierte ein verschmutztes Hinweisschild mit aufgemalter Schiffssilhouette. Er blinkte rechts und bog wie in Trance ab. Er grübelte, er musste den Plan anpassen, den Plan im Plan, irgendwie. Hier hatte er wenigstens Handy-Empfang, hier am Kai, wo die Fischkutter im Laufe des Tages anlegten und ihm vielleicht noch irgendeinen halbwegs frischen Vormittagsfisch verkaufen konnten, für das Abendessen, wie Carla es sich sehnlichst gewünscht hatte.

Frank hatte so etwas noch nie gemacht, aber gegrillter Fisch, so sagte Andi, wenn sie nach dem verlangt, hast du schon fast gewonnen, dann läuft die Sache, dann zieh es durch!

Er parkte und bahnte sich den Weg durch die flanierenden Touristen, den Wolken aus Schweiß und gewagten Duftkompositionen, vorbei an lauten improvisierten Fischrestaurants, die ihre Plastiktische möglichst weit in die schmale Promenade stellten. Er bewunderte die cremigen Kunstwerke der Eiscafés und die stilvollen Segeljachten, die eng nebeneinander an den Anlegern der Kaimauer festgemacht hatten, nur einen kleinen Schritt von der Altstadt entfernt. Er beneidete die Crews, die vom leicht erhöhten Heck das Hafenkino bei chilliger Musik mit einem Glas Rotwein genossen.

Endlich erreichte er den abseits gelegenen Bereich der Berufsfischer. Hier war es deutlich ruhiger, das Summen der Stimmen wurde leiser. Die einsetzende Abendbrise blies kühle salzige Luft vom Meer über das alte Kopfsteinpflaster und ließ die Leinen der Segler rhythmisch gegen die Großmaste schlagen.

Die kleinen Fischkutter lagen, wie man es von Postkarten kennt, aufgereiht an der Kaimauer. Das Salzwasser hatte bereits tiefe Spuren hinterlassen, ein neuer Anstrich war bei den meisten längst überfällig. Die mehrfach geflickten Netze hingen zum Trocken in der Luft, die meisten Schiffe waren bereits verlassen. Leere Plastikwannen stapelten sich auf der Kaimauer und warteten auf den nächsten Einsatz. Frank rümpfte die Nase. Abseits der Flaniermeile fehlten die industriellen Naturdüfte, es roch hier wesentlich ungepflegter nach Tang, Diesel und abgestandenem Salzwasser.

Nach langem Suchen fand er einen Kutter, auf dem noch Licht brannte.

»Hallo, haben Sie Fisch zu verkaufen?«, rief Frank hinüber.

Ein junger braungebrannter Kerl grinste ihn an und deutete auf zwei große Meerbrassen, die im Resteis einer Wanne lagen, am Stück, mit allem drum und dran und drin.

»Wie viel, how much?«, fragte Frank und unterstrich seinen Wunsch mit einer angedeuteten Zählbewegung aus Zeigefinger und Daumen. Zwei Hände mit abgespreizten schmutzigen Fingern wippten zwei Mal auf und ab. Frank schluckte, der Preis war geankert. Vorsichtig wagte er ein Gegenangebot, wohl wissend, dass seine Optionen für heute Abend düster aussahen. 15 Euro in Scheinen flatterten im Wind, die unter südländischem Tamtam und großen verbalen Schmerzen angenommen wurden.

»Gracias.«

Frank nahm erwartungsvoll den Fisch entgegen, provisorisch in einer dieser billigen weißen Plastiktüten verpackt. Er kannte weder den Geschmack dieses Meerestieres, noch wusste er, wie man es ausnimmt, geschweige denn zubereitet. Frank schnupperte an der Tüte und rümpfte seine Nase. Auch der Fischer hatte heute Abend seine letzte Option genutzt.

Jetzt musste Andy ihm helfen, er hätte ihn schon vor drei Tagen anrufen sollen, als Elli mit seinem Auto abgehauen war. Aber in diesem verfluchten Hinterland gab es ja keinen Handy-Empfang bis er wieder in der Stadt war und, Gott sei es gedankt, sein Auto samt Schlüssel unversehrt im Parkverbot fand, verging einige Zeit. Wenn Elli wieder einen ihrer Egotrips hatte, in Selbstfindung Dampf aufzubauen oder abzulassen, sollte man sie nicht aufhalten. Die Zeit mit Carla war deutlich angenehmer.

Er griff zum Handy.

»Hi Andi!«

»...«

»S-Bahn? Ja, ist dringend!«

»…«

Hör zu, Elli ist vor ein paar Tagen abgerauscht, war ihr zu langweilig in der Hütte, hat nur rumgenervt, sie wollte spontan einen kurzen Segeltörn oder einen Tauchkurs einschieben, kennst sie ja.«

»…«

»Ja, bin jetzt am Hafen in Dubrovnik.«

»…«

»Genau, wollte sie so, bei Carla läuft so etwas direkt in Richtung Herzenswunsch, immer emotional. Aber mit Elli, ich weiß nicht, ob ich das alleine schaffe, ich habe so etwas verschrobenes noch nie gemacht.«

»…«

»Na gut, du bist hier der Profi, schieß los, werde mir schon alles merken können.«

»…«

»Andi, bist du noch da?«

»…«

»Andi, ich höre nur noch Fetzen? Kannst du… – Mist, weg ist er. Dieses Funknetz treibt mich noch an den Rand des Wahnsinns.«

Frank seufzte, wenigstens ein paar Informationen hatte er bekommen, recht nebulös, aber es würde schon schief gehen. Langsam schlenderte er über die Flaniermeile in Richtung Auto zurück. Vielleicht noch ein Eis auf die Hand und dann zurück zur Hütte mit seinem Fang und zu Carla.

Das zarte Erdbeereis kühlte seine aufgewühlten Sinne, noch fünf Minuten bis zum Auto. Er sollte die Gelegenheit nutzen und es nochmal versuchen, vielleicht war jetzt der Empfang besser. Aus seinen Worten, auch was die Frauen und den Plan betraf, wurde er nicht so recht schlau. Sicher war nur: er musste allen Mut zusammennehmen. Er dachte an den bevorstehenden Abend mit Carla und freute sich irgendwie, obwohl oder gerade weil Elli erst einmal verschwunden blieb.

O happy day, o happy day, …

»Frank, ah, du bist es wieder. Ja, die Verbindung ist irgendwie abgebrochen. Wo waren wir stehengeblieben? Okay, dann pass jetzt gut auf …«

Im allgemeinen Gemurmel der Fahrgäste gab es den ein oder anderen, der ebenfalls die Ohren spitzte und aufpasste, um frisch in das Thema einzusteigen, oder um die Fortführung mitzubekommen.

Auch Romina, eine rüstige ältere Frau. Sie hatte schon viel erlebt, fühlte sich jedoch neben ihrem Sitz- und kurzzeitigen Stehnachbarn nicht mehr so recht wohl.

»Habe Mut mein Freund, wenn du das geschafft hast, durchtrennst du die Kehle und drückst die Bauchlappen auseinander. Zuletzt hinter dem Kopf zupacken und die Gedärme herausziehen, die fallen dann wie von selbst raus.«

»…«

Dann wurde er deutlicher: »Am besten verbrennst du die Eingeweide, damit die Hunde sie nicht finden. Mach halt, und sag niemanden, dass wir telefoniert haben, könnte peinlich werden!«

Andi legte auf, holte tief Luft, blickte kurz in die ihm zugewandten inhaltsleeren Gesichter und kehrte langsam wieder in die Realitätssphäre der S-Bahn zurück. Er war angekratzt. An jedem Detail hatte er gefeilt. Frank durfte es jetzt nicht vermasseln, es war schon schwer genug, Carla davon zu überzeugen, dass sie mitfahren sollte. Ein fadenscheiniger Grund nach dem anderen.

»Man soll Menschen nicht nach ihrem Aussehen bewerten, sondern an ihren Worten und Taten messen«, dachte Romina und handelte, stand vorsichtig auf und drückte sich an diesem seltsamen Mann vorbei, dessen stahlblaue Augen entsetzte Gesichter durchbohrten, während sein Mund detaillierte Anweisungen mal lautstark und mal flüsternd artikulierte. Sein Finger schnitt überzeugend durch die Luft, geradlinig, berechnend, eiskalt. Ein morbider Profi?

»Hallo, ich bin Theo.« Ein Fremder saß plötzlich neben Andi und streichelte sinnig über das schlanke Holzkästchen, in dem

die stilisierten Konturen eines eleganten Filetiermessers eingebrannt waren.

Frank und Elli

Frank ließ seine Hand sinken und steckte sein Handy wieder in
die Gesäßtasche seiner Jeans. Was könnte heute noch
Schlimmeres geschehen?

Plötzlich stand Elli vor ihm. Wo kam die denn jetzt her?

»Endlich habe ich dich gefunden, denkst wohl, du kannst einfach mit der anderen Tussi einen flotten Urlaub verbringen?«,
klagte sie ihn in gewohnter Art an und überschüttete ihn mit
einem Schwall von Vorwürfen.

Frank war völlig überrumpelt: »Hallo, gut schaust du aus.«

»Wie man eben so aussieht nach vier Tagen Inselhopping
und Tauchkurs ohne Shampoo, ich wusste es ja schon immer,
du hast kein Gefühl für deine Mitmenschen.«

Er dachte zuerst, es würde am schwachen Licht der gelben
Dampflampen liegen, aber ihre langen brünetten Haare hatten
schon bessere Zeiten gesehen. Die sündhaft teuren Glitzer-
sneakers, mit denen sie sich vor Tagen als die Attraktion fühlte,
auch wenn es wohl eher ein Placeboeffekt zur Kompensierung
ihrer ersten Falten war, klebten blass und ramponiert an ihren
Füßen.

»Du siehst echt scheiße aus und du kannst mich mal!« wurde
von seinem Anstandsfilter blockiert, auch wenn das eine ehr-
liche und männliche Reaktion gewesen wäre. Stattdessen versuchte er es diplomatischer:

»Unsinn, es ist nicht so, wie es scheint, bist nicht DU einfach
abgehauen?«

»Ach hör doch auf. Klar, du mit der Schwester von Andi.
Und ich dabei. Ihr wusstet, dass mir in der Hütte die Decke auf
den Kopf fallen würde. Denkt wohl, wenn ich hier einen
dreitägigen Tauchkurs mache, habt ihr freie Bahn. Gib es zu, du
hast mir doch den Prospekt unauffällig hingelegt. Ich habe ihre
Blicke gesehen, wie sie dich anhimmelt. Eine Frau sieht so
etwas!«

»Ich habe hier einen Auftrag zu erfüllen«, rutschte es ihm heraus und schnell fügte er hinzu:

»Ich brauche einfach einmal drei Wochen Ruhe, ohne Action, Zeit für mich. Warum willst du das nicht verstehen?«

»Den Auftrag kann ich mir gut vorstellen, fängt mit ‚C‘ an und hört mit ‚arla‘ auf. Ach, lass' es, rede du nur weiter, ich habe in den letzten drei Tagen nachgedacht und reflektiert. Ich werde mich scheiden lassen du wirst bluten, ich gehe jetzt meinen eigenen Weg.«

»Aber – den gehst du doch schon seit Jahren!«

»Jetzt will mir der kleine Mann hier billig was unterstellen. Schmarrn. Ich habe lange genug mit dir in dieser popeligen Dreizimmerwohnung gewohnt, warum sind wir noch nicht in einem Haus und machen schicke Reisen wie andere? Kroatien, Hinterland, Hütte, pft …«

»Genau«, dachte Frank, »wenn du mehr arbeiten, weniger reden und ausgewogener Geld für Klamotten und Individual-Reisen ausgeben würdest, die ich dir mitfinanzieren durfte, dann wären wir schon einen Schritt in Richtung Haus weiter.« Aber er sagte nur:

»Man muss eben erst einen Schritt nach dem anderen tun, bevor …«

Elli schnitt ihm das Wort ab: »Ich brauche jetzt ein Hotel. In die Hütte gehe ich nicht mehr zurück. Wenn du ein Mann bist, dann organisierst du mir wenigstens noch eine Unterkunft, bevor ich morgen zurückfahre mich mit meinem Anwalt treffe.«

Frank seufzte, wusste aber, auch an Andi und Carla denkend, dass er hier freie Bahn brauchte, damit Elli ihm nicht weiter im Weg herum stand.

»Schon gut, lass mich kurz telefonieren.«

O happy day, o happy day …

»Was ist denn nun schon wieder?«

»…«

»Wie, sie ist wieder aufgetaucht?«

»…«

»Nun gut, dann starten wir Plan B.«

»…«

»Stell dich nicht so an, einen Tod muss man sterben. Man muss das Schicksal so nehmen wie es kommt. Ach so, du rufst auch wegen Carla und dem Abend an. Aha, so ist das, und wo wolltest du ursprünglich die Messerspitze reinrammen? Was, nein, so nicht!«

Andi gestikulierte wieder wild und sprang erneut emotionsgeladen auf, streckte dabei beide Arme fassungslos nach vorne:

»Nein, kapier es doch endlich, nicht aufhängen! Am besten seitlich auf ein großes Holzbrett legen, Kopf nach rechts. Mach's besser draußen, hinter der Hütte, damit keiner die Sauerei sieht. Ich muss jetzt Schluss machen!«

Andi hatte an alles gedacht. Plan B. Unbewusst winkte Frank ein einheimisches Privattaxi heran. Elli stieg ein und blaffte durch das offene Fenster:

»Dann mach mal, wenn du mich schon nicht fährst, ich habe kein Geld fürs Taxi!«

Sein Blick versteinerte sich. Langsam schritt er zum Taxifahrer und wechselte ein paar Worte auf Kroatisch, die Andi ihm vorab diktiert hatte. Der Fahrer nickte und hielt die Hand auf. Frank gab ihm sichtbar dreißig Euro in Scheinen.

»Na also, geht doch«, keifte Elli vom Rücksitz. »Looser, akzeptiere einfach dein Schicksal!«

Der Taxifahrer grüßte kurz, dann sortierte er zufrieden die Scheine in seinen Geldbeutel, auch die zwei 500 Euroscheine, die gut versteckt ebenfalls dabei waren. Der Taxifahrer wusste, was zu tun war fuhr los.

Frank sah den roten Rücklichtern hinterher. Geschafft. Die Anspannung fiel von ihm ab, er konnte das rauschende Mittelmeer wieder bewusst hören und die salzige Luft schmecken. Es war eine gute Entscheidung, eine Scheidung wäre teurer, wenn Elli nur wüsste.

Andi und Theo

»Hallo, ich bin Theo«, wiederholte der Fremde. Instinktiv griff Andi die angebotene Hand.

»Sorry, dass ich das Gespräch belauscht habe«, fuhr Theo fort, »eine Wohltat, ich glaube, wir haben die gleiche Wellenlänge.« Andi spürte die knochige Hand, den kalten weichen Griff und zog reflexartig seinen Arm zurück. Ein seltsamer Mann: Ende fünfzig, feines weißblondes Haar, recht dürre Statur, mit braun-kariertem Sakko, und auf dem Kopf eine sandfarbene Baskenmütze. Erinnerte ihn an eine Mischung aus Künstler und Fischzüchter.

»Machen sie das beruflich?«, versuchte Andi die Situation zu klären, und schnitt mit dem Finger erneut durch die Luft.

»Na ja, nicht direkt, ist eher eine Berufung. Vielleicht können wir uns dazu einmal kontaktieren?«, fragte er mit dünner Stimme und schielte erneut auf das schmale Holzkästchen.

Elli lehnte sich zurück. Der Taxifahrer schien den Weg zu kennen, sein klappriger Wagen schlängelte sich in der Abenddämmerung durch die schmalen Gassen von Dubrovnik. Es ging langsam voran, kein Wunder, bei dem Berufsverkehr. Frank hatte wirklich keine Ahnung, was hier vorging, Elli gefiel ihr eiskalter Auftritt am Hafen.

»Gut gemacht«, sagte sie zu sich selbst. Sie ließen die Stadt hinter sich und fuhren bereits durch die Vororte. Das Taxameter war schon bei 45 Euro angelangt, mehr als Frank gezahlt hatte.

»Sind wir bald da?«, versuchte sie es zuerst auf Deutsch. Keine Reaktion.

»How long will it take to the hotel?« Langsam wurde Elli nervös, ihre Hände schwitzten.

Der Fahrer tippte beiläufig auf das Navigationsgerät und antwortete in gebrochenem Englisch:

»Here, just few minutes.«

Die Sonne war bereits verschwunden, als der Wagen in eine düstere, wenn auch elegante Akazienallee einbog. Elli zückte vorsichtig ihr Handy.

»Mist, kein Empfang!« Wohin hatte Frank den Fahrer mit ihr geschickt?

Die S-Bahn stand mittlerweile schon recht lange im Giesinger Bahnhof, seit sie vom Ostbahnhof in Richtung Süden gestartet war.

»Ich glaube, wir sollten schleunigst aussteigen«, zischte Theo plötzlich zu Andi und spannte sichtbar seine Muskeln an.

»Blödsinn, meine Fahrt ist noch nicht zu Ende, ist doch normal, dass eine S-Bahn länger im Bahnhof steht.«

»Aber DAS da ist nicht normal!«, flüsterte er und deutete auf den hinteren Teil des Wagens: Zwei Polizisten unterhielten sich mit den Fahrgästen, einer zeigte zu ihnen hinüber. Dann kam Bewegung in den vollgestopften Mittelgang. Die Polizisten schoben erst behutsam, dann immer energischer die im Weg stehenden Fahrgäste zur Seite und beschleunigten den Schritt in ihre Richtung.

»Schnell raus hier!«

»Wieso?«

»Überlege doch mal, was du eben am Telefon lautstark erzählt hast!« Theo zog einen scharfen Strich mit seinem Finger in die Luft.

»Ich war wohl nicht der einzige, der das von Dubrovnik mitgehört hat. Das war eine Schlachtung erster Güte. Warum sollten wir sonst hier auf dem Nebengleis herumstehen, während da drüben die Züge fröhlich weiterfahren? Und jetzt los!«

Sie sprangen gleichzeitig auf und rannten aus der S-Bahn. Den kleinen Vorsprung mussten sie nutzten, stürzten die Treppe in das Untergeschoss hinunter und spurteten auf den Giesinger Vorplatz.

»Wir trennen uns besser, bis bald!«, rief ihm Theo zu und bog in eine Seitenstraße ab.

Andi blieb außer Atem stehen, er konnte einfach nicht mehr. Völlig verwirrt fasste er sich an seinen Kopf. War er gerade aus einer S-Bahn geflüchtet, er hatte doch ein Ticket und nur telefoniert?

Plötzlich standen mehrere Uniformierte einrahmend neben ihm.

»Kennen sie den Mann, der mit ihnen ausgestiegen ist?«, fragte eine feste Stimme.

»Nein, wir saßen zufällig nebeneinander.«

»Da haben sie nochmal Glück gehabt. Wo ist er hingerannt?«

Andi zeigte wortlos nach rechts. Die Polizisten nickten kurz, gaben über Sprechfunk ihre Position bekannt und rannten weiter.

Er schaute den Polizisten nach und verstand die Welt nicht mehr. Was zum Teufel war hier los? Er blickte zum Bahnhof zurück und sah, wie die S-Bahn weiterfuhr.

»Mist!«, fiel es ihm siedend heiß ein. »Ich habe mein neues Filetiermesser in der S-Bahn vergessen. Hoffentlich wird es im Fundbüro abgegeben.«

Der Vollmond ließ die Akazienwipfel silbrig leuchten. In der Ferne konnte Elli ein großes beleuchtetes Haus sehen. Sie seufzte erleichtert, als das Taxi vor einem eleganten Landgut der gehobenen Klasse hielt. Der Fahrer nickte zustimmend und begleitete sie bis an die Rezeption, sprach mit einer Empfangsdame, und schob ein unscheinbares Kuvert über den Tresen.

Elli wurde freundlich empfangen, man hatte sie bereits erwartet. Sie zweifelte inzwischen etwas an ihrem Vorhaben, Frank den Laufpass zu geben. Er schien es immer noch gut mit ihr zu meinen, das hier war sicher eine seiner spontanen netten Überraschungen, selten, aber meist gut. Sie horchte in sich hinein. Vielleicht war sie immer noch ein bisschen verliebt, vielleicht auch etwas zu streng mit ihm, das Landgut erinnerte sie an ihre ersten gemeinsamen Tage. Aber da war noch Andi, der in ihrem Kopf herumspukte.

»Möchten Sie eine Massage vor dem Abendessen?«, fragte der Hotelier in einer ruhigen Art, die perfekt mit der klassischen Hintergrundmusik harmonierte.

»Es ist alles im Arrangement enthalten«, fügte er hinzu.

»Auf jeden Fall, ich brauche jetzt unbedingt etwas für Körper und Seele, der Tag war unglaublich anstrengend, geradezu zermürbend. Diese Hitze, das Taxi ohne Klimaanlage, verstehen sie?«

Der Hotelier nickte höflich: »Folgen Sie mir, es wird Ihnen bald besser gehen!«

Kurze Zeit später lag Elli auf einer frisch bezogenen Massageliege, nur mit einem Handtuch an der Hüfte abgedeckt. Geschickte Frauenhände massierten ihr warmes Öl zwischen die Schulterblätter, und bewegten sich rollend nach unten bis zu den Lendenwirbeln.

»So lässt es sich leben«, seufzte sie. Vielleicht sollte sie Frank doch noch eine Chance geben, eigentlich war er ein guter Mensch.

Vorsichtig wurde eine Seitentür geöffnet, Elli bemerkte einen kühlen Windzug. Ein kurzes unverständliches Gemurmel, dann ließen die zarten warmen Frauenhände von ihrem Rücken ab. Gedämpft scheppernd näherte sich ein Tablett auf einem Rollwagen ihrer Massageliege, metallische Gegenstände kratzten hin und her, es roch auf einmal nach Desinfektionsmittel, fast wie in einem Krankenhaus.

Theo und Franzi

Nach einigem Suchen kam Franzi zufrieden aus dem Lagerraum. Der längliche Holzkasten, den sie mit beiden Händen vorsichtig umfasste, war gerade groß genug, um eine schlanke Likörflasche aufzubewahren. Musste etwas Südländisches sein, der warme süßliche Pinienduft und die weiche Maserung fühlten sich nach Urlaub an. Dazu diese filigran angedeutete Silhouette eines länglichen Messers, auf dessen Griff kleine feingezeichnete Fische abgebildet waren.

»Ja, das ist es«, näselte der Mann mit der sandgrauen Baskenmütze, »schön, dass es so etwas wie ein Fundbüro bei der Bahn gibt.« Er strich galant über die eingebrannten Verzierungen, es war ein Unikat.

»Können Sie sich ausweisen und einen Beleg vorlegen?«, fragte Franzi pflichtbewusst. Sie war hier das Urgestein, ihr machte keiner so leicht etwas vor. Manch einer kam einfach auf gut Glück vorbei und versuchte, eine schicke Jacke halblegal mitzunehmen, wenn zufällig die Beschreibung passte.

»Den habe ich jetzt leider nicht dabei. Aber so ein Unikat«, seufzte er und drehte den Holzkasten bedächtig auf der Samtdecke des Tresens, »so etwas kann ich mir doch nicht einfach ausgedacht haben?«

Die Reibung setzte weitere ätherische Holzöle frei, die wohlig die muffelige Büroluft erfrischten. In ihm stieg die Sehnsucht auf, den Holzkasten zu öffnen und das feste kalte Metall in seinen Händen zu halten. Die Vorfreude seiner Abgründe auf die Begegnung mit seinem wahren Besitzer. Aus welchem Material der Griff wohl besteht, wie würde er sich fest umklammert anfühlen? Theos Hände begannen voller Erwartung zu zittern.

Franzi zögerte, sie haderte mit sich, dieser Fremde hatte eine schlichte Ehrlichkeit. Doch die Routine siegte: »Tut mir leid, Vorschriften«, entschuldigte sie sich und wickelte das Holzkästchen wieder ein.

»Gut, das kann ich verstehen. Aber eigentlich habe ich trotzdem bekommen, was ich wollte.« Er verneigte sich flüchtig und verließ mit schnellem Schritt das Fundbüro und eine irritierte Franzi.

Ein wohliger Schauer lief ihm über den Rücken, ihm wurde regelrecht warm ums Herz. Ein Unikat, die im Kasten eingebrannte Adresse hat er sich gut gemerkt. »Andi, auf gute Zusammenarbeit.«

Elli schreckte hoch, was ging hier vor? Naiv und gutgläubig war sie in das Taxi eingestiegen, aber was hatte Frank dem Fahrer gesagt? Das hier war nicht Deutschland, hier galten andere Regeln. Der kräftige junge Kerl im weißen Kittel, mit Nerdbrille und festem blonden Scheitelhaar war ihr unheimlich. Mit handlicher Spritze im Anschlag schlurfte er lautlos auf sie zu, die ersten Tropfen perlten bereits aus der Kanüle hervor.

Ihr gepresster Schrei wurde von seiner sanften Stimme ausgebremst: »Wünschen Sie vor dem Abendessen noch eine Botox-Behandlung?«

So gut hatte Elli lange nicht mehr geschlafen, diese zwei Wochen voller Aufregung, diese innerliche Zerreißprobe. Nach einem frühen und üppigen Frühstück setzte sie sich in das bereitgestellte Privattaxi, dass sie heute zum Flughafen bringen sollte. Andi hatte es organisiert, er erwartete sie sehnsüchtig.

Trotz ihrer guten Stimmung war sie durcheinander, verwirrt sogar. Natürlich freute sie sich auf ihren Andi, und der Showdown am Hafen gegenüber Frank war genial, ein Theaterstück erster Güte. Viel zu lange hatte sie mit diesem Langweiler verbracht. Doch jetzt zweifelte sie an ihren Motiven und ihren Plänen, Andi mit eingeschlossen. Vielleicht half die lange Rückreise. Viele Stunden Zeit zum Nachdenken über sich, über Frank, vielleicht auch über Andi.

Andi und Elli

Die letzten Tage waren aufregend. Andi saß auf der Terrasse seines Reihenhauses im alten Teil von Unterhaching, und genoss einen exzellenten Bardolino aus einem Tulpenglas, eingerahmt von der orangeroten Abendsonne, deren wärmende Strahlen noch eine halbe Stunde die Gemütlichkeit aufrecht erhalten würden, bevor sie hinter den Laubbäumen verschwand. Seine Schwester war mit seinem Freund Frank irgendwo bei Dubrovnik, eine delikate Angelegenheit, die er da eingefädelt hatte.

»Ich hätte Regisseur werden sollen«, grinste er, »oder Politikstratege.« Bescheidenheit war nicht seine Stärke.

Natürlich hatte er hier ein schönes Haus, das er vor 8 Jahren einem alten Rentnerehepaar abgekauft hatte. Aber für ihn alleine war es zu groß, er war oft unterwegs und wenn er hierher zurückkehrte, fühlte es sich immer so leer an. Auch der Kredit drückte auf seine Stimmung, mal mehr, mal weniger. Doch jetzt gab es einen Lichtblick, wohlige Zufriedenheit breitete sich in ihm aus: Elli war unterwegs zu ihm, bald würde das Haus für immer belebt sein, gemeinsam wäre es leichter. In der Früh kam der ersehnte Anruf, sie war bereits aufgebrochen und ihr Frank war noch bei Carla in Kroatien. Was für ein Setting.

Andi schaute auf die Uhr. In wenigen Minuten würde Elli ankommen. Ins Fundbüro hatte er es noch nicht geschafft, die letzten Tage war er lieber zum Angeln gegangen, hatte die Fische mit seinem alten Filetiermesser ausgenommen und anschließend genussvoll gebraten. Aber morgen, ja morgen würde er endlich hingehen.

Es klingelte an der Haustür. Endlich! Elli sprang die Stufen hinauf und nahm ihren geliebten Andi in den Arm.

»Wie geht es dir?«, fragte er.

»Wie soll es mir schon gehen«, erwiderte sie matt. »Ich bin völlig erschöpft von der langen Reise. Eine Ochsentour. Fast zehn Stunden mit Taxi und Flugzeug, über tausend Kilometer. Kaum Kommunikation«, und dabei zuckte sie teilnahmslos mit ihren Schultern. »Kroatisch ist nicht meine Stärke.«

Sie war leicht durch den Wind, aber die lange Reise war nicht der einzige Grund. Sie hatte viel gegrübelt, vielleicht zu viel. Nun lag sie in Andis Armen und ihre Gedanken fuhren Achterbahn.

»Ich habe dich so vermisst, dieses Spiel, es war so, ... so anstrengend«, flüsterte sie. Wie konnte sie Andi ihre Gefühlswelt beichten, ohne ihn zu sehr zu kränken? Warum hatte sie den Taxifahrer nicht einfach zu ihrer Dreizimmerwohnung gelotst? Frank, Andi, zwei Männer, zwei Wege, der Wegweiser stand direkt vor ihr, die Ampel schaltete gleich von Rot nach Grün, sie musste sich entscheiden, doch ihre Gedanken waren leer.

Andi streichelte sie zärtlich: »Was lange währt, wird endlich gut.«

Doch sie wich seinen suchenden Lippen zaghaft aus: »Komm, lass uns in den Garten an die frische Luft gehen.«

O happy day – o happy day ...

»Oh, ein Anruf von Carla«, stutzte Andi, »ich werde mal dran gehen, mal sehen wie die Dinge da unten in Kroatien laufen. Erst die Arbeit, dann das Vergnügen, Okay Elli?« Sie nickte teilnahmslos.

»Hallo Schwesterherz, alles gut bei Dir? Und mit Frank? Ihr seid euch nähergekommen?« Er grinste und hob den Daumen, alles auf der Zielgeraden.

»Gratuliere. Also auch dir, so einen findest du selten. Und meine Elli, also seine so-gut-wie-Ex, die wollte ja alles klar machen, bevor sie zu mir kommt, dann hat er also angebissen?«

»…«

»Ja, Elli ist jetzt hier.« Andi wuschelte durch Ellis Haare und streichelte ihren Arm.

»…«

Ihr wurde eiskalt, so eiskalt, wie Andi seinen Plan durchzog. Sie hatte Frank geliebt, nein, sie liebte ihn noch. Wie konnte sie nur so auf Andi hereinfallen, was war das für eine Show, was war das für ein Mensch?

Ihre Knie wurden weich, sie fiel über den Gartentisch und stieß ihn samt Bardolino um, verdrehte die Augen und schlug hart auf den toskanischen Steinplatten der Terrasse auf. Andi konnte sie nicht mehr auffangen. Sie schaute auf und hauchte schmerzverzerrt:

»Sorry, ich habe wohl zu wenig Wasser und zu viel Aperol in den letzten Stunden getrunken.«

Es klingelte an der Haustür. Andi versucht das schrille Geräusch zu ignorieren, sich um Elli zu kümmern, und gleichzeitig das Telefonat mit Carla zu beenden. Doch der Besucher blieb hartnäckig.

»Carla, ich ruf' dich gleich zurück, ich muss hier schnell noch etwas erledigen.«

Der rote Bardolino floss mittlerweile über die Terrasse, langsam unter Elli hindurch. Gedanklich malte Andi eine weiße Tatort Silhouette entlang der Szenerie, und erschauerte über seine eigenen Phantasien. Er hätte wirklich Regisseur werden sollen. Es klingelte wieder.

»Geh schon«, keuchte Elli, »mir geht es gut, mach einfach auf.«

»Okay, ich beeile mich«, sagte Andi und brüllte dann in Richtung Tür:

»Ist ja gut, ich komme ja schon!« Genervt schlurfte er ins Haus zurück, durchs Wohnzimmer, an der Garderobe vorbei und öffnete die Haustür.

»Hallo, ich bin Theo! Wir kennen uns.«

Seinen Holzkasten würde er nie mehr abholen.

Frank und Carla

»Raubmord ohne offensichtlichen Raub«, gab Wachtmeister Mursi zu Protokoll, während zwei Personen in die eingetroffenen Zinksärge gehoben wurden.

»Der Hausbesitzer wurde mit mehreren Messerstichen und dezent filetiert im Hausflur gefunden, eine Frau auf der Terrasse in einer Rotweinpfütze. Tod vermutlich durch ein Schädeltrauma, vielleicht im Suff zu hart die Terrasse geküsst. Sorry. Passierte ungefähr vor zwei Tagen. Sie kennen die Toten, richtig?«, fragte er routinemäßig.

Frank und Carla hielten sich fest in den Armen und verdrängten krampfhaft die pietätslos generierten Bilder. Schließlich gaben sie unter Tränen zu Protokoll, dass es sich um ihren Bruder Andi und Elli handelte, die Frau von Frank.

Nachdem Frank vor einigen Tagen Carla die Geschichte vom Zusammentreffen mit Elli im Hafen und ihrem plötzlichen Aufbruch erzählte, gestand ihm Carla noch während des Abendessens mit frischen Meerbrassen ihre Liebe, für die es nun Platz und Raum gab. Sie versuchten in der Hütte Abstand zu gewinnen. Abstand zur realen Welt mit viel intimer Nähe zueinander. Aber mit so etwas hatten sie nach ihrer Rückkehr nicht gerechnet.

»Wir sind erst seit einer Stunde aus Kroatien zurück, wir hätten noch länger Urlaub gehabt, haben uns aber Sorgen gemacht, weil wir weder Andi noch Elli telefonisch erreichen konnten. Da sind wir vorzeitig zurückgefahren«, erzählte Carla, »ich habe einen Zweitschlüssel, daher konnten wir hier nachschauen.«

»Seltsam«, bemerkte der Hauptkommissar und zupfte an seinem Bart, »die Spurensicherung stellte fest, dass nur das fensterlose Kellerzimmer mit der Angelausrüstung und den Schraubhaken an den Wänden durchwühlt wurde. Konnten sie feststellen, ob etwas gestohlen wurde?«

Carla schüttelte schweigsam den Kopf, die Augen noch feucht.

»Nein, es scheint nichts zu fehlen, selbst das Bargeld im Arbeitszimmer ist noch da.«

»Wann war ihr letzter Kontakt zu ihrem Bruder?«

»Vor zwei Tagen. Wir telefonierten kurz, dann musste er zur Tür und legte auf.«

»Und ihre Frau?« Frank zuckte mit den Schultern:

»Elli? Sie war auch in Kroatien, ist aber früher zurück gefahren. Wollte etwas mit ihrem Anwalt klären, macht sie öfters, sie arbeitet freiberuflich.«

»Danke, das wäre es hier erst einmal, halten Sie sich bitte für weitere Fragen bereit«, verabschiedete sich Kommissar Mursi förmlich und verließ das Haus.

»Ein seltsamer Kommissar. Und was machen wir jetzt?«, fragte Carla, die Frank noch immer fest an der Hand hielt.

Frank blickte ihr fest in die Augen und küsste sie: »Wir akzeptieren unser Schicksal: Das Haus wird ausgeräumt, die Spuren beseitigt, wir ziehen hier für den Rest unseres Lebens ein und gründen eine Familie. Und in den Keller kommt der Hobbyraum. Genauso, wie es Andi und Elli vorhatten.«

Theo

Ein Jahr später schloss Franzi das Fundbüro nach einem langen und anstrengenden Tag ab. Ihr Kollege wunderte sich:

»Unglaublich, wie selig Menschen schauen können, wenn Sie bei einer Versteigerung den Zuschlag bekommen, auch wenn es nur ein Holzkästchen mit Messer ist«, und deutete auf einen Mann, der als letzter das Büro verließ, »im Geschäft gibt's manches von dem Kram neu sogar günstiger.«

309

»Stimmt, aber die haben keine eigene Geschichte, es ist wohl ein besonderes Messer«, bemerkte Franzi nachdenklich.

»Er sagte so etwas wie ‚Jetzt ist meine Sammlung endlich vollständig, jedes Töpfchen braucht sein Deckelchen‘. Und irgendwie kam mir die Baskenmütze bekannt vor.«

Laterne, Laterne

»St. Martin, St. Martin, …« Der bunte Laternenzug schlängelte sich durch das Wohngebiet, kindlicher Gesang mit bizarr hohen Kreischtönen gab dem mitbrummenden Klangteppich der Erwachsenen einen erfrischenden Akzent. Zwei Posaunen unterstützten mutig die zittrig schwingenden Noten. Stolz führte Martin, der im letzten Kindergartenjahr war, auf einem kleinen Pony den Zug an. Heute Abend war es eiskalt, die Luft kondensierte vor den Gesichtern zu kleinen Nebelwölkchen. Doch Martin hatte noch die Hälfte seines wärmenden Mantels, und die vorausgegangene Open-Air-Messfeier gab dem Abend etwas Feierliches, eine wohlige, wärmende Atmosphäre. Wie jedes Jahr freuten sich alle auf das knisternde Feuer vor dem Pfarramt, auf den lauwarmen Kinderpunsch und den heißen Glühwein, die dort mit frisch gebackenen Martinsganserln kredenzt wurden.

Plötzlich stockte der Zug und kam schließlich vollständig zum Stillstand. Das Pony scheute und wieherte laut, kreischende Stimmen schallten von der Spitze des Zuges bis in die hintersten Reihen. Der Gesang brach ab. Was war geschehen?

Dem begleitenden Polizisten lief ein Schauer über den Rücken, als er den Anfang des bunten Laternenwurms erreichte und das Ausmaß überblickte:

Eine kleine Gruppe von bleichen Gespenstern, von Vampiren mit blutigen Zähnen, langen schwarzen Umhängen und verstrubbelten hässlichen Hexen mit Reisigbesen tanzte um das Pony und hüpfte übermütig durch die ersten Reihen: »Trick or Treat! Trick or Treat!«, kreischten sie inbrünstig und hielten den Laternen- und Fackelträgern auffordernd ihre äußerst kärglich gefüllten Tüten für Süßigkeiten unter die Nase.

Die Lokalzeitung analysierte in ihrer nächsten Ausgabe den Vorfall mit psychologischer Akribie: Die Coronapräsenz habe wohl mittlerweile die Zeitwahrnehmung der Menschen vollständig durcheinander geworfen. Es gab keinen gewohnten Rhythmus mehr, in den Osterferien fuhr man nicht mehr zum

Skifahren nach Österreich in den Urlaub, sondern watete zwangsalternativ an der Nordsee durch lauwarmen Sand. Im Homeoffice wurden liebenswerte Familienväter zu Raubsauriern, wenn der Kinderfilm just nach Beginn der Telefonkonferenz ohne Ton weiterlief und zu massiven Prioritätskonflikten führte. Es sei gut, dass viele Haushalte heutzutage keine Axt mehr im Haus haben.

Kurz, in dieser Zeit wurde vieles abgesagt, vertauscht, nachgeholt, vorverlegt oder nach hinten verschoben. So hätte man der Halloween-Truppe grundsätzlich ihren Auftritt verzeihen können, denn Ausgangsbeschränkungen verhinderten ihre heidnische Halloween-Nacht, die ja ungefähr zwei Wochen vor den St. Martinsumzügen stattfand, sie hatten ihr süß-saures Treiben einfach nachholen wollen.

Letztendlich zweifelte die Lokalzeitung jedoch den aktuellen psychischen Geisteszustand der Ortsansässigen an, denn gestern war der 7. Februar und nicht November. Wenigstens Weihnachten fand als eines der zentralen christlichen Hochfeste noch pünktlich am 24.12. statt. Ein Hoffnungsschimmer?

Wahrheit oder Pflicht

Der Montag versprach ein entspannter erster Ferientag zu werden. Frank und Karin saßen gemütlich beim Frühstück und ließen sich die frischen Semmeln schmecken. Heißer Milchkaffee, selbst gemachte Erdbeermarmelade, und die Kinder noch schlummernd im Bett.

Karin genoss den Luxus und blätterte gedankenverloren im Lokalteil der Zeitung, die sie extra für die Ferienzeit abonniert hatte. Das Wochenende hatte sie mit Freundinnen im Wellnesshotel verbracht und die Kinder selbstlos bei Frank gelassen. Auch wenn sie Frank zwei Tage Erholung voraus hatte, gähnte sie herzhaft, kam sie doch gestern erst spät in der Nacht zurück, ihre Familie schlief bereits.

»Schau Frank, das Schwimmbad hat seit gestern eine Zeitmessung an der großen Wasserrutsche, da war richtig viel los. Das wäre doch was für euch gewesen, Max und Veronika lieben dieses Hallenbad. Da ist es sicher etwas wilder als in unserem Wellnesshotel, und das Essen vom Kiosk ist natürlich nicht so abgefahren wie unser 6-Gänge-Menü.«

»Hm ...«

»Wahnsinn, es wird sogar ein Zielfoto mit genauer Zeitangabe ausgelöst, wenn man den Tagesrekord auf der Rutsche bricht. Schau, in der Zeitung ist sogar das Rekordfoto vom Sonntag abgebildet.«

»Hm ...«

»Scheint aber noch nicht so richtig zu funktionieren, hier: Unbekanntes Objekt löste Foto aus. Seltsam, wenn ich genau hinsehe, im Ausgangsbereich der blauen Röhre ist gar nichts zu sehen, nur ein paar herumstehende Badegäste. Hey, Frank, bist nicht du das auf dem Foto?«

»Hm ...«

»Warst du gestern im Schwimmbad?«

»Ja, mit Max und Veronika, uns war so langweilig am Sonntag, nach dreizehn Runden Kniffel und einer Stunde Paw Patrol durfte ich als Kletterbaum herhalten«, antwortete Frank müde. »Ab dem Punkt mussten die Kinder dringend gelüftet werden. Im Radio hatten sie die Wasserrutsche mit der computergesteuerten Zeitmessung angepriesen, das haben die Kids mitbekommen. Da war schnell klar, dass wir das ausprobieren mussten, insbesondere wir sportlichen Männer!«

»Und wer ist die Frau, der du auf dem Zeitungsfoto so sportlich den Arm um die Taille legst?«

Frank riss die Augen auf, hustete den letzten Rest Kaffee aus seinem Mund und röchelte Karin zu: »Zeig mal her!«

Er schlug die Seite auf und pures Entsetzen pulsierte in seinem Gesicht: Inmitten der Badegäste, das war er, ja, er war es wirklich, leugnen zwecklos. Mit Sabine, der Mama von Basti, dem Kumpel von Max, die sie zufällig im Schwimmbad getroffen hatten, kurz nachdem das Chaos begann.

»Kaum ist man ein Wochenende außer Haus, läuft mein lieber Ehemann Frank wieder zu Hochtouren bei der Frauenwelt auf. Jede Situation ausnutzend, nehmen was geht, ich hätte es wissen müssen. – Was hast du heute wieder für eine Ausrede?«

»Ich hatte eine volle Windel an den Kopf bekommen, begann zu trudeln und habe mich an der nächstbesten Person fest-gehalten, um nicht ohnmächtig ins Wasser zu fallen«, erklärte Frank mit treuen Augen, »und diese Person war zufällig Sabine.«

»Mit so einem Märchen kannst du bei den Gebrüdern Grimm anklopfen!«, kreischte Karin und ließ ihr Messer scheppernd auf den Frühstücksteller fallen, »die ist doch wieder auf der Suche, nachdem ihr Hans mit dieser rothaarigen Motorradbraut durchgebrannt ist.«

»Seit wann fährt Hans Motorrad?«

Der gemütliche Montagmorgen lief so langsam aus dem Ruder. »Karin, Schatz, schau dir halt das Kästchen mit dem Kommentar an, Überschrift: Sodom und Gomorrha im Hachinger Tal, das sollte einiges erklären!«

»Komm – gib einfach die Zeitung her. Danke.«

Karin schlug die Zeitung zu und sah ihn provozierend an: »Wir machen es jetzt so: Du erzählst mir deine Geschichte, und ich lese danach den Kommentar. Wenn deine stimmt, gibt's Sex, falls nicht, putzt du die nächsten zwei Tage das Haus von oben bis unten, klar?«

Frank zog die Augenbraue nach oben und grinste schelmisch über beide Ohren: »Ich akzeptiere schweren Herzens, so höre nun die wahre Geschichte:

»Wir standen Schlange. Wir, das bin ich und unser kleiner Sohn Max. Veronika hatte eine Schulfreundin getroffen und wollte nicht mit rutschen. Wir standen also auf der langen, weißen Wendeltreppe, nur mit Badesachen bekleidet, und warteten. Langsam aber stetig zog kalter Chlorgeruch an unseren Waden vorbei, bis hinauf zum Ende des Turms, wo die gurgelnde Öffnung der Wasserrutsche gierig auf uns und andere wagemutige Badegäste wartete, um uns durch wilde Kurven in die Tiefe zu reißen. Ich sah mich gelangweilt um, lehnte mich über das Geländer und zählte ungeduldig die vor uns stehenden Badehosen und Bikinis, rote, gelbe, kleine, große, …«

»Mein kleiner Poet, lass die fremden Bikinis und komm endlich zur Sache!«

»Okay – also die beiden Wasserrutschen des Hallenbades waren am gestrigen Sonntag sehr stark frequentiert. Sag mir, warum haben andere Familien immer die gleichen Ideen an den gleichen Tagen zur gleichen Uhrzeit am gleichen Ort zu sein?

Aber da Max und ich schon einmal in der Schlange standen und du mit deinen Freundinnen unterwegs warst, dachte ich mir: In der Ruhe liegt die Kraft und entspannte. In der Langeweile des Wartens luden die rauen Stufen zum Zeit-vertreib ein, gemächlich die Hornhaut beim Aufstieg Schritt für Schritt von den Füßen zu schaben. In der Badewanne mit dem Bimsstein ist das immer so eine mühevolle Verrenkung, weißt du?«

»Frank, du bist widerlich, warum machst du das nicht unerkannt im Kinderbecken wie alle andern, die sich am Rand schräg anlehnen und teilnahmslos herumschauen?«

»Da waren gestern zu viele Kinder mit Taucherbrille unter-wegs. Unglaublich, wie hemmungslos die sind. Nicht nur, dass sie den Boden erforschen und alte abgekratzte Fingernägel und Haare herausfischen, die sie dann zu ihren Eltern tragen, nein, die sehen alles und sprechen einen dann auch noch frech an, warum man seine Fersen rhythmisch über den Boden hin und her schubbert, was es da unten wegzuschieben gäbe?«

»Recht haben sie, aber jetzt nicht ablenken, den Schlag auf deinen Kopf kann ich bis jetzt logisch noch nicht nachvollziehen.«

»Es geht ja weiter! Direkt vor uns stand ein stämmiger Vater mit seiner kleinen Tochter. Die konnte es anscheinend vor Freude kaum noch erwarten und hüpfte von einem Bein auf das andere.

‚Jetzt zapple doch nicht so herum‘, zischte dieser, ‚wir sind gleich oben‘. Doch sie quietschte und stammelte nur Kauderwelsch wie ‚nej, nej, oooch, oooch, snell, snell!‘

Bald war es geschafft, Max und ich konnten bereits in die große Röhre blicken, die kräftig mit wildem Wasser geflutet wurde. ‚Das wird ein Spaß‘, dachte ich schon voller Vorfreude, bohrte mit meinem Zeigefinger in den Nasenflügeln und schnippte den Popel elegant die Wendeltreppe hinab.«

»Frank, du hast was? Schäm dich, wenn dich dabei jemand sieht!«

»Hat keiner gesehen, habe ich aus der Hüfte geschnippt. Macht doch jeder, wird sich schon festtreten, was soll‘s. Außerdem pieseln andere dafür ins Wasserbecken, das mache ich nicht.«

»Wie kommst du denn da drauf?«

»Schatz, wo sollen denn die Weißbiere der Sportschwimmer sonst hin, wenn die auf Strecke und Zeit schwimmen? Außerdem geht aus gesundheitlichen Gründen nichts über eine Nasendusche mit desinfizierendem Chlorwasser, am besten auch noch den Rachen im tiefen Wasser. Gibt doch Filteranlagen.«

»Frank, deine Zeit läuft so langsam ab.«

»Und jetzt kommt es: Das kleine Mädchen vor ihm senkte plötzlich ihren hochroten Kopf und ging kurz in die Hocke. Dann begann es übelst zu stinken und ihre Schwimmwindel lief über! Wahnsinn, auf den Treppenstufen schlugen bereits die ersten braunen Festkörper auf und spritzten nach allen Seiten. Mir entglitten förmlich die Gesichtszüge. Die umstehenden Kinder kreischten und drückten nach vorne und hinten, um schnell einen größeren Abstand zu gewinnen. Was für ein Skandal! Dann entdeckte ihr Vater das Malheur und brüllte auf seine Tochter ein. Warum sie ihm nicht vorher Bescheid gesagt hätte, und was er jetzt denn ihrer Ansicht nach tun solle.

‚Na ja‘, kommentierte ich da lakonisch, ‚am besten, denke ich, ist es für dein Kind: klemm es unter den Arm und schnell die Wendeltreppe hinunter auf die Toilette!‘

Doch dem Vater brannten alle Sicherung durch: ‚Das habe ich gehört, immer diese klugen Sprüche der Kinderlosen oder derer mit Bilderbuchkindern. Jetzt ist es eh zu spät!‘ Ich zuckte erschrocken zurück, denn wenn Eltern zu Wildschweinen werden, um ihre Frischlinge zu verteidigen, da fühle ich mich gleich wie ein Höhlenmensch, der vor einem hungrigen Säbelzahntiger steht.«

»Frank, weiter geht's, das Foto, Sabine, nicht ablenken!«

»Eine junge hübsche schlanke blonde Frau, die hinter mir stand, versuchte die Situation mit einem dezenten Vorschlag zu lösen, aber dann …«

»Frank, nicht schon wieder mit anderen Frauen ablenken!«

»Jetzt lass doch mal die Spitzfindigkeiten! Also, eine junge Mutter stand direkt hinter mir und versuchte es auf eine charmantere Art und Weise: ‚Ihr Kind ist aber noch keine sechs Jahre alt darf hier eigentlich nicht rutschen.‘

Dieser Vater, also muskulös war der ja schon, der taxierte sie von Kopf bis zu den Zehen und haute locker einen Machospruch raus:

‚Sie wollen doch da nicht auch noch hinunter rutschen? Die Rutsche ist nur bis 90 kg zugelassen!‘

‚Nein!‘

‚Doch!‘

Wir waren allesamt sprachlos und der Grobian schaute auf die verschreckten Augen der Sonntagsfamilienmassen hinab, die den Weg nach unten blockierten. Dann brüllte er heroisch in die Menge ‚Alea iacta est!‘, ballte seine Fäuste, wirbelte herum, schnappte sich seine Tochter, und sprang kurzerhand mit ihr und einer braunen Tropfspur in die gurgelnde Wasserrutsche hinein. Schon in der ersten Kurve platzte die Schwimmwindel und riss von ihrem Hintern ab, trieb wogend im Strom ein Stück hinein, blieb verschmiert am ersten Zwischenstück hängen und staute das Wasser auf. Die Badegäste im oberen Teil schrien

317

entsetzt auf, als das wilde Wasser überhand nahm, schließlich die Windel ergriff sie samt brauner Brühe immer tiefer in die Röhre nach unten spülte.

»Wahnsinn«, rief Karin aus, »Akademikereltern im Ausnahmezustand. Latein sprechen, laut wie ein Presslufthammer und dumm wie eine Gewindemuffe.«

»Du sagst es. Also Max und ich verließen den Ort des Grauens so schnell wie möglich, über die Treppe natürlich, denn zum Chlorgeruch mischte sich mittlerweile ein Hauch von tropfender Kloake. Wir wollten nur noch nach unten. War leichter als gedacht, denn die unwissenden Badegäste füllten sofort die Lücke nach oben. Obwohl es von da tropfte. Nein, die wollten nicht wissen, mit welchen flüssigen und festen Gaben sie überschüttet wurden. ‚Bloß weg da!‘, rief ich zu Max, ‚in diese Wasserrutsche werde ich in den nächsten Wochen nicht mehr hineinsteigen!‘

Endlich unten, gönnten wir uns noch ein paar Minuten, um in aller Ruhe den Landebereich der Rutsche zu beobachten. Der cholerische Vater scheuchte mittlerweile seine Tochter, die jetzt ohne Schwimmwindel unterwegs war, in Richtung Duschen.

Unübersehbar war der Trübungsstreifen im Landebereich bis hin zur Treppe. Wir genossen die Aussicht auf die Wasserrutsche, die ein ahnungsloses Kind nach dem anderen in das Wasserbecken spie, auch den ein oder anderen gut gelaunten Erwachsenen. Es spritzte kräftig, sie tauchten tief in die Wogen hinein, sogen das Wasser auf und prusteten es hemmungslos umher.

Ich wollte heim, schnappte mir unsere Badetasche und schritt angewidert am Beckenrand entlang. Dort trafen wir zufällig auf Sabine mit Basti. Der erzählte uns erst einmal, wie toll man mit seiner Badehose unter Wasser Blubberblasen machen konnte. Ich ignorierte das dezent und wollte Sabine gerade nach ihrem letzten Urlaub fragen, als ich unerwartet einen kräftigen Schlag auf den Hinterkopf bekam, mich daraufhin spontan an Sabine festhielt bevor ich benommen zu Boden ging.

Die ausgewaschene, aber komplett vollgesogene Windel hatte in der Zwischenzeit tatsächlich den Weg bis zum Ende der Röhre gefunden, von wo sie ein junger Fußballer beherzt aus der Röhre schoss. Das Teil traf mich heftig und löste zeitgleich auch mehrere Rekordfotos aus, darauf bin ich halt zu sehen. Wenn du genau auf das Zeitungsfoto schaust, dieses graue Etwas da, das muss sie sein.«

»So so, für mich sieht das eher aus wie ein Rest Drucker-schwärze …«

»Als ich wieder zu mir kam, lag besagte Schwimmwindel zerrissen und ausgewaschen neben meinem Kopf. Und das Kunststoff-Fläschchen mit dem Lackmus-Indikator ist beim Sturz in meiner Badetasche zerbrochen und langsam in die Sportler-Schwimmerbahn geflossen.

Plötzlich zog einer der Wassersportler eine dezente Verfär-bung hinter den schlagenden Beinen her, peinlich. Sodom und Gomorrha, alle mussten raus und duschen, der Badetag war beendet. Der Bademeister hat hart durchgegriffen. Das war die wahre Geschichte.«

Karin schüttelte sehr langsam und irritiert den Kopf: »Ich glaube Frank, ich sollte deine Putz-Zeit auf eine Woche erhöhen, damit dein Kopf wieder klarer wird. Zusätzlich würde ich dich beim Hachinger Märchenclub anmelden. Na ja, dann wollen wir mal sehen, was im Kommentar steht …«

Das Telefon klingelte und riss Karin aus ihren aufgewühlten Gedanken. Es war Sabine, »Geht es Frank wieder besser? Der ist ja gestern ganz schön mit dem Kopf auf die Schwimmbad-fliesen aufgeschlagen.«

Frank grinste und schob demonstrativ sein langes Haar an der Schläfe zur Seite, eine große Platzwunde wurde sichtbar: »Also Schatz, was ist nun, Sex, oder erst verarzten?«

Der Elefant in der Wasserrutsche

Es war heiß. Sehr heiß. Die Sonne brannte erbarmungslos auf die rote S-Bahn nieder. Trotz Klimaanlage lief den Fahrgästen der Schweiß aus den Haaren über die Schulter bis in die Poritze hinein. Sie atmeten erleichtert auf, als in Unterhaching endlich die dreißig kreischenden Kinder ausstiegen und lebenswerte Ruhe und frische Luft hineinströmten. Dort setzte sich unter den strengen Kommandos der Eltern ein bunter Wurm aus Schwimmreifen, Handtüchern, Rucksäcken, Spielgerät und Sonnenschirmen in Richtung Freibad in Bewegung.

Die Erwachsenen trieben ihre Kinder entnervt an, denn sie wollten unbedingt vor dem großen Ansturm ein schönes Plätzchen auf der grünen Liegewiese ergattern. Zum Glück führte ihre Wegstrecke schon bald am Hachinger Bach entlang. Die Kinder sprangen jauchzend hinein, vertrieben die badenden Hunde und wateten gegen den Strom durch das kalte Bio-Wasser. Am Freibad angekommen, hüpfte die Horde über das Drehkreuz, stürmte die frisch gemähte Wiese und ließ Rucksäcke, Taschen und Sonnenschirme an Ort und Stelle fallen. Dann eroberten sie großflächig das Wasserbecken, den Pilzwasserfall und natürlich auch die Wasserrutsche. Die Erwachsenen ließen sie im schweigenden Chaos der Handtücher zurück.

Bernd lag dösend auf einem Strandtuch und blinzelte in Richtung Wasserbecken. Spritzend spie die Wasserrutsche ein Kind nach dem anderen aus. Wie jedes Sommerwochenende verbrachte er mit seiner Familie ein paar ruhige Stunden im Freibad, zumindest bis jetzt. Seine Tochter Lena kletterte gerade die Wendeltreppe zur Wasserrutsche hoch, als plötzlich von dort ein lautes Rumpeln und Trompeten ertönte.

Schlagartig waren im gesamten Freibad keine kreischenden Kinder mehr zu hören. Eine trügerische Ruhe lag in der Luft. Die Rentner atmeten auf, bekreuzigten sich und dachten an ein Wunder.

Irritiert blickten alle Badegäste zur Rutsche hinauf, tuschelten und versammelten sich nach und nach am Beckenrand. Bademeister Erwin bahnte sich einen Weg durch die Menge:

»Platz da, lasst mich durch, hier gibt es nichts zu sehen!« Dann folgte sein Blick langsam den nach oben zeigenden Fingern.

Am Anfang der Rutsche spritzte das zufließende Wasser nach allen Seiten. Dann meinte er einen wild um sich schlagenden Rüssel zu sehen. Es trötete wieder und ein lautes Stampfen ließ die Wasserrutsche sichtbar schwanken.

»Ein Elefant!«, kreischten die Kinder. Sie drängten zur Wendeltreppe: »Mama, ich will da hoch und den Elefanten streicheln!«

Nur mit Mühe gelang es Bademeister Erwin, die Kinder und ihre Eltern zurückzuhalten. Zum Glück ertönte in diesem Augenblick die Sirene der freiwilligen Feuerwehr, die sich mit Blaulicht und Leiterwagen auf dem Rasen des idyllischen Freibades Respekt verschaffte.

Die Sonne brannte noch immer erbarmungslos und ließ die Luft bei 37 Grad flimmern. Der korpulente Feuerwehrmann Florian zwängte sich schwitzend aus der Fahrerkabine:

»Was ist denn nun wieder so dringend?«, brummte er verärgert. »Also, das mit dem Elefanten auf der Rutsche war doch wohl ein übler Scherz? Ich komme gerade von einem Grillfest, und wehe dem, der …« Weiter kam er nicht. Markerschütterndes Tröten und Stampfen ließen ihn verstehen, dass er heute wohl auf einem anderen Planeten gelandet war.

Bademeister Erwin erklärte dem Feuerwehrmann die Lage, die er selbst nicht verstand. Aber alle waren sich schnell einig: Erst einmal mit der Feuerwehrleiter nahe heran, um die Lage zu sichten.

Gesagt getan. »Helft alle mit!«, rief Florian den Badegästen zu. Viele von ihnen sprangen auf den Feuerwehrwagen und drehten an der großen Kurbel, um die Leiter langsam, ganz langsam auszufahren. Nach fünf endlosen Minuten hatten sie es geschafft, doch die Leiter war mindestens drei Meter zu kurz.

Bernd kommentierte lakonisch: »Mal wieder typisch unser Bürgermeister. Bei der Freiwilligen Feuerwehr musste er unbedingt die billige Leiter mit Handkurbel kaufen, um mit dem eingesparten Geld die neue Wasserrutsche zu finanzieren. Wollte wohl zwei Spielzeuge haben und es allen recht machen.«

Lena ergriff das Wort: »Wir wollen ihn Paula nennen!«

»Aha, und wie wollen wir Paula da wieder herunter bekommen?«

Der kleine Lars rief spontan in die Menge: »Wir stecken dem Elefanten eine Rakete in den Popo und schießen ihn aus der Röhre!«

Die umstehenden Kinder applaudierten.

Da Feuerwehrmann Florian, Bademeister Erwin und den Eltern nichts besseres einfiel, wurden schließlich vom nahegelegenen Feuerwerker große Raketen organisiert und Florian übergeben. Zur Sicherheit schnallte er sich mehrere um, falls eine für die Mission nicht ausreichen würde.

Unter den anfeuernden Rufen der rot- und braungebrannten Menschen kletterte Florian in voller Ausrüstung von unten in die Wasserrutsche. Vorsichtig, ganz vorsichtig und Zentimeter für Zentimeter, krabbelte er die Röhre hinauf. Die größte Rakete schob er mutig vor sich her.

Paula, wie nun alle den Elefanten riefen, wurde sichtlich nervös, denn sie bemerkte, dass jemand ihrem dicken Hinterteil immer näherkam. Kurz bevor der Feuerwehrmann die Rakete für den Abschuss platzieren konnte, kniff Paula ihre Schenkel zusammen, hob den Stummelschwanz und ließ einen donnernden Angst-Pups entweichen.

Die Röhre der Wasserrutsche erzitterte und ein langgezogener Ton erklang majestätisch wie aus einem Schweizer Alphorn. Florian wurde unter donnerndem Getöse wie ein Sektkorken aus der Röhre herausgeschossen und landete auf dem 10-Meter-Sprungturm.

Das war wohl nichts.

Lena nutzte den Tumult und schlich zur Wasserrutsche. Am Fuß der Treppe entdeckte sie eine kleine Maus mit cooler Sonnenbrille. »Mani« stand auf ihrem T-Shirt. Lena packte die Gelegenheit beim Schopf, schlich sich heran, schnappte zu und setzte die irritierte Maus auf ihre Schulter. In der noch vorherrschenden Verwirrung huschte Lena die Treppenstufen unbemerkt hinauf.

Oben angekommen sah sie die Bescherung: Paula steckte in einem quietschrosa Ganzkörperbadeanzug und schlug frustriert mit dem Rüssel um sich. Sie hatte eine Schwimmnudel um den Bauch und klemmte in der Röhre fest.

Als der Elefant die Maus erblickte, wurden seine Augen immer größer und er zappelte noch heftiger. Aber wenn jemand mit einer Schwimmnudel festhängt, hilft auch keine coole Maus mehr!

Lena griff beherzt nach der öligen Sonnencreme und spritzte den Elefanten und die Schwimmnudel von oben bis unten kräftig ein. Was für eine Sauerei! Doch dann kam die ganze Sache ins Rutschen: mit lautem Gepolter und Getöse donnerte der Elefant Paula nach unten, erst durch die lange Linkskurve, dann auf die Gerade, freier Fall, Beschleunigung und ab in den Looping!

Die Badegäste hielten den Atem an. An der höchsten Stelle zerbarst die Wasserrutsche in tausend Teile. Paula schoss laut trötend durch die Luft, überschlug sich mehrfach und stürzte wie ein rosa glühender Meteor in das große Schwimmbecken. Platsch!

Eine riesige Wasserwand baute sich vor den Badegästen auf, grinste kurz und brach wie ein Tsunami über ihnen zusammen. Nun waren alle Handtücher nass und das Schwimmbecken leer.

Auch Florian bekam auf dem Sprungturm noch eine gute Portion Wasser ab, stolperte, fiel auf den Rücken und rutschte in voller Montur in Richtung Absprungkante. Die Zündschnüre der umgebundenen Raketen rieben über das raue Sprungbrett und entflammten just in dem Moment, als der freie Fall einsetzte. Das Feuer erreichte die Treibsätze und Florian schoss mit lautem Pfeifen gen Himmel. Er wusste nicht, wie ihm geschah. Sprühende Leuchtfontänen hoben ihn immer höher, eine Rakete nach der anderen zündete.

Die Köpfe der Badegäste wurden immer kleiner. Eigentlich sah das Freibad von hier oben aufgeräumt und friedlich aus, selbst mit rosa Elefanten im leeren Becken.

Dann explodierte die erste Rakete. Begleitet von entzückten »Ah«- und »Oh«-Rufen der Menge, stürzte er wieder in Richtung Erde. Über seinem Hinterteil brannte der Himmel, die Raketen malten einen wunderschönen rot–grün flimmernden Feuerstern.

Die Badegäste klatschten begeistert. Was für eine Show! Ein schwitzender Feuerwehrmann flog in voller Ausrüstung quer über den Himmel, begleitet von lautem Donner, Blitzen und bunten Farben.

Florian hatte Glück. Auf halbem Weg zur Erde verheddete er sich am Blitzableiter der Wasserrutsche. Dieser schwang heftig hin und her, war er doch für zarte Blitze und nicht für 140 Kilo konstruiert. Schließlich gab das Material nach und Florian fiel weiter: Mit den Beinen voraus in die oberste Röhre der Wasserrutsche! Nun steckte er an der gleichen Stelle fest wie vorher Paula, hatte aber keine Sonnencreme dabei.

Seine Hilferufe wurden nicht mehr gehört, denn Lena und Lars hatten die Verwirrung genutzt, um am Feuerwehrauto Blaulicht und Sirene einzuschalten. Sogar die Maus »Mani« tanzte nun im Takt der Sirene und feuerte die Menge an.

Alle Badegäste – klatschnass aber glücklich – tobten vor Begeisterung über die Heldentat von Lena: eine Elefanten-Rettung mit Feuerwerk!

Und was lernen wir daraus?

Immer Sonnencreme dabei haben, nie mit der Schwimm-nudel auf die Wasserrutsche gehen und keine Feuerwerkskörper im Freibad zünden!

Manchmal gibt's ein Happy End

(angelehnt an das Märchen »Vom klugen Lennart«)

Seit Jahrhunderten erzählt man sich an kalten Wintertagen Geschichten und Märchen aus alter Zeit. Über verwunschene Prinzessinnen und mutige Ritter, die außerhalb der Grenzen ihres schützenden Königreichs ins Unbekannte vorstießen, um dem Bösen mit List und Tücke das Geraubte wieder zu entreißen. Viele waren erfolglos, bezahlten mit ihrem Leben, doch Gut und Bös blieben immer im Gleichgewicht. Die Furcht der Kinder, verstärkt durch den wilden Feuerschein des gusseisernen Ofens im einzigen beheizten Raum des Hauses, wurde letztendlich nur dadurch besänftigt, dass die Hexen und Zauberer, die verwunschenen Wälder und Höhlen, weit weg irgendwo in der Welt aus 1001 Nacht lebten, höchstens noch entlang der Wanderwege der Gebrüder Grimm.

Auch im Hachinger Tal lauschte man den weisen und dunklen Geschichten, wohl wissend, dass man die umliegenden Wälder gefahrlos betreten konnte. Keine der düsteren Gestalten würde jemals weit über ihr Herrschaftsgebiet hinauskommen, in dem sie seit Jahrhunderten geschützt ihrer Niedertracht frönten. Ihre Wirkungskreise aus Zaubersprüchen, Besenflügen und sogar ihr Wanderradius waren recht eingeschränkt, nicht nur wegen ihres oft hohen Alters.

Man wähnte sich also in Sicherheit, lauschte den monoton klappernden Mühlrädern am Hachinger Bach, sog den Duft der Blumenwiesen auf und streifte frohgemut mit dem leisen Rauschen des Windes durch die umliegenden Wälder. Diese heile Welt änderte sich jedoch mit der Erfindung der Dampfmaschine im 18. Jahrhundert schlagartig. Schienennetze wuchsen aus dem Nichts und die Eisenbahn eroberte die Welt wie eine Schlingpflanze.

Die Magie und Boshaftigkeit der Märchengestalten reichten schon bald nicht mehr aus, den Heerscharen von übermütigen Prinzen und Abenteurern Herr zu werden. Amerika und die Buchdruckkunst mit beweglichen Lettern waren bereits entdeckt, ebenso die Telegraphie, über die sich die neuesten Verwünschungen schnell verbreiteten.

Es wurde eng für die Drachen, Ungeheuer, Hexen und Magier, und so nutzten sie heimlich den Orientexpress von Konstantinopel nach Paris, und siedelten entlang der Eisenbahnstrecke neue Märchenwälder an, neue Schaffensgebiete, versteckt vor der modernen Zeit, ihre Geheimnisse und ihre Magie stets im Verborgenen behütet, bis die Zeit reif sein würde.

Wer genau hinsah, konnte zwischen Wien und Paris im Hachinger Tal den kleinen Bahnhof von Deisenhofen entdecken, eine willkommene Zwischenstation auf der Ost-West-Route. Die umliegenden Wälder und Flüsse waren ebenfalls wahre Paradiese zum Untertauchen. Der ein- oder andere Prachtbau aus jener Zeit mag vordergründlich herzoglicher Herkunft entsprungen sein, doch die Wahrheit liegt tief verschlungen in den umliegenden Wäldern und ihren alten Geheimnissen.

So ist die nachfolgende Geschichte aus jüngster Zeit vielleicht besser zu verstehen und es ist nicht verwunderlich, dass auch heutzutage Dinge geschehen, die tatsächlich so passiert sind, auch wenn keiner sie so recht glauben möchte. Erzählungen und Erlebnisse werden nicht nur aus purer Phantasie in die Realität projiziert, auch Fragmente aus der guten alten Märchenwelt mischen mit. Was kann den magischen Völkchen besseres passieren, als unerkannt im Hintergrund ihren Wirkungskreis auszudehnen?

Einige Antworten hätte uns folgendes Gespräch geben können, das vor wenigen Tagen in einer der besagten herzoglichen Anlagen in der Nähe von Deisenhofen stattfand, idyllisch von einer eleganten Parklandschaft eingerahmt:

»Denise, du musst dich endlich entscheiden. Du kannst nicht alle netten Männer ablehnen. Denk an unseren Jahrhunderte alten Stammbaum aus byzantinischer Zeit. Er muss fortbestehen, um jeden Preis!«

Dr. Wilbert lief rot an und ließ damit seinen wallenden Bart noch viel bedrohlicher wirken. Er unterstrich seinen Willen mit einem edlen schwarzblauen mit Hermelinpelzen gefütterten Umhang, den er in ihrem Refugium gerne trug. Ihr unscheinbares Anwesen war seit jener Zeit durch feines Myzelgeflecht mit dem Herzschlag der Märchenwelt verbunden, hier drinnen konnten sie sein wie früher, doch die Anpassungen für die moderne Welt waren nicht immer einfach. Es war nicht die erste Standpauke, die er Denise hielt. Viel zu lange hatte er diesen Aspekt schleifen lassen, die letzten Jahre, seit seine Frau gestorben war. Er verlor langsam das letzte Quäntchen Kontrolle über seine eigensinnige Tochter, die längst fest mit beiden Beinen im Leben stehen müsste.

»Jetzt hast du schon per Zeitungsinserat versprochen, dass du den Münchener Jungen heiraten wirst, der eine besondere Frage beantwortet, die eine Frage, gemäß unserer uralten Tradition. Das Spielchen läuft jetzt schon seit vielen Monaten, früher wären Köpfe gerollt, viele Wagemutige hätten wegen deiner Eitelkeit ihr erfülltes Leben gelassen. Unsere Sippe braucht Nachfolger!«

»Papa«, erwiderte Denise erbost, »Ich werde doch nicht jeden dahergelaufenen Mann heiraten. Ein paar Ansprüche werde ich wohl noch haben dürfen! Und früher hätten sich die Jünglinge auch mehr Mühe gegeben, mich mehr umschwärmt, wenn bei Misserfolg die scharfe Klinge ihr Lohn gewesen wäre.«

»Mein liebes Burgfräulein, anstatt hier im Kapuzenkleid herumzulungern, solltest du einmal tief in dich gehen und da draußen nicht im schwarzen Minirock, reschem Korsettmieder und High Heels in dubiosen Clubs abhängen, sondern standesgemäß auf die Herrenjagd gehen. Was ist denn nun mit diesem Leo oder Leonhard von Burg Grünwald, der dich bei der letzten Landpartie umschwärmte? Der hat die Frage zu deinen Chamäleon-Haaren doch richtig beantwortet.«

»Na ja, aber er ist nicht so muskulös wie der Freund vorher, feiert zu wenig, und außerdem war seine Lösung bestimmt Zufall, das gilt nicht«, motzte sie und ergänzte: »In der richtigen Märchenwelt wäre es sicher einfacher, den passenden Helden zu finden, aber die sind ja kaum noch greifbar.«

Ihr Vater blickte sie mit festen Augen an, ungewöhnlich konsequent und bedrohlich: »Denise, die Zeiten ändern sich, wir müssen auch mit der modernen fusionieren. Leonhard ist einer der letzten Adeligen vom Stamm der Wittelsbacher, so etwas ist rar gesät. Mach endlich Nägel mit Köpfen!«

Denise seufzte und schlug die Augen nieder. Sie mochte es nicht, wenn er sie so ansah, so zurechtwies. Doch ihre Optionen zwischen Familientradition und dem Jet-Set Partyleben einer reichen Tochter geheimnisvoller Abstammung sahen in den letzten Monaten wahrlich nicht mehr so rosig aus, zumal sie mit ihren fast 29 nicht mehr in jeden Club hinein kam. Die Fußballstars bevorzugten eben jüngere, da halfen alle Beziehungen nichts.

»Ok«, seufzte sie, »du hast gewonnen. Wenn Leo die letzte Aufgabe löst, also die allerletzte der letzten, und sich dabei auch als mutig erweist, dann werde ich ihn heiraten. Zufrieden?«

Dr. Wilbert schaute seiner Tochter tief in die funkelnden Augen, die weniger ihr Versprechen festigten, sondern eher ihre düsteren Pläne zur Vereitelung unterstrichen.

»So sei es, aber bleibe fair, es soll nicht so enden wie bei deiner Uroma, die den Kini mit ihren Spielchen auf dem Gewissen hat. Am nächsten Sonntag erwarte ich deine Antwort!«

Er stampfte wütend aus ihrem Zimmer und warf verärgert die massive Holztür hinter sich zu.

Denise war sauer und begann zu grübeln. Wenigstens hatte er diesen Auftritt nicht im Talar hingelegt, dann wäre sein Richterspruch massiver ausgefallen. Nein, keiner sollte ihr mehr sagen, wie sie zu leben habe, ewig jung und stolz wollte sie bleiben, auch wenn es das ein oder andere Opfer bedeuten würde. Welche Aufgabe sollte sie Leo geben, damit er scheiterte?

Und noch wichtiger: Wie konnte sie die alten magischen Kräfte der Generationen in sich erwecken? Das Myzelgeflecht von hier in die Märchenwelt war noch intakt, sie spürte es in den Nächten, in denen sie unruhig schlief.

Sie hatte verborgene Fähigkeiten, das wusste sie, vererbt über viele Jahrhunderte, nutzte diese aber bisher viel zu wenig. Ein paar einfache Zaubersprüche lehrte sie ihre Mutter beim Kochen, aber das geheimnisvolle Buch der Märchen blieb ihr bisher verborgen.

Sie begann die alte Truhe zu suchen, die ihre Mutter gut versteckte, ihr vor ihrem Tod jedoch ans Herz gelegt hatte. Eine Truhe, die nur in direkter Blutlinie weitergegeben werden durfte. Sie hatte ihre Worte nicht verstanden, hatte anderes im Kopf, wie das mit Anfang zwanzig oft so ist. Nach ihrem Tod wollte sie nur vergessen. Gwendolyn, so hieß sie, stand ihr immer sehr nahe. Genauso wie ihr Name umgab sie immer eine geheimnisvolle Aura, doch intensive Partynächte durchspülten ihr Gehirn und schwemmten die Erinnerungen weit in die hinterste Ecke, bis sie dort fast verblassten.

Im obersten Fach ganz hinten, ohne Trittleiter gelangte selbst ein großer Mensch nicht in die Tiefe des Eichenschrankes, wurde sie schließlich fündig. Unter ihren alten Kinderkleidern zog sie die unscheinbare Truhe hervor, nicht größer als ein Schuhkarton, jedoch aus feinem Rosenholz und filigran mit Goldbeschlägen verziert.

Denise griff den vordersten Haltegriff, zog sie hervor, wischte mit dem Ärmel den Staub notdürftig ab und öffnete sie. Ein diabolisches Grinsen machte sich in ihrem Gesicht breit. Ihr Blick fiel auf das alte Märchenbuch, aus dem ihre Mutter ihr immer vorgelesen hatte, handgeschrieben, Jahrhunderte alt, mit den Märchen und Geheimnissen jener Zeit.

Dieses Buch versprach dem Wissenden Macht, erst jetzt verstand sie die letzten Worte ihrer Mutter. Der flüchtige Beobachter sah an den Seitenrändern hin und wieder Kleckse oder Striche, die wie erste Schreibversuche mit dem Federkiel aussahen, teilweise fanden sich sogar Perforationen und Einrisse in den Seiten, offensichtlich ungewollt beschädigt durch häufiges Lesen, sicher auch ein wenig brüchig durch sein hohes Alter.

Denise erinnerte sich: Ihre Mutter hatte sie die geheimen Zeichen in früher Kindheit gelehrt, sie beim Zeichnen fantasievoller Bilder immer mit hineingewebt. Es waren keine achtlosen Federstriche, es waren magische Zeichen, die jedes Märchen am äußeren Seitenrand begleiteten, geschaffen, um den zugehörigen Zauberspruch oder Zaubertrank abzuleiten, der genau zu dem magischen Ergebnis führte, das dort im Märchen erzählt wurde. Und sie wusste, wie die Zeichen zu deuten waren.

Das Buch wurde schon mehrfach heimlich kopiert, über die letzten Jahrhunderte hatte wohl jede Bibliothek mindestens eine Variante erstanden, die als historische Originalfassung angepriesen wurde. Diese Einfältigen, die Abschriften bei Kerzenlicht auf gegerbtes Leder waren nette Hirngespinste und schlichte Moralpredigten jener Zeit, eine gute Ablenkung von der eingewebten Magie der alten Seiten, denn verstecken kann man am besten, was offensichtlich nicht dazu gehört.

Sie schlug vorsichtig den Buchdeckel auf und begann zu lesen. Ein Märchen nach dem anderen. Sie alle schienen dem gleichen Prinzip zu folgen, doch beim Froschkönig stutzte sie. Was war der Grund für die Verwünschung? Bei Dornröschen war es die dreizehnte Fee, die nicht zur Feier geladen war, aber hier? Sie blätterte zurück und fand eine kurze Notiz inmitten der Hieroglyphen für einen Zaubertrank, der noch aus der Zeit Ihrer Uroma stammen musste:

» Odi et amo eum. Qui fuit rex. Rana nunc esse.« (Ich hasse und liebe ihn. Er war ein König. Jetzt sei er ein Frosch.)

Denise ahnte, was ihr Vater mit dem Unglück ihrer Uroma meinte, es gab sie also doch, die Vorgeschichte, versteckt und nie abgeschrieben, darum wurde das Rätsel nie gelöst.

»Das Buch wird mir helfen«, sagte sie zu sich und las weiter, die richtige Aufgabe für Leo würde sie schon finden. Die Magie der alten Zeit funktionierte heute noch immer, doch je mehr die Kulisse, der Rahmen, die Situation, die Personen oder die Umgebung vom Original abwichen, desto schwächer wirkten die beschwörenden Worte.

Denise las bis tief in die Nacht, ersann verschwörerische Transformationen in diese Welt, verwarf sie wieder, wandte sich dem nächsten Märchen zu.

Kurz nach Mitternacht sprang sie mit einem lauten Freudenschrei auf: »Yep, das ist es! Ein Wald zwischen Grünwald und dem Hachinger Tal, die Entfernung, der Name des Helden, diese Überschneidung, die Projektion könnte gelingen! Ha, das wird deine Aufgabe, deine Geschichte, lieber Leo, du wirst zu Lennart. Mal sehen, wie du da wieder heraus kommst.«

Und in Gedanken fügte sie hinzu: »Ich werde es ihm nicht leicht machen, denn ich will frei bleiben!« Aufmerksam studierte sie die Seitenränder, auf denen ihre Mutter ein paar sehr feine Sachen vorschlug, wie dieses Märchen ausgestaltet werden könnte.

Noch in der Nacht beschwor sie im Keller bei Kerzenschein und Kräuterdämpfen das Myzelgeflecht zur Märchenwelt. Silbergraues Blei kochte in einer alten Tonschale, Denise schöpfte vorsichtig und formte ihre Wünsche und Gedanken in jeden Tropfen, den sie an das Myzel übergab. Der siebte Bleitropfen löschte die Kerzen, es war vollbracht.

Zufrieden stieg sie die Wendeltreppe in ihr Zimmer hinauf, ergriff das Smartphone und rief ein paar ihrer Partykumpels an. Nach kurzer Diskussion war klar, dass sie ihren Plan schon bald umsetzen konnte, die Planetenkonstellation war günstig und ihre Freunde machten mit.

Ein lautes Brüllen ließ Leo zu Stein erstarren. Hätte er gewusst, was heute auf ihn zukommt, er wäre im Bett geblieben, hätte sich die Bettdecke über den Kopf gezogen und abgewartet, bis der Tag vorbei wäre.

Moderiger Gestank mischte sich hinzu, heißer Atem aus einem großen Rachen mit ungepflegten Zähnen und alten Fleischresten. Leo schloss die Augen und kniff sich in den Arm. Das konnte nur ein böser Traum sein. Dabei hatte es sich so normal angefühlt, als er vor fünf Minuten in Obersendling auf

Wunsch von Denise in die S-Bahn in Richtung Deisenhofen einstieg, die Station lag eh in der Nähe seiner Wohnung.

»Nimm den letzten Wagen bei Sonnenuntergang, das ist wichtig«, sagte sie mit verschmitztem Blick. »Es ist meine Aufgabe an Dich, meine letzte, eine nette kleine Überraschung, mach etwas daraus!«

Die orange Scheibe der Sonne stand bereits tief am Horizont und warf ihre letzten wärmenden Lichtstrahlen auf die Gleise. Die S-Bahn hatte die Isar noch nicht überquert, doch er konnte die Dunkelheit des dichten Perlacher Forstes bereits spüren, der Ort, der hinter dem Fluss den Rest der Dämmerung verschlucken würde. Warum sollte er genau diese S-Bahn nehmen?

Ein gefährlich gurgelndes Knurren holte Leo wieder in die Realität zurück. Schwere Schritte schlurften vom hinteren Teil des S-Bahn-Wagens auf ihn zu. Leo konnte nur unscharfe Umrisse erkennen. Ungewöhnlich, nur die Notbeleuchtung war eingeschaltet.

Was machten die anderen Fahrgäste? Waren überhaupt welche im Zug?

Sein Blut begann heftig in den Adern zu pulsieren. Da, mitten im Wagen ein großer Schatten, ein zotteliger Arm. Gelbe Hauer blitzten in einem massigen Kopf, er konnte den heißen Atem bereits spüren. »Lennart«, stöhnte es, »wo bist du?«

Leo wich zurück, langsam und Schritt für Schritt. Endlich, die S-Bahn bremste ab und stoppte am hell beleuchteten Bahnsteig in Solln. Was war hier los?

Das Licht der Station fiel durch die Fenster hinein und beleuchtete das unheimliche Szenario. Doch alles sah aus wie immer. Hatte er Halluzinationen? Die Fahrgäste standen im Ausstiegsbereich wie sonst auch, andere saßen entspannt auf den blauen Polstern der Vierergruppe, führten gedämpfte Unterhaltungen oder tippten auf ihrem Smartphone herum.

Egal was Denise gesagt hatte, ihm wurde es unheimlich, ihm reichte es jetzt. Er wollte aussteigen.

Plötzlich stürmte eine Gruppe junger Männer und Frauen auf den Bahnsteig, voll bepackt mit blauen IKEA-Tüten. Sie ruderten mit den Armen und gaben lautstark zu erkennen, dass sie unbedingt noch mitfahren wollten.

Leo blickte verdutzt auf das Geschehen, zögerte kurz, drückte dann beherzt den Türöffner. Er wollte raus, sie wollten rein.

Ein gewagter Sprung würde es sein, er würde schnell aus dieser S-Bahn flüchten. Seine Entscheidung erschien umso richtiger, als das unheimliche Kettengerassel sich unter das Piepen mischte, das die Weiterfahrt und das Schließen der Türen ankündigte.

Leo drückte erneut auf den Türknopf, doch nichts passierte. »Nein, das darf doch nicht wahr sein!«, schrie er und riss entsetzt seine Augen auf: Ein dezenter gelber Zettel wies darauf hin, dass diese Tür erst nach der nächsten Reparatur wieder funktionieren würde.

Zu spät. Langsam setzte sich die S-Bahn wieder in Bewegung. Auch die Gruppe stand wie gelähmt auf dem Bahnsteig und blickte Leo irritiert hinterher. Auch sie hatten es nicht geschafft. Eine junge Frau fand als erste ihre Fassung wieder, rief ein paar anweisende Worte, dann verließen sie fluchtartig die Station mit ihren IKEA-Tüten.

Die Helligkeit der Station entwich aus dem Wagen, nur die Notbeleuchtung spendete etwas Hoffnung. Sie überquerten den reißenden Fluss über eine hohe Eisenbrücke und fuhren in den dunklen Wald hinein. Leo sank bleich zu Boden. »Der Herr stehe mir bei«, murmelte er.

Denises Smartphone klingelte: »Sorry Denise, wir haben die S-Bahn in Solln verpasst!«

»Ihr habt was?«

»Wir wurden aufgehalten, irgendeine Weichenstörung bei der U-Bahn. Außerdem haben sie unsere Ikea-Taschen kontrolliert. Im Hochsommer ist es anscheinend ungewöhnlich, wenn lebensechte Fellkostüme in Tüten durch München transportiert werden.«

»Und Leo, war er drin?«

»Ja, wie geplant im letzten Wagen, er sah auch recht mitgenommen aus, das wäre perfekt geworden.«

»Mist, hoffentlich funktioniert wenigstens meine Magie«, seufzte Denise.

»Was jetzt?«

»Plan B.«

Zum rhythmischen, dumpfen Radgeräusch mischte sich eine angespannte Stille im gedämpften Licht. Der Gestank zog wieder durch den Wagen, auch die schleifenden Ketten konnte er wieder hören, wenn auch weiter entfernt. Seine Ohren belegten sich, er musste schlucken. Die S-Bahn wurde immer tiefer gezogen, weit unter die Wurzeln der Bäume, vorbei an den Mykorrhiza-Geflechten, hunderte von Metern unter den Perlacher Forst.

Die Fenster waren nicht mehr zu sehen, die weißen Metallwände wichen grob gehauenen Steinblöcken, die sich langsam übereinander stapelten. Wasser tropfte vom Deckengewölbe hinab, Moos breitete sich aus, Schlingpflanzen sprossen aus dem feuchten, erdigen Boden, Kälte krabbelte an seinen Beinen hoch. Sein Atem kondensierte in dieser Luft und erzeugte kleine Wölkchen. Sein lässiges T-Shirt war hier völlig fehl am Platz. Bevor Leo tiefgründiger nachdenken konnte, spürte er die Wärme eines warmen groben Materials, auf wundersame Weise steckte er plötzlich in einem braunen Lederwams.

Leo rief in die unheimliche Stille: »Was ist das hier? Ein Kerker mit Sitzbänken. Was geht hier vor, wo sind wir?«

Keine Antwort, nur das regelmäßige Rattern der Räder bestätigte ihm, dass sie noch auf Schienen unterwegs waren.

Er nahm all seinen Mut zusammen und schob seinen Kopf langsam in den Gang. Da er im Einstiegsbereich lag, konnte er die Trennwand als Sichtschutz nutzen: In seiner Hälfte des Wagens schien keiner zu sein, im vorderen Bereich erkannte er schemenhaft Personen, die recht steif vor sich hinblickten. Das Gebrüll und Knurren von vorhin schien verschwunden.

Dafür raschelte und knarzte es unablässig. Was für ein Getier krabbelte und wandte sich hier herum? Skorpione? Schlangen?

Vorsichtig und auf allen Vieren krabbelte er vor, aufzustehen wagte er nicht. Je näher er kam, desto wunderlicher wurde es:

Seltsame, altertümliche Schuhe, wehende Gewänder aus grobem Stoff und Tierfellen. Landsknechte, Pfeil und Bogen. Eine Armbrust, ein grünes Jägerwams. Eine Flöte. Sie murmelten. Unverständliche Sprachfetzen wie aus einer anderen Welt. Die blauen Sitze waren verschwunden, alte Holzbänke gaben ihnen Halt.

Nach und nach bekam er Zugang, es schien so, als würde er mehr und mehr verstehen, konnte den Sinn aber nicht greifen. Es schien eine alte Sprache zu sein, von der Satzmelodie bekannt, aber die Worte zerplatzten ohne Bedeutung.

Leo richtete sich langsam auf und beschloss, jemanden anzusprechen. »Hallo, können sie mich verstehen?«, versuchte er es vorsichtig, doch sie starrten weiterhin geradeaus, er war Luft für sie. Leo verharrte weiter und hielt den Atem an. Täuschte er sich, oder verschwand der Waldläufer mit Pfeil und Bogen gerade ins Nichts? Das Mädchen mit dem roten Kopftuch folgte ihm, auch seine Geschichte wurde wohl gerade erzählt. Das war keine Kostümgaukelei, das war tiefste Märchenwelt.

»Ha, da ist ja der armselige Wurm! Lennart!«

Leo wirbelte herum. Ein riesiger Bär stand plötzlich im vorderen Bereich vor ihm. Sein Kopf reichte bis zur Decke des Wagens und seine Arme stützten sich an den Außenwänden ab. Sein massiger behaarter Körper blockierte den Durchgang.

»Endlich bekomme ich wieder etwas zu fressen, du kommst mir gerade recht«, fuhr der Bär mit kratziger Stimme fort und schritt mit seinen Pranken eine Sitzreihe weiter auf ihn zu.

Leo schrie laut auf und versuchte, eine der seltsamen Personen für sich zu gewinnen. Doch diese reagierten nicht, sondern blickten weiter starr vor sich hin. Die blonde Frau mit der Spindel drehte nur leicht den Kopf, verschwand und hinterließ nur etwas Stroh.

Er war auf sich allein gestellt, das SOS-Panel bereits hinter den Steinblöcken verschwunden.

»Du hast Hunger, großer Bär, dann solltest Du ein ausgiebiges Mahl zu dir nehmen, nicht nur mich als armseligen Happen«, rief Leo ihm mutig entgegen.

»Sieh, ich habe hier leckere Breznknöpfe, die munden als Vorspeise, schau wie sie schmecken!« Nach diesen Worten biss er genussvoll hinein. Es war wohl seine Henkersmahlzeit.

Der Bär wurde neugierig: »Gut gesprochen, Lennart, lass mich auch davon probieren, bevor ich dich fresse!«

Leo nickte, griff geschickt in die Tasche seines Wamses und seufzte erleichtert. Der alte Breznknopf, den er vor einigen Tagen einsteckte, war noch da. Er warf ihn dem Bären zu: »Hier nimm und lass es dir munden!«

Der Bär griff zu, riss sein riesiges Maul auf und biss kräftig hinein. Doch er schaffte es nicht ansatzweise, ein Stück abzubeißen.

»Ei, was bist du denn für ein Bär, der nicht einmal einen Münchner Breznknopf zerbeißen kann?«

»Zeig es mir nochmal!«, brüllte er und warf ihm das harte Teil vor die Füße.

Leo bückte sich und tauschte den alten Breznknopf wieder geschickt mit dem frischen aus und verspeiste ihn genüsslich vor den Augen des Bären.

»Ich bin beeindruckt, du musst ein sehr starker Mensch sein. Doch ich habe noch immer Hunger und werde dich jetzt fressen!«

Er wollte gerade mit der Pranke nach Leo greifen, als dieser ihm zurief: »So warte, meine physische Kraft reicht dir wohl noch nicht, so gib mir einen Augenblick, um Dich zu verzaubern!«

Erwartungsvoll streckte Leo seine rechte Hand in die Sitzgruppe hinein und hoffte auf ein Wunder. Eine Frau mit buntem Federhut griff unter ihren weiten Kapuzenumhang und zog eine Violine hervor. Leo ergriff sie, obwohl er noch nie in seinem Leben ein Instrument angefasst hatte. Was Denise ihm sowieso dauernd vorhielt. Aber was konnte schon schiefgehen, wenn er sich hier sogar mit einem Bären unterhalten konnte? Mutig klemmte er die Violine zwischen Schulter und Kinn und spielte auf.

Der Bär runzelte die Stirn und begann im Rhythmus der Musik zu tanzen. Leo spielte und spielte, die Finger flogen im Schwung des Bogens wie von selbst über die Saiten.

»Ei, das will ich auch können, kannst Du es mir bei-
bringen?«, rief ihm der Bär im Drehen freudig zu.

»Wohl denn, ich kann es dich lehren«, erwiderte Leo, dessen
Arme langsam immer schwerer wurden, »aber dazu müssen wir
unbedingt deine scharfen Klauen stutzen, sonst kannst du das
Instrument nicht greifen.«

Der Bär stimmte zu.

»Wo bekomme ich jetzt einen Schraubstock her«, dachte sich
Leo, streckte seine Hand wieder in die Sitzgruppe. Siehe da,
sein Wunsch wurde erfüllt. »Der Boden wackelt, stütze dich
doch an der Haltestange ab, damit ich beim Schneiden nicht
abrutsche«, forderte Leo ihn auf.

Der Bär umarmte bereitwillig die nächstliegende Stange mit
seinen Pranken und Leo drehte den Schraubstock so fest er
konnte zusammen. Da halfen kein Brüllen und kein Zetern, der
Bär war sauber festgeklemmt.

Leo atmete auf.

Da erhob sich die Frau, von der er die Violine bekommen
hatte. Sie drückte ihm ein goldenes Amulett in die Hand:
»Lennart, du hast deine Aufgabe gut gemeistert. Nimm dieses
Amulett, es wird dein Glück sein und uns auf ewig verbinden.«

Leo, noch völlig verwirrt von den Ereignissen der letzten
Minuten, nahm das kunstvoll gearbeitete Kleinod entgegen und
steckte es ein.

Plötzlich ging es wieder nach oben, die Kerkeratmosphäre und
die seltsamen Reisenden verschwanden so schnell, wie sie
gekommen waren, der Wald lichtete sich. Die S-Bahn-Station
Deisenhofen lag direkt vor ihm.

Dort stieg er mit einem großen Schritt aus der S-Bahn. Diese
Geschichte würde ihm niemand glauben. Während er noch das
Amulett in seiner Hand betrachtete, drehte er sich gedanken-
verloren um. Die seltsame S-Bahn war verschwunden.

Leo suchte auf dem Bahnsteig nach Denise und entdeckte sie
schließlich zwischen den wartenden Fahrgästen am Treppen-
aufgang. Sie schien zu telefonieren.

Er ging auf sie zu und grinste: »Hallo Denise, hier bin ich,
mit der S-Bahn wie gewünscht. Wo ist denn nun die Über-

raschung, die du mir versprochen hast? Ich habe einiges auf der Fahrt erlebt, du wirst es mir nicht glauben. Wie geht es dir?«

Wie sollte es ihr gehen? Denise war sauer. Sie hatte volle zwei Tage damit verbracht, die nötigen magischen Rituale abzuschließen. Und als zusätzliche Unterstützung hatte sie ihre Freunde engagiert. Aber nichts hatte geklappt, ihre Partyfreunde hatten es vermasselt, und Leo war hier – hatte ihre Beschwörung nicht richtig funktioniert? War er überhaupt in der gewünschten S-Bahn gewesen?

Ihr wurde heiß und kalt und sie sah sich schon mit ihm zum Altar schreiten.

Doch dann legte sie entschlossen auf und ihre großen Reh-Augen begannen zu funkeln: »Liebster Leo, wo ist denn deine S-Bahn, mit der du angeblich gekommen bist? Hier hat seit fünfzehn Minuten niemand eine gesehen, hast du meine Aufgabe nicht verstanden? Bist wohl mit dem Fahrrad da, oder?«

»Nein, so war das nicht, die Fahrt war das reinste Abenteuer …«

»Leo, so funktioniert das nicht. Aber ich bin großzügig und gebe dir noch eine Chance: Lass uns zusammen zurück nach Solln fahren, dort wirst du deine Überraschung erhalten.«

»Was, das gleich Stück noch einmal zurückfahren? Was ist das schon wieder für ein dummes Spiel von dir? Es ist schon dunkel, da hätte ich mir den Aufwand für die Hinfahrt ja sparen können.« Und insgeheim dachte er an sein Abenteuer, auf das er sicherlich auch hätte verzichten können.

»Schatz, vertrau mir, ich komme doch mit«, hauchte sie mit ihrer unwiderstehlich flötenden Stimme.

»Nun gut, steigen wir ein«, antwortete Leo pragmatisch, danach wollte er aber heim und in Ruhe sein verdientes Bier trinken. Diese Denise war zwar attraktiv und sexy, aber unendlich kompliziert.

Die S-Bahn kam pünktlich und sie stiegen ein. Leo seufzte und setzte sich auf einen der Seitenklappstühle und schwieg vor sich hin, genauso wie die meisten der Fahrgäste. Auch ein kleines

Grüppchen mit Ikea-Tüten huschte weiter vorne unbemerkt in den Wagen hinein. Während Denise in einem antiken Märchenbuch las und seltsame Worte beschwörend vor sich hinbrabbelte, blätterte Leo gedankenverloren durch einen Werbeprospekt.

Zum Rauschen der S-Bahn mischte sich Stimmengewirr und ein seltsames Brummen. Plötzlich klammerte sich Denise voller Panik an seinen Arm: »Leo, Hilfe, ich werde bedroht, rette mich!« Auch die anderen Fahrgäste drückten sich ängstlich zur Seite.

Leo senkte den Prospekt und blickte nach vorn. Ein mannsgroßer zotteliger Bär und zwei Affen kamen mit rudernden Armen und gefährlich grunzenden Lauten auf sie zu.

»Nicht schon wieder, wie konnte der Bär entkommen?«, fragte sich Leo. Dann überlegte er, ob er nicht einfach aufspringen und den Nothalt ziehen sollte. Die Bahnpolizei käme, und dann wäre der ganze Spuk schnell vorbei. Doch dann wurde er misstrauisch. So groß waren Bär und Affen gar nicht, da hatte er auf der Hinfahrt schon Überzeugenderes gesehen. Und die Fahrgäste sahen immer noch alle wie normale Menschen aus. Seltsam, wenn man genau hinsah, schaute beim Bären nicht ein Stück weißer Turnschuh an der Fußpranke heraus?

Leo schüttelte den Kopf und sah Denise vorwurfsvoll an: »Aha, ist das jetzt wieder eine deiner seltsamen Prüfungen, ob ich gut genug für dich bin?«

»Nein, nein, nein, dieses Mal nicht«, hauchte sie gespielt durch ihre zitternden Lippen, »du musst mich retten!«

Leo schloss die Augen. Er liebte sie, er hasste sie, aber jetzt ging sie mit ihrem Heldenbeweis endgültig zu weit. Doch was sollte er tun? Bei diesem Gedanken umschloss er instinktiv mit seiner Faust das Amulett, das er in der Aufregung schon fast wieder vergessen hatte.

Schlagartig ging im S-Bahn-Wagen das Licht aus, nur die Notbeleuchtung streute eine diffuse Helligkeit über die Fahrgäste. Nach einer Schrecksekunde erfüllte ein lautes Brüllen den Wagen. Ein richtiges Brüllen.

»Lennart! So sehen wir uns wieder!« Leo sog den fauligen Gestank ein. Die Fahrgäste schrien auf, auch Denise und die kostümierten Statisten flüchteten panikartig in die hinterste Ecke des Wagens und riefen nach Hilfe.

Der riesige Bär war wieder da. Mit lautem Gebrüll hangelte er sich langsam voran und knickte Haltestange für Haltestange wie eine Salzstange ab.

Es wurde wieder kalt und feucht, die ersten Schlingpflanzen kletterten in Richtung S-Bahn-Decke, Druck baute sich in seinen Ohren auf, er musste wieder schlucken. Immer mehr Fahrgäste trugen wieder Wams und Kapuzenmantel.

Jetzt wusste Leo, was er zu tun hatte. Er schlängelte sich bis in die vorderste Reihe und ging weiter voran, bis er dem riesigen Bären direkt gegenüberstand.

»Jetzt habe ich meine Pranken wieder frei!«, brüllte dieser ihm entgegen. »Jetzt wirst du bereuen, mich so gedemütigt zu haben!«

Doch Leo streckte unbekümmert seinen Arm aus, jemand reichte ihm eine Violine und er spielte fröhlich auf. Der Bär beruhigte sich wieder und begann zu tanzen. Leo hatte wieder alles unter Kontrolle, es war wie im Märchen.

Mittlerweile hatte Denise die Neugier gepackt. Sie drängelte sich nach vorne, bis sie ihn gut sehen konnte. Ihre Magie funktionierte tatsächlich, stellte sie mit Genugtuung fest und spielte dämonische Pläne in ihrem Kopf durch. Aber wie um alles in der Welt hatte Leo es geschafft, die Situation für sich zu kontrollieren? Das gilt nicht! Denise rief ihm trotzig zu: »Tolle Show, Lennart. Willst du mich damit beeindrucken?«

Leo stoppte abrupt das Violinspiel. Lennart? Schmerzhaft stellte er fest, dass hier in seinem Leben etwas nicht so lief, wie er es sich in seinem tiefsten Herzen vorgestellt hatte.

Und jetzt wusste er, was er zu sagen hatte: »Liebste Denise, du kleine Nimmersatt«, rief er zu ihr hinüber, »keine Spur von Dankbarkeit. Leo heiße ich, nicht Lennart. Du steckst also dahinter, du kleine Märchenhexe. Selbst jemand, der dir den Eiffelturm in den Garten stellt, hat immer noch nicht genügend Fähigkeiten, Mumm und Geld, damit du ihn respektieren und lieben kannst. Ich wünsche dir noch viel Spaß und Reue auf deine alten Jahre, ich werde nun ein glückliches und erfülltes Leben antreten, und zwar ohne dich!«

Während Denise mit offenem Mund nach Luft schnappte, umschloss Leo mit der einen Hand das goldene Amulett und griff mit der anderen die Tatze des Bären. Dieser nickte ihm brummend zu. Plötzlich flackerte das Licht, ein heftiger Windstoß fegte durch den Wagen, ein Blitz, ein Donner. Dann ging das Licht wieder an. Leo und der Bär waren verschwunden.

Eine Minute später fuhren zeitgleich zwei S-Bahnen in ihre nächste Station ein.

Die eine in Solln mit Denise, den verstörten Fahrgästen, und einem ziemlich demolierten S-Bahn-Wagen. Die Bahnpolizei wartete schon und nahm die Bären-Kostümtruppe in Gewahrsam, konnten doch alle bezeugen, dass ein Bär die Haltestangen und die schöne blaue Innenausstattung zerstört hatte.

Die andere S-Bahn tauchte in einer wunderschönen Landschaft im Märchenland auf. Dort wurde Lennart, wie er sich jetzt nannte, vom Bären zu einer edlen Kutsche mit sechs weißen Rössern begleitet. Dort drin saß eine hübsche junge Frau in einem lachsfarbenen Adelskleid, auf dem Kopf ein Diadem, wahrlich eine Prinzessin. Er schaute ihr in die Augen und erkannte, von wem er das Amulett bekommen hatte. Sie gefielen einander, fuhren zum Schloss, wo ein großes Hochzeitsfest für den mutigsten und schlausten Jungen aus Grünwald abgehalten wurde. Sie lebten noch lange, bekamen viele Kinder und Lennart war ein guter König im Märchenland.

Und Denise? Die trieb ihr Unwesen weiterhin im Hachinger Tal und der nahen Großstadt, wohnte bei ihrem Vater in der schicken Villa, übte weiter mit den bösen Geheimnissen des Märchenbuchs, immer auf der Suche nach ihrem Prinzen fürs Leben – jetzt aber auf Ü40 Partys.

** ENDE **

Die S-Bahn-Geschichten
der Hachinger Autoren

Anschluss verpasst? - Macht nichts, gab eh keinen.

In der Wartezeit unterhalten Sie 10 Autoren mit
44 Geschichten: für S-Bahn-Hasser und S-Bahn-
Liebhaber, Schwarzfahrer und Jahreskartenbesitzer und
alle dazwischen. Es wird heiter bis mystisch, verspielt bis
hart an der Realität, dabei immer phantasievoll.
Steigen Sie ein. Passen Sie auf, wo Sie sich hinsetzen.
Seien Sie gefasst auf Hexen, Vampire, Affen, Mäuse,
Grantelhuber und Oma Hilde.

So sind Sie immer gut unterwegs mit der S-Bahn:
dieses Buch und Stempeln nicht vergessen.

Erhältlich bei Helming&Heuser in Unterhaching,
bei den Autoren und im Internet bei BoD.de